清代宮廷大戲叢刊續編

楚漢春秋

【下册】

詹怡萍◎主編
張申波◎校點

北京大学出版社
PEKING UNIVERSITY PRESS

第六本

第一齣　火神奉敕（家麻韻）

〔扮十六火卒執火雲旗上，舞科，用火雲旗遮住場面科。扮八從神各執火具，引火德星君上。唱〕

【雙角·雙令江兒水】天符飛下。〔衆火卒撤火雲旗科。同唱〕則聽得天符飛下，旋將雲馭駕。看噴紅駿馬，撲焰飛鴉，火龍兒舒鱗甲。弓矢擺頭踏，葫蘆部下拏。旗影交加，艷灼明霞，奉天符把神威來怒發。〔火德星君白〕德在民生最效靈，彌天烈焰起星星。要知功用無邊處，世界爐錘劫火零。吾神火德星君是也，位鎮炎天，職司火政。六府交修，擅二儀之妙用；五行迭運，著兩火之神功。燧人氏肇興其利，炎帝時克昭厥德。光華代日月之明，流輝吐耀；威赫等雷霆之用，爍石流金。正是：卦著離宮成利濟，星明火德顯威靈。前奉上元天官面傳玉旨，道張良送赤帝子入川回韓，必燒絶棧道，命吾神暗中默助，須索走一遭也。〔作駕雲行科。同唱〕西川路遐，説什麽西川路遐。片雲飛跨，霎時間片雲飛跨，早則見一條兒穿嶺透峽。〔衆白〕啓上星君，此間離棧道不遠了。〔火德星君作看棧道科。〕

白〕你看這一條棧道，連雲之險，摩空之峻，迤邐八百餘里，那凡火如何燒得盡也？〔唱〕

【又一體】紆迴山凹，一綫兒紆迴山凹，連雲路休當耍。看羊腸一道，極目無涯，越重山逾峻嶺，天半泛浮槎，烟迷望眼花。山石嵯岈，嶺樹紛拿，好一似半空中行天馬。補天女媧，賽煞那補天女媧。神功支架，費盡了神功支架，怎仗那一星星凡火洞達？〔白〕吾神今奉帝命，暗助神火，教那赤帝子安心蜀地，締造炎劉四百年天下。只可惜烏龍枉逞英勇半世，身喪烏江，這也運數當然，非天心有偏向也。〔唱〕

【又一體】重瞳創霸，枉却那重瞳創霸，烏江路空淚洒。正當權赤帝，運起三巴，造炎劉年四百，一統肇休嘉，祥開大漢家。景命無差，天眷堪誇，却教伊在西川權安插。自矜氣俠，那項王自矜氣俠。喑嗚叱咤，空恃着喑嗚叱咤，怎禁得上蒼心偏不向咱。〔白〕衆神將，整備火具，料張良將次舉火，速往相助，大張火威，以遵玉帝敕旨。〔衆應繞場科。同唱〕

【又一體】天威暫假，則須是天威暫假，成功處剛那答。正褒中王氣，密藴根芽。布奇謀舒妙算，肉眼枉嗟呀，羞他井底蛙。俺弓矢交加，縱起鷹鴉，一會兒趁狂飈天風刮。嶺分路人，一任他嶺分路人，登時燒罷，則叫俺登時燒罷，剩下些勢嵯峨重嶺峻峽。〔下〕

第二齣　張良辭漢（真文韻）

〔扮張良上。唱〕

【仙呂宮・忒忒令】非是俺機謀忒狠，爲故園暗縈方寸。〔白〕我張良費盡苦心，已經復韓，又恐韓不能久，復辭輔漢。因霸王非能成大事之人，能爭天下者惟漢王一人。〔唱〕因此三番兩次，東奔西趁，博得個唇齒與圖存。〔白〕今漢王已入川中，海内無人矣。我這一歸韓，左右匡扶，或可并有天下，不負我一片爲韓之心。〔唱合〕我天堪表，日堪盟，一片餘忠悃。〔白〕昨日漢王過了棧道，在此歇息人馬，待陞帳之時，隨機應變，辭歸便了。〔唱〕

【仙呂宮・沉醉東風】待安排微衷奏聞，看隨機婉語敷陳，賦歸來舊國門。〔白〕但只一件，我此去必須燒絶棧道。〔唱〕這其間埋藏事因，有無限深機妙藴。〔白〕但恐漢王生疑，衆人抱怨，昨夜已與蕭何將燒絶棧道之故説明。叫他那時呵，〔唱合〕則與我衷腸替申，群疑代分，功成一炬，免教思忖。〔白〕計較已審，就此奏聞，道言未了，漢王出帳來也。正是：故國河山頻在望，羇臣夢寐有餘情。〔下。扮樊噲、王陵、曹參、蕭何引漢王上。漢王唱〕

【南呂宮・江兒水】跋涉多勞頓，重山險入雲。崎嶇蜀道難前進，從容且自權時穩。〔白〕受盡艱辛，得過了連雲棧道，此時人馬疲乏，只得歇息三日，然後再往前進。〔衆白〕此去褒中，道路不似棧道之險，休息三日，人歡馬强，可一鼓而至也。〔同唱〕褒中一路行來近，此去無憂艱窘。〔合〕整頓軍威，一鼓安然投奔。〔張良上。白〕故里歸心切，行營入告勤。〔見科。白〕臣張良，有事奏聞大王。〔漢王白〕先生有何見諭？〔張良白〕臣張良呵，〔唱〕

【仙呂宮・天下樂】羈旅之臣，倚吾王收録恩勤。幸相隨中途安頓，已過重山險峻。家園回首空夢頻，故主疏音問。權時歸故里，聊把衷腸盡。〔合〕祈恩准，相期異日，别與侍朝昏。〔漢王作驚科。白〕先生爲何有去志？念一向深蒙教益，一刻難離，今一旦歸去，使吾何所依附？〔作感傷科。唱〕

【仙呂宮・安樂神】教人心悶，不知歸去是何因。方期前席共諮詢，謨猷禀受咸惟謹。〔唱合〕只今聽君歸故里，念我恃何人，空教暗銷魂。〔張良白〕臣今此去，雖看故主，實與吾王去幹三件大事。〔漢王白〕那三件大事？〔張良白〕第一，説霸王遷都彭城，留關中與吾王爲建都之地。〔唱〕

【仙呂宮・長拍】百二河山，百二河山，輕輕放下，留待興王應運。〔漢王白〕第二呢。〔張良白〕二來説諸侯反楚歸漢，且令楚王無西征之意。〔唱〕微詞挑散，軟語招來，教項王西顧聲吞。〔漢王白〕那三件呢？〔張良白〕第三，與吾王尋一個興劉滅楚的大元帥。〔唱〕物色在風塵，看擎天跨海，棟梁英俊。〔白〕幹完三事，臣在咸陽與吾王相會。只願凡事忍耐，静以待時，漢中不過暫居，多則三年，少則一二載，管教大王東歸。〔唱〕但養晦韜光須有日，龍騰海馭風雲，東向聲靈丕震。〔合〕待他時聚首，歡會三秦。〔漢王白〕得先生如此用心，吾雖萬苦千辛，亦不敢埋怨。但先生所舉元帥，以何爲憑？〔張良白〕臣有角書一紙，内有臣手字與大王平日密言之事，就可留用，不可錯過。〔漢王作執張良手泣科。白〕先生不可失信，敢煩見我太公，代爲安慰。〔唱〕

【仙呂宮・短拍】千里關河，千里關河，雲山天隔。久缺了定省晨昏，望色笑强怡神。道有日東歸，須迎養無須憂悶。阻關山教人斷魂，〔合〕苦被重瞳負約，鑒吾幽隱。〔張良白〕謹遵王命。〔作向蕭何白〕蕭相國，如我尋得破楚元帥到來，明公可用意舉薦，前事仰仗要緊。〔唱〕

【仙呂宮・感亭秋】再三叮嚀，才難得祈汲引，事關心好安頓。覓得元戎膺建閫，那時好把方州混。〔作辭科。唱合〕衷腸事全仗君，兩地心相印。〔蕭何白〕先生之言，怎敢有忘？〔漢王與衆將送出科。白〕我等同送先生，但願早去早回。〔漢王唱〕

【南呂宮引・哭相思】君去君來話别頻，〔樊噲、王陵、曹參唱〕攀轅無計止歸輪。〔蕭何唱〕前途佳音至，〔張良唱〕聚首咸陽自有辰。〔白〕請。〔分下〕

第三齣　彭越助齊（魚模韻）

〔扮八小卒引彭越上。唱〕

【仙吕宫・風入松】少年漁獵起萑苻，問胸中俠氣誰如。中原鹿逐人雄據，荷田王一番恩遇。〔合〕敢憑着心雄萬夫，看功成同破竹。〔白〕俺姓彭，名越，乃昌邑人氏，常漁鉅野澤中，肆行殺掠。澤中少年百餘人，推我爲長，因此招集流亡，有衆萬餘。今因霸王，分封三齊，田榮未蒙封賞。俺田王自負伐秦之功，心懷不憤，擊走田都，弑了膠東，自立爲王，欲并王三齊。聞俺擁衆鉅野，授俺將軍印，使擊濟北王田安。感其恩遇，一鼓下了濟北城，將田安殺死，田王大喜，大加奬賞。聞霸王發兵救齊，着俺去破楚軍，不免乘此新勝鋭氣，殺他片甲不回。大小三軍，就此迎上前去。〔衆應遶場科。唱〕

【又一體】憑將新勝氣雄粗，好待要拉朽摧枯。從他勇健來西楚，似飛蛾火中奔赴。〔合〕看今日功勳特書，迎頭去任芟鋤。〔下。扮八楚兵引雍齒、丁公上。唱〕

【仙吕宫・六么令】干戈載途，救危城綰領兵符。騰空劍戟雪霜鋪，明組練耀鋥鋙。〔合〕會看平定三齊土，會看平定三齊土。〔八小卒引彭越冲上，架住兵器科。彭越白〕來將通名。〔雍齒白〕俺楚將雍齒。〔丁公白〕俺楚將丁公。〔同白〕奉項王之命，前來救齊。爾是何人，輒敢引兵拒敵？〔彭越白〕楚將聽者，俺乃田王駕下，平齊破楚大將軍彭越。〔雍齒、丁公白〕原來是無知小寇，自應亡命草澤，怎敢擅助逆賊田榮爲虐。好好下馬受縛，待擒了田榮，一并解往咸陽，還饒一死。〔唱〕

【仙呂宫・風入松】無知草賊更無辜，妄思量非分雄圖。焉知助虐還貽誤，勸伊行馬前歸附。〔合〕那時節天恩緩誅，可不拾得了這頭顱。〔彭越作怒科。白〕住了。項籍背約，自稱王號，不奉義帝之命，膽敢徙田市於膠東，封田安於濟北。俺田王有助楚伐秦之功，却封田都爲齊王。似此賞罰不明，眼内無君，怎做得天下共主？〔唱〕

【又一體】入關約誓任糢糊，背成言妄自分符。不明賞罰人誰助，目無君怎堪共主。〔合〕不思想翻然改圖，及助惡巧支吾。〔白〕俺奉田王之命，前來禦敵，還不下馬迎降，反肆胡言。不要走，吃你彭爺爺一鎗。〔作對殺科，下。八楚兵與八小卒對戰厮殺科，楚兵敗下，小卒追下。雍齒、丁公與彭越戰上，殺科。雍齒、丁公敗下。彭越作大笑科。白〕這一陣，殺得楚將魂飛膽喪矣。〔八小卒上。白〕楚軍大敗。〔彭越白〕前面已是楚界，不用追趕，就此收兵。〔衆應遶場科。同唱〕

【仙呂宫・六么令】功收一鼓，凱唱聲高，動地歡呼。風飄幟影轉歸途，櫜弓矢戢師徒。〔合〕捷音先到臨淄路，捷音先到臨淄路。〔下〕

第四齣　燒絶棧道（先天韻）

〔扮八火卒執火雲旗，八從神執火具，引火德星君上。火德星君白〕脚踹風輪疾，鞭催火馬嘶。連雲千里棧，一霎看烟迷。吾神火德星君，奉玉帝敕旨，助張良一陣神火。今他辭漢歸韓，將出棧道了。衆神將，各在空中暗助，候張良舉火，即便各放神火，燒絶棧道。〔衆應科。白〕領法旨。〔火德星君上高處站科。八火卒分侍科。八從神分站兩旁高處科。扮二從人引張良上。唱〕

【黄鐘調・瑶臺月】感蒙主眷，歧路依依。握手留連，萍踪何定，回首處軍門瞻望遥天。幸連雲千里崎嶇，重渡過懸崖一綫。重山峻，層巒遠，鄉心切，旅情牽。恍然，似天涯飛鳥，萬里回旋。〔白〕自别漢王，一路行來，已過了棧道。此去回到韓國，輔佐故主，可以大展謀略，以取天下。〔唱〕

【又一體】一鞭行色轉家園，向故主謀猷靖獻。仗胸懷韜略，把亡秦鹿逐中原。漫澄觀當世英雄，則除了炎劉天眷。那些兒鼯鼠技，螢光顯，待雄飛，奮鷹鸇。施展，則把我五世的忠悃，補償了心願。〔向二從人白〕速取火種，引着火把，將棧道燒了。〔二從人作驚科。白〕棧道燒壞，豈不絶了漢王歸路？〔張良白〕此非爾等所知，快快放起火來。〔唱〕

【黄鐘調・三煞】俺非是得魚便忘筌，行過溪橋不更踐。這其中埋伏巧機關，深謀妙算，幾多方便。功成一炬，休要俄延。〔二從人白〕既如此，待我們放火就是了。〔作打火，點火把，燒棧道科。場上大放火彩。八從神火具内各出黄烟科。張良白〕一霎火焰薰天，烟雲滿道，燒得好痛快也。〔作大笑科。唱〕

【又一體】風火交馳星萬點，一望去紅雲布遍。但憑他路轉峰迴，都作了烟光一片，游龍伸卷。好一似風師火帝，降下炎天。〔白〕棧道已燒，安心回到韓國便了。〔唱〕

【慶餘】猛回頭烟漲遠，暗機謀不用宣，則索向古道斜陽一掉鞭。〔下。二從人同下。火德星君白〕棧道火着，頃刻便盡，雖助張良，亦默相赤帝子也。衆神將，就此回歸天闕。〔衆應科。白〕領法旨。〔火德星君白〕正是：天意難違興漢業，神功默相顯威靈。〔衆遶場，擁火德星君下〕

第五齣　消釋衆怨（庚青韻）

〔扮王陵、樊噲、曹參、蕭何引漢王上。漢王唱〕

【黄鐘調・凭欄人】暗牽情，想着他天涯隻影，來和去浪逐漂萍。〔白〕可惜張良，送我過了棧道，竟自辭去。〔唱〕只爲鄉國腸縈，理征衫千里篷飄，赴歸途一葉風輕，賦白駒悶填膺。孤鴻何處，遮人望眼，特地雲横。〔白〕他説幹完三事，會我於咸陽，且自等待便了。只是褒中地面，僻處西陲，正未卜東歸何日。〔唱〕

【又一體】覷着那百二河山勢建瓴，面同諸侯要定。則被他重瞳私更，西土將人暗坑。望關中待學天上鵬飛，覷褒中怎得井底蛟騰，崎嶇路重裹千層。關河渺渺，東歸何日，望眼空瞪。〔扮八漢兵、八將官疾上。白〕不好了，烈焰連天，濃烟遍野，何處被火？〔作看科。白〕原來是棧道燒壞了。〔同作叫苦科。漢王作驚科。白〕呀，爲何人聲亂沸？〔唱〕

【黄鐘調・賺】何處囂聲，小鹿兒心頭廝迸。〔八漢兵、八將官白〕此番不得歸家，如何是好？速報漢王知道。〔作報科。白〕大王，不好了，連雲棧道被火焚燒，大王請看。〔漢王白〕有這等事？待吾看來。〔看科。王陵、樊噲、曹參、蕭何同看科。蕭何作背點首會意科。漢王白〕呀，這火勢好猛烈也。〔唱〕看將去，火勢連天風威勁。風威勁，偏他祝融怒氣逞。猛地尋思空囈掙，烟鎖雲横。度嶺穿山只一徑，慘無餘剩。〔作怒科。白〕我曉得了，此必張良孺子所爲，他要燒絶棧道，使我不得東歸，其情可惡。〔唱〕

【又一體】想他軟語叮嚀，相逢妄把後期定。誰知道，臨岐握手難偏聽。難偏聽，他思量一隅成陷穽。阻我東歸空延頸，參破衷情。幾番囑咐成畫餅，惱人心性。〔衆兵將同作怨駡張良科。白〕這天殺的，害得我等生爲關外人，死作褒中鬼。那棧道，何日修得起來？〔蕭何白〕爾將士不必悲傷，吾王亦免怨恨。張良臨行，他曾與我計議，他説燒絶棧道，有四益。〔漢王白〕他待要困我褒中，倒説有什麼四益。〔唱〕

【黄鐘調·美中美】莫把如簧口，顛倒訛人聽。播弄機關巧，任馳騁。我參詳就裏，猜透那人心病。毒計暗埋藏，甜語空留贈。有甚蒙情處，希聞命。〔蕭何白〕大王不必性急，容臣細稟。他説，一者，使霸王聞知，燒了棧道，料吾王再無東歸之意，他也無西顧之憂。〔漢王作點首科。白〕二來呢？〔蕭何白〕二來，使三秦高枕，不爲嚴備。〔漢王白〕是嗄。三來呢？〔蕭何白〕三來，使隨征將士，安心在漢中奉事大王，息了思歸之念。〔漢王白〕也是嗄。那四來呢？〔蕭何白〕四者，使諸侯無相攻擊，損我兵勢，得以蓄鋭養鋒。〔漢王白〕妙，妙，妙。〔蕭何白〕有此四益，感他不盡，何故怨駡？〔漢王作大喜科。

白〕妙嗄，若非卿家説明，幾誤怪子房了。〔唱〕

【又一體】一一數來好安排，兀自煩思省。夢破鐘聲曉，猛然醒。今朝一炬，天教運籌先定。空自負忠腸，倒把人厮挺。遥望烟騰處，邀天幸。〔衆將士白〕雖有四益，音信難通，從此家鄉永隔了。〔漢王白〕衆將士，不用心慌，且在褒中養鋭數年，那時修理棧道，少不得還鄉有日。〔唱〕

【黄鐘調・大勝樂】韜光斂迹，潛鋒蓄鋭，且喜數年無警。軍威頓整，那慮道途多梗。少不得錦衣故里，團圞永日，語笑歡聲。勸伊今日，好須衝破愁城。〔扮老幼十六蜀民上。白〕我等乃蜀中居民，聞漢王入川，前來迎接。〔作進叩見科。白〕蜀中小民，聞大王分封此地，不勝慶幸，特來迎駕。〔漢王白〕吾有何德，勞爾等遠迎。〔唱〕

【又一體】看白叟黄童，齊結隊偕行。有甚德能，篚筐簞食何應。但願相依，風淳俗美，欣看百室盈寧。慶相安無事，耕田鑿井。〔白〕衆百姓，好生引導。將士們，就此起行。〔衆應科。白〕得令。〔遶場行科。漢王唱〕

【慶餘】雖處邊陲饒佳勝，肇基萬年自天定，我棲借一枝權待等。〔下〕

第六齣　怒禁姬成（齊微韻）

〔扮桓楚、于英押姬成上。姬成唱〕

【商調・山坡羊】際強秦宗祧失墜，嘆孤踪身家顛沛。荷恩主吹噓義隆，感賢王叨把藩封備。我有甚虧，踟躕憑問誰？〔白〕二位將軍，我姬成在韓國並無失職，大王爲何令二位逼我來朝？〔桓楚、于英白〕我二人並不知情，少待大王臨軒，自有分曉，且在午門外伺候。〔姬成白〕咳，罷了。〔唱〕哀鴻霜下心驚碎，堪笑無端，一場傀儡。〔合〕思維，知吾是也非。傷悲，由他笑與啼。〔下。扮項伯、鍾離眛、季布、虞子期上。同唱〕

【商調引・鳳凰閣】故人歸未，惹得君王心懟。看他藩服仰天威，難免一番狼狽。事緣貽累，唯願得天顏霽回。〔分白〕下官項伯。下官鍾離眛。下官季布。下官虞子期。〔同白〕主上遣桓楚、于英，逼令韓王入朝，想爲張子房之故，聞已到午門伺候。〔項伯白〕少間倘有差池，須當保奏。〔鍾離眛白〕他爲你故人受累，且你係宗臣，理當保奏的是。〔季布、虞子期白〕且待主上臨朝，便知端的。〔扮四太監、二宫官引項籍上。唱〕

【商調引·十二時】思量空自悔，何事憑他奸宄。蹤似浮雲，信如沉水。要知他去住從違，索把姬成質對。〔轉場坐科。白〕人心難料度，時事易乖張。孤家好意命張良隨漢王入川，原要他做我心腹，凡漢王路上動静，回來報我知道。誰知他一去不回，想是隨漢王入川去了。此事韓王必知詳細，爲此遣桓楚、于英，逼令韓王入朝，當殿問明。傳姬成上殿。〔虞子期白〕領旨。〔傳科。白〕千歲有旨，傳姬成上殿。〔桓楚、于英押姬成上科。桓楚、于英白〕千歲坐殿，速速行動。〔姬成白〕是，煩二位將軍引見。〔作進見科。桓楚、于英分白〕臣桓楚，臣于英，〔合白〕押得姬成當面。〔姬成跪科。白〕小王姬成朝見，願大王千歲。〔項籍白〕姬成，你且起來。〔宫官白〕平身。〔姬成白〕千千歲。〔起立科。項籍白〕姬成。〔姬成白〕大王。〔項籍白〕我且問你，那張良是孤家遣他隨漢王入川，久不見回，你必知詳細，從實奏來。〔姬成白〕大王，那張良呵，〔唱〕

【商調·二郎神】詢家世，念宗邦伊家故里，累代簪纓傳後裔。遭家不造，家亡國破人離。漂泊羈臣隨處棲，悵此日蒼茫烟水。〔合〕天涯，問行踪，教人空自狐疑。〔白〕張良雖係韓臣，他的行事，小王如何得知？〔項籍白〕他世爲韓臣，久以復韓爲念，前在博浪，爲韓椎擊秦皇。後從漢王，爲韓求你爲君。漢王西取咸陽，又爲韓隨漢王而行。況懷王封他司徒，輔佐於你，朝夕之間，豈不將心事向你訴明？〔姬成白〕此事冤屈死小王了。韓爲秦滅，小王避居潁上，張良强我爲王，本屬不願。〔唱〕

【商調·囀林鶯】空巢怎思還舊基，願潛身潁上棲遲，存亡繼絶原無意。〔白〕況他在韓未久，即去略地，至今音信不聞，如何知他心事？〔唱〕暫周旋偶爾相依，知他何地，自別後何年歡會。〔合〕不須提，一從辭去，久已信音稀。〔項籍怒科。白〕孤好意問你，你倒遮遮掩掩，不肯實説。武士，將姬成綁去砍了。〔扮二武士上，作欲綁姬成科。姬成跪求科。白〕姬成委實不知，求大王饒恕嗄。〔唱〕

【商調·黄鶯兒】冤死枉銜悲，乞哀矜念式微，曾無一語將他諱。衷忱共披，天恩望垂，噓枯潤槁曾蒙惠。〔合〕慘悽悽，雷霆暫假，咫尺霽嚴威。〔項伯奏科。白〕臣項伯，啓奏大王。張良蒙大王待爲心腹，必不忍棄楚歸漢，或因棧道險峻，因此遲歸不定。若以臣之故罪及國主，反使張良聞之，裹足不前。依臣愚見呵，〔唱〕

【商調·琥珀猫兒墜】權將爲質，香餌釣鰲歸。他背主何心作禍魁，征途管取一時回。〔白〕倘若張良不回，那時再斬姬成不遲。〔唱合〕謹啓，伏乞俯賜天恩，少待歸期。〔項籍白〕准皇叔所奏。武士們退下。〔武士下。項籍白〕將姬成暫禁驛館。〔姬成白〕千千歲。〔起科。項籍白〕張良如果不歸，將姬成即行斬首，退朝。〔太監、宫官引項籍下。姬成謝項伯科。白〕今番若非皇叔，我姬成性命休矣。但張良一日不歸，我一日不保。〔項伯、鍾離眛、季布、虞子期白〕賢王勿慮，張良聽此消息，必早回來。〔姬成白〕但願如此，我姬成邀天之幸也。〔唱〕

【尚遶梁煞】幸蒙矜宥承慈庇，恍然似春還谷底，盼望行旌願他及早回。〔同下〕

第七齣　漢中定位（魚模韻）

〔扮蕭何、曹參上。同唱〕

【南呂宮引·三登樂】帝典王謨，守舊章匡扶聖主。〔扮周昌、周勃、王陵、夏侯嬰上。同唱〕裕韜鈐早定遠圖。〔扮陸賈、酈食其上。同唱〕武備修文治洽，先著規模。〔扮樊噲、殷蓋上。同唱〕人心固結，似山川險阻。〔同白〕雲蔚霞興定帝居，聖人何礙在邊隅。試向民心看王道，山川不似舊崎嶇。〔分白〕我蕭何是也。我曹參是也。我酈食其是也。我陸賈是也。我周昌是也。我周勃是也。我王陵是也。我夏侯嬰是也。我樊噲是也。我殷蓋是也。〔蕭何白〕吾王駕到漢中，聽群臣公議，擇於今日登位。有終必先於慎始，治國莫大乎正名。大家小心伺候。〔衆白〕謹領台教。〔扮四太監、四宫官引漢王上。漢王唱〕

【南呂宮引·大勝樂】草堦茅茨列鵷鷺，分明是有周姬吕。仁風未到中原，蒼生望斷修阻。〔轉場坐科。白〕富貴非吾願，何心率土臣。勉承天眷注，只爲亂離民。孤家聽蕭何、張良之勸，勉就漢中之封，受盡艱辛，方得到此。群臣公議，今日登位，只是天下之大，百姓之多，項羽强暴，怎得休息？

坐這王位，好不安穩也。〔唱〕

【南呂宫·春色滿皇州】漢南風間阻，向萬山重疊，冕裳勤御。〔群臣跪科。白〕臣等敬賀我王殿下，願我王千歲增作十千，一方化爲一統。〔漢王唱〕勞卿等，從余僻處山陬。步艱難棧道崎嶇，參密勿軍營弼輔。〔合〕功勳燦著，我雖居小國，也索陞除。〔白〕孤賴衆卿，得保無虞，有功之臣，俱宜加封。今封蕭何爲丞相，總理朝政。曹參爲副相。陸賈、酈食其爲上大夫。周昌、周勃爲殿前將軍。王陵、夏侯嬰爲護衛將軍。樊噲、殷蓋爲都尉將軍。其餘有功者，封散騎將軍。大小文武各官，俱加一級，有功之日，再加陞賞。〔群臣謝恩科。白〕千歲。〔同唱〕

【又一體】知遇，滿朝文共武。喜君王不吝，心皆鼓舞。新政舉，恩波洗盡荒蕪。國初建位事惟能，官任使幾知當務。〔合〕同心相助，一行莽將，幾個迂儒。〔漢王白〕幾載兵戈隊裏，今朝始得安然。君勞臣瘁意纏綿，慶賀宜排喜宴。〔群臣謝科。白〕千歲。敬謝推誠置腹，實堪膽鏤心鐫。湛恩深飫古今傳，只恨駑長未展。〔入宴科。同唱〕

【南呂宫集曲·梁州新郎】【梁州序】（首至合）君臣同樂，歡斟醽醁，不羨詩歌湛露。赤心相見，居然似水如魚。請看階生蓂英，指佞無從，喜氣盈朝宁。不妨沉醉也，倩人扶，旨酒嘉肴出御厨。【賀新郎】（合至末）人意洽，天心注，看山河一統民安阜。真命主，受天祜。〔漢王唱〕

【又一體】燒殘雲棧，偏安兹土，隔斷東歸舊路。〔蕭何白〕臣聞舜起於負夏，文、武起於西岐，自古聖人不擇地而生，聖主不擇地而王。〔漢王唱〕室家堪慮，心驚怕，聽寒烏。〔蕭何白〕霸王知我主無東歸之心，他已無西顧之意，太公處必更加奉養。〔漢王唱〕未必晨昏堪倚，寢食無虞，不嘆别離苦。猛然心悸也，想良圖，怎免高堂不怨吾。〔衆同唱合〕人意洽，天心注，看山河一統民安阜。真命主，受天祜。〔漢王白〕天下大器，惟有德乃可居之。只這川中，地瘠民貧，全賴衆卿輔助，匡余不逮。〔蕭何白〕吾主仁慈寬厚，到處感恩，臣等有何德能，敢言匡弼？〔唱〕

【又一體】仁慈寬厚，和風甘雨，但覺陽春到處。小臣微末，多慚命定謨訏。只有知無不告，告必加詳，不敢辭聾瞽。一篇無逸也，我公書，自古興王不可無。〔同唱合〕人意洽，天心注，看山河一統民安阜。真命主，受天祜。〔衆白〕蕭相國之言是也。〔同唱〕

【又一體】欣逢嘉宴，兼聞直語，那見書生論腐。我王乾健，休忘相國嘉謨。縱是新民新命，盛德常新，帝衮無須補。要知靡不是，警於初，到鮮終時後悔虛。〔同唱合〕人意洽，天心注，看山河一統民安阜。真命主，受天祜。〔曹參、陸賈、酈食其同唱〕

【南吕宫·節節高】唐虞帝曰吁，這禹皋謨，責君兼以規臣庶。臣曰都，君曰俞，常憂懼。光陰一寸休輕覷，山河九有終須御。〔合〕乾乾不息似飛龍，乘時飛向雲霄去。〔樊噲、曹參衆白〕君臣咨儆，自古爲難，但不知張良軍師，幾時纔尋得興劉滅楚大元帥來。〔唱〕

【又一體】吾心憒不舒，把項家除，斯人合是擎天柱。將名註，將敵誅，將功樹。川中豈是常安處，池中怎許蛟龍住。〔合〕待興劉滅楚那人來，大家殺向咸陽去。〔蕭何衆白〕壯哉，衆位之論，若果如此，天下太平矣。〔起科。白〕多感吾主賜宴之恩，臣等不勝酒量矣。〔漢王作大悦科。白〕主臣同宴，聞讜論於前，覩壯氣於後，孤亦不覺醉也。〔衆同唱〕

【慶餘】群臣共博天顔豫，這的是聖世主臣真趣，〔漢王唱〕則待出本義行仁師一旅。〔分下〕

第八齣　呂氏閨怨（齊微韻）

〔扮劉煓笑科上。唱〕

【越調引·浪淘沙】壯志果難羈，捷報傳回，漢王旌節駐山限。傳語閨中憔悴者，不久分離。〔白〕適纔見一人，道貌清奇，問我住處，詢其名氏，乃是韓國張良。他道項羽背了懷王之約，封我兒劉季爲漢中王，是他親送劉季到了棧道，辭漢歸韓。臨别時，托他寄一口信，教老夫善自調養。我邀他到家中，奉獻一茶，阿呀呀，忙得緊，急急忙忙的就去了，不免告訴他娘子知道。媳婦快來。〔扮呂雉上。唱〕

【越調引·祝英臺近】皺雙蛾，長整日，知是幾行淚。聞得爹行，驚遽這聲氣。〔見科。白〕公公萬福。〔劉煓白〕媳婦，你丈夫如今封了漢中王，入川去了。他托韓國張良帶得一個口信，説軍事匆匆，不及寫書，教老夫善自調養，迎養有日。〔呂雉白〕嗄。〔唱〕恁般就道倉皇，歸藩匆遽，一緘的音書難寄。〔劉煓白〕媳婦，他因項羽背約，逼迫不過，也怪他不得。你休焦躁，我還告訴你哥嫂去。〔呂雉白〕公公請便。〔劉煓下。呂雉嘆科。白〕好一個薄情漢王也。〔唱〕

【越調·祝英臺】别離輕恩愛薄，欺負女流痴。轉斷寸腸，盼瞎雙睛，只望帶携光輝。傷悲，撇拋來動是經年，並無有言詞安慰。〔合〕似這等薄情樣，甚的夫榮妻貴？〔白〕自他入了關中，我打量他一定接取家小，他全不在意。如今項羽背約，封你爲漢中王，更該挈眷同行，單單帶了一個口信，安慰老父，置妻子於不問，你難道忘了我麽？〔唱〕

【又一體】忘記，燭花紅人語悄，雙宿繡羅幃。怎便一別入關，君享榮華，奴在這邊孤恓。心昧，老椿庭侍奉虧誰，新玉笋何人吃累？〔合〕那些兒，該忘貧賤夫妻。〔白〕咳，漢王，你這等没良心。你豈不知伯伯單守莊農，奴一人上事公公，下撫孩兒。你做了漢中王，難道還不該來接我？你看那項羽和虞姬呵，〔唱〕

【又一體】成對，那虞姬和項羽，行住不相離。倒是鹵莽性情，偏會温存，軍旅畫他雙眉。慚愧，你劉家帝室宗支，偏不及將門子弟。〔合〕盼伊家，堪憐無翼難飛。〔白〕我想他一入蜀中，必定廣選美女嬌娃，恣情歡樂。咳，你做了漢王，你是該樂的了。〔唱〕

【又一體】身貴，列金釵排紅粉，安用老蛾眉。角枕錦衾，歡樂終宵，也免耳聞歔欷。伶俐，怕撚酸掘却梅根，將蜀錦裁成花砌。〔合〕咳，命兒中，合該生就孤帷。〔白〕別的罷了，項羽既然背約，必定彼此懷嫌，倘或要拿家眷，奴與孩兒，怎的好嗄，却怎的好？〔作起坐不安科。內白〕二娘子請三娘子説話。〔呂雉白〕來了。〔唱〕

【餘音】如焚火把心燒碎，這愁急不須寬慰，我父親相面聯姻生生的錯認你。〔下〕

第九齣　會友聞變（歌戈韻）

〔扮張良、項伯上。張良唱〕

【越調引·楚陽臺】驛路迢遥，關津隔閡，賴良朋念舊情多。〔項伯唱〕欣逢故舊得暫過，用博些時顔破。〔張良白〕多承明公厚意，遣人遠接，使我竟過三秦，得與明公相會，足見愛我之意。〔項伯白〕伯知先生必辭漢歸韓，恐關津路口有人盤詰，故爾使人遠迎。今日得晤，足慰平生之願。〔張良白〕各國諸侯還國，不識韓王曾來朝見否？〔項伯沉吟科，張良驚科。唱〕

【越調·下山虎】我王安在，有甚風波？怎不分明説，費我揣摩。你平生誠信，與我情投意合，爲甚沉吟眉恁鎖？〔白〕我曉得了，莫不客中有甚病痛？〔項伯嘆科，張良急科。白〕莫不有甚蹊蹺？〔唱〕你説是死還活，恁教咱心驚手自搓。〔合〕定是風聲惡，你向心中轉那，不便開言是若何。〔項伯白〕咳，可惜韓王，來遲了些。〔張良急科。白〕來遲了，便怎麽？〔項伯唱〕

【越調·蠻牌令】朝覲恨逶迤，幾把禍殃羅。〔白〕吾王因韓王來遲，又見先生隨漢王不歸，登時大怒，要把韓王問罪。是我再三苦諫，方纔軟禁驛館，以待先生。〔張良跪叩科。白〕多謝明公。〔項伯拉科。白〕不消謝得。〔唱〕慚余綿軟懦，君又到蹉跎。〔張良急科。白〕如今韓王怎麽樣了？〔項伯唱〕這也是天心人事，俺可也没法騰挪。〔合〕空急殺，怎奈何，軍中令行，將伊結果。〔張良驚科。白〕嗄，難道項王竟將我主斬了麽？〔項伯白〕待先生不來，竟將韓王斬了。〔張良哭科。白〕兀的不是張良，害了本主也。〔唱〕

【越調·山麻稭】這的是誰遺禍，追究這弑主根由，臣罪如何。山河，便任他，削滅了根株未剁。〔合〕到此日國存何處，主歸那裏，痛刺心窩。〔項伯白〕先生不必過悲，自古死者不可復生，先生一片忠心，上對天日，下對韓王，均可無愧。韓王之死，雖曰人事，實亦天命也。〔張良白〕韓王靈柩，今在何處？〔項伯白〕昨日送回本國去了。〔張良白〕故主已亡，此心寸割，不及久留，就此告别。〔項伯白〕方纔聚首，未及請教，如何就要相别？〔張良白〕良自恨不合送漢王入川。〔唱〕

【越調·五般宜】我則悔，入西川山嵯嶺峨。我則悔，出西川道旁逗迤。怕不的做鬼暗中訶，怕不的冷骨楞生，少人葬他。則覓得七尺山阿，安頓他魂靈淺坡。〔合〕哭一聲今日的韓王，戕君的原是我。〔項伯淚科。白〕雖然如此，何忍遽别。〔張良白〕良方寸俱亂，留良一日，不但重良之罪，徒亦傷良之心，就此告辭。〔唱〕

【越調·憶多嬌】緣分薄，權契濶，相逢異日想起珠淚落。一國存亡，被微身擔擱。〔合〕劍向心割，劍向心割，國破家亡味惡。〔白〕張良此去，安葬故主，頓置家小，一月之内，就來相見。〔項伯白〕

既然如此，不敢久留，些須路費，權且收下。〔張良謝科。項伯白〕伯一月內，差人遠迎，先生不可失信。〔張良白〕這個自然。〔張良、項伯同唱〕

【越調·江頭送别】心相印，情難捨，奈兹别何。期後會，訂重逢，只憑一諾。〔張良唱〕茫茫恨似天涯濶，〔合〕專愁事與願左。〔項伯白〕先生休要失信嗄。〔張良白〕明公須遣心腹之人迎我，不可使人知道，足徵始終相愛也。〔項伯白〕這個自然，請了。〔張良白〕請了。〔拭淚下。項伯白〕咳，這是那裏説起喲。〔下〕

第十齣　靜娥望歸（先天韻）

〔扮侍女引趙静娥上。趙静娥唱〕

【正宫·錦纏道】簾兒捲，刮着這慘凄風一片。是破國孤臣院，冷香閨，也懶把針拈倦施刀剪。

〔白〕妾身趙静娥，韓司徒張良之婦。我官人輔公子姬成嗣位，已遂報國之心，他又恐韓祚不能久存，辭家保漢。不料項王將韓王召去，就便殺害。咳，官人嗄，〔唱〕用深謀永百世香烟，争曉得存亡更變。待思量人勝天，恰後圖還未，前功盡捐。〔白〕想我官人，若不知道還好，若是聞得此信，〔唱合〕返國心如箭，飛馳驛路塵拌着淚潺湲。〔白〕昨日聞得韓王靈柩回來，諸公子將韓王禮葬。咳，葬則葬了，只是我官人，歛不能臨其屍，哭不能撫其棺，又是一番恨事。〔内作叩門聲科。趙静娥白〕丫頭，問院子何人叩門？〔侍女問科。内白〕間壁人家。〔趙静娥白〕啐，我則當是官人回來了。〔唱〕

【正宫·小桃紅】我早則心驚顫，待慰藉人哀怨。却把叩門聲勤認歸鞭，耳不分明錯聽鄰家院。

〔内又叩門科。侍女白〕這又是叩門聲息。〔趙静娥摇頭科。唱合〕東鄰西舍無多遠，一樣兒車馬聲喧。〔内白〕好嗄，老爺回來了。〔侍女白〕是回來了。〔趙静娥白〕隨我堂前接官人去。〔扮張良上，見科。趙静娥

白〕且喜官人回來，爲何面帶憂容？〔張良白〕夫人，難道你不曉得麽？〔唱〕

【正宮·傾杯賺】不由人願，我韓國事端中多變。主含冤，孤臣安得不凄然？命偃蹇，蜀地徒勞三略展，故國君王一命捐。追恨晚，有甚的功成業建？自家嗟怨，自家嗟怨。〔趙静娥白〕韓王被難之日，官人却在那裏？〔張良白〕咳，〔唱〕

【正宮·金殿喜重重】漢王親賢，我相隨入蜀，崎嶇險阻山川。〔白〕項羽聽范增之謀，屢次欲害漢主，是我再三保護，方得入川。〔趙静娥白〕幾時回來？〔張良白〕我送漢王過了棧道，即便辭歸，指望輔佐新王，創一番事業。〔唱〕想山河再建，禋祀聯綿，不枉忠忱一片。〔白〕不料主公被項羽戕害。〔唱〕歎君隔重泉，空勞拾履謙虚，學到陰符一卷。〔趙静娥白〕官人在那裏聞得主公凶信？〔張良白〕我行至寶鷄山，逢故人項伯，遣人遠接，到彼家中，方知就裏。此皆吾不能保護之功也。〔拭淚科。唱合〕是我百思不到，害得君王首領，血洒涓涓。〔趙静娥白〕官人也不必自己引咎。〔唱〕

【又一體】你壯志摩天，把邦家再造，何慚蓋世忠賢。奈雲隨蜀輦，龍出深淵，怎護金鱗週遍？况男子心堅，何妨博浪重椎，再雪深讐宿怨。〔合〕且請自家寬慰，不用珍珠亂落，滚似流泉。〔張良白〕院子過來。〔扮院子上。白〕老爺心事不嘉，須要小心伺候。老爺有何吩咐？〔張良白〕你與我備辦祭禮伺候者。〔院子白〕理會得。〔下。趙静娥白〕可是祭祀主公？〔張良白〕然也。〔趙静娥白〕官人一路風塵，暫且歇息，只要祭祀心誠，遲一二日何礙？〔張良白〕夫人説那裏話，我爲韓家臣子，不能保護於生

前，這一杯酒和俺的血淚，澆在墳上。〔哭科。白〕也只好天知道，地知道。〔趙靜娥白〕官人之忠，可以對主公於地下矣。〔唱〕

【正宫·朱奴兒】一盞酒靈前祭奠，盈盈淚共那血濺。〔白〕韓王呵，〔唱〕敢不恨孤臣不保全，歎命蹇時衰應受沉冤。〔合〕深罕見，把你那忠心問天，塞滿着乾坤怨。〔張良嘆科。趙靜娥白〕官人請裏面坐，待院子慢慢端正祭禮。〔張良唱〕

【不絕令煞】功名富貴非吾願，故主存亡此一肩，到如今傷斷肝腸悔不轉。〔同下〕

第十一齣　忠心祭主（齊微韻）

〔扮院子捧祭禮，家童持紙帛上。院子白〕幾年辛苦把巢營，風水飄摇涕淚横。若問河山與君主，荒原衰草可憐生。咳，我家子房老爺，一生辛苦，報得秦讐，復得韓在。昨日歸來，化作一場春夢，傷心刺骨，命俺備辦祭禮，帶着家童，前往陵上祭奠。你看，那邊哭哭啼啼，俺老爺早來也。〔扮張良上。唱〕

【高宫·端正好】慘雲烟，愁天地，俺韓家一縷絲微。把咱這絲絲帶血的心兒繫，今日個神空費。〔白〕俺張良奏請懷王立公子姬成爲主，甫遂初心。不料項王嗔他朝賀遲延，又惱我入川不返，竟自殺害。爲此謹備祭禮，到陵上哭祭一番。院子，就此前去。〔作拭淚行科，問科。白〕那，那，那就是我王陵寢麽？〔院子白〕正是。〔張良望科。唱〕

【高宫·滚繡毬】列東西枉像人，卧泥沙幾塊石。那裏是獵郊原前排後隊，何曾是税桑田夙駕旌旗。〔哭科。唱〕早淚泛出眼兒中的活泉，火着了酪子裏的死灰。忍看那荒凉田地，更聽這繞樹烏啼。〔到科。唱〕現放着一抔桑土今如此，問我的牖户綢繆爲阿誰，只落得自把心搥。〔白〕想起昔日，良在潁川迎駕，何等歡欣？後來返駕登基，何等快樂？今日之下，只剩這一抔故土，好傷心也。院子，將祭禮擺下。〔院子應，擺科。張良跪哭科。白〕我的公子，我的主公。〔唱〕

【高宫·叨叨令】荒亭孤驛盼歸期，洒多少生還無路恓惶淚。盼微臣盼一個日久音稀，勉就那强横刑章羞莫洗。今日個負國的孤臣，靦着臉聰明正直墳前跪。總滴血盈盈向酒杯，贖不了西川棧道句留罪。兀的不悔殺人也麽哥，兀的不痛殺人也麽哥。生是我耽誤君王，把忠心五世清清白白的累。〔白〕良本一片忠心，今以相從漢王，反害吾主，是良忠而不忠。〔院子遞酒科。張良白〕這，這，這一杯不忠的酒，吾王試飲者。〔奠叩科。唱〕

【高宫·脱布衫】俺按春秋筆下嚴威，這誤君身臣罪何辭。將趙盾弑君呵將來比擬，敢難恕復韓時從前經濟。〔白〕良家五世相韓，竭忠圖報，至良之身，本欲上繼祖宗之志，今事至此，〔院子遞酒科。張良白〕是良孝而不孝。這，這，這一杯不孝的酒，吾王試飲者。〔奠叩科。唱〕

【高宫·小梁州】想黄泉幾世忠貞鬼哭悲，都應恨遊子忘歸。撫儲君泉下痛歔欷，頻揮淚，好打碎碧玻璃。①〔白〕良向年不避艱險，擊始皇於博浪沙中，今與項羽，不共戴天之讐，如何不報？〔院子遞酒科。張良白〕這，這，這一杯酒，便是與吾王留别也，吾王試飲者。〔奠叩科。唱〕

---

① 「碧玻璃」，校籤作「這酒杯」。

【又一體】破一個萍踪浪影乾坤内，少不的射賊射烏騅。① 有一日呵覓渠魁，人斯得，也一樣揚眉吐氣，好教他頸血濺臣衣。〔起科。白〕院子，焚燒紙帛。〔院子應，焚科。張良白〕嗄，主公，〔唱〕

【中吕調・快活三】紙錢灰風際飛，比供賦太輕微。怕韓邦祖宗還似莫敖餒，你暫收來免致重泉也常受餒。〔白〕嗄，主公，張良回去辭别家小，與諸公子商辦一切，就要替你復讐去了。〔唱〕

【中吕調・朝天子】别荒烟一堆，洩深讐百計，有一日重來祭。那時節功題華表，事泐塋碑，表出俺始和終丹肝肺。你訴幽冥，還呼上帝，項籍强梁到頭來少不的屍分碎。② 勸你也休悲，叫俺可怎的，則待向莽莽天涯洒却萬點孤臣淚。〔白〕嗄，主公嗄，張良是去了噓。〔同下〕

---

① 襯字「射」，校籤作「射賊的」。

② 「到頭來」，校籤云：「下重『到頭來』三字。」

第十二齣　諸神效靈（家麻韻）

〔扮八蜡神跳舞上。分白〕迎猫祀虎典非輕，保護莊農百室盈。世亂不曾聞蜡祭，任他蟲鼠自飛鳴。我等八蜡之神是也。今有五穀神與龍神，及各地祇議事，整肅威儀伺候。〔扮黍、稷、麻、麥、豆五神上。同唱〕

【中呂宮・好事近】地寶獻英華，不管山顛山凹。天心懸注，自然到處休暇。春祈秋賽，慶年豐，一例歡無那。〔合〕喜民和歲稔人安，欣解愠南風吹化。〔同白〕根苗初茁向春田，半賴人功半賴天。五日一風十日雨，家家户户起炊烟。〔分白〕吾乃掌黍之神是也。吾乃掌稷之神是也。吾乃掌麻之神是也。吾乃掌麥之神是也。吾乃掌豆之神是也。〔同白〕自從后稷樹藝五穀，民得粒食，上帝特命我等，調爕陰陽，掌管化育，體天心之仁愛，保物産之蕃滋。前日中元地官面傳玉旨，道赤帝子入蜀以後，着吾神加意保佑。已經知會龍神，及山、川、出雲降雨者，大家商議，想必就到。〔扮雷、電、風、雲四神將引龍神，四水族引川神，四鬼卒引山神上。龍神白〕甘霖點點是黄金，〔山神白〕寶藏無窮山徑深。〔川神白〕蚌産明珠映明月，〔同白〕物華天寶聖王心。中元地官傳出玉旨，説赤帝子入蜀，叫我等百神

呵護，大家會同五穀神商議。〔作相見科。龍神白〕請問五穀尊神，中元地官着我等百神，默佑於赤帝子，怎生佑法？〔唱〕

【又一體】稽查，向例更何加，怎的個代天宣化？難道龍宮珠寶，獻與帝室天家？〔山神、川神白〕正是。〔唱〕便山輝川媚，隔陰陽，只合沉埋罷。〔合〕捧綸音相佑何方，願尊神指示無差。〔五穀神白〕列位有所不知，山車澤馬，總荒芟柞之心；貝玉南金，不敵倉箱之寶。必如俺五穀神呵，〔唱〕

【中吕宫・和佛兒】禁止蚳蝗傷淺芽，泉通氣上達。高低隴畝，呈瑞慰天家，安飽遍桑麻。〔合〕欽玉旨，五穀豐登職無差，五穀豐登職無差。〔白〕小神職司稼穡，不過三時不害，民和年豐。至於施雨行雲，還仗龍神之力。〔龍神白〕豈敢，小神不敢偷安，涓滴之勞，皆憑玉旨，既奉中元地官之敕，又蒙尊神開導，自今以後呵，〔唱〕

【又一體】和風細雨頻頻洒，無須課問費嗟呀。耕耘按節，如意付農家，霧攫更雲拏。〔合〕欽玉旨，大澤深山沛恩洽，大澤深山沛恩洽。〔白〕旱澇成災，小神之過，但願民安國泰，早覩昇平。〔山神白〕小神職任山林，如何輔佐，還求五穀尊神指示。〔五穀神白〕聖人遺制，火耨水耕；百姓資生，水濡火化。尊神但使猛獸斂迹，樵蘇有餘，足矣。〔山神白〕領教了。〔唱〕

【又一體】原來要猛虎狂犀斂爪牙，山林静不譁。樵蘇不缺，便算利無加，從此聽三巴。〔合〕欽玉旨，密箐深林斧柯伐，密箐深林斧柯伐。〔川神白〕如此，小神也知道效靈了。〔唱〕

【又一體】汎濫由來水一涯，波恬盛世誇。珍饈錯出，蕃衍足魚蝦，歡喜任漁家。〔合〕欽玉旨，懦弱微波任相狎，懦弱微波任相狎。〔五穀神白〕諸位尊神如此效靈，眼見漁、樵、耕、織件件都全，佇看蜀中，先享太平也。〔唱〕

【中呂宮・舞霓裳】足食豐衣庶民家，庶民家。水畔山陬利堪誇，利堪誇。漁樵譜出清時畫，纔識聖朝佳瑞重桑麻，總是那恩膏汎洒。〔龍神白〕我們雖有微勞，終以嘉禾秀麥爲主，尊神之功，當推第一。〔五穀神唱合〕同襄贊，帝業光昌共歡洽。〔龍神、山神、川神白〕昨日漢王已經定位，事不宜遲，就此各行所司便了。但願自此以後呵，〔同行科。同唱〕

【中呂宮・紅繡鞋】豐登菽麥禾麻，禾麻。恩施遠邇幽遐，幽遐。看水澤共山家，逢盛世，慶年華。〔合〕歌大有，頌聲譁。〔下〕

第十三齣　佈散童謠（蕭豪韻）

〔扮張良道裝，作瘋狀上。唱〕

【雙調・鎖南枝】瘋魔狀，爲散謠，喬裝假扮行市曹。引誘衆兒童，烘動楚廊廟。〔合〕這行藏，人怎曉，悶葫蘆，藏機要。〔白〕我張良祭主辭家，來此咸陽，意欲愚弄霸王，令彼遷都，爲漢王留下咸陽，好作開基之地，因在項伯家中寄寓，静俟機緣。前日項伯入朝，吾在家燕處，登閣檢書，内有奏議一章，教霸王益兵嚴備，巡哨邊關，收回章邯等三人，别遣智勇兼全之士，阻塞關隘，更取漢王家屬，拘于輦轂之下，種種議論，切中漢王心病。又勸霸王，不宜恃勇，昭布仁義，以結民心，深明勢要，洞悉機宜。此議若行，漢王更無入關之日矣。後來詢問項伯，知係韓信所陳，霸王扯碎本章，幾欲治罪。此人現爲執戟郎之職，大將鴻才，屈於小就，吾意欲去訪，面叩所藴，付與角書，以踐前言。因此辭别項伯，悄出咸陽，只待愚弄遷都之後，不怕韓信不棄暗投明也。吾已定下一計，編成幾句歌謠，傳教兒童，令其揚播，吹入霸王耳中，那時感動其心，這遷都之事便有可期。爲此改换道裝，佯作瘋魔之狀，前來招引兒童。你看，那邊一隊兒童來了，不免作起瘋狀來。〔作瘋狂狀科。唱〕

【又一體】行爲改，禍心包，佯狂好把童子招。搗鬼復裝神，還哭更還笑。〔合〕保興王，不辭勞，費精神，將謊掉。〔扮衆兒童上。白〕那邊有個道人，在那裏自言自語，不知説些什麽。〔一兒童白〕待我過去問他。喽，那位道人，你在這裏説些甚麽？〔張良作大笑科畢又大哭科。衆兒童作圍看科。白〕原來是個瘋道人，倒也有趣。〔張良作瘋話科。白〕什麽瘋道人，我是那森羅殿的閻羅天子，靈霄殿的玉皇大帝。你們這些小鬼呵，〔唱〕

【雙調·撼動山】死生權柄是吾操，吉凶和壽殀。區區掌握中，誰教你暗裏逃。跟隨我，早把這福壽招。〔衆兒童白〕一個瘋道人，偏要説這無頭大話，我們偏不跟你，倒要看看你的本事。〔張良唱合〕休得把我嘲，一會價早有個天神到。〔衆兒童白〕天神在那裏？〔張良白〕那邊來了。〔作手勢科。唱〕

【又一體】紅鬚黑面莽身腰，三頭六手抓。最喜噉兒童，逢着他命怎逃？常時裏，着一領破道袍，〔合〕形像兒改着。〔衆兒童白〕莫非就是你麽？〔張良白〕不敢相欺。〔唱〕這會價便是我天神到。〔作瞪眼張牙，舞手蹈足欲捉兒童科。衆兒童白〕不好了，果然的天神赴他身了，快些跑嗄，快些跑嗄。〔衆兒童奔下。一兒童白〕你們怕他，我偏不怕。瘋道人，你敢拿我麽？〔張良白〕我不拿你，我却怕你，我也要跑了。〔作遶場疾行科。一兒童白〕你跑，我偏要趕你，看你跑到那裏去？〔作隨行科。張良作左右張望科，背科。白〕此處無人，可以傳授歌謠，不免傳與他便了。小哥。〔一兒童白〕叫我怎麽？〔張良白〕你跟我來，是有福之人，意欲教你長生妙訣，你可領會得麽？〔一兒童白〕你且念來，管你一遍，都記得了。

〔張良白〕你聽着。〔作念科。一兒童作逐句隨念科。張良白〕今有一人，隔壁摇鈴。只聞其聲，不見其形。富貴不還鄉，如衣錦夜行。你可記得了麽？〔一兒童白〕我都記得了，待我背念一遍。〔作照前念科。張良白〕你能記熟，自然長生不老。但有人來問你，只説神人夢中傳授，逢人教念，便能增福延壽。若説破是我教你的，就有一場大禍，須要小心。〔一兒童白〕不須囑咐，我都曉得了。今日有緣，改日還要找你哩。〔下。張良白〕此謡佈散，霸王便想還鄉，那時留下咸陽，爲漢王建都之地，不枉我當年辭別時期許一番。就此回到寓所，改换衣裝，細訪韓信便了。〔唱〕

【雙調·清江引】童謡播處機謀巧，暗奪咸陽道。都會早遷移，漢室興隆兆。〔合〕只看取頗牧來時天下掃。〔下〕

第十四齣　直言招禍（戈歌韻）

〔扮二值殿將軍上，分侍科。扮韓生、陳平、項伯、韓信上。韓生唱〕

【黄鐘宫引・絳都春】蘭臺獨坐，鐵錚錚、秉霜簡非依和。〔陳平唱〕不用良謀，鵷鷺行中逐隊過。〔韓信唱〕括囊自古銷灾禍，〔項伯唱〕又何用耳聾舌破。〔同唱〕且聽宫漏，共趨金殿，面君則個。〔韓生白〕慚將結舌玷臺垣，〔陳平白〕愎諫難爲逆耳言。〔韓信白〕且自依違看世事，〔項伯白〕無榮無辱久承恩。〔分白〕吾乃諫議大夫韓生是也。吾乃都尉陳平是也。吾乃王叔項伯是也。吾乃執戟郎韓信是也。〔同白〕請了。吾王陞殿，在此伺候。〔分侍科。扮四太監、二宫官引項籍上。項籍唱〕

【黄鐘宫引・西地錦】聽得童謡傳播，街衢到處謳歌。聞將天意都參破，不歸故里因何？〔轉場坐科。衆臣朝見科。白〕臣等朝參。〔項籍白〕諸卿免禮。〔衆白〕千歲。〔項籍白〕昨有心腹内侍，打從長安道上探聽回來，奏道街市小兒，競歌新謡，語言隱隱，似乎道着孤家。問他來由，説是神人夢中所授。此事實屬異聞，爾諸卿爲何不奏？〔項伯白〕臣亦聞有此謡，但不解其意，不敢妄奏。〔項籍白〕此意有何難解？〔唱〕

【黄鐘宫集曲·啄木三歌】【啄木兒】（首至合）天垂示意不多，百二雄關休戀他。早把個遷都勸我，速回到故鄉較可。〔項伯白〕臣等愚昧，不能參透玄機，願吾王明示。〔項籍白〕天語顯然，别無可解。「今有一人」四字，分明斥指孤家。「隔壁摇鈴，只聞其聲，不見其形」三句，道孤家雖有聲名，而未得爲人眼見。「富貴不還鄉，如衣錦夜行」二句，道孤雖得天下，而不歸故鄉，如着錦衣夜行。此等言語，分明勸我還都，更無疑義。現在咸陽宫闕燒殘，一時難以修理，孤實不願都此。彭城乃梁楚之地，宗國之區，宫殿整齊，人烟輻輳，正好建都，以還故土。正是：天意孤心，兩相符合也。〔唱〕維揚地較岐雍大，荆湘勢豈巫黔弱。【三段子】（五至六）遷都意與孤心合，里閭從教衣錦過。【太平歌】（末一句）重整舊山河。〔白〕王叔。〔項伯白〕臣有。〔項籍白〕與我傳旨該部官員，速往彭城修理宫殿，擇日遷都。〔項伯白〕領旨。〔韓生跪奏科。白〕千歲，不可聽信童謡，臣有一言上奏。〔項籍白〕你有何講？〔韓生白〕千歲聽奏。〔唱〕

【黄鐘宫集曲·啄木二仙歌】【啄木兒】（首至二）岐豐地險莫過，自古來興王甚夥。【水仙子】（三至四）牧野清平起成周，建績還多。【天仙子】（二至三）嬴政滅國威風大，這的是天關横亘凌人勢，【太平歌】（末二句）宇内英雄覬覦他，〔合〕畿甸幸無挪。〔項籍白〕汝言關中可都，孤却不喜。自古道，地理不如天理，天意勸我還鄉，孤家豈可逆天行事？〔韓生白〕此等謡言，皆妖人所造，思量迷惑聖聽，就中圖事。陛下爲四海之王，如日中天，誰不仰視，何必以還鄉爲榮？〔唱〕

【黄鐘宫集曲・啄木鸝】【啄木兒】(首至合)中天日人盡睃，那有個近和遐分厚薄。説甚麽着錦衣榮歸，纔非隔壁鈴鐸。這話言總闘人所播，要思量暗裏居奇貨。【黄鶯兒】(合至末)信謡歌，咸陽捨去，失勢奈如何。〔項籍白〕孤爲四海之主，普天之下，皆爲我有，凡是可居之地，隨孤所適，又不興兵禦敵，要甚麽險峻山河？ 孤意已定，不必多言。〔韓生白〕前亞父有言，欲成一統，不可離此咸陽。 此言大有所見，千歲豈可不念？〔唱〕

【黄鐘宫集曲・三段催】【三段子】(首至四)小臣計左，極忠言還疑是訛。 軍師智多，老成人曾經慮過。【鮑老催】(二至末)叮嚀只爲開疆大，都城切勿思遷播。 他心機遠，防備周，圖謀妥。 臨行一語先題破，名言精理消灾禍。〔白〕千歲呵，〔唱合〕只望你罷遷都依良佐。〔項籍白〕孤横行天下，所向無敵，豈范增所能知哉？ 今日遷都議定，爾等毋得再言。〔韓生作起科。 白〕咳，人言楚人沐猴而冠，今日看來，果然如此。〔唱〕

【黄鐘宫集曲・滴溜出隊】【滴溜子】(首至合)人言語，人言語，信而不訛。 今纔識，今纔識，楚人是他，早自棄功速禍。【出隊子】(四至末)我枉有丹心誰輔佐，〔合〕早則向沐猴群裏，喋喋言多。〔旁侍科。項籍白〕此是何言？〔陳平跪奏科。 白〕此乃訕上之言，臣不敢隱諱。〔項籍白〕與我講説上來。〔陳平白〕彼言楚人沐猴而冠，其意以猴比王，言獼猴着冠，心非人類。 又言獼猴心不耐久，戴人衣冠，心實急躁，戴不破必弄破也。〔唱〕

【黃鐘宮集曲·仙燈照畫眉】【翫仙燈】（首至四）冠端帶拖，便猴沐登人座。獸性難除怎奈何，終則裂綺揉羅。【畫眉序】（四至末）破衣裳不類人情，露故態曾無結果。（合）是他顯把君王毁，寓意暗中藏裏。（項籍白）原來如此，這老畜生，不容於天地之間了。（唱）

【黃鐘宮集曲·歸樓神仗】【歸朝歡】（首至七）違臣節，違臣節，欺吾實多，訕上語斥陳君座。無天理，無天理，更誰似他？【下小樓】（五至六）容之，今番不可。【神仗兒】（末二句）情罪重法應苛，情罪重法應苛。（白）殿前武士，將韓生綁赴雲陽，用油鍋烹死。（值殿將軍白）領旨。（綁韓生科，下。項籍白）即令執戟郎韓信監烹。（韓信白）領旨。（下。項籍白）可惱這厮無禮，竟敢冲突於我，如今叫他爛胃焦腸，也就彀他受用了。不免揀擇日期，打點遷都。（唱）

【三句兒煞】榮歸誇耀威風我，舊彭城當陽獨坐，論甚麽虎落平陽失勢多。（作退朝科。分下）

第十五齣　韓生遭烹（皆來韻）

〔場上設油鍋切末科。扮老幼十二百姓上。同唱〕

【南吕宫·香柳娘】嘆忠臣命乖，嘆忠臣命乖，微言觸礙，雲陽市上身遭害。下油鍋苦哉，下油鍋苦哉，腐肉並焦骸，毒刑更無賽。〔白〕聞得今日在西市上，用油鍋烹諫議大夫韓生，念他爲官清正，我們大家看來。〔一百姓白〕説得有理，走嗄。〔作行科。同唱合〕念爲官梗介，念爲官梗介，争先看來，怎生能解。〔扮張良上。白〕已中童謡計，來看被禍人。列位請住，我有一言請教。〔衆白〕有何話説？〔張良白〕今日這般熱鬧，却是爲何？〔衆白〕你想是遠來客人，不知道的，待我們告訴與你。〔張良白〕領教。〔衆白〕昨日我家項王，因聞市上童謡，想要衣錦還鄉，就與群臣商議，遷都彭城。有個諫議大夫韓生，此人倒也有些見識，有些膽量，他道童謡是妖人所造，苦諫項王不可遷都。不想項王决意不從，那諫官就動了獃氣，説道楚人如沐猴而冠。只這一句話，惱了項王，即刻將他綁赴雲陽，要用油鍋烹死。我等念他爲官清正，爲此不約而同，前去看看。〔張良白〕原來如此。不知今日是那個監烹？〔衆白〕聽得説是執戟郎韓信監烹。〔張良背科。白〕不想就是此人。〔轉科。白〕列位挈帶我

同去看看，可使得麽？〔衆白〕這有何妨。〔行科。同唱〕

【又一體】合同群異儕，合同群異儕，行行一路，如風趲得程途快。過前街後街，過前街後街，西市到將來，油鍋面前在。〔一人白〕這個就是油鍋了。〔内唱導科。衆白〕你看那邊喝導之聲，想是監烹官來了。〔衆同唱合〕聽傳呼一派，聽傳呼一派，官兒到來，教人驚駭。〔扮地方上，作趕人科。白〕閃開，閃開，監烹大人到了。〔衆百姓、張良作一旁站科。地方下。扮四羽林軍引韓信上。唱〕

【南吕宫引・上林春】屈殺言官，身爲監宰，悲和慘心頭怎解？陽將武耀威施，故意粧腔做態。〔轉場坐科。白〕帶韓生上來。〔羽林軍傳科。白〕大人吩咐，帶韓生上來。〔内白〕嗄。〔扮四劊子手押韓生上。劊子手白〕老大人，行動些。〔韓生行科，作見油鍋驚科。唱〕

【南吕宫・五更轉】油翻沸，烟雲蓋，炎威那可挨。焦身爍骨陰陽界，炙肉烹肌，慘傷誰代。怎教人，入洪鑄，身擔待。〔合〕果然的相看早把心驚壞，只落得魄未亡時，魂先不在。〔白〕爾咸陽百姓聽者，我韓生今日犯罪，並非奸臣誤國，阿諛逢君，犯了法度。只因項王聽信妖人捏造謡言，便欲遷都，怪我再三苦諫，把我押在市曹，要用油鍋烹死。我死何足惜，只百日之内，漢王必來，復取咸陽。那時漢興楚敗，纔信沐猴之説果非誣妄也。〔唱〕

【南吕宫・香羅帶】干戈不日來，王侯第宅。基址不移名姓改，漢王節鉞早徐排。也。雄關據，霸圖開，衣冠帶履稱體裁。〔合〕揉破堪哀。也。把俺言詞仔細揣。〔韓信白〕住了。公居諫議之職，

凡遇失政之時，即宜補救。公有三不諫，可知道麽？〔韓生白〕那三不諫？〔韓信白〕第一次是項王殺卿子冠軍。那時呵，〔唱〕

【南呂宮集曲・七集玲瓏】【香羅帶】（首至三）偏裨犯將臺，早將軍令乖。欺君背法人所駭，【梧葉兒】（三至五）不諫是何懷？〔白〕那第二次呵，〔唱〕兵到咸陽界，喜看功業開。【水紅花】（五至末）怎容他逞心裁，屠夷降鎧？〔白〕那二十萬降卒，有何罪過，置之死地，你却不爲諫止。後來斬子嬰，掘秦墓，燒阿房，左遷諸侯，〔唱〕布却幾多虐政，怨怒盡招徠。【皂羅袍】（三至八）當年若個掌西臺，爲甚麽盈廷諾諾無誡誡？〔白〕那三次可諫之時，你却不諫，今蔽錮已久，强愎已成，却來苦諫，豈非自取其禍？〔唱〕成他强愎，前番不該。無端苦諫，今番自栽。〔白〕就如范亞父，乃天下人望，項王所重，也不能挽回君意，何况於公？〔唱〕【月兒高】（三至四）亞父難回挽，偏君善解排。【排歌】（五至七句）德不度，勢不裁，忠言未納死徒哀。〔白〕韓大人，這個總是你自取之禍，也不須埋怨項王，只怨那興造謠言之人。你看那人叢中，燒絕棧道、捏造謠言的，就在裏邊，你只埋怨於他。〔唱〕【黃鶯兒】（末一句）這的是冤孽有頭來。〔張良作驚科，急下。韓信白〕快快動手。〔劊子手白〕嗄。〔作推韓生入油鍋科。韓生從地井下。劊子手白〕稟大人，已成灰燼了。〔韓信白〕就此回朝覆旨。〔羽林軍喝導科，同下。衆百姓白〕好殘忍嗄，好殘忍。〔一人白〕聽他所言，百日之内，漢王必來復取咸陽。若果如此，方見他非空言。〔衆白〕不要多說，大家回去罷。〔行科。同唱〕

【南吕宫集曲・秋蓮子】【秋夜月】（首至三）人可哀，灰燼空留在，受盡煎熬痛難解。【金蓮子】（三至末）言非詒，山河欲改，静坐聽成敗，休要漫疑猜。〔下〕

第十六齣　托言賣劍（車遮韻）

〔扮張良持劍上。唱〕

【雙角套曲・新水令】俺這裏要將舌辨動人傑，早購就了贈英雄、助霜威的長鋏。身假做賣貨人，走侯門路迂折。但得個話語投協，得一將定王業。〔白〕前日同衆百姓看烹韓生，我的行事被韓信説破，幾乎不免。因他覆旨回家，尾隨其後，已認得他住處了。爲此回到寓所，將向在咸陽庫中所得寶劍一口持來，托賣劍爲名，前去見他。只用我三言兩語，管教他棄楚歸漢也。此間是他門首了，門上有人麼？〔扮蒼頭上。白〕忽聽門前叫，想有人來到。什麼人在此？〔張良白〕門上大哥請了。相煩通稟，道有賣劍的特來求見。〔蒼頭白〕這也可笑，俺家將軍又不曾要買劍，怎麼無緣無故要見將軍？〔張良白〕老人家，你豈不知，寶劍贈與烈士。但煩通稟一聲，見了將軍，自有話説。〔蒼頭白〕如此做我不着，替你通稟。〔作請科。白〕將軍有請。〔扮韓信上。白〕朝回祇覺心多悶，客至誰爲志所孚。〔蒼頭白〕稟將軍，有一賣劍之人，特來求見。〔韓信白〕我又不曾要買劍，他見我做甚？〔蒼頭白〕他道寶劍贈與烈士，一定要見將軍。〔韓信白〕既如此，令他進來。〔蒼頭白〕理會得。賣劍的。〔張良白〕在此。〔蒼頭白〕將軍吩咐，令你進去。〔張良白〕曉得。〔作進見科。蒼頭下。張良白〕我有古寶劍，特來賣與將軍。〔韓信白〕我家寶劍頗多，此間用他不着。〔張良白〕此劍比衆不同，起初原有三口，那兩口呵，

〔唱〕

【雙角套曲・沈醉東風】早得這情安意愜，隨侍着兩個英傑。〔白〕只這一口呵，〔唱〕儘雄鳴寶匣中，真知己未相接，急求沽擇人尤切。總則是，孤單自嘆嗟，誰肯的冒昧價投他俗客。〔韓信白〕此劍有何好處？〔張良白〕此劍暗臨黑水蛟龍泣，潛倚空山鬼魅驚。若不得其人，雖價出億萬，難以購取。若遇奇男子、大丈夫，不假囊錢，物歸其主。〔韓信白〕試借一觀。〔張良白〕請看。〔韓信作接看科。白〕纔離劍鞘，氣直冲霄，如水如龍，晶瑩神異，誠乃百煉之精，不滅莫邪、干將。吾見此寶劍，未免垂涎，但苦囊空，不能問價。〔張良白〕適間曾言，先觀其人，然後賣劍。如得其人，即將寶劍相贈，何須言價？〔唱〕

【雙角套曲・喬牌兒】他本是冲牛斗耀日月，貴身價侶豪傑。却不道遇奇才，心志先相結。要甚麽白鏹去交接？〔韓信白〕不知那兩口賣價多少？〔張良白〕那兩口也是贈與英雄的。〔韓信白〕這三口寶劍，可都有個名號？〔張良白〕有名號。一口名爲天子劍，一口名爲宰相劍，一口名爲元戎劍。〔韓信白〕那天子劍，便怎麽樣？〔張良白〕天子劍，乃天子所佩，若無天子之德，那劍便高飛遠去，不附於他。〔韓信白〕那兩口，想來也是如此了。〔張良白〕正是。〔韓信白〕天子劍贈與何人？〔張良白〕天子劍

贈與豐澤沛公，那沛公大德當陽，龍顔特異，神母夜號，芒碭雲瑞，爰樹赤幟，五星聚會，大度寬仁，出乎其類，此公有天子福德。前在芒碭山斬白蛇時，已將此劍贈與他了。〔唱〕

【雙角套曲·水仙子】只見他入山先去斬妖蛇，不覺的一舉青鋒兩斷截。這不是憑人力，去把那鱗蟲滅。也不是那劍鐵，顯聖呵便戰勝這妖孽。只是他神威聖武，正值着開功興業，那日裏早則先建了勳烈。〔韓信白〕天子劍賣與沛公，這宰相劍却又賣與何人？〔張良白〕賣與蕭相國了。那蕭何呵，〔唱〕

【雙角套曲·攪筝琶】濟巨川爲舟楫，作酒醴難捨麴和蘖。誠是協輔元勳，①待把這鼎鼐去調燮。進讜言更見明哲，他約法三章，獨攬秦牒。布機謀，相臣勳已揭，因此上賣與他也。〔韓信白〕二劍各得其人，可稱無負。這元戎劍，賣與小子，豈不有失人之嘆？〔張良白〕將軍所學所養，雖古孫吴、穰苴不能過也，但未遇其主耳。〔唱〕

【雙角套曲·雁兒落】你本是奇才天下傑，今日裏不與明君接。怎説個長風破浪行，只合是有志空懷挾。〔韓信作嘆氣科。張良白〕將軍不須嘆氣，自古道，良禽擇木而棲，賢臣擇主而事。以將軍抱負不羈，豈宜老死戎行，甘居人下？〔唱〕

【雙角套曲·得勝令】枳棘叢裏鳳鸞嗟，身屈抑怎甘耶。只索要擇喬木飛騰去，那裏有捨高岡幽

① 「誠」上，校箋云：「上增襯字『他』字。」

地穴。①徒自把腰折，建不得驚人業。老死枉然也，何不去佐明良成大烈？〔韓信作熟視科。白〕細聽先生言語，議論動人，必非賣劍之人。今觀先生容貌，好生面善，莫非鴻門宴上所見張子房乎？〔張良白〕既蒙識破，豈容自隱，小生便是張良。〔韓信握張良手科，作大笑科。白〕先生乃天下豪傑，人中之龍也。今日屈駕至此，有何見教？〔張良白〕冒昧而來，非有別意，願與將軍建功立業耳。〔韓信白〕我久欲歸漢，但不知漢王可能知人善任？〔張良白〕漢王實是長者，憐才如命，先生若肯委贄相投，斷然言聽計從也。〔唱〕

【雙角套曲·滴滴金】便是他量足涵容，才能識別，自來的箇任衆英哲。只索要委贄相從，同承謨烈，管教你心願堪協。〔韓信白〕吾欲委贄相從，但覺自薦懷慚，如何前去？〔張良白〕吾與漢王相別時曾約，薦得元帥，以角書爲憑。此書現在我手，待我送與將軍，但請持去，見過蕭何丞相，便當大用。〔作出書科。白〕將軍收好此書。〔唱〕

【雙角套曲·折桂令】這的是官憑據一紙文牒，只教你拜將封侯，不費周折。說甚傑士懷才，自薦堪羞，難與要結。早則見統節鉞平生志協，拜元戎錫命重疊。你只加意藏者，把這風雨防遮。但保個印信無傷。便博得富貴來也。〔韓信白〕多蒙汲引，韓信何以克當？〔張良白〕小生爲國求才，非有私意，

①「幽地穴」，校籤作「入幽穴」。

將軍請收好了。〔韓信白〕這個自然，不消囑咐。只是棧道已被先生燒絶，却從何路去入褒中？〔張良白〕有地圖在此，將軍請看。〔作取地圖科。白〕此圖不特今日將軍入川，就是將軍異日用兵，還有用處。〔作指示科。唱〕

【雙角套曲・落梅花】你看這僻徑内斜還岔，山凹裏曲更折，從此來陳倉堪越。還得他，二百里途路捷，便是你下三秦用軍相藉。〔韓信白〕原來先生如此用心，真是出人意料。漢王得先生相輔，何愁王業不成？〔張良白〕小生既事漢王，自當爲國盡心。今日得見將軍，了却小生一樁心事。但俟項王遷都之後，又當效六國蘇秦，往來遊説也。〔唱〕

【雙角套曲・沽美酒】仗着俺三寸的不爛舌，説侯國定相協。教他先把心兒離楚闕，肱股早斷折，却纔憑我定基業。〔白〕那時將軍呵，〔唱〕

【雙角套曲・太平令】只索是領着那貔貅士把三川逾越，便入了函谷關占據宫闕。① 那時節咸陽地漢家軍設，俯視着天下勢綱提領挈。設甚麽踵接，肘掣，尾拽，早則打就了宇宙江山似鐵。〔韓信白〕既蒙指教，吾早晚便行，看他事勢如何，好作區處。〔張良白〕將軍放心前去，一見漢王，事無不妥。〔韓信白〕今日天晚，先生暫請敝廬一宿，夜間還要暢談。〔張良白〕如此，遵命了。〔唱〕

---

① 「便入了函谷關占據宫闕」，校籤作「便過了險棧道長安宫闕」。

【小絡上娘煞】喜得個賣劍求才願愜，早做了暢叙連宵意結。〔白〕曾言一將最難求，〔韓信白〕賣劍成交意乍投。〔張良白〕此日英雄欣聚會，〔韓信白〕他年鼓掌定勳猷。〔下〕

第十七齣　再逼遷都（魚模韻）

〔扮桓楚、于英、季布、范增上。分白〕丹詔煌煌再復三，遷都不是口空談。又教敕使修宫殿，虎視彭城已早耽。〔季布白〕衆位請了。〔范增衆白〕請了。〔季布白〕主上因亞父催逼不力，以致義帝至今尚在彭城，故又着俺季布前來修理宫殿。並奉有催促表章一道，令俺面奏義帝，若仍然遲滯，還教老亞父催逼哩。〔范增白〕俺范增非不催促，只因義帝有旨，説是項羽背約，自稱爲王，擅封天下諸侯，反欲遷孤郴州，永遠廢置，冠履倒置，甚非臣禮。并説俺范增，同在軍中，不極言苦諫，以致項羽如此不臣，乃復相助爲惡，竟視孤爲亡秦之續耳。俺一見此旨，名正言順，爲人臣者，豈有不愧之理？因此呵，〔唱〕

【仙吕宫·么令】將吾計阻，暫遲延莫敢支吾。天語煌煌事非誣，更誰敢違伊敕書。〔白〕今日季將軍到來，還須緩緩商議，不可過於逼迫，以致陷身不義。〔唱合〕索徐圖，逼迫須知禮所無。〔季布白〕亞父是個文臣，所以能守臣子之禮。若是季布，乃一武夫，豈知禮法，只知遵項王之命。〔唱〕

【又一體】念吾粗鹵，曉什麽者也之乎。今日除是便遷都，免伊行又生别圖。〔白〕今項王既有旨來，亞父須索一同入朝，再奏一遍。倘然還不俯准，那時却待我遞進本章，動粗逼他便了。〔唱合〕伊索向庭除，重申奏書。〔桓楚、于英白〕就依季將軍之言，大家轉往朝中去者。〔作行科。同唱〕

【仙呂宮・六么令】頻頻羽書，敢遲延故意踟躕。大家齊復向金除，催大駕急遷都。〔季布白〕來此已是午門了，亞父何不陳奏？〔同唱合〕好將封事從頭訴，好將封事從頭訴。〔范增作跪奏科。白〕臣范增，有本奏聞陛下。〔内白〕奏來。〔范增白〕陛下呵，〔唱〕

【仙呂宮・一封書】群臣望廟謨，這彭城怎久都？望准奏念臣愚，把鑾輿郴地徂。須知避狄周原陶復在，相土遷邠語未誣。〔白〕現在西楚霸王項籍，又遣將官季布前來修理宮殿。求萬歲速命星言之駕，用存冠履之分，免使土木工興，有瀆聖聽。〔唱合〕望皇圖，鑒荒蕪，誠恐誠惶待鳳書。〔内白〕旨意下。〔范增白〕萬歲。〔内白〕爾爲項籍心腹，稍知大義，即當諫阻，乃敢屢屢瀆奏，逼遷乘輿，殊屬無禮。所有遷郴之事，候旨取行，爾等不得冒昧。〔范增白〕萬歲。〔季布作怒科。白〕臣季布，有本奏聞陛下。〔内白〕奏來。〔季布白〕陛下爲項氏所輔，理應聽項氏號令。今遷都一事，如此作難，則怕項王未必干休，那時悔之晚矣。〔作進本科。白〕臣來時奉有項王章奏在此，可取去看來，准與不准，一言定奪。〔唱〕

【仙呂宮・望梅花】有章奏伊須看取，莫只留連惜此居。即待綸音，止行惟一語。〔白〕那時俺便要拆毁宮殿，任陛下行止便了。〔唱合〕那時兒，宮闈暴露堪虞。〔扮内侍上，接本下。范增白〕季將軍，太

覺犯上了，還該從容奏請纔是。〔唱〕

【又一體】恁則要遷金輅，也則須宛轉敷陳休恁粗。〔季布白〕亞父差矣，若只像你斯文講論，他如何便肯依允？ 你看他見了本章之後，必然不敢再行違拗了。〔范增唱〕逢着莽將軍，好教人難擺佈。〔内侍持本上。白〕主上見項籍本章，似屬有理，即着傳旨范增，預備起駕儀制，擇日起程，不得有誤。〔范增白〕領旨。〔内侍向季布白〕方纔高聲朗言，敢是你這魯夫？ 好生無禮。萬歲念你是個武人，不知禮法，暫行寬恕，以後須要小心。〔季布白〕多蒙寬宥。〔内侍白〕便宜你了，以後不可。〔作嗔怒科下。范增白〕既已允從，就此整備起駕儀制便了。〔唱合〕一同價，共看指日起鑾輿。〔季布白〕只要義帝准了遷都，那裏管得他的嗔怒。如今只要亞父整備一切便了。〔同下〕

第十八齣　義贈文憑（魚模韻）

〔扮韓信上。白〕説秦敝却黑貂裘，不遇英雄又別投。若使肘懸斗大印，管教獻上敵人頭。我韓信胸羅星斗，氣壓山河。自謂澄清有志，常憂先我之鞭；韜略堪驚，夙具奪人之氣。因此挾策投軍，希圖進用。豈知卞和有璧，徒增刖足之羞；雞筋羈人，空作掛冠之嘆。如今又蒙張子房薦我歸漢，并贈我角書輿圖數册，此去必然大用，料不是項王這般待我了。只是三秦新封，關隘甚緊，倘遇盤詰，如何得達褒中？正是：滿道豺狼難得去，縱多雲雨幾時來。仔細想來，前在鴻門宴上，見都尉陳平頗有向漢之意，俺因此前去拜見，若陳平果有此心，言語之間必然有些破綻，那時俺却問伊求取文憑，他自然依從了。正是：年來失意空彈劍，難得投機半句言。來此已是陳都尉門首，門上有人麽？〔扮門官上。白〕入門須策馬，看户亦名官。是那個？〔見科。白〕原來是韓執戟老爺到了，敢是要見俺家都尉麽？〔韓信白〕正是要見都尉，煩你通報一聲。〔門官白〕如此請稍待。〔作請科。白〕老爺有請。〔扮陳平上。白〕雄心方欲宰天下，巷遇何時翼至尊。〔門官白〕啓爺，韓執戟老爺要見。〔陳平白〕道吾相迎。〔門官應科，傳科。白〕老爺出來了。〔陳平迎韓信進科。陳平白〕執戟高人，何由得降敝地？〔韓信白〕都尉義士，無從日侍台顏。〔作相揖科。陳平白〕請坐。〔韓信白〕有坐。〔門官作獻茶科，茶罷科，門官下。陳平白〕執戟枉顧，必有見教。〔韓信白〕豈敢，諒韓信有何德能，敢在都尉前班門弄斧？〔唱〕

【高大石調·湘浦雲】山斗般欽，幸不才，早把龍門覷。〔陳平白〕執戟休得過謙。〔韓信白〕都尉有所不知，俺只因項王不聽韓生之言，决要還都，俺怕後來呵，〔唱〕從今失勢，白龍魚服將生侮。〔白〕倘若漢王聞之，出師褒中，那時咸陽非國家有矣。〔唱〕乘着楚還都，惹起漢師徒，則怕的、咸陽自今不屬吾。〔合〕機宜坐失，教人浩嘆，捻中原難去逐鹿。〔陳平作笑科。白〕夫人自有其國，去與不去，索自憑他。你我空有高見，何益於事？〔唱〕

【又一體】伊須，填胸砌臆，只有那、衣錦須還故。〔白〕前日韓生身就鼎鑊，那項王何曾悔悟？〔唱〕堪憐義士，霎時身就街前釜。似這等恃强梁，慘模糊，便伊吕重生，終須莫補。〔白〕項王志滿氣驕，自以爲是，敗亡之事，可立而待。執戟大才，甘心碌碌乎？〔唱合〕君須猛省，怎甘與世浮沉，把這功名斷誤。〔韓信白〕信非不知，只是茫茫大海，吾何適從？〔唱〕

【高大石調·戀繡衾】爲嘆功名，直恁艱難，幾番轉輾躊躇。〔陳平白〕漢王長者，他日必成大事，執戟何不往投，圖個建功立業？〔韓信白〕信既事楚，忽又他投，則怕於理未合。〔唱〕我自尋思，擇木已在當初。空自朝秦暮楚，怕玉尺量才多阻。〔白〕所謂既食其禄，當忠其事，即不甘心，爲之奈何也。〔唱合〕俺則爲敬事事君，等閒敢又他去。〔陳平白〕執戟差矣。古人道，明哲保身，又道擇君而事。項王又不曾登壇拜將，如何守這腐儒之見，置身於覆國哉？〔唱〕

【又一體】須道，良臣擇主，莫自錯了頭路。休恁心迂，見得英雄氣阻。〔白〕況且以天下之大，何處不可見用？難道除了西楚，就無安身之地了？〔唱〕不把金針自度，還則要守株待兔。〔白〕則怕前言，也非執戟本心，還要商酌纔是。〔唱合〕恁機關早圖，敢風雲有甚相阻？〔韓信白〕承都尉指教，我韓信敢不銘佩？只是這「外投」二字，好生没主張也。〔唱〕

【高大石調·山麻客】我頻頻自顧，怕招隱無詩，争龍鬭虎。枉自熬煎，難上雲衢。〔白〕更不知何處可投，天涯海角，空自悲懷也。〔唱合〕誰伍，天涯海角，春風知來何處？空教伏櫪，悲嘶冀北，伯樂全無。〔陳平白〕執戟何須隱晦，大丈夫當直截行事，何須宛轉？當今除漢王而外，别無可投之人了。執戟果能前往呵，〔唱〕

【又一體】管取，魚節虎符，向鐘旗最上，好把功圖。不負英豪，遠仗鉏鋙。〔白〕執戟至此大展雄才，功名唾手，又何必鬱鬱久居於此哉？〔唱合〕堪娱，功名唾手，驀展雄才抱負。那時方悟，西江有水，活了枯魚。〔韓信白〕都尉深知我心，我韓信怎敢相瞞？只是前路呵，〔唱〕

【高大石調·歸仙洞】就揚了壯士鞭，怕没有登天路。先少出關繻，怎向這平津渡？因此上心中自苦，怕俺這鵬程誤。〔合〕望伊行垂念，更爲徐圖。〔陳平作笑科。白〕原來執戟早有此心，只因三秦

關隘，難以行走，故爾遲遲，可見英雄所見略同了。〔唱〕

【又一體】齊欣着所見同，方是俺英雄慮。只爲語含糊，險認做桃源誤。敢早也囊中穎露，却爲甚頻推故。〔白〕這有何難，俺衙門中有印信文書，待俺去取一通，付與執戟。倘然有人盤問，只說往褒中打聽消息便了。〔唱合〕一通勘合，相贈長途。〔韓信白〕得都尉如此垂青，就是韓信莫大之幸了。〔作拜謝科。唱〕

【高大石調・小蓮歌】百朋賜，須難遇，感謝垂青目，一帆風好隨人去。〔白〕我韓信到漢之後，設有寸進，决不敢忘大德也。〔唱合〕銘鐫金石事非誣，索自將來圖報取。〔陳平白〕執戟一路保重，我陳平亦不久歸漢，還望執戟薦拔。〔韓信白〕漢王久慕公才，何用韓信置喙？設有見用之事，我韓信敢不盡心？〔陳平白〕足感公義了。〔作取憑文付韓信科。唱〕

【又一體】文和引，憑付與，好把關津度，相逢驛使梅應馥。〔合〕從今放却蛟龍去，金鎖踏開誰敢阻？〔韓信作收文憑科。白〕我韓信回至寓所，便欲束裝前往，不及再來奉辭，就此告別了。〔作拜別科。陳平作送韓信出科。陳平白〕正是將軍不下馬，果然各自奔前程。〔下。韓信白〕妙嗄，人說陳平足智多謀，器宇不小，此言果不差也。〔唱〕

【墜飛塵煞】冰壺清朗非凡宇，俺從今没些擔阻。〔白〕只是俺此去之後，家中不知消息，待俺修下一書，覓個相好的人，帶回家中，以慰我妻子便了。〔唱〕俺可也寄慰須教一紙書。〔下〕

第十九齣　遣布行弑（齊微韻）

〔扮差官背文書疾上。唱〕

【仙吕宫·六么令】星飛電馳，好教吾奉令難違。一鞭殘照四山圍，人和馬，盡如飛。〔合〕好將隻騎投高壘，好將隻騎投高壘。〔白〕吾乃項王駕下差官是也。前日大王爺曾遣范增去逼義帝遷都郴州，義帝以遷都不便，不准所奏。俺大王爺又命季布前去修理城池宫闕，再三逼迫，義帝出於無奈，只得啓行。不知又是那個天殺的，獻計與俺大王爺，説道義帝雖然准奏遷都，其心必然不憤，將來暗結漢王，以逼主爲名，仗義伐罪，後患不小。因此大王爺又命我疾去，傳令九江王英布，教他領兵埋伏九江兩岸，俟義帝舟到九江，即將他全家殺害。〔作嘆科。白〕唉，所行如此，國祚豈能長久？只是俺奉命而來，難以擔擱，只得趲行前去。〔作行科。唱〕

【又一體】膠舟事悲，分和名大義全虧。沉君竊國罪誰歸，將神器，暗中窺。〔合〕一朝奉令難推委，一朝奉令難推委。〔下。扮四軍士、四將官引英布上。英布唱〕

【仙吕宫引·月上海棠】奇功屢建自心喜，雄封新建，江皋初啓。屏藩從此障長淮，荷恩光僻壤生輝。丈夫有志呈奇偉，爲梁作棟，姓氏春雷。待將車駕護郴歸，是俺微臣分怎違？〔白〕俺英布自秦歸楚，屢建大功。後以霸王背約，自稱爲王，大封功臣，遂封我爲九江王，建都六合，割地四十五縣爲俺食邑。比在鄱陽之時大不相同了，這也不在話下。昨日聞得項王命范增、季布等迫遷義帝於郴州，車駕將由此地經過。俺想義帝乃天下共主，俺只得前去擁護。左右。〔衆應科。英布白〕作速整頓行裝，往江口迎接車駕者。〔衆應科。白〕嗄。〔一將官禀科。白〕啓大王，有欽差到了。〔英布白〕隨我迎接。〔衆應科。英布作出接科。差官上，進科。差官白〕項王有命，義帝遷都郴州，非出本心，恐結連漢王劉邦以爲後患。特命爾九江王，速領本國人馬，埋伏九江兩岸，候義帝舟過之時，即將伊全家殺害，不得有違。〔英布作驚科。白〕項氏求立楚後，天下皆重其義，以故一鼓滅秦，奄有天下。今却如何假手於我，爲此不義之事？恐天下聞之，一朝解體，還望尊官收回來命。〔唱〕

【仙吕宫·桂枝香】今朝提起，教俺驚異。這是名分攸關，怕天下將來解體。我尋思至再，尋思至再，行兹不義，惡名難洗。〔合〕細思維，不如來命收回去，免得將來悔復遲。〔差官白〕項王强暴異常，一有不合，即行殺戮。就如前日，諫議大夫韓生以苦諫遷都，身就湯鑊，士民莫不冤之。今大王若復梗命，則怕將來呵，〔唱〕

【又一體】説將伊背，致使疑忌。〔英布作嘆科。白〕天下那有此事？〔差官唱〕則怕惱怒交加，敢苦那藏身無地。那韓生可鑑，韓生可鑑，渾教身斃，有何得罪？〔白〕願大王作速遵行，莫更三心二意。

下官王事緊急，就此告辭了。〔唱合〕旨難遲，策馬登程去，遵行索在伊。〔下。英布白〕你看差官竟自去了。俺想這事，好難區處也。〔唱〕

【又一體】笑伊謀逆，怎把人逼？俺不是慶忌專諸，怎教白虹貫日？〔白〕俺若竟將義帝殺了，那知者尚説項王所遣，若是不知的人，必然道我英布弒君。這迷天大罪，天壤難逃矣。〔唱〕似恁般嫁禍，恁般嫁禍，陷人非義，教吾難避。〔白〕若弒義帝之後，天下無事，便罷。若一有動静，那項王必然將我英布爲言，俺却如何辯白？〔作惱科。唱合〕禍潛基，輾轉難行止，尋思還自危。〔衆將官白〕方纔差官明言項王强暴異常，若不奉命，必然起兵前來伐我，那時悔之晚矣。〔唱〕

【又一體】强梁須避，怎把伊背？索免你反覆愁懷，管什麽君臣大義。〔白〕依末將等看來，還是奉命爲上。〔唱〕有他言可證，他言可證，不是干戈擅起，何須憂悸？〔合〕共銜枚，舒却眉前皺，休論後是非。〔英布白〕罷了，罷了，事已至此，俺也身不由己了。就此起兵前去。〔衆應科，作起兵遶場行科。同唱〕

【仙吕宫·六么令】興師莫遲，敢教他畫鷁輕飛。只因奉命事難違，波與浪，盡含悲。〔合〕心腸扭轉猶慚愧，心腸扭轉猶慚愧。〔同下〕

第二十齣　淮陰下書（先天韻）

〔扮高母、高氏上。高氏唱〕

【越調引・薄媚令】消閒庭院，簾捲愁看歸燕，爲憶離人正遠。春暮傷心，冷落看人柳眼，誤青春功名那念。〔白〕池畔王孫草，青青復青青。王孫去不返，寂寞閒堦庭。柳絮陌頭舞，孤雲山外停。堪憐閨中婦，恍若聞湘靈。母親。〔高母白〕我兒。〔高氏白〕自我兒夫投軍去後，杳無音信，不知那「功名」二字，可能成就。家下又無從打聽，好傷感人也。〔高母白〕我兒，在家有家，出外有路，也只得由他罷了。〔高氏白〕母親。〔唱〕

【越調・綿搭絮】勞勞魂夢遠相牽，早是杜宇啼歸，向寒窗明月喧。想伊行，薄命迍邅，指望鵾鵬展翅，倒做了綫斷風鳶。兀自教人，〔合〕別離心旌樣懸。〔高母白〕我看女婿素日存心不小，此去必然能隨其願。我兒，你只管放心。〔高氏白〕孩兒有甚不放心？只是音耗全無，教人懸望，是以傷感。

〔高母白〕這也怪不得你。〔唱〕

【又一體】魚沉雁杳，遠隔雲天，敢是一字千金，未得長安買紙錢。免縈牽，長風不遠，則望他腰圍

金玉，愁什麼路隔仙源。漫鎖愁眉，〔合〕悶對東風無語言。〔扮客人持書上。唱〕

【越調・梨花兒】身非浮萍逐浪翻，銜箋却似春來燕。諾重千金敢不前？嗏，前行已到王孫院。〔白〕俺乃淮陰人氏，前在咸陽貿易。有本鄉官人韓信，着我寄一家信，要俺送到淮陰城內韓王孫家裏。一路問來，此間已是，不免叩門。〔作叩門科。高母白〕外面有人叩門。〔作問科。白〕是那個？我家是没有人的。〔客人白〕在下替韓官人帶有家信在此。〔高母白〕原來我家女婿有家信來了。〔作開門科。白〕家信在那裏？〔客人白〕家信在這裏。〔作遞家信科，高母接科。白〕客官，請家下略坐獻茶。〔客人白〕不消了，我一路行來，尚未到家，改日再領罷。〔高母白〕如此，有勞了。〔客人白〕好説。平安何必堦前竹，離別重欣眼底書。〔下。高母閉門科，作持書進科。對高氏白〕我兒，你夫婿有書信來了。〔高氏作接科。白〕謝天謝地，我丈夫原來有信回來了。〔高母白〕我兒，細細念來，與作娘的聽。〔高氏作拆書念科。白〕離家之後，得蒙楚軍收録，授爲執戟郎之職。〔喜科。白〕他原來作了官了。〔唱〕

【越調・望歌兒】他摩天有志今不枉，敢早一指金泥，捷報歸來遠。〔高母白〕我兒，女婿做了官，你就是夫人了。〔高氏唱〕俺就做執戟夫人，也虧他恰了風雲願。〔高母白〕我説女婿是有志氣的。〔高氏唱合〕早有志，要把他驥足展。到今日，也占了青雲選。〔高母白〕我兒，越發將這書念完了，教老娘也歡喜歡喜。〔高氏作念科。白〕後以不能大展吾才，前往漢中，以圖機會。〔高氏作驚科。白〕不好了。〔高母白〕我兒，爲什麼？〔高氏白〕我聞漢中乃秦朝發遣罪人之地，莫非我丈夫犯了罪了？〔作哭科。

高母亦作哭科。白〕可憐，可憐，我女婿方得一官，又弄出這樣事來。〔高氏哭科。唱〕

【又一體】堪憐，直恁時衰更運蹇。纔得見花開，又風風雨枝頭戰。萬里鄉關，只落得魂夢中斷轉。〔作哭科。唱合〕則悲他屋漏重遭連夜雨，船行又遇風迎面。〔高母白〕事已如此，悲也無益，只是這書兒，看完了不曾？〔高氏白〕還未曾看完。〔高母白〕既如此，何不念完了，看後事如何。〔高氏白〕母親説得是。〔作念科。白〕倘到漢王帳下，得蒙大用，施展往時抱負，那時便衣錦歸來也。老母，賢妻，切弗掛心。〔高氏作想科。白〕原來我丈夫不曾犯罪，還繫念着老母哩。〔高母白〕阿喲喲，我兒，你書也不曾看完，便哭將起來。諕得我呵。〔唱〕

【越調·園林杵歌】口難言，冷水滴心前。怨着伊行時蹇，這九轉愁腸，直恁緊拴。〔白〕但不知棄了這官，又到漢中做甚？〔唱〕爲甚掛了高冠，又去三川？好教俺暗疑猜，頻來去，風雲變遷。〔高氏白〕想我丈夫，以執戟郎官職小，不足展其才學，是以又到漢王帳下去了。〔唱〕

【又一體】擇英賢，把職捐，也只爲執戟郎官賤。因此上，放白雲又出岫邊。〔高母白〕似這等看將起來，還該欣喜纔是，如何倒傷感起來？〔高氏白〕雖然如此説，這夫妻關心，如何放得心下？〔唱合〕想起他峽斷春藤，岸隔啼猿，沐殘風、披冷露，這凄涼有萬千。〔作拭淚科。白〕丈夫志在四方，也怕不得許多。我兒，我和你進去罷。〔高氏白〕是。〔同下〕

第廿一齣　義帝夢兆（先天韻）

〔扮八羽林軍作乘船，八舟子撑上。同唱〕

【雙調·朝元令】波清日暄，畫鷁浮江面。晨星曉烟，兩岸青山遠。白鷺洲邊，沙棠舟淺，翼從敢辭勞倦。〔衆羽林軍白〕我等乃護從羽林軍士是也。〔一羽林軍白〕只因義帝被項王逼迫，遷都郴州，前日起駕之時，可憐那些百姓，擁道相送，哭聲動地，拜留無由，義帝亦感而泣下。似這等看將起來，也還是個仁德之主，只可惜遇了這個强臣，使主上不能安其都邑。昨日駕到江口登舟，今日往郴州進發，你我好生護衛。〔衆羽林軍白〕説得有理。〔同唱〕警蹕聲傳，風餐水宿豈偶然。行遇暮寒天，舟迎夕照前。〔合〕彭城不見，早回首白雲一片，白雲一片。〔一羽林軍白〕那邊御舟來也。①〔扮四内侍、四宫女引衛氏、孫妃、義帝乘船，八舟子撑科上。同唱〕

【又一體】烟波一綫，秋光籠畫船。巨浪涌江天，驚人望眼。幾番神黯然，離却舊時宫殿。記憶從前，凄凉淚雨難自捐。魂斷楚江邊，孤帆天際懸。〔合〕彭城不見，早回首白雲一片，白雲一片。〔義

---

① 本齣内「御舟」，校箋均作「義舟」。

帝向衛氏白〕遭逢强暴，逼勒遷郴，倒也罷了。只是江路險阻，恐驚母后慈駕。〔衛氏白〕從子之説，古語有然，吾兒倒也不必掛心。只是項籍那廝，如此不臣，其中必更有不測。我想大江之中，又無救援，設有疏虞，爲患不小。吾兒，可即吩咐速行爲上。〔義帝白〕母后説得是。內侍，吩咐稍水們，速速前行。〔內侍應，作傳科。白〕主上有旨，着御舟速速前行。〔衆水手應科。義帝白〕母后，可在中艙安歇片時。〔衛氏作同孫妃進中艙科，下。衆作速行科。同唱〕

【又一體】帆高風遠，催趲敢遲延。蘆深荻淺，一葉攸然，向洪波鼓枻前。心裏自熬煎，萱親復暮年。〔地井出白魚切末，阻船科。舟子白〕江中有白魚，興風鼓浪，龍舟不得前進。〔內侍白〕快些纜住了船，免得驚駕。〔舟子應科，作纜船科。衆唱〕把錦纜須牢纏，莫教風勢掀。波浪涌兼天，鯨鯢害怎言。〔合〕彭城不見，早回首白雲一片，白雲一片。〔扮四風神執旗舞上，作起風吹折桅杆科。衆作驚科。風神下。內侍奏科。白〕啓奏陛下，先前白魚阻舟，已是難行。今忽大風吹折船桅，決難再進，伏乞裁奪。〔義帝白〕可吩咐將船傍岸，令工匠收拾桅杆，明日再行。〔內侍白〕領旨。〔作傳科。白〕將船傍岸，收拾桅杆，明日再行。〔衆舟子應科，下。義帝白〕寡人心內煩悶，爾等迴避了。〔內侍應科，下。義帝作想科。白〕方欲速進，反被白魚所阻，又有折桅之險，如此遭逢，恐非嘉兆也。〔唱〕

【又一體】愁思難展，天機已暗宣。魚呵碣石路攸然，敢向龍門轉。風呵終霾苦怎言，偏向旅人船。則教俺驚心只自憐，直恁遇危顛，寒江兩岸邊。〔合〕彭城不見，早回首白雲一片，白雲一片。〔白〕

説話之間，不覺神思困倦起來，待孤暫睡片時。〔作睡科。扮金童、玉女執旛上。白〕欲示將來兆，同來近御舟。吾等奉九江龍神之命，前到御舟示兆。〔作見科。白〕恰好義帝假寐在此，不免奏起天樂，驚動他的陽魂便了。天樂速奏。〔内作樂科。扮義帝陽魂從桌下地井上，聽科。唱〕

【雙調集曲・江頭金桂】【五馬江兒水】（首至五）些時暫眠，驀忽笙簫振耳喧。〔白〕好奇怪嗄，是何處奏樂？〔又作聽科。唱〕何處頻調琴瑟，共理管絃。〔白〕妙嗄。〔唱〕敢是那湘水靈響徹楚天。〔義帝陽魂白〕你二人是何等樣人，敢擅入御舟？〔金童、玉女白〕我等特來請陛下早幸龍宫，受水府朝賀。〔義帝陽魂白〕爾等差矣。〔唱〕【金字令】（五至九）俺不是河伯居淵，知什麽蛟窟龍泉。有甚朝參拜舞，驀把人牽。〔金童、玉女白〕我等奉有上帝敕旨，已在龍宫，設有御座，同爲九江之主。那水府群臣，俱已朝服，在上清門迎接哩。〔義帝陽魂白〕越發奇了。〔唱〕説甚相迎鷺與鵷。〔金童、玉女白〕上帝以陛下爲君仁德，宜居此位。况赤帝子當權，福德洪大，陛下須早避位。若不見信，請移玉步，便知端的了。〔義帝陽魂白〕有這等事？〔作移步科。唱〕【桂枝香】（七至末）俺只得頻移玉步。〔白〕你們不要走開了。〔唱〕且索和伊閒串。〔内扮八水族上，見科。白〕臣等迎接陛下。〔義帝陽魂作驚科。白〕你等都是來做什麽的？〔水族白〕臣等奉上帝敕旨，特在此伺候陛下。〔義帝陽魂白〕原來如此。〔唱合〕共周旋，盡是猙獰貌，眉粗眼更圓。〔金童、玉女白〕儀仗已備，就請陛下同行。〔義帝陽魂作欲行科。四風神執風旗上，作起風科。義帝陽魂從桌下地井下。義帝作喊科。白〕好大風浪也。〔金童、玉女衆下。義帝白〕原來是一場大夢。〔孫妃急

上。白〕舟維長晝靜，天徹語聲高。陛下爲何大驚小叫？〔義帝唱〕

【雙調・南枝金桂】【鎖南枝】（首至合）看儀仗，來引前。〔孫妃白〕引陛下往何處去？〔義帝唱〕金童玉女執幢幡。〔孫妃白〕嗄，有金童玉女，後來怎麼樣？〔義帝唱〕相請離龍船，去向江中轉。〔孫妃白〕他請陛下到江中何事？〔義帝白〕他説是奉上帝玉旨，同來迎我爲九江之主。又道如今赤帝子當權，寡人速宜讓位。孤方隨他欲行，不料風濤忽起，驚醒孤家。今朝有魚阻舟、大風折桅二兆，假寐之時又得如此不祥之夢，恐此去凶多吉少也。〔唱〕【桂枝香】（七至末）敢凶多吉少，怕郴都難建。〔合〕命懸天，亡周已兆箕弧讖，覆楚重教淮漢邊。〔孫妃白〕數事皆非吉兆，前進恐非所宜。陛下明日不如且自回舟，復到彭城，再作計較。〔唱〕

【又一體】看此兆，已顯然，前行索非事萬全。返棹免顛連，應知慎要先。莫説陰陽有準，須知吉凶可轉。〔義帝白〕車駕已行，大信豈可有失？況且天數默定，難以意度，寡人正復何懼？只是此事休要驚了母后，大家悄言爲是。〔同唱合〕免聲喧，休教驚却高堂夢，免自愁添眉黛前。〔義帝白〕今日天色已晚，就此安息，明日前行便了。正是：青龍與白虎同行，〔孫妃白〕吉凶事全然未保。〔同下〕

第廿二齣　江神默佑（齊微韻）

〔扮八水族執水旗，四從神引九江龍神上。九江龍神唱〕

【雙角・新水令】俺則待駕青虬更見那驂紫螭，白茫茫騰着雲氣，這是俺司水德的變化奇。愁什麽改蒼桑早了天池，可不道波浪如山，整日的浮天起。〔白〕滔滔天塹渡難飛，坎德從來理最微。指顧風雲堪駭目，涉川舟楫用誰知。吾神乃九江龍神是也。前奉下元水官傳旨到來，説義帝舟至九江，將爲項王所害。上帝念其爲君仁厚，命他同爲九江之主，俟那强臣行弑之時，令吾神前去救護。此乃上帝佑善之條，吾神則索遵行者。〔唱〕

【雙角・銀漢浮槎】俺則得啓蛟宫廝等待，執着分水犀。敢則要冲開鐵網把那珊瑚刈，方見得皇天有眼廝把善人濟。顧什麽萬里濤聲，撼倒了縱横騎。〔内作人馬聲科。白〕你看，那邊英布人馬，俱悄地埋伏來也。〔唱〕

【雙角・沽美酒】則見他向周遭布着鐵騎，則見他向周遭布着鐵騎。齊臻臻掩着旌旗，天昏地暗雲霧般騰着殺氣。怎禁俺半空中早知恁那就裏，預安下救人的牢籠計。〔白〕若非上帝有旨，義帝怎能脱此

大禍？只是隨行衆人無故遭此荼毒，好生可憫也。〔唱〕

【雙角・太平令】可憐他冲巨浪孤身天際，爲君王受盡艱危。抵多少離愁山積，恰來到俺這汨羅江的田地。待要走早無桂枻，同葬向江魚腹裏。兀的不可憐可憐他那傷悲，則教俺難普救，對着這慘陰風枉慘悽。〔内作唱號科。九江龍神白〕那廂喝號之聲，敢御舟來也。① 爾衆水族，好生保護者。〔衆水族應科。九江龍神唱〕

【雙角・川撥棹】則見那畫鷁如飛，則見那畫鷁如飛，片帆兒高出雲際。他只知向着殘暉，驀把船移。又誰知暗裏因依，早埋藏難迴避。可不是縛蛟龍的拖刀計，縛蛟龍的拖刀計。〔衆水族白〕御舟到來，吾等前去怎生保護，伏乞大王爺指示。〔九江龍神白〕御舟行至江中，英布必然劫駕，爾等候其動手之時呵，〔唱〕

【雙角・豆葉黄】你便去波騰浪起，雨驟風馳。須同心共濟，救伊危急。〔白〕那義帝同妻、母，必然跳入江心，爾等乘勢擁護，送至龍宫。須要小心，不得有違。〔衆水族應科。九江龍神唱〕須防他屈原抱石因畏逼，怕閉了鮫人室。因此上强扶持齊把龍宫闢，接引提携，伊索緊記。〔衆水族應科。九江龍神白〕就此一同前去。〔衆水族應，行科。同唱〕

【雙角・喬牌兒】顯威靈一隊擁旌旗，凛皇宣共去展神奇。蝦兵導引蜃吹氣，俺此去呵把天羅地網

① 本齣内「御舟」，校籤均作「義舟」。

人提起。〔白〕此間離御舟不遠，就在此間等候便了。〔衆應科。唱〕

【煞尾】俺只見浪滚滚一葉孤舟繫，更見那昏慘慘殺氣冲天日。〔白〕義帝嗄義帝，〔唱〕管教你擺脱紅塵從今忘了苦和危。〔白〕項羽嗄項羽，〔唱〕則笑你鬼蜮奸謀落得空暗使。〔同下〕

第廿三齣　英布行弑（桓歡韻）

〔扮八軍士、四將官引英布上。英布唱〕

【羽調・排歌】逆命難違，心滋憤懣，伊行罪已難寬。翻來假手好無端，轉輾思量義怎完。〔白〕俺英布，只因奉了項王密旨，着我攔截江路，劫殺義帝。俺想君臣之分，意欲不聽，怎奈勢莫能敵，恐將來反受其禍。正是：行知不義誰甘做，事到頭來不自由。衆將士。〔左右應科。英布白〕你們望去，義帝御舟行到何處了？〔衆作望科。白〕風帆遥動，敢已離此不遠了。〔英布白〕爾等速備船隻，埋伏兩岸，候御舟一到，即便搶上彼船。先殺護從人等，然後殺死義帝，不得有違。〔衆應，行科。同唱合〕行事短，心暗酸，水光慘慘氣漫漫。埋蘆畔，伏葦攢，人皆息鼓馬停鸞。〔作埋伏科，下。扮八羽林軍士、四太監、四宫女引衛氏、孫妃、義帝俱乘舟上，十六舟子撑上行科。同唱〕

【又一體】畫艇旋移，牙檣天半，錦帆一片高盤。江中景物懶遊觀，添得離愁海樣寬。〔義帝白〕稍水們，舟到何處了？〔衆應科。白〕舟到江心了。〔義帝白〕小心行舟，不要錯了風水。〔衆應，行科。同唱合〕晴洲外，水激湍，風帆掛正要詳端。舟過處，莫盤桓，疏虞怕的人心叛。〔八軍士、四將官引英布乘船，八舟子撐上。英布白〕何處船隻，快快報明。〔羽林軍白〕義帝遷都郴州，御舟由此經過。何人大膽，敢在此攔阻？〔英布白〕我乃九江王英布，奉項王之命，在此等候多時了。〔羽林軍白〕既是英布，敢來迎接聖駕的麼？〔英布白〕天下已是有主，諒那懷王豈是做得皇帝的？左右，與我動手。〔軍士應科，作近御舟科。羽林軍作攔阻科，衆軍士作殺死衆羽林軍上船科。衆舟子跳入江中科，下。義帝、衛氏、孫妃作慌科。英布白〕義帝安在？〔義帝白〕英布，你也是楚國臣子，擅敢劫駕，當得何罪？〔英布白〕臣奉項王密旨，前來迎接陛下。快將玉符金璽留下與我，免得鹵莽。〔義帝作大怒科。白〕逆賊嗄逆賊，你只知助紂爲虐，行此大逆。竟將那君臣之分呵，〔唱〕

【羽調·勝如花】不分個履與冠，竟把君臣義斷，吠唐堯桀吠齊攢。比膠舟沉君江畔，那千秋污名怎逭？〔白〕英布，你擅敢大江之中領兵劫駕，殺戮護衛，豈是人臣之分？〔英布白〕只求陛下自裁，免臣動手，便是人臣之分了。〔義帝怒科。白〕哇，賊子，你好無禮也。〔唱合〕賊心腸渾同獸般，用奸謀蒼天怎瞞？我血淚漫漫，枉傷悲扼腕。〔作哭科。唱〕則苦俺窮途遇亂，怎思量子母團圞。〔義帝作指向西北哭罵科。白〕項籍，你這賊嗄，〔唱〕

【又一體】滔天樣罪萬端，直恁欺人柔愞，害人來子母難完。更傷心夫妻分判，料伊行將盈惡貫。〔英布白〕陛下只早早自裁，免得有傷玉體。〔義帝作對衛氏哭科。白〕母后，孩兒今日身爲天下之主，使上不能護母，下不能保妻，在大江之中，爲强臣逼勒至此，有何顏面復在人世？〔哭科，衛氏亦哭科。白〕事到如此，也説不得了。〔義帝哭科。唱合〕再休思重承母歡，〔作對孫妃哭科。唱〕再休思和諧鳳鸞。〔對江哭科。唱〕急水湍湍，俺葬江魚索拚。〔英布衆作跳上船，衆殺死太監、宫女科，作欲殺義帝、衛氏、孫妃科。義帝衆作慌科。扮八水族上。義帝哭科。唱〕霜鋒下淋漓血滿，倒不如早沉江一死難寬。〔英布作欲殺科。義帝白〕賊臣，休得無禮。〔作挽衛氏、孫妃投江科。八水族擁義帝、衛氏、孫妃下。英布白〕義帝同妻、母俱已投江，不免搜取玉符金璽，向項王前報功便了。〔唱〕

【羽調·衮衮令】一同價，報捷敢稍緩。取次細搜尋，符璽寶玩。方纔報得，大事全完。凄風慘淡盡含酸，人人驚惋。〔衆作搜得金符玉册科。白〕啓大王，符璽已在此了。〔英布白〕就此解舟，回九江郡去便了。〔衆應科。舟子作撑舟科，行科。同唱〕

【又一體】鼓檜楫，呀啞秋江畔。非爲奏成功，敢行這亂。看沙鷗幾點，遠避林巒。〔合〕只有這悲風作浪慘江獾，將舟斷伴。〔同下〕

第廿四齣　龍宮慶喜（先天韻）

〔扮四水族、鯉丞相、鱉將軍、蝦軍師、蟹甲士引九江龍神上。九江龍神唱〕

【仙吕宫·園林好】向龍潭新開喜筵，齊等待章華舊輦，忍看這孤帆一片。〔合〕風寂寂也水連天，浪滚滚也月盈船。〔白〕波翻浪動早驚人，勸客休來此問津。捲上水晶簾久待，新沉義帝是江神。吾神乃九江龍神是也。前下元水官面傳玉旨，搭救義帝，同掌九江。今聞項羽遣九江王英布，追殺義帝，義帝情急跳江。已令水族前去救護，吾神索早安排。水卒。〔水卒應科。九江龍神白〕請夫人上堂。〔水卒應，作請科。扮四龍女引夫人上。夫人唱〕

【仙吕宫引·似娘兒】湘瑟動冰絃，袖飄揚洛浦雲烟。弓鞋印却玻璃軟，驀聽傳呼，緑萍溪遠，紅葉洲邊。〔作見科，坐科。夫人白〕大王唤妾身出來，有何吩咐？〔九江龍神白〕夫人有所不知，俺只因奉了玉帝敕旨，搭救義帝，同掌九江。那義帝不久便到，其母、其妻，無人接待，須仗夫人延入後堂，與彼筵宴。〔夫人白〕既有敕旨，待他到來，妾身自當款待。〔九江龍神白〕如此甚好。你看水族紛紛，義帝敢早來也。〔扮八水族擁護義帝、衛氏、孫妃上。夫人令龍女扶衛氏、孫妃下，夫人隨下。水族扶義帝上坐科。義帝作俯案不醒科。九江龍神白〕你看義帝已被驚壞，待俺唤醒他來。〔作唤科。白〕陛下醒來。〔義帝作醒科。白〕吾乃堂堂天子，誰敢無禮？〔作見衆水族驚科。白〕這是什麽所在，莫非又是夢中麽？〔九江龍神白〕陛下不須驚異，此乃九江龍宫。上帝念陛下爲君仁厚，遭此悖逆，特命小神搭救，同掌水府。〔義帝白〕寡人前得一夢，已兆先機，今日思之，敢是不與也。只是蒙上帝憐念，無以報答，待寡人望空叩謝。〔作叩謝科。白〕微臣芈心，特蒙玉旨，敢望空叩謝，望上帝默鑑。〔作起科。白〕還有老母、妻子，不知何在？〔九江龍神白〕陛下不必憂心，小神已着我夫人接入後堂去了。〔義帝作謝科。白〕如此，多感盛情。〔水族作叩喜科。白〕水族們，叩賀新王。〔義帝白〕起去。〔水族應科。九江龍神白〕擺宴伺候。〔水族應，作排宴科。九江龍神作定席科，同入席飲酒科。同唱〕

【仙吕宫·惜奴嬌序】水府開筵，喜晶宫有幸，得伴仁賢。巵螺共泛，索要滿飲空傳。乾乾，玉旨水宫傳當面，謹欽遵同懽忭。〔水族作斟酒科。義帝、九江龍神作飲酒科。同唱合〕共流連，笙歌同奏，俗慮頻蠲。〔義帝白〕那項籍如此不仁，豈可爲天下之主？前日孤在舟中，曾得一夢，道是赤帝子當權，命孤讓位。這赤帝子，難道就是項籍不成？〔唱〕

【又一體】思前，夢裏明言，説當權赤帝，有命司天。敢伊行便是，教吾妙理難研。淚涓涓，倒是狂且邀帝眷，俺仁柔偏命蹇。〔合〕怨迍邅，教藏身蛟窟，淚雨綿綿。〔九江龍神白〕這段公案，也難以明言。曾記當日，秦始皇定鼎之後，在顯慶宫得了一夢，先機已兆於此。今日不免在筵前演來，一則可以佐酒，二來陛下一見，也可了然了。〔義帝白〕如此甚好。〔九江龍神作指空中科。白〕紅日速降。〔天井作下紅日切末科。扮青衣童子上，作取抱紅日科。扮紅衣童子上，作喝科。白〕青衣童子，留下紅日，吾奉上帝敕旨，特來取此也。〔青衣童子作放下紅日，與紅衣童子互相打科。紅衣童子作連跌速撲科。紅衣童子作一拳打死青衣童子科，抱紅日下。九江龍神白〕陛下看此，便知端的了。〔唱〕

【仙吕宫・錦衣香】魂夢中，機先現，奪紅輪稱雄健。似他夸父當時，中原繞遍，空教勞擾亦堪憐。方知駒影，更没俄延。逐鹿人争倦，又那用意惹情牽。〔義帝白〕這兩個童子，忽强忽弱，端的不知，主着何事？〔九江龍神白〕陛下，你那裏知道，〔唱合〕强弱何須辨，待英豪運蹇，管教一霎，雄風難展。〔白〕那青衣童子，便是如今的項籍。紅衣童子，便是漢王劉邦。紅衣童子奪去太陽，言滅楚而得天下者，必劉邦也。此是後來興亡之事，却於始皇夢中先兆，豈非天數乎？〔義帝白〕原來如此，寡人可以無恨矣。〔九江龍神白〕水卒，再斟酒來。〔水卒作斟酒科。義帝、九江龍神同飲科。義帝唱〕

【仙吕宫・漿水令】喜今朝悟徹前緣，如夢醒恰對冰筵。暗中播弄索由天，興亡成敗，何用縈牽。〔九江龍神白〕陛下既已悟徹，須索大家暢飲一回。水卒，將酒來，俺與陛下把盞。〔水卒作斟酒科。九江龍神作把盞科。義帝作遜謝科，飲酒科。同唱〕青虬窟，白螭淵，從今洗却舊時冤。〔合〕頻看這，頻看這，瑞靄祥烟。須不是，須不是，顛覆從前。〔義帝白〕寡人酒量不勝，可將盛筵撤去。〔九江龍神白〕陛下暫請安息，擇日定位便了。〔義帝唱〕

【喜無窮煞】向鮫宮暫息燕，則怕的駭人巨浪復向夢中掀。〔九江龍神唱〕陛下呵，你敢是劍化延平異怎言。〔同下〕

第七本

第一齣　川民慶幸（古風韻）

〔扮八漁父、八樵夫、八農夫、八蠶婦上。唱〕

【雙角·三轉雁兒落】昇平樂滿川西，昇平樂滿川西，新雨露遍灑瘡痍。含哺鼓腹閒遊戲，聽頌聲四野齊。新詔旨在街上貼，新告條去些支節。人間喚一聲父和爺，天上更一番新風月。問生涯真快活，咱有甚重差科。待相看拍手笑呵呵，這歡情誰似我，這歡情誰似我。〔分白〕我等漢中漁父是也。我等漢中樵夫是也。我等漢中農夫是也。我等漢中蠶婦是也。〔同白〕自漢王入川以來，政簡刑清，風調雨順，物阜年豐，民安歲稔。正是：百室慶盈寧之象，四郊樂熙皞之風。今當艷陽天氣，趁着閒暇，到山明水秀之地，大家聚飲，以述昇平樂事。走嗄。〔作行科。同唱〕

【雙角·雁落梅花】任意兒隨帶着酒共肴，自不曾有一事少。則這肚皮中無牽掛，頭直上瑞靄飄。

最喜是景難饒，正遇着陽和陽和天道，①朵朵的艷蕊嬌，嫩柳絲瘦細了腰。呀那欠了黎民黎民每穿喫的温飽，②那欠了黎民黎民每費用的寶鈔。良辰美景，興來與好比隣每約，③歡會處見了一番嬉嬉家家樂。〔同白〕此處靠山依水，柳媚花明，正好盤桓。〔一老農白〕漢中新令，男女異行。這幾位女眷，同在一處，未免不便。〔衆白〕同是一家宅眷，有何妨礙？〔一老農白〕倒底不雅，令他們另坐一席。〔衆白〕有理。〔分坐科。一老農白〕各將所帶物事，湊來取樂。〔各作隨意出酒肴飲科。一老農白〕列位嘎，今日托漢王福庇，你我得快樂飲酒，須各將所樂，試説一番。〔衆白〕有理。〔作推讓科。白〕自古道，漁、樵、耕、織，依次説來就是了。〔八漁父白〕如此有僭了。〔唱〕

【雙角・漁家樂】一行價營運則把他那一行價勤，嬉嬉漁家，嬉嬉漁家樂。老漁翁也曾趁恬波細浪去理絲綸，也麽哈、哈哈漁家樂，也麽哈，哈哈漁家樂。小漁翁蝦籠蠏簄不曾離着身，嬉嬉漁家，嬉嬉漁家樂。只聽得櫓兒咿咿咿，網兒刷刷刷，水兒豁豁豁，魚兒潑潑潑，撥喇撥喇撥撥喇，撥喇撥一罾捉彀了半筐盆，也麽哈、哈哈漁家樂，也麽哈、哈哈漁家樂。走到那柳陰之下，柔條攀折，穿腮貫嘴，聯聯串串，次次層層，都是那些錦游鱗，嬉嬉漁家，嬉嬉漁家樂。只見那歸來後，把綸竿收罷，煮着槎頭，擘着蠏螯，酣對夕陽曛，

① 襯字「陽和」下，校籤云：「下增襯字『的』字。」
② 「欠」，校籤作「缺」。
③ 「比隣」，校籤作「隣里」。

也麽哈、哈哈漁家樂，也麽哈、哈哈漁家樂。〔衆同白〕你漁家們好快樂也。〔唱〕

【雙角・醉太平】烟波影裏好安，短棹兒前灘。賣魚翁，沽酒把船彎，掛起漁家樂的片帆。輕盪漿，走過了蘆花岸，一聲欸乃把清波泛。啓孤篷推出一段翠蘿山，這的不是賽神仙的清閒境罕。〔衆白〕如今該着樵哥們了。〔八樵夫白〕我們樵夫，可也有一段樂處。〔唱〕

【雙角・樵家樂】一行價營運則把他那一行價通，嬉嬉樵家，嬉嬉樵家樂。只見俺樵夫每在烟蘿深處，野調山歌，手執斤斧，敲雲劚月蔭青松，也麽哈、哈哈樵家樂，也麽哈、哈哈樵家樂。看着那一座青山，朝來暮去，挑月穿雲，煮着野菜，燒着新柴，貰得村醪去約賓朋，嬉嬉樵家，嬉嬉樵家樂。斟起那盞面上珍珠兒，一杯杯一口口，嘓都都嚕，嘓都都嚕，都嚕飲彀了醉春風，也麽哈、哈哈樵家樂，也麽哈、哈哈樵家樂。有誰似樵子每，長日空山，徐引清風，拂着蒼苔，舒腰展脚，睡倒在白雲堆，嬉嬉樵家，嬉嬉樵家樂。晚來時順着山，合着伴，信着口咿咿啞啞，唱出一套没腔歌，也麽哈、哈哈樵家樂，也麽哈、哈哈樵家樂。〔衆白〕你們樵家的樂處却也不錯。〔唱〕

【雙角・醉太平】青山的利饒，敗葉枯枝滿擔挑，任意兒换錢鈔。你在雲蘿深處漫逍遥，採他些木丫叉，聽鳥鳴春山凹。採他些蒼松翠柏，白榆黄茅。採他些歡聚圍爐榾柮燒，採他些爨底炊烟桐尾焦。採他一個山花野草嫩枝梢，在鬢邊蓬鬆插着。〔八農夫白〕如今該我們農家了。〔衆白〕田家樂事，更自不同，要請教。〔八農夫白〕且聽我道來。〔唱〕

【雙角·農家樂】一行價營運則把他那一行價修，嬉嬉農家，嬉嬉農家樂。只見俺田父每割着黃雲，栽着青針滿西疇，也麽哈、哈哈農家樂，也麽哈、哈哈農家樂。可喜那莊家兒陸陸續續往家收，嬉嬉農家，嬉嬉農家樂。只見那割來的禾黍兒堆堆垛垛賽高樓，也麽哈、哈哈農家樂，也麽哈、哈哈農家樂。更有那婆婆每、孩子每，那些個吃不盡的豌豆筴兒，玉黍米兒，青黃豆兒，芋頭子兒共芝蔴，嬉嬉農家，嬉嬉農家樂。閒來與莊家每到了那東莊，結社西莊，約伴打着鑼鼓，列着旗傘，吆吆喝喝，鬧鬧烘烘，扛着猪羊，携男拽女去賽神祇，也麽哈、哈哈農家樂，也麽哈、哈哈農家樂。〔衆白〕田家好快活也。〔唱〕

【雙角·醉太平】靠前莊後莊，喜比屋連房。没一個無穿少吃受恓惶，羡煞他倉有餘糧。羡煞他醉一壺新佳釀，羡煞他睡一覺草鋪坑。羡煞他骨肉少分張，這的儘彀教人來想想。〔一老農白〕你們女眷們，也把那蠶家樂處説一説。〔八蠶婦白〕我們蠶家，亦儘有樂處哩。〔唱〕

【雙角·蠶家樂】一行價營運則把他那一行價專，嬉嬉蠶家，嬉嬉蠶家樂。只見柔桑嫩葉採新鮮，也麽哈、哈哈蠶家樂，也麽哈、哈哈蠶家樂。可喜是小葉兒細細勻勻滿筐邊，嬉嬉蠶家，嬉嬉蠶家樂。又只見筐裏面密密雜雜，看了幾遍女蠶眠，也麽哈、哈哈蠶家樂，也麽哈、哈哈蠶家樂。到了那繭時節，絡時節，紡絲車兒，抛絲梭兒，本色機兒，那些花樣織得可也方便，嬉嬉蠶家，嬉嬉蠶家樂。下將來裁了也，剪了也，白紵衫中絮絲綿，合着體，稱着身，裳兒新，襖兒整，穿來著去用不盡，也麽哈、哈哈蠶家樂，也麽哈、哈哈蠶家樂。〔衆白〕他蠶家，其實的又有蠶家樂處。〔唱〕

【雙角·醉太平】蠶桑的藝高，殷勤把繭絲絡。機杼織作有成勞，省將他凍熬。製一件半磽不薄綿絲襖，穿一領半粗不俗新絲套，束一條半濃不艷染絲絛，這的不是蠶家每的快樂。〔一老農白〕我們只顧説話，酒也還要吃，請嗄。〔同作暢飲科。一老農白〕彀了，彀了，今日這個酒，吃得快活。我們各家樂事，俱已説完，酒已是分了，收拾杯盤。我們何不將大家樂事，一齊湊來，一路説着回去，以見漢王仁德。〔衆同白〕好嗄。〔作收拾起身，漁樵等帶醉科，行科。同唱〕

【雙角·家家樂】君王君王的怙冒，百姓們都沐盡恩膏，雨露沾濡遍四郊。俺想當時，幾曾帖席安眠過了一朝，俺已曾業廢家拋。説什麽耕織漁樵，青畦壠兒荒了，白米囤兒空了，生鐵犂兒廢了，織錦機兒倒了，白絲繭兒壞了，葉子那取桑條，樵蘇徑兒斷了，野調歌兒歇了，扳魚船兒賣了，耳邊鬼哭神號。① 遇着一個神堯，他把湛露均叨，世躋軒巢。日暖層霄，淑影風飄。水静波濤，瑞靄山嶕。今日裏何曾一事空着，青畦壠兒墾着，白米囤兒滿着，生鐵犂兒扶着，織錦機兒支着，白絲繭兒繅着，桑條葉子養着，樵蘇徑兒通着，野調歌兒唱着，扳魚船兒盪着，家家剩有餘饒，耳邊聽得歌謡。今日裏歡會，樂樂陶陶，屈指從頭數來，那有一些苦惱？好風光莫待將他負着，醉扶歸沿途説着。歡會處見了一番，嬉嬉家家樂。〔同下〕

① 「鬼哭神號」，校籤云：「下增『衆白今日呵唱』六字。」

第二齣　復都彭城（家麻韻）

〔扮八楚軍、丁公、雍齒、灌嬰、吕馬通、虞子期、鍾離眛引項籍作騎馬，虞姬乘轎，四轎夫擡科。四太監、四宫官隨行上。同唱〕

【中吕宫·駐環着】擺鑾輿法駕，擺鑾輿法駕，鳳輦如花。風舉雲移，滿眼豪華，警蹕聲傳四下。回望咸陽，抛擲廢秦宫，有何牽掛。齊看取君王圖霸，喜故里團圞重話。〔項籍白〕前日九江王英布回奏，已在江中將義帝合家殺害，去我心中大患。又季布奏道，彭城宫殿，俱修理齊整。爲此留吕臣、司馬移守咸陽，遷都前來。此離彭城不遠，趲行前去。〔衆應行科。同唱合〕烏騅跨，返故家。看此日東歸，道旁歡迓。〔扮桓楚、于英、季布、范增上，接見科。分白〕臣范增，臣季布，臣桓楚，臣于英，〔同白〕迎接大王。〔項籍白〕有勞亞父與三位將軍。〔范增白〕請駕進城。〔項籍作得意科。白〕妙嗄，孤家今日，可謂榮歸了。軍士們，擺駕。〔衆應作進城行科。同唱〕

【又一體】喜威風整刷，喜威風整刷，四海威加。夾道歡呼，老幼驚誇，蓋世風光不亞。攬轡都門，争看舊河山，烟雲如畫。榮晝錦人人驚詫，道往日英雄歸罷。〔季布白〕已到午門，請駕進宫。〔項籍白〕軍士們退下，内侍引駕。〔八楚軍退下。太監、宫官引項籍、虞姬行科。同唱合〕歡非假，衆口誇。看鳳閣龍樓，喜同天大。〔作進宫科，下。鍾離昧、丁公、雍齒、灌嬰、吕馬通、虞子期與范增、季布、桓楚、于英相見科。白〕老亞父與衆位將軍請了。〔范增衆白〕鍾離公與列位將軍請了。〔范增白〕鍾離公。〔鍾離昧白〕亞父。〔范增白〕我聞主上弑了義帝，爾衆臣爲何不諫？〔鍾離昧衆白〕此是主上密旨，如何得知？〔范增作恨科。白〕咦，天下自此失望矣。〔唱〕

【中吕宫·尾犯序】故楚舊根芽，仗着義聲，風動天下。滿局全輸，只爲一着争差。休罷，去不了胸中芥蒂，添上個身邊話耙。〔合〕從今去，看梟雄借口兀自責交加。〔白〕當初勸主上，不令漢王入川，待我回到咸陽，再作區處。爲何教他就國？〔鍾離昧白〕當時也曾諫阻，無奈張良從中詭計，因此令漢王入川去了。〔范增白〕漢王入川，如縱虎歸山，久而難制矣。〔唱〕

【又一體】伊家，搏噬正磨牙。底事無端，縱出于柙。漫道蟠龍，困處低窪。只怕，不是那魚游涸轍，倒做了蛟騰變化。〔合〕會須見，摩天攫日把雲拿。〔白〕我曾言咸陽不可輕離，爲何又都彭城？〔鍾離昧衆白〕韓生苦諫，一言不合，被拿向雲陽烹死。下旨道，有再犯者，以韓生爲令。以此群臣不敢再諫。〔范增作嘆科。白〕咸陽一離，吾見漢王指日出褒中也。〔唱〕

【又一體】嗟呀，何事任紛拿。百二河山，輕教抛下。爲國忠魂，空自命掩黄沙。恁傻，將一座皇都擲捨，却戀着家園片瓦。〔合〕眼看着，開門揖盗接踵出三巴。〔白〕還有一事，那執戟郎韓信，爲何不見？〔鍾離昧衆白〕那韓信自監斬韓生以後，即便潛逃，不知去向了。〔范增作頓足科。白〕罷了，罷了，此人我終日懸念。曾與大王説，若用此人，須當重用。若不用，必須殺之。不意走了，一定投見漢王，使吾不能安枕矣。〔唱〕

【又一體】千差，孤踪何處抓？往日叮嚀，風過窗紗。跨海金梁，認作斷梗浮槎。非誇，他待做擎天玉柱，撐起那連雲大廈。〔合〕此人去，料風波不日起自漢王家。〔鍾離昧衆白〕前有三秦阻攩，料韓信不能飛過去，亞父但請放心。〔范增作懊恨科。白〕事已至此，無可挽回了。〔唱〕

【意不盡】亡羊牢補空支架，剗地憂心亂似麻。君王誤我，因何件件都變卦。〔同下〕

第三齣　問路斬樵（蕭豪韻）

〔扮韓信佩劍、執鞭上。唱〕

【中呂調・粉蝶兒】氣撼青霄，問功名半生流落，俺嘆重瞳肉眼覷睄。① 每日裏伴螭頭，隨豹尾，英雄氣空餘長嘯。說不盡壯志無聊，怎禁得奮翻飛學冥舉鷹鷂。〔白〕良禽擇木而栖，良臣擇主而事。俺韓信一時失計，投赴楚營，累積勤勞，纔授得一執戟郎之職。我看項王，不足與圖大事，久有去志。前遇張良，道漢王仁德，贈我薦書一角，又值烹了韓生，越教人心寒，因此逃出咸陽，去投西蜀。怎奈新設三秦，好不盤詰的嚴緊，幸帶有陳平贈我的文憑，早被我闖過散關來了。〔唱〕

【中呂調・醉春風】今日裏鵬翮帶雲移，學得個雞聲偷渡早。舉頭關外影飄飄，心兒不小。小。敢待要抹倒孫吳，揶揄蘇季，仰希伊召。〔白〕但恐後有追兵，决然跟從此路，倘被他捉住，却不誤了大事。〔唱〕

【高宮・脱布衫】吞餌誤喜脱鯨鰲，奮春雷鼓鬣乘潮。脚踪兒若露了根芽，怕不做小囚臣檻車就

① 「覷睄」，校籤作「相睄」。

道。〔白〕也罷，我不免從小路而行。〔作向小路行科。唱〕

【高宮·小梁州】則見那紆轉羊腸路一條，我這裏意亂心焦。孤鴻顧影叫嗷嗷，轉山凹，脚步任低高。

【又一體】心慌猶恐人驚覺，百忙裏來了一個失路英豪。① 問時勢，憑懷抱。盼興王似投林飛鳥，因此上不憚路途遥。〔白〕你看兩邊皆山，只有一條小路，好不險峻也。〔唱〕

【中呂調·上小樓】一步兒石根半蹺，一步兒懸崖依靠。却似登天之難，步步迂迴，順轉山腰。嶺雲飄，疊嶂繞，可也有甚閒心登眺，②似那倦飛鴉失聲的哀叫。〔白〕我只得勒住馬，緩緩而行便了。〔作緩行科。唱〕

【又一體】漫教他駿氣驕，漫着他鞭影摇。路下崎嶇，步下遲回，心下煎熬。時不遇，命未通，獨自長途潦倒。〔白〕且喜過了這山嶂也。〔唱〕則見他峰迴路轉，別開山道。〔白〕呀，當初張良道棧道燒絶，不能行走，教我往陳倉渡口而行。行到此間，不知何處往陳倉去的道路。〔作猶豫科。白〕雖則帶有地里圖，不知錯也不錯，好生爲難。〔唱〕

【中呂調·滿庭芳】天涯望渺，徘徊岐路，心口推敲。漫遊行，將臂向何方掉，不由人氣餒魂銷。

---

① 「一」，校籤貼去此字。

② 「可」，校籤貼去此字。

路茫茫看浮萍樣水漂，意懸懸心似旌摇。〔内唱山歌科。韓信白〕好了，那邊有一樵夫來了，待我問他一聲。〔作下馬科。唱〕側耳聽得聞歌調，我待將他路引鈔，①正是漁父引方得見波濤。〔扮樵夫擔柴唱山歌上。唱〕

【山歌】嶺路彎彎彎又彎，夕陽西下一肩還。生涯不問名和利，靠着山來便喫山。〔韓信問科。白〕樵哥，我借問一聲。〔樵夫放擔科。白〕將軍，問着何事？〔韓信白〕那條路往陳倉去的？〔唱〕

【中吕調・快活三】則爲悼臨岐岔路交，意徬徨謹相招。口邊有路暫煩勞，祈與分明告。〔樵夫白〕你問陳倉的路麽？〔韓信白〕正是。〔樵夫白〕阿呀，這條路彀走嘘。〔作指科。白〕此去遶過這山岡，却是小松林。過了林子，下邊便是亂石灘。有一石橋，過了却是蛾眉嶺。上了嶺，甚是難走，須下馬牽着走，過此方是太白嶺。嶺下有人家，吃了飯，過孤雲山、兩脚山，渡了黑水，過了寒溪，便是南鄭。將軍不可夜行，恐有大蟲。〔韓信取地圖看科。白〕果然不錯。〔唱〕

【中吕調・朝天子】則看了這條，再看他那條，早紙上編成套。承蒙開導，對本兒細校，一處處週詳到。灘嶺溪橋，神遊心造，可也信着孤踪兒閒領略。〔作收地里圖科。樵夫白〕不錯麽？〔韓信白〕不錯，多謝指引。〔唱〕蒙伊行指教，將伊行絮叨，俺只愧君意無堪報。〔白〕請了。〔樵夫擔柴科。白〕請了。這條路我是爛熟的，照着走就是了，照着走就是了。〔下。韓信白〕且住，倘有追兵從這條路趕來，到

① 「將」，校鐵作「煩」。

得路口，若遇見這樵夫，豈不被他指引？〔唱〕

【中呂調・四邊静】心頭猜料，踵騎追邀，相逢路交。則怕他絮絮叨叨，踪跡全知道。① 干連着緊要，那其間好難飛跳。〔白〕我馬又疲乏，决被他捉去，如何是好？〔唱〕

【黄鐘調・耍孩兒】俺這裏絲韁緊控嘶聲杳，怎當得他星移電掃。游魚網脱任潛逃，却緣何再被籠牢。〔白〕也罷，不若殺了樵夫，後來追兵如何知有此路？〔唱〕俺將他强派作蘆中伏劍沉烟水，瀨水損軀葬怒濤。待把英風效，怕一時疏忽，萬事空抛。〔作唤樵夫科。白〕待我唤他轉來。樵哥，轉來。〔樵夫擔柴上。白〕將軍，爲何唤我轉來？〔韓信白〕那邊又是何人？〔樵夫回看科。白〕在那裏？〔韓信作斬樵夫科。樵夫下。韓信白〕非我韓信短行，實出於萬不得已也。〔唱〕

【黄鐘調・三煞】非關惡計包，都緣用意遥，堪憐硬把心腸拗。則因萬般兒的遠慮心頭涌，倒教他一段深情劍下消。〔白〕我好恨也。〔唱〕將恩報，道不得半聲多謝，反做了一命難饒。〔白〕也罷，不免拖到山坳，將他掩埋了。〔作拖到山坳掩埋科。唱〕

【黄鐘調・二煞】想着你告語勤，指示勞，問津人翻是勾魂票。往日裏肩擔烟月深山道，今日個身葬雲蘿淺土抛。越教人添悲悼，領受些凄風苦雨，陪伴着野鬼山魈。〔作拭淚科。唱〕

①「踪跡」，校籤作「踪與跡」。

【黃鐘調·一煞】想逢意甚殷，相看心似擣，不由珠淚恓惶掉。①〔白〕樵夫陰靈，莫要怨我，他日有得意之時，必來厚葬，報你之德。〔唱〕表暴俺感情負德心中事，報謝你無怨招灾山下樵。深深拜告，九泉下權須冤抑，一靈兒切莫悲嗥。〔白〕我倒忘了，只管遲延，恐有追兵，如何是好？〔作上馬科，掩淚科。白〕我韓信大事在身，只得去了也。〔唱〕

【收尾】行時增慘凄，遲時添懊惱。斜陽趁，馬上一鞭殘照。回首望青山，向空禱。〔下〕

---

①「不由」，校鐵作「不由人」。

第四齣　推愛封宫（真文韻）

〔扮四太監、四宫娥引項籍、虞姬上。項籍唱〕

【仙呂入雙角·新水令】稱人心，旺氣勝西秦，分明是榮晝錦一番興運。厭廷謨無定準，談國是太紛紜。俺這裏得意欣欣，看着這好家居十分順。〔白〕孤因咸陽燒燬，一時難於修理，欲在彭城建都，無奈群臣嘵嘵不已。美人，你看這宫殿，比咸陽如何？〔虞姬白〕那朝臣或有别見。自妾身看來，那燒殘的宫闕，怎得有這等壯麗？〔唱〕

【仙呂入雙角·步步嬌】那别館閒臺烽烟燼，怎比鄉邦穩？况兼棟牖新，玉砌瑶堦，邃閣瓊樓峻。〔白〕妾身與大王呵，〔唱合〕共輦慢承恩，則願得深宫到處陪遊趁。〔項籍作大喜科。白〕我與美人，三生有緣，得偕匹配，如天上比翼，地下連理。雖有西施、南威，不足動我心矣。〔虞姬白〕承大王寵愛，已無可加。但則，〔住口科。項籍白〕嗄，美人，但則甚麽？〔虞姬帶笑科。白〕但尚有寡情之處。〔項籍作驚科。白〕孤待美人，有何寡情？〔虞姬白〕大王正位西楚霸王，仍稱妾以美人，未得册封，於心歉然。〔項籍作笑科。白〕這果然不是了。孤南征北戰，刻無寧日，又兼國事勞心，這册封之事，就忽略

了。美人見責的狠是。〔唱〕

【仙呂入雙角・折桂令】我道恁無端蹴起波紋，却緣來是孤家過矣，莫怪生嗔。不是我有心的慳吝，都只爲兵機攘攘，國計紛紛。朝政呵每日裏盈廷廝混，羽書呵教俺不住的馬踐征塵。鳳帳温存，鴛枕的慇懃。則俺貌堂堂西楚君王，怎就忘了你掌昭陽閫内稱尊。〔虞姬白〕妾非敢責備大王，〔作笑科。白〕但恐「美人」二字，外臣聞之不雅哟。〔唱〕

【仙呂入雙角・江兒水】非敢提名分，無非避外人。念葑菲得把君王近，承蒙恩獎憑心印。苧蘿聲價何須問，怕是招他評論。〔合〕道偌大青春，猶自痴憨嬌嫩。〔項籍白〕册封不難，這「美人」二字，却要稱呼。非此二字，不足盡美人之媚。今封爲正宫王后，即請更衣。〔虞姬白〕多謝大王。〔内奏樂，宫娥扶虞姬下，更王后服上，拜謝科。白〕謝大王千歲。〔項籍看，作大笑科。白〕妙嗄，這一更王后朝服，越顯得端莊俊俏，風雅無比了。〔唱〕

【仙呂入雙角・雁兒落帶得勝令】【雁兒落】（全）則見他雲鏤衣巧稱身，則見他鳳頭釵遮鴉鬢。則見他響玲瑯玉珮均，則見他耀明璫耳邊穩。【得勝令】（全）呀。則見他步淩波展湘裙，則見他透香腮桃花暈。則見他綻櫻桃啓絳唇，則見他態纖穠宜分寸。則見他笑盈盈把喜氣伸，則見他嬌怯怯把星眸瞬。精神，越顯得冠三千紅粉陣，新也麽新，比將來往日更銷魂。〔虞姬白〕妾身蒲柳之姿，承大王過獎。〔唱〕

【仙呂入雙角・綵衣舞】羞説西子南威貌出群，蒲柳姿何堪論。都只爲夫妻愛恩，恁誇揚過分。

相憐便覺東施俊，鍾情不把無鹽哂。〔合〕則願得天長地久連枝潤。〔項籍大笑科。白〕美人，休太謙了。好個天長地久，比翼連枝。〔衆太監、宫娥作叩喜科。白〕恭喜大王、娘娘，願大王、娘娘千歲千千歲。〔項籍白〕宫監們，今日娘娘喜日，後宫擺宴伺候。〔二太監白〕領旨。〔下。項籍白〕孤家有一事倒忘懷了。〔虞姬白〕大王，想着何事？〔項籍白〕前漢王告假省親，張良阻諫不許，陳平奏道，留他太公、王妃爲質。孤念昔日結盟之義，他父即是我父，這「留質」二字，怎説得起？〔唱〕

【仙吕入雙角·收江南】呀，怎忍縶伊行白髮親，做了我契書文。想當時義結友於賽天倫，念金蘭誓真，把壎篪誼敦。我欲待慰桑榆，尺素通音問。〔白〕孤意欲遣國舅子期，前到沛城慰問，供給養贍，美人以爲何如？〔虞姬白〕大王想念及此，足見大王仁德，但漢王妃吕氏，妾欲接來一會，未得旨意，不敢擅專。〔唱〕

【仙吕入雙角·園林好】可算作一家眷姻，聞説是天生可人。待接取未蒙明訓，〔合〕好一晌把聲吞，好一晌把聲吞。〔項籍白〕孤與漢王是弟兄，那漢王妃即是美人皇嫂，正當接取，以叙妯娌之情，有何不可？〔唱〕

【仙吕入雙角·沽美酒帶太平令】【沽美酒】〔全〕一家兒係至親，一家兒係至親。叙姊妹須不是旁牽引，則劉項原來舊弟昆。這戚里又何分，則待把寒暄細細論。【太平令】〔二至末〕聽呢呢瑣窗閒譚，陪伴伊寂寞朝昏，彌縫俺隔阻的嫌釁。您呵，留神用神，相看他情慇意慇。還要你辭温貌温，親，仗着你討他個難猜料的漢王真信。〔虞姬白〕待他來時，妾身慢慢盤問於他便了。〔太監上奏科。白〕酒宴齊備。〔項籍作携虞姬手科。白〕且去飲宴，與美人慶喜。〔虞姬白〕妾身還要與大王把盞。〔同唱〕

【雙煞】列笙歌，此日歡無盡，一杯杯領受那玉斝飛傳盞面春。〔虞姬唱〕則看這鬧盈盈的喜筵開，〔項籍作視虞姬科。白〕美人，〔唱〕我燈兒下把你個簇新新的國母認。〔同下〕

第五齣　謁見滕公（江陽韻）

〔扮韓信上。唱〕

【正宮·醉太平】聞來觀望，看風光眼底，興隆氣象。北連秦隴，東來控引荆襄。金湯，江沱東注勢汪洋，劍門路連雲重嶂。〔合〕館前高榜，待招賢納士，共佐興王。〔白〕入川以來，在旅店安歇，聞觀漢中風土人情。南有劍門之險，中有棧道之阻，前控六路，後據大江，爲荆襄之襟喉，實秦隴之要害。又且民安物阜，土厚風淳，堪作興隆之地。昨偶到一衙門，匾名「招賢館」，榜有一十三件事宜，曉諭軍民，皆是一材一技之能。掌管此館者，却是滕公夏侯嬰，其人好賢下士，不拘小節。我思若先相府去見蕭何，呈出張良角書，是憑張良舉薦，不見我胸中抱負。爲此將角書隱下，先見滕公，將我所學表白於他，使滕公奏知漢王，然後獻出角書，方見我不是碌碌因人成事者也。〔唱〕

【正宮·白練序】幾回思想，碌碌因人只自傷。全憑着，濟世經綸深釀。俺龍韜虎略藏，博得個頭角崢嶸姓字香。〔合〕難迴避，毛生自薦，脱穎鋒芒。〔白〕此間已是招賢館了，那位將爺在？〔扮門官上。白〕座有談天客，門多投刺人。是那一位？〔韓信遞手本科。白〕淮陰韓信，特來謁見。〔門官接手本

科。白〕少待。〔作請科。白〕老爺有請。〔扮夏侯嬰上。唱〕

【正宮引・錦堂春】哺握心希古聖，招賢禮意匆忙。從來爲國當先務，得士理朝堂。〔白〕下官夏侯嬰，職掌招賢館務，門官啓請，不知何人到此。〔門官遞手本科。白〕淮陰韓信，特來謁見。〔夏侯嬰接手本看科。白〕韓信原是楚臣，如何不遠千里而來，必有緣故，道有請。〔門官出請科。白〕家爺請見。〔引韓信進，揖見科。白〕大人在上，淮陰韓信拜揖。〔夏侯嬰答揖科。白〕賢士從何而來，曾出仕否？〔韓信白〕大人容禀。〔唱〕

【正宮・玉芙蓉】淮陰是故鄉，西楚先依傍。奈蹉磨歲月，空自徬徨。塵迷趙璧連城樣，土掩隋珠照乘光。〔合〕高飛颺，待歸劉去項。喜招賢，搜羅英俊正無方。〔夏侯嬰白〕原來賢士自楚而來。此間棧道燒絶，山路甚險，賢士如何便得到此？〔韓信白〕志圖報效，不惜路途。攀藤攬葛，緣山而來。所期有在，遂忘勞苦。〔唱〕

【又一體】心期在四方，道遠何須悵。念雄懷未遇，肯就埋藏。重山怎把雄心障，峻嶺焉教壯志降。〔合〕欣無恙，過崎嶇山嶂。待投明，把辛勤跋履一時忘。〔夏侯嬰白〕壯哉志也。賢士曾見榜文，果通何科？〔韓信白〕十三科皆知，但此外一科，尚未曾開出。〔唱〕

【又一體】從頭逐款詳，雅意開珊網。問胸中抱負，非敢誇揚。烹鮮免被操刀謗，學製何憂美錦傷。〔合〕無多讓，第緣何遺忘。覷分明，空留一件欠端詳。〔夏侯嬰白〕賢士，這十三科之外，還有那一件？〔韓信白〕一件才兼文武，學貫天人，出將入相，坐鎮中原，奠安華夏，百戰百勝，取天下如反掌，堪爲破楚元帥。此内少此一科，若十三科，不過一節之能也。〔唱〕

【又一體】懷揣日月光，腹隱星辰象。看文修武備，展土開疆。憑將謀略高千丈，運起風雲奠八方。〔合〕貔貅帳，把元戎依仗。則這十三科，偏長未便好安邦。〔夏侯嬰作拜謝科。白〕素聞賢士之名，未曾識荊。今幸千里而來，非獨一人之幸，實天下蒼生之幸也。請入後堂，細細領教，再見蕭相國，決然保薦。〔韓信白〕多謝大人。〔唱〕

【不絶令煞】相逢一語蒙相諒，話到投機分外長，則不負了爲國求賢門下榜。〔同下〕

第六齣　蕭何薦賢（魚模韻）

〔扮蕭何上。唱〕

【商調引·三臺令】喜逢國士無如，梁棟今時正需。一夕慢踟躕，整衣俟漏盡銅壺。〔白〕老夫蕭何，昨夜滕公引楚臣韓信來見，與講楚漢興亡，并韜鈐兵法，明若指掌，漢王可謂得人，西楚可傳檄而定。爲此早朝候駕臨軒，以便保薦。正是：欣逢磊磊無雙士，慢比休休一个臣。〔下。扮四太監、四宫官引漢王上。漢王唱〕

【商調引·遶地遊】三秦鼎據，隔斷咽喉路，問何時得歸東土。回想賢豪，曾言相助，盼殺人鱗鴻信疏。〔轉場坐科。白〕入關有約誓言違，僻處褒中暫蓄威。東向争衡須有日，待成羽翼便高飛。寡人入川以來，喜得民安物阜，時和歲稔，只是項王負約，何日東歸。當初子房臨别，曾言與孤幹三件大事，一使楚王遷都彭城，二令諸侯背楚，三代孤尋一興劉滅楚大元帥前來，怎的並無音信？〔蕭何上。白〕得人爲國本，辨色赴朝端。主上駕已臨朝，不免面奏。〔作進跪奏科。白〕臣蕭何，有事啓奏大王。〔漢王白〕相國平身。〔蕭何起科。白〕千歲。〔漢王白〕相國有何事，寡人願聞。〔蕭何白〕念微臣

呵。〔唱〕

【商調集曲·御林鶯】【簇御林】(首至合)則爲干城將，不可無，念才難，古聖書。夜來喜得賢豪遇，堪把那元戎付。〔白〕臣得一賢士，韜略精通，識見高遠，堪爲破楚元帥，乞大王重用。〔唱〕【黄鶯兒】(合至末)棟梁儲，願吾王委任，管取建訏謨。〔漢王白〕那賢士何處人氏，曾出仕否？試説姓名，孤當重用。〔蕭何白〕此人乃淮陰人，姓韓名信，曾仕楚，爲執戟郎，屢次上策，霸王不用，因棄楚歸漢。昨叩其所蘊，雖伊尹、子牙不能過也。〔唱〕

【商調集曲·林間三巧音】【簇御林】(首至三)懷奇策，蘊雄圖，佐興王，定不誣。【啄木兒】(三至合)就商家莘野阿衡，來周室渭濱尚父。昔日裏曾爲執戟臣西楚，幾番價良言不用空辜負。【畫眉序】(第六句)淮陰韓信誠奇士，【黄鶯兒】(末一句)天意遣相扶。〔漢王作笑科。白〕我聞韓信乞食漂母，受辱胯下，一鄉輕賤。若用此人爲將，三軍不服，諸侯耻笑，項羽聞之，决以我爲瞽目人也。〔唱〕

【商調集曲·御林啄木】【簇御林】(首至合)淮陰下，一餓夫，願甘心，胯下污。幸逢漂母相周助，一鄉輕賤誰齒數。【啄木兒】(五至末)謀生且自成匆遽，何堪國計輕抛付。〔合〕四遠聞之也笑吾。〔蕭何白〕古來良佐多出自寒微。孫叔敖舉於海，百里奚舉於市，卒成霸業。韓信雖出自微賤，胸中所蘊，實爲天下奇士。若捨而不用，使投他國，是棄連城之璧，碎和氏之寶也。〔唱〕

【商調集曲·御袍黄】【簇御林】(首至合)求賢意，何用拘，古良臣，事豈虚。海濱遯跡知何處，牛口下與王遇。【皂羅袍】（五至八）若吾王不用，任伊改圖。奇珍毀棄，算來計疏。【黃鶯兒】（六至末）臣言怎敢茫無據，〔合〕慢躊躇，一朝權柄，定看好規模。〔漢王白〕既丞相舉薦，可宣來見孤。〔蕭何白〕領旨。〔傳科。白〕大王有旨，宣韓信上殿。〔扮韓信上。白〕勳業未看搖碧落，吹噓且喜附青雲。〔蕭何白〕韓先生，吾王即等相見。〔韓信白〕敢煩引進。〔作進朝見科。白〕大王在上，臣韓信見駕，願大王千歲。〔漢王白〕汝千里而來，相國薦汝才能，但一時似難大用。今授汝治粟都尉，俟有成勞，再加陞擢。〔唱〕

【商調集曲・猫兒逐黃鶯】【琥珀猫兒墜】（首至四）牛刀試割，且自任勤劬。委吏觀伊任事初，要知會稽漫模糊。【黃鶯兒】（合至末）待徐徐，成勞有蹟，陞用自惟吾。〔韓信白〕謝大王千歲。〔起科。唱〕

【商調集曲・猫兒出隊】【琥珀猫兒墜】（首至合）念庸材謭陋，空自荷吹噓。重沐吾王德意濡，得蒙鞭策任馳驅。【出隊子】（四至末）怎敢說職小官卑計較疏，〔合〕曉夜精勤，願效駘駑。〔漢王白〕好去爲之，孤看相國之薦，自當留意。內侍們，退朝。〔四宮官、四太監引漢王下。蕭何白〕有屈賢士，大王以賢士初到，特以此職試看。待何再爲舉薦，管保大用。〔韓信白〕未見實效，只宜如此，丞相不必介意。〔蕭何白〕擇日再到衙門，今日且到老夫家下，還要領教。〔韓信白〕有勞丞相汲引，請。〔同下〕

第七齣 沛城慰問（真文韻）

〔扮四軍士引虞子期上。同唱〕

【仙吕宫·六么令】椒房至親，向金階捧得恩綸。草茅雨露一時新，馳驛路慰年尊。〔合〕沛公從此心安穩，沛公從此心安穩。〔虞子期白〕俺虞子期，奉項王之命，前往沛縣慰問劉太公。諭知縣令，以上等供給應付太公日用。臨行時娘娘吩咐，請吕王妃入宫宴會。軍士們，須索趲行者。〔軍士應，行科。同唱〕

【又一體】同將敕遵，馬蹄翻蕩起征塵。急傳諭旨慰晨昏，宫壼内宴嘉賓。〔合〕兩家和好無傷損，兩家和好無傷損。〔同下。扮劉仲急上。白〕阿呀，諕死我也。霸王遷都彭城，遣虞國舅到我家來，不知什麽意思，則索報與老父知道。〔作到門進科。白〕老父快來。〔扮劉煓上。白〕何事這等大呼小叫？〔劉仲白〕不，不好了。〔吕氏急上。白〕甚麽事不好？伯伯快説。〔劉仲唱〕

【仙吕宫·不是路】禍事臨門，把我在田邊諕掉魂。傳來信，霸王差國舅到鄉村。〔劉煓白〕差國舅到鄉村，便怎麽？〔劉仲唱〕審原因，只怕妻孥累及青青鬢，老父顛連及弟昆。無投奔，幾時纔得身心穩。願聽明訓，願聽明訓。〔吕氏作驚科。白〕國舅此來，莫非你兄弟有什麽不好消息？〔劉煓白〕前日張良寄信，説是方纔入川，那得就有什麽不好消息。〔劉仲白〕就是不好消息，也無可如何。咳，僱了多少短工做活，不去照應，他們一齊歇着手了。〔疾下。吕氏白〕可惱劉季，不安頓妻子倒也罷了。〔唱〕

【雙調·夜雨打梧桐】王侯貴，家室貧，撇下這老年親。〔劉煓作躊躇科。吕氏唱〕薄天倫，帶累高堂縈悶。〔恨科。唱〕不念糟糠妻子，更無一語温存。受灾受難閨裏人，你逍遥自在何曾問。〔白〕那項籍、虞姬，行則同行，坐則同坐，何等恩愛，偏我這般受苦。〔唱〕耽驚受困，〔合〕命難存。眼見輕拏去，憑他暴主嗔。〔劉煓白〕媳婦，不必着急，或者是霸王好意，也未定得。那霸王呵，〔唱〕

【又一體】雖剛暴，心却仁，怎便把吉凶論。〔白〕況當初劉季入川，未必不以室家相託。〔唱〕想天倫，怎得撇開方寸，或者託彼閒中照看，因此車馬臨門，如何設意傷老身。便殺他家小也難消恨，休驚莫悶。〔合〕這原因，可也猜三四，包伊有幾分。〔四軍士引虞子期上。軍士白〕此是漢王宅第了。〔虞子期下馬科。軍士白〕裏面有人麽？〔扮院子上。白〕將爺有何話説？〔軍士白〕你去禀知太公，説西楚霸王遣國舅問太公安。〔院子作進禀科。白〕外面有西楚霸王遣國舅前來問好。〔劉煓白〕問安？嗄，三娘子，這「問安」二字，不是惡意，待我出迎。〔吕氏白〕只道十分灾禍至，原來一片故人情。〔下。劉煓出迎科。白〕茅廬草舍，有勞國舅枉駕，請進。〔虞子期白〕太公請。〔讓進揖坐科。軍士下。虞子期白〕太公一

向康健？〔劉端白〕托庇粗安，多承大王錯愛，勞國舅遠遠到此。〔虞子期白〕大王呵，〔唱〕

【雙調·柳梢青】特地遣致殷勤，將他友愛敦。還將號令重申，旨甘維謹。家居日用，該縣應承。許令開銷，全無稍吝。〔合〕念與賢郎，遠地分憂，此心無盡。〔劉端白〕老拙有何德能，要大王如此費心，銘感不盡。〔虞子期白〕還有一件王后的懿旨，要請呂王妃到彭城宮中一敘。〔劉端白〕貧士人家婦女，只怕見不得娘娘。〔虞子期唱〕

【又一體】無過一樣釵裙，何妨彼此親。〔劉端白〕路遠些兒。〔虞子期唱〕相違百里非遥，幸蒙相允。深閨寂寞，和那深宮，偶效綢繆，暫消愁悶。〔合〕已備鑾輿，請即登程，不須謙遜。〔劉端白〕既然承娘娘美意，請國舅內堂稍坐，待老夫傳知，令收拾妥協，一同前去便了。〔虞子期向內白〕軍士們，速速傳知沛縣，預備夫役安轎，伺候王妃起程。〔內應科。白〕嗄。〔劉端讓虞子期科。同下〕

第八齣　治粟小試（庚青韻）

〔扮四斗級上。白〕一出一入，忙忙碌碌。一入一出，啼啼哭哭。劊子挖人心，羅刹煠鬼骨。虎豹合蛇蠍，不及衙門毒。我等常平倉斗級的便是。今日有個治粟的都尉韓老爺上任，不知是條倉龍，還是倉老鼠。夥計嗄，當頭一日，小心些，不要露出馬脚。渾説官無三日緊，事熟人頑，再作生發。〔一斗級白〕那邊二位倉書先生來了，大家同他計較計較。〔扮二倉書摇擺上。白〕山空村斷不能少，豆腐麻雀紹興人。我那常平倉經承是也。今日新官府上任，少不得伺候伺候。〔四斗級揖科。倉書白〕大貧養個，㑶事體，打躬唱喏。〔斗級白〕二位先生聽啓，我這常平倉裏，上賴二位高明。〔倉書白〕弗差㑶。〔斗級白〕下是斗級一起，一向狐假虎威，上下朦朧作鬼。自古靠山吃山，又説靠水吃水，我輩守着倉厫，分散倉中穀米。如今官府新來，備辦些微小禮，欲煩遮蓋些兒，免得大板打斷大腿。〔倉書白〕大貧養個，你們倒怕煞哉。實告訴你，我那有個法來東，過歇老爺上任，我那把新收插入舊管，實在改作開除，憑是明白殺，也摸弗着頭腦。打聽得老戲，稀苦爛窮個，磕着三五十擔米把拉仔此老，弗怕不由我那調遣矣嚧。〔斗級白〕倒底二位先生讀書人，有見解，有本領，有擔當。〔倉書得意科。白〕

天下聰明，讓我那紹興。紹興一府，讓我那山會。山會兩處，生下我那兩個。弗敢欺，衙門裏大大小小，無有弗通，無有弗曉。〔衆斗級得意科。白〕全仗，全仗。〔倉書白〕老爺來東，伺候着。〔分侍科。扮四衙役引韓信上。韓信唱〕

【南吕宫引・大勝樂】此生窮達付之命，何由得仰天瞻聖。郎官改作倉官，壯懷此日冰冷。〔轉場坐科。四斗級叩頭科。白〕衆斗級叩老爺天喜。〔韓信白〕罷了。〔倉書揖科。韓信白〕爾是何人？〔倉書白〕倉書。〔韓信白〕爲何不跪？〔倉書白〕書辦讀書人出身。〔韓信微笑科。白〕你也是個讀書人。〔倉書稟科。白〕請老爺點册，這是舊管，這是新收，這是開除，這是實在。〔韓信持筆點科。白〕這舊管若多。〔唱〕

【南吕宫・太師引】這舊管無人領，則愁的倉廒欠整。〔白〕川中魚米之鄉，既無出借之條，又無平糶之例，只須勤加修葺，不致年深糜爛，足矣。〔又看科。唱〕細把册兒衡定，這弊端自註分明。〔白〕倉書，這一行乃是新收，如何註在舊管簿上？〔倉書驚科。白〕這，這是書辦趕造新册，落筆之誤耳。〔韓信怒科。白〕什麼新册？〔唱〕膽敢言詞欺佞，現放着不乾不净。〔合〕將新册拿來作證，把你舊稿查清。〔倉書白〕書辦，取舊稿老爺看。〔下取上科。白〕一行一行，一項一項，明明白白在上面東。〔韓信看科。白〕益發亂説，這是舊管簿上實在項下的，怎麼開除了？這是將纔開除過的，怎麼又註了實在項下？〔倉書白〕前面賬雖不清，後面實數是弗錯的。老爺，倉書是讀書人，賬目上來弗及個。〔韓信冷笑科，看科。白）天字厫米三千石。（倉書白）請老爺過斛。（韓信白）不用，衙役過來，與我丈量高下方圓多少。（衙役量科。白）一丈三尺高，四丈見方。（韓信白）四三七十二，四一二十二，一四一一，不錯，再量地字號。（衙役量科。白）一丈三尺高，四丈見方。（韓信看册科。白）這地字號，米多倉小了。（作笑科。唱）

【又一體】你枉把奸頑逞，不曾想額高於頂。（倉書跪科。白）實是個些。（韓信白）吩咐開倉。（衙役開看科。白）稟老爺，上面有一層米，下面蘆席，蘆席之下都是爛草。（韓信唱）早看破這些行徑。（白）將倉書鎖了，俟我細核數目，按律追責。（衙役應鎖科。韓信唱）不是俺自誇精明，莫説倉厫餘剩，我按勾股把天量定。（白）你剛纔説你是讀書人，你讀的什麽書？（倉書白）實回老爺，小人讀過千字文、百家姓、對相雜字、刑律、名律、新增則例。（韓信笑科。唱合）原來你胸有要領，欺負俺水注山經。（扮八百姓上，持領字作領米科。韓信白）大王恩養子民，到時即放。（斗級散科。韓信自註科。一斗級索錢科。韓信白）那斗級私索民錢，拉下去打。（斗級白）老爺寫字，看錯了人，冤枉。（韓信白）你老爺眼觀四面，耳聽八方。（斗級白）罷了，該死了。（衙役打科。白）一十，二十，三十，四十。（韓信白）逐出倉外，永不收用。（衙役作逐斗級下。扮八百姓上，交米科。韓信白）百姓急公，一面均平收納，上前領取串票。（斗級量科，韓信給票科，衆百姓叩頭科。白）多謝青天老爺。（八領米百姓唱）

【南呂宮・大迓鼓】恩官水樣清，摘奸發覆，曲體民情。川中千户同歡慶，祝君指日便高陞。

〔合〕拜相封侯，一路福星。〔八交米百姓唱〕

【又一體】恩官水樣平，手揮目送，宛如神靈。川中從此人安静，祝君指日便高陞。〔合〕拜相封侯，一路福星。〔白〕好老爺，好老爺。〔下。韓信白〕將倉書鎖帶回衙，另造清册。倘有侵蝕，倉書，〔倉書白〕小人在。〔韓信白〕你的罪可不小。〔倉書白〕小人不敢。〔二衙役引導科。韓信白〕可惜韓信大材小用了。〔下。三斗級學紹興語科。白〕紹興人大貧養個，天下聰明，讓我那紹興。紹興一府，讓我那山會。山會兩處，讓我那兩個。大貧養個。〔二倉書白〕了弗得個，老戲作怪。〔作手勢科。白〕無字爲福。〔二衙役帶下〕

第九齣　宮闈宴會（蕭豪韻）

〔扮四内侍、四宮娥引虞姬上。虞姬唱〕

【仙呂宮引·謁金門】宮院悄，勤盼玉人來到。閒把金卮娛寂寥，更將心事挑。〔轉場坐科。白〕前日奏明主上，遣國舅迎接呂妃入宮，一者娛他冷静，二則閒中打聽漢王心事。〔扮内侍上，奏科。白〕啓上娘娘，呂王妃駕到。〔虞姬白〕快請進宮。〔内侍白〕領旨。〔下。扮呂雉上。唱〕寂寂空閨漸老，鎮日假裝歡笑。翠繞珠圍看便飽，越教魂暗銷。〔虞姬迎見科，呂雉欲跪科。白〕臣妾。〔虞姬扶住科。白〕我與王妃妯娌之誼，如何敢勞大禮。内侍，看坐。〔内侍安座位科。各坐科。虞姬背科。白〕好一個有福相的漢王妃也。〔轉科。白〕久聞王妃德言工貌，操作多方，今見芳容，如讀十臣之傳。〔呂雉白〕久慕娘娘貞静幽閒，仁慈馭下，今親芝宇，恍歌二南之章。〔虞姬白〕深宮岑寂，正苦無聊，多承王妃不棄，遠遠而來。〔呂雉白〕娘娘説那裏話，自古君命召，不俟駕而行。〔虞姬白〕王妃太謙了。内侍，擺宴。〔内侍應，作擺宴科。各讓坐科，入坐科。呂雉白〕多承娘娘厚愛，妾不覺心醉矣。〔虞姬白〕彼此。〔呂雉唱〕

【中呂宮·好事近】還未飲醇醪，醉得人心偏早。〔虞姬讓酒科。白〕王妃請。〔呂雉白〕娘娘請。〔虞姬唱〕頻年思慕，到此日得會風標。〔呂雉唱〕歡承慈範，德無疆，理合司陰教。〔虞姬白〕王妃，過獎了。

〔唱合〕漫勞伊德恁謙謙，且樽前樂奏陶陶。〔白〕久聞王妃與漢王甚相恩愛，但不知漢王怎樣個氣象，怎麼樣個居心。〔唱〕

【仙呂宮・忒忒令】聽説來空中瑞飄，龍虎彩半空輝耀。〔呂雉背作得意科。虞姬唱〕定是大家體段，英雄格調，你衾幃暖琴瑟和調。〔合〕情兒合，心兒共，心事應知道。〔呂雉白〕娘娘有所不知，妾與漢王，雖則多年夫婦，〔唱〕

【又一體】並不曾蛾眉代描，有幾日錦衾顛倒。甚唱隨百歲，無非離多會少。便心胸大難量英豪，〔合〕怕傳聞錯，荒唐話，無甚關緊要。〔虞姬白〕這也不過是一句閒話嗄，王妃請酒。〔呂雉白〕娘娘請。〔虞姬白〕王妃與漢王匹配以來，相聚共有幾載？〔唱〕

【仙呂宮・沉醉東風】我覷芳容風饒韻饒，賽花枝千嬌萬嬌。〔呂雉嘆科。虞姬唱〕是何時把你拋，團圞幾朝，敢辜負年輕窈窕。〔合〕敢你也心頭暗焦，容顏帶憔，絲絲髮鬢，頻頻自摇。〔呂雉白〕妾身薄命，怎及得娘娘有福。〔虞姬得意科。呂雉唱〕

【又一體】你入軍營雙聽畫鐃，錦衣還同心帶縧。自傷心妾命薄，別離苦熬，怕相聚將來日少。〔虞姬嘆科。呂雉唱合〕提起那三朝兩朝，趨朝下朝，平生聚會，何曾幾遭。〔虞姬白〕膝下可有世子？〔呂雉笑科。白〕幸賴一子一女，相伴朝夕。〔唱〕

【仙呂宮・園林好】苦飢寒嫌他不住的叫號。〔虞姬白〕早晚身邊，却也熱鬧。〔吕雉唱〕還虧得追歡暮朝，怎得這孩提懷抱。〔合〕不把氣與娘啕，不把氣與娘啕。〔白〕但不知娘娘跟前幾位儲君？〔虞姬作慚科。白〕尚未。〔唱〕

【又一體】見人家孩兒幼嬌，也一樣看成至寶，却自也身邊冷落。〔合〕全不解這根苗，全不解這根苗。〔吕雉白〕海上蟠桃，三千年開花，三千年得子，得的遲倒是好的。〔虞姬白〕這也只索由他。請問王妃，太公以外，尚有何人照管家事？〔唱〕

【仙呂宮・江兒水】阿監司門户，宫娥伴剪刀，這王門家務誰照料？〔吕雉嘆科。虞姬唱〕椿庭聞説年高了，荆花可有連枝萼，拘束門前軍校。〔合〕可也威嚴，不費閨人計較。〔吕雉白〕娘娘，漢王有個胞兄，只會耕田種地。如今仰事俯育，只妾一人。〔虞姬白〕這可不難爲了王妃麽？〔吕雉白〕提起「王妃」二字，慚愧殺妾也。〔唱〕

【又一體】枉有虚名號，何曾實惠叨。比平民更把精神耗，宫娥只是我將名冒。傳呼阿監奴身到，敢自誇慈説孝。〔合〕左右支撑，憔瘦了當年容貌。〔淚科。白〕但不知漢王入川，曾言及家眷否？〔虞姬勸酒科。白〕王妃，我們今日相會，飲酒取樂，不要提起心事了。王妃請酒。〔吕雉白〕娘娘請。漢王怎樣入川，娘娘畢竟知道，請説與妾聽。萬一他不念室家，也就罷了。〔唱〕

【仙呂宮・五供養】并州快刀，割斷奴心，萬縷千條。紅顔愁裏過，白雪鬢邊飄。放開懷任撇拋，

早思量終身歸着。〔合〕索性憑他去，自煎熬，承歡老父我教兒曹。〔虞姬白〕咳，這是我家大王的不是了。〔唱〕

【又一體】聽那張良計高，更有陳平，百樣唆挑。絶人恩愛想，斷送女嬌嬈。你兒夫也淚拋，暗銜恨入連雲川道。〔合〕自古别離事，數難逃，定有那相逢得意話中宵。〔吕雉白〕張良、陳平因何不准他回家，即時逼他入蜀？〔虞姬白〕不過怕漢王有異心耳。〔吕雉驚科。白〕嗄，〔唱〕

【仙吕宫·玉嬌枝】嚇得我心兒迸跳，早難道閨中女曹，做了個劉家質物爲憑約。〔哭科。唱〕明曉得事有蹊蹺，果是他忘恩義將我拋，丈夫家這般情薄。〔合〕你享榮華蜀國逍遥，我這答兒作焚燒券票，我這答兒作焚燒券票。〔虞姬白〕王妃放心，〔唱〕

【又一體】休將淚拋，享承平儂身敢包。情關弟兄須援嫂，如何驚動年高。那井臼共槃匜不待你勞，你做王妃惟盡你慈與孝。〔合〕不必愁人遐路遥，不必愁人遐路遥。〔吕雉謝科。白〕昨日蒙國舅看視老父，又蒙賜與供給，皆娘娘莫大之恩，妾心銘佩無涯。〔虞姬白〕好説，王妃請酒。〔吕雉白〕娘娘請。〔虞姬唱〕

【仙吕宫·川撥棹】千杯少，話投機人最好。請將這脉脉愁消，請將這脉脉愁消。女娘行歡娱會饒，〔合〕耐煩些少美肴，耐煩些飲濁醪。〔吕雉白〕妾不勝酒量矣，就此拜辭。〔起科。唱〕

【又一體】溝渠小，這深情容不了。你看我紅到眉梢，你看我紅到眉梢。領春風春生寂寥，〔合〕

謝厨中出御肴，謝杯中貯玉醪。〔作拜謝欲跪科，虞姬扶科。白〕王妃，再不可行此禮。内侍，送吕王妃外苑安歇者。〔携吕雉手笑科。唱〕

【情未斷煞】少人陪孤眠覺，解衣休憶蜀山遥。〔吕雉羞科。唱〕我是慣受凄凉眠便着。〔虞姬白〕王妃請。〔吕雉白〕娘娘請。〔内侍引分下〕

第十齣　悄夜出奔（魚模韻）

〔扮韓信上。白〕平生壯志已成灰，離思綿綿鬱不開。自顧衣冠先失笑，不知艱苦爲何來。俺韓信滿腹韜鈐，一生落拓，只道楚王肉眼不識英雄，萬水千山，奔到西蜀，可笑武官改作文官，執戟還爲委吏。前日蕭相國見我治粟有方，屢次薦舉，久無陞信，想來地醜德齊，漢王也不過如此。左思右想，這一世是没有出頭日子了，爲此收束行裝，回家去見俺妻子一面。衙役何在？〔扮衙役上。白〕老爺有何使喚？〔韓信白〕你與我備好了馬，我有緊急事，要出門走走。〔衙役白〕待小人傳齊夥伴，跟隨前去。〔韓信白〕不用，我要私訪一件事。〔衙役白〕既然如此，小人備馬就是了。〔下。韓信白〕咳，老天，天下既無用賢之人，你生我做什麽？〔衙役牽馬上。韓信作騎科。衙役白〕老爺今日可回來？〔韓信白〕不定，你好生看守衙署便了。我只不歸歸便得，五湖烟水有誰争？〔打馬急下。衙役白〕老爺私訪什麽，不免告訴倉書、斗級，教他隄防着，騙壺酒喫喫也是好的。有理，有理。〔下。扮四從人提燈籠，四轎夫抬蕭何上。同唱〕

【黄鐘宫·出隊子】更聲未住，月色燈光耀四衢。休提偃息樂安居，宰相猶勤況下愚。〔合〕待漏朝天，忙將闕趨。〔扮城門軍官上，跪科。白〕啓丞相。〔蕭何白〕住轎。〔門官白〕昨夜將關城門，有一人騎馬背劍，急急忙忙，往東奔去。小官細想，恐有干係，不敢不報。〔蕭何白〕怎生模樣？〔門官白〕瘦怯怯一個書生。〔蕭何驚科。白〕瘦怯怯一個書生？嗄，不好。過來。〔一從人跪科。蕭何白〕快到倉官韓老爺署中，打聽在也不在，速去速來。〔從人應下，即上。白〕啓相爺，韓老爺昨晚一人一騎，出門私訪去了。〔蕭何白〕果然是他去了。罷了，罷了，此人一去，漢王無東歸之日矣。不用上朝，牽我坐騎過來，就此疾疾趕上前去。〔作騎馬科。四轎夫下。門官、四從人引行科。蕭何白〕吩咐開城。〔開城科。蕭何唱〕

【黄鐘宫·滴溜子】英雄志，英雄志，如何肯屈？經綸富，經綸富，如何治粟？悄將東門偷出，〔合〕可憐志士心，良馬足。好一似駕鹽車，長嘶代哭。〔疾下。扮四農夫唱山歌上。〕

【山歌】風快鐮刀似月彎，老天不許小民閒。高坡窪地收成好，只有割稻功夫那得頑。那得頑，堆在場邊似座山。〔笑科白〕哈哈，好年成嗄。越割越有，越打越多，三更鼓割到這喒，越割越高興。〔作割稻科。蕭何衆上。蕭何唱〕

【黄鐘宫·雙聲子】雙眉蹙，雙眉蹙，恨無法將程縮。把天祝，把天祝，但仗着君王福，願追逐，賢臣復。〔合〕疏章疊上，再進忠告。〔白〕兀那農夫，你可曾見一人，騎馬背劍，從此經過？〔農夫白〕三更天過去了。〔蕭何白〕如此還趕得上，快走，快走。〔急下。農夫白〕衆位嗄，天將明了，我們吃點早

飯，再來割罷。〔衆白〕有理。〔下。扮四饁婦唱山歌上〕

【山歌】東山透出日頭紅，鄉下娘兒們兩鬢蓬。煮熟一鍋新米飯，急忙送到野田中。到田中，我那有梳頭洗臉功？〔蕭何衆上。蕭何唱〕

【黄鐘宫・滴溜子】身穿着，身穿着，紅袍黼黻。憑着那，憑着那，紅塵亂撲。早看紅輪初出，〔合〕却是路幾程，人幾簇。我待問女娘行，依稀彷彿。〔白〕兀那女娘們，可曾見一人一騎，身上背着劍，由此經過？〔饁婦白〕不曾見。那邊田裏割莊稼的，你可問他？〔蕭何點頭行科。衆饁婦下。蕭何唱〕

【黄鐘宫・雙聲子】周公沐，黄金骨，笑丞相空勞碌。馬蹄速，鞭梢促，説不盡思賢篤。時倉猝，提裝束。〔合〕逢人到處，問他見不。〔白〕那邊又有一起莊農，再問他一聲，便知相去得多少路了。快走嗄，快走。〔疾下〕

第十一齣　月下追信（寒山韻）

〔扮韓信上。唱〕

【雙角套曲·新水令】恨天涯流落客孤寒，歎英雄誰似俺半生虛幻。坐下馬，空踏遍山水雄；背上劍，枉射得斗牛寒。恨塞滿天地之間，雲遮斷玉砌雕欄，按不住浩然氣沖霄漢。〔白〕世上萬般皆是命，果然半點不由人。我韓信投楚以來，自謂官卑職小，不稱吾才，所以棄楚投漢。蒙蕭丞相舉薦我爲治粟都尉，辦理一切，自謂無愧，百姓保留，不見超拔。自想起來，瓦罐不離井上破，將軍難免陣中亡。不如棄此小官，逃回家去，見我妻子一面。正是：命運不該金紫貴，終身林下作閑人。爲此連夜奔逃，趁此月朗風清，正好行路。只恐後面有人趕來，不免打從山邊一路，逃過散關，再作區處也。〔作行科。唱〕

【雙角套曲·駐馬聽】回首青山，回首青山，拍拍離愁滿戰鞍。舉頭新雁，呀呀哀怨半天寒。俺則待龍投大海架天關，誰承望軍騎勒馬連雲棧。覷英雄如等閒，堪恨這無端四海蒼生眼。〔下。扮四從人引蕭何上。同唱〕

【南呂宮・劉袞】急追去，急追去，跨馬揚鞭裊。月色朦朧，程途分曉。〔蕭何白〕老夫只爲韓信，費了多少心機，授他治粟都尉之職，不知爲着何故，連夜逃亡。老夫細看此人，委係大將之才，豈可令伊來而復往？爲此飛騎趕來。〔同唱〕追取此人回，山河可保。〔合〕爲國求賢，苦誰知道。〔下。韓信上。唱〕

【雙角套曲・沉醉東風】幹功名千難也那萬難，求伸志兩次三番。想當日離了項羽，到如今又別了炎漢。不覺的皓首蒼顏，對着這月朗風清把劍彈，百忙裏揾不着英雄淚眼。〔下。四從人引蕭何上。同唱〕

【南呂宮・劉袞】再追去，再追去，不顧程途杳。諸將易得，韓信難討。可作大將軍，鎮國奇寶。〔合〕世上無雙，人間絶少。〔蕭何白〕前面隱隱望見一人一騎，待我喚他一聲。〔喚科。白〕韓先生，請轉來。韓先生，請轉來，是我老夫在此。〔韓信上。白〕你是何人？〔蕭何白〕漢相蕭何。〔韓信白〕丞相，休得追趕，俺自回去也。〔唱〕

【雙角套曲・雁兒落】丞相你便將咱不住趕，俺韓信也則索把程途盼。〔蕭何白〕韓先生，請下馬，與你説話。〔韓信白〕老丞相，噤聲。〔蕭何白〕韓先生，怎麽叫我噤聲？〔韓信唱〕爲甚麽恰相逢早噤聲，非是我不言語相輕慢。〔唱〕

【雙角套曲・得勝令】我則怕叉手告人難，因此上懶下寶離鞍。提起那漢天子猶心困，〔蕭何白〕先生，你如此說，莫非又有投楚之意？〔韓信唱〕量着那楚重瞳怎掛眼？乘駿馬雕鞍，向落日斜陽岸。伴簑笠綸竿，我則待釣西風渭水寒。〔蕭何白〕先生請下馬來，我有話與你商議。〔韓信白〕無可商議，俺自去也。〔蕭何白〕先生，你一事無成，往那裏去？〔韓信白〕丞相，聽我道來。〔唱〕

【雙角套曲·掛玉鈎】我怎肯一事無成兩鬢斑？〔蕭何白〕既如此，爲何不別而行，連夜而走？〔韓信唱〕既然你不用俺英雄漢，因此上鐵甲將軍夜渡關。〔蕭何白〕先生道漢王不用於你，你且轉來。〔韓信白〕老丞相，我知道了。〔唱〕莫不是爲馬來將人盼？〔蕭何白〕馬值得多少，老夫何愛於他？〔韓信唱〕既不爲馬來，有甚麼別公幹？〔蕭何白〕老夫特來請你轉騎，輔佐漢王一統江山。〔韓信唱〕你着俺輔佐江山，保奏俺掛印登壇。〔蕭何白〕先生但請轉騎，拜將登壇，都在老夫身上。〔韓信白〕既丞相如此用心，韓信那好决然而去，就同丞相轉程便了。〔蕭何白〕先生若肯轉來，漢家萬千之幸，就請登程。〔韓信白〕謹依台命。〔蕭何白〕你看明月中天，早已三更時分了。〔韓信白〕披星而出，帶月而歸，倒是一場佳話。〔唱〕

【雙角套曲·川撥棹】半夜裏恰回還，抵多少夕陽歸去晚。〔蕭何白〕前面澗水潺潺，漁歌隱隱，好一派良宵美景。〔韓信唱〕澗水潺潺，環珮珊珊。冷清清夜静水寒，這的是漁翁江上晚。〔蕭何白〕已到澗邊了。先生，夜静水寒，我等不若坐舟而渡？〔韓信白〕夜深人静，那得舟來？〔蕭何白〕待我呼喚漁舟，令他擺渡。〔作唤科。白〕兀那漁翁，駕過船來。〔扮漁翁上。白〕來了，來了。整日持竿秋水畔，風清月白夜眠遲。客官呼唤漁船，那方使唤？〔蕭何白〕漁翁，煩你渡我過澗。〔漁翁白〕既要過澗，就請上船。〔蕭何白〕先生請登舟。〔韓信白〕丞相請。〔蕭何白〕請。〔同上船科。韓信唱〕

【雙角套曲・七弟兄】脚踏着跳板，手扶着竹竿，不住的把船彎。兀良俺則見沙鷗驚起蘆花岸，忒楞楞，飛過蓼花灘，似禹門浪汲桃花泛。〔白〕丞相，你看江上漁翁，優游自樂，月夜浮槎，星潭把釣，好不快活也。〔唱〕

【雙角套曲・梅花酒】呀雖然是暮景殘，恰夜静更闌，對緑水青山。正天淡雲閒，明滴溜銀蟾出海山，光燦爛玉兔照天關。撑開船，掛起篷。〔漁翁白〕客官，你只知俺的樂處，那知俺的苦處。〔韓信白〕你的苦處，俺也與你一般。〔唱〕俺紅塵中受塗炭，恁緑波中覓衣飯。俺乘駿馬去登山，恁駕孤舟怯風寒。俺錦征袍怯衣單，恁緑簑衣不能乾。俺空熬得兩鬢斑，恁枉守定水潺潺。俺不能彀紫羅襴，恁空執定鈎魚竿。都不道這其間。〔漁翁白〕已到岸邊，請二位客官登程了。〔蕭何白〕先生請登岸。〔韓信白〕丞相請。〔蕭何白〕請。〔同作登岸科。漁翁白〕送他星使登雲去，還到蘆花淺水邊。〔下。韓信唱〕

【雙角套曲・收江南】呀。這的是烟波名利大家難，抵多少五更朝外馬嘶寒。對一天星斗跨征鞍，不由我汗顔，這的是算來名利不如閒。〔蕭何白〕先生一路行來，又早受盡了風霜艱苦也。〔韓信白〕老丞相，〔唱〕

【雙角套曲・鴛鴦煞】我想這男兒受苦遭磨難，恰便似蛟龍未濟逢乾旱。塵蒙了戰策兵書，消磨了仗劍摇環。暢道周帳秦營，建功太晚。似這般涉水登山，休休可着我空長嘆。〔蕭何白〕先生，此一回去，就要築臺拜將，大展生平了。〔韓信白〕這個都在老丞相身上。〔蕭何白〕都在老夫身上。〔韓信白〕如此，還有一事。〔蕭何白〕還有何事？〔韓信白〕當日子房勸我投漢，與我一角文書在此，丞相請收了。〔作取角書科，蕭何作接書看科。白〕此乃老夫與漢王、子房三人議定，先發一個興劉滅楚的文書，先生緣何一向不曾道及？〔韓信白〕大丈夫豈肯因人成事，小生若早將此書投進，又道是我干譽求榮了。〔蕭何白〕足見先生卓犖不群，高人數等。老夫定當上奏漢王，即時拜將。〔韓信白〕多感丞相。〔唱〕謝丞相執手相看。〔白〕我此一去，你看我赤心報國，闢土開疆。若不用我時，待釣一綸香餌，明月清風。〔唱〕笑你個能舉薦的蕭何，你可也再休題。〔蕭何白〕先生請。〔韓信白〕丞相請。〔蕭何白〕請。〔韓信白〕月下相逢意甚濃，〔蕭何白〕揚鞭勒馬返褒中。〔韓信白〕全憑一紙興劉表，〔蕭何白〕早定他年破楚功。〔同下〕

第十二齣　奉獻角書（齊微韻）

〔扮四太監引漢王上。漢王唱〕

【越調引・楚陽臺】僻處邊隅，山川險阻，問何時甫得東歸。川中士女樂撫綏，只是難防亡騎。

〔白〕悲莫悲兮生別離，壯士從王兮無歸期。思鄉兮心愴，安得長留兮爲藩籬。近聞南鄭將士謳歌思歸，亡去者接踵，必須與蕭何商議良策，使他將士樂意安心。內侍，傳蕭相國上殿。〔內侍傳科。扮周勃、夏侯嬰上，奏科。白〕啓上吾主，蕭相國於前日五鼓出了城門，往東去了。〔漢王驚科。白〕去了？嗄，蕭何與孤，自豐沛起義，一日未嘗稍離。分雖君臣，情同父子，怎麽捨我而去？咳，諸將亡去，無足深怪。〔作手足無措科。白〕蕭何他却不該嗄。咳，這却怎麽好？〔扮樊噲上，奏科。白〕蕭相國回來了。〔漢王白〕宣他上來，看他何面見我。〔扮蕭何上，跪科。白〕臣蕭何見駕。〔漢王作喜科。白〕嗄，蕭何，你回來了？〔蕭何白〕是，臣回來了。〔漢王作怒科。白〕豎子，隨孤數年，未嘗錯待於汝，爲何亡去？

〔蕭何白〕臣之此去，追亡者耳。念臣呵，〔唱〕

【越調・入破】受恩深，慚無地，圖報心無已。只因他，良材難逢，大將難得，晝夜厮追，不及陳情是臣罪。望君王許鑒宥，臣心事，金石怎移？〔漢王白〕爾追何人？〔蕭何白〕韓信。〔漢王作笑科。唱〕敢我欺，我怎受花言巧計？那韓信直得費心機，要你如飛騎馳？〔白〕諸將亡去，爾皆不追，獨追韓信，何乃詐也？〔蕭何唱〕敢把巧言遮。要得諸人容易。只此是柱石材，鶴立雞群，更有兀誰將他匹對。〔白〕陛下不欲東歸，韓信不足輕重。若欲與項羽争衡，臣以爲非韓信不可。〔唱〕

【越調·破第二】不願東歸，憑伊自去，一竿烟月五湖水。何須他，旋天的無窮經濟。若還思雪耻，扶我主人做頂天立地。他一卷陰符，變化來千般武藝。願我主聽臣薦剡，切休坐待他時悔。〔漢王白〕韓信，親死不能治喪，是無謀也。乞食漂母，是無能也。受辱胯下，是無勇也。事楚三年，官只執戟，是無用也。〔蕭何白〕那韓信，〔唱〕臣所深知，他乃是無雙國士，休得等閒窺。自古運未通時，那顯得英雄出類。〔漢王白〕孤非不聽丞相舉薦。只以三軍存亡，仰賴一人；七十將官，聽其約束。若韓信能言而不能行，豈不誤了大事？〔蕭何白〕我主不信臣言，還有一封小小薦疏在此。〔太監接書送漢王覽科。蕭何唱〕

【越調·衮第三】這角薦書，這角薦書，故人遥寄。若不是、才出衆，張子房、定應遐棄。況珠玉在前，況珠玉在前，早使臣心生愧。請休疑，萬里知交，如同面議。〔漢王作大驚科。白〕既有子房薦書，緣何他一向不曾交出？〔蕭何白〕陛下，〔唱〕

【越調·歇拍】他意兒中，他意兒中，只不過，自主風雲會。〔漢王白〕幸而相國追回，不然他可不白白的就去了。〔蕭何唱〕從古丈夫，從古丈夫，要成事預敦體。怎肯低微，怎肯低微，寧老家園内。若是因人，惹得羞慚莫洗。〔漢王作喜科。白〕卿屢次説起，不意子房亦有書至。〔唱〕

【越調・中衮五】所見略同，所見略同，畢竟非凡器。疾招致，來階砌。〔蕭何唱〕尊與卑，朝廷上分堂陛。只是今番，只是今番，難照尋常體制。若非拜將登壇，終無實際。〔白〕我王素無禮於下，今召韓信，韓信復去矣。若拜韓信爲大將，必擇日齋戒，設壇祭告天地，如黄帝拜封后，武王拜姜尚，方可。〔漢王白〕准卿所奏。〔唱〕平生慢，感爾忠誠，暫謙這回。〔白〕周勃。〔周勃應跪科。漢王白〕你與我用心監造，築一將壇，孤好擇日行禮。〔周勃白〕領旨。〔漢王起，對蕭何科。唱〕

【越調・出破】你幾日風塵，好去片時燕樂，歸私第。〔蕭何唱〕此心但存關内，越勞頓偏開笑眉。〔白〕我王今日之舉，虧子房嗄。〔漢王白〕孤用韓信，卿之功也。天衢應是將星輝，〔周勃白〕三十登壇世所稀。〔夏侯嬰、樊噲白〕爲國薦賢誠大典，〔蕭何白〕差欣不與素懷違。〔同下〕

第十三齣　築臺拜將（蕭豪韻）

〔扮周昌上。白〕勇拔奔牛敵萬人，拳提猛虎冠三軍。功成尚未分茅土，且主旗旛守衛人。自家内使周昌是也。奉主上之命，着俺監造將壇，鋪陳已畢。今日主上登壇拜將，須索在此伺候。你看壇分八面，令統一元。五方建五色之旗，招摇在上；四象列四隅之位，太極居中。劍戟星排，凛烈威風冲北斗；旌旗羅列，森嚴殺氣動秋霜。門分休、生、傷、杜、景、死、驚、開，卦合乾、坎、艮、震、巽、離、坤、兑。九階雖設，非關鳳閣龍接；百尺雖崇，不是雕牆峻宇。但法星垣之分野，獨排虎座於中央。未鼓雷霆，恍見喑嗚色變；初窺帳幄，如聞叱咤聲傳。隱霧藏雲，驚心戰膽，誠教賁育低頭難耀勇，儀秦結舌更無言。只此整肅空壇，早使英雄氣阻也。道言未了，元帥與大王來也。〔下。扮八軍士、八將官排隊引韓信坐車，一車夫推上。蕭何、漢王上。二太監一捧印，一捧劍隨上。遶場行科。同唱〕

【中吕宫·馱環着】擺鸞旗擁道，擺鸞旗擁道，鼉鼓轟敲。馬隊紛紜，步卒喧噪，驃騎軍行四遶。擁護登壇，争看紫泥封，五花官誥。齊喝彩攔街歡笑，似萬丈龍門高跳。〔合〕聲名好，爵位高。看破敵功成，羽書飛報。〔軍士白〕啓千歲，已到將臺。〔漢王白〕就此擺齊隊伍，伺候下馬。〔軍士白〕領旨。

〔衆分侍科。韓信下車科。車夫下。漢王、蕭何下馬科。周昌上，接見科。白〕臣周昌，迎接千歲。〔漢王白〕起在一邊。〔周昌白〕嗄。〔蕭何白〕請主公親授印劍。〔漢王白〕取破楚大元帥金印過來。〔太監遞印科，漢王接印遞韓信科。唱〕

【中呂宮・駐馬聽】統領兵曹，紫綬金泥節制操。任驅揮屬將，誅賞師徒，徵檄旌旄。說不盡文臣武士秉規條，便許你威專閫外如丹詔。〔合〕破楚名高，循名責實一定建勳勞。〔韓信跪接印，遞周昌送上壇科。漢王白〕取尚方寶劍過來。〔太監遞劍科。漢王接劍遞韓信科。唱〕

【又一體】討伐權操，命將行師賞罰昭。便元勳貴戚，軍令違時，誅殺難饒。俺把這上方寶劍手親交，早教你整齊律法除强暴。〔合〕犯約違條，頻將法令一任首遄梟。〔韓信跪接劍，遞周昌送上壇科。蕭何白〕請元帥登壇。〔韓信登壇立科。蕭何白〕請吾王行拜將之禮。〔漢王向壇行禮科，韓信捧印旁立科，漢王拜畢科。韓信白〕請主公上壇。〔漢王上壇科，衆兵將參見科。漢王白〕今日得侍將軍，閫外可稱有人。久仰將軍，奇才大略，不識何以幸教寡人？〔韓信白〕既承大王下詢，微臣敢不盡言？〔漢王白〕請教。〔韓信白〕大王自料，勇悍仁强，孰與項王？〔漢王作沉吟科。白〕不如也。〔韓信作拜科。白〕臣信亦以爲大王不如也。然臣嘗事項王，知其爲人，請與大王言之。〔漢王白〕願聞。〔韓信白〕那項王呵，〔唱〕

【中呂宮集曲・好子樂】【好事近】（首至四）殺武洵人豪，叱咤處千軍都掃。剛强自用，逞血氣匹夫威小。【刷子序】（五至合）臨朝，惠愛時形笑貌，有仁慈含忍偏饒。【普天樂】（八至末）吝爵賞全無君道，好一似深閨妾婦，姑息心勞。〔漢王白〕項王爲人，雖無足取，但他將勇兵强，甚爲可慮。〔韓信白〕這又何慮之有？ 彼時項王背約，自王關中，雖則無君，尚爲據險。 今乃遷徙彭城，逐君行弑，名雖爲霸，實失天下之心矣。〔唱〕

【中吕宫集曲·榴花好】【石榴花】（首至四）秦稱天府險峻古來褒，人豪悍、卒雄驍。 遷都失算險全抛，逐君行弑罪名昭。【好事近】（五至末）便稱尊逞霸，怎禁他，天下離心早。〔合〕勢難憑地利人和，究必至國亡家索。〔漢王白〕吾欲東取咸陽，未識將軍，以爲可否？〔韓信白〕大王有意圖謀大事，此時之勢，所謂事半而功倍也。〔唱〕

【中吕宫集曲·好事有四美】【好事近】（首至四）約法守三條，四海訖聞聲教。 坑降禍起，萬民怨苦昭昭。【石榴花】（五至六）關中久望君爲主，入函谷反掌堪料。【漁家燈】（三至四）任才能鼓舞英豪，賞勳庸圭分符剖。【刷子序】（五至八）同袍，管取奮志宣勞。 義兵興人人勇驍，楚師徒歸里心躁。【錦纏道】（合至末）看一戰已收功效，喜孜孜，金燈響鞭鼓。〔漢王白〕得聆將軍高議，使孤胸次豁然，但恨見將軍之晚耳。〔韓信白〕信受大王不次之恩，自當黽勉從事，稍圖報效。〔漢王白〕若得將軍如此，不特進爵分藩，河山永誓，尤當銘勳紀績，没世無忘矣。〔蕭何白〕請駕還朝。〔漢王白〕吩咐擺駕。〔蕭何白〕領旨。 軍校們，擺駕。〔衆白〕嗄。〔作擺駕科。 韓信、漢王同下壇科。 韓信白〕宣令官。〔周昌白〕有。〔韓信白〕傳令大小軍將，明日五鼓，齊集教場，聽候點名操演。〔周昌白〕得令。〔衆引行遶場科。 同唱〕

【中吕宫·喬合笙】把秦灰盡掃，把秦灰盡掃，將勇兵驍。平齊定魏收楚趙，燕境風靡摧枯槁，方顯謀猷妙。功勳立早，衣緋羅，紫綬官品要。山河可保，看青史丹書姓字標。〔合〕仰瞻天表，塵烟頓消。馳車驟馬紛紜遶，争誇大將英豪。金鼓闐闐閙，凱奏昇平調。〔同下〕

第十四齣　殷蓋違令（真文韻）

〔扮殷蓋上。白〕何處最怡神，釀熟鄰家甕。萬事乍消除，一生先斷送。我殷蓋，今日要與親朋宴會，不想韓元帥傳令，今日教場點將。我若不去，誤了軍令。我若要去，誤了酒令。我想韓信，不過淮陰胯下之夫，雖則拜爲元帥，敢有多大作爲？我殷蓋，在漢王駕下，建了多少功勞，就是漢王，尚且念念不忘，着實隆重於我。料這區區韓信，怎奈我何？自古道，酒令嚴如軍令，還是赴席的是。主意已定，就此前去。正是：萬事不如杯在手，一年幾見月當頭。〔下。扮四軍士引曹參、韓信上。韓信唱〕

【中呂調套曲·粉蝶兒】手摘星辰，脚平踏禹門潮信，吐虹霓千丈絲綸。整乾坤，清四海。怎肯教魚龍斯混，得志也羽扇綸巾，再不去踐長途客身難進。〔白〕身爲元帥出天恩，權統貔貅百萬兵。令出陣前山岳動，威行閫外鬼神驚。印似斗，劍如銀，蓮花帳裏定乾坤。英雄此日雖遭遇，憶昔曾經胯下人。昨蒙漢王拜我爲大將，身作邦家柱石，胸藏文武才猷。吐氣，則雲霞散彩；出口，則雷電争光。一怒須教群膽喪，九州方見大同風。即今敕吾統領大兵，下壇之時，面奏一本，衆將皆居要位，

若令不從，當如之何。蒙王降旨，如朕不在，任爾施行。我見軍中，傲物氣高者多，必須先振軍心，纔可行兵。〔唱〕

【中呂調套曲·醉春風】設法鎮豪强，親疏非所論。迅風雷，軍令不饒人。暢好是忍，忍，早把恁桀傲驅除，驍雄剪却，纔得個威權大振。〔白〕曹參。〔曹參白〕有。〔韓信白〕與我傳令軍中，一鼓絶，埋鍋造飯。二鼓絶，整身披掛。三鼓絶，衆將上壇聽點。如有一將不到，斬首轅門示衆。〔曹參白〕得令。〔傳科。白〕元帥有令，一鼓絶，埋鍋造飯。二鼓絶，整身披掛。三鼓絶，衆將上壇聽點。如有一將不到，斬首轅門示衆。〔内白〕得令。〔繳令科。韓信白〕曹參，再與我傳令軍中，聽點不到者，斬。擅闖營門者，斬。聞鼓不進者，斬。聞金不退者，斬。笑語喧譁者，斬。姦人妻女者，斬。洩漏軍機者，斬。交頭接耳者，斬。無能奪旗者，斬。令出無違，各宜遵守。〔曹參白〕得令。〔傳科。白〕元帥有令，聽點不到者，斬。擅闖營門者，斬。聞鼓不進者，斬。聞金不退者，斬。笑語喧譁者，斬。姦人妻女者，斬。洩漏軍機者，斬。交頭接耳者，斬。無能奪旗者，斬。令出無違，各宜遵守。〔内白〕得令。〔繳令科。韓信唱〕

【中呂調套曲·迎仙客】申號令，兩三巡，早明見威宣教允。勢行雷，機發引，律法常伸，敢早把軍威振。〔白〕擂鼓聚將。〔曹參傳科。白〕擂鼓聚將。〔内應擂鼓科。扮薛歐、陳沛、靳歙、柴武、周勃、周苛、王陵、盧綰、周昌、夏侯嬰、樊噲上。曹參白〕衆將上前打躬。〔衆打躬科。韓信白〕衆將官。〔衆白〕有。〔韓信白〕

本帥蒙漢王恩寵，掌行兵之大權，作爾等之統領。在我，固當披肝裂膽。爾等，都宜協志同心。鼓則進，金則退，須加嚴謹。功者賞，罪者罰，我不食言。〔衆白〕謹遵軍令。〔韓信白〕取花名册過來。〔曹參作遞册科。白〕花名册呈上。〔韓信作接過點將科。白〕首將曹參。〔曹參白〕有。〔韓信白〕大將薛歐、陳沛、靳歙、柴武、周勃、周苛、王陵、盧綰、周昌、夏侯嬰、樊噲。〔衆依次應科。韓信白〕殷蓋。〔曹參白〕禀元帥，殷蓋不到。〔韓信白〕昨日吩咐聽點，衆將俱到，他如何故違將令？曹參，與我綁來。〔曹參白〕得令。〔殷蓋上。白〕傳花擊鼓賓筵樂，聽點來遲將令寬。〔曹參白〕殷將軍，聽點不到，元帥着我綁你去見。〔殷蓋白〕不消綁得，待我自去見來。〔作見科。白〕殷蓋參見。〔韓信白〕昨日吩咐聽點，衆將俱到，你何故來遲？〔殷蓋白〕今日元帥點將出兵，末將在家，與妻子吃杯離别酒，故此來遲。〔韓信白〕咄，豈不聞受命於君，則忘其親。將軍約法，則忘其家。既以一身許國，豈有妻子之念？叫曹參。〔曹參白〕有。〔韓信白〕點將不到，應當何罪？〔曹參白〕元帥將令，點將不到者，斬。〔韓信白〕與我將殷蓋，推出轅門，斬訖報來。〔曹參白〕得令。〔作推殷蓋下。曹參持首級上。白〕獻首級。〔韓信白〕懸掛轅門示衆。〔曹參白〕嗄。〔持首級下，復上繳令科。韓信白〕衆將聽者。〔唱〕

【中吕調套曲·普天樂】令綦嚴，人須謹，但違吾律，早喪其身。無須將貴賤分，不復把勳庸論，殷蓋英雄衆所聞，看今朝梟首轅門。這的是前車轍殞，便做你旁州例引，要從今整肅三軍。〔樊噲白〕可惱嗄可惱。韓信這懦夫，與漢家並無折箭之功，就斬了一員大將。〔韓信白〕曹參，什麽人喧譁？〔曹參白〕先鋒樊噲。〔韓信白〕與我綁過來。〔曹參白〕得令。〔作綁樊噲見科。韓信白〕樊噲，你何故諠譁，亂我軍心？〔樊噲白〕韓信，你無資身之策，乞食於漂母。又無兼人之勇，受辱於胯下。漢王拜你爲將，並無折箭之功，怎麽就斬了一員大將？可惱嗄可惱。〔韓信白〕樊噲，你豈不知，我仕楚，不過執戟郎官，仕漢，不過治粟都尉。昨日與你一殿之臣，今日違吾將令，軍門不貸。曹參，與我推出轅門，斬訖報來。〔樊噲白〕韓信，你這餓夫，一介小人，輕覷椒房之親。你有何德能，敢來斬我？〔韓信白〕你倚仗椒房之親，説我是個小人，你聽者，〔唱〕

【中呂調套曲・十二月】説不盡築巖漁隱，説不盡釣渭耕莘，都是恁寒微驟進。到頭來定國成勳，便是俺威權在手，早今朝斬却王親。〔樊噲白〕你要斬我，須請了旨意，纔斬得我。你怎麽斬得我，你怎麽斬得我？〔韓信白〕從來拜將之事，上古軒轅拜風后，以滅蚩尤。武王拜太公，興周滅紂。秦王拜王翦，并吞六國。今日漢王拜韓信，滅楚興劉。本帥既受主公恩命，膺此重任，上不知有天，下不知有地，前不知有君，後不知有舍，只聽閫外將軍令，那待回朝請旨來。曹參，與我拿去斬了。〔内白〕聖旨留人。〔扮蕭何捧旨上。曹參白〕稟元帥，蕭何擅闖營門。〔韓信白〕把蕭何砍了。〔蕭何白〕有王旨。〔韓信白〕既有王旨，請過來。〔作接旨科。蕭何白〕主上有旨，殷蓋故違將令，誅之正當。今有樊噲，吵鬧轅門，律應斬首，但念樊噲乃孤家椒房之親，姑看孤家之面，饒恕一回。如復有罪，一并究治。欽此。〔韓信白〕千歲千千歲。〔起科。白〕老丞相，此來差了。既有王旨，合該先着人通報，令我接旨。又是韓信，今日在此點將，若是與項羽交戰，還是接旨的好，還是交戰的好？倘有奸細，何以防之？〔蕭何白〕是，不敢。〔韓信白〕這旨意，不是赦樊噲的，早赦了老丞相的罪了，請回。〔蕭何白〕是。〔韓信白〕叫曹參。〔曹參白〕有。〔韓信白〕蕭何是馬來的，轎來的？〔曹參白〕馬來的。〔韓信白〕馬來的，把馬去了四足，把馬夫斬了，以代蕭何之罪。〔曹參白〕得令。〔傳科。白〕元帥有令，將蕭何坐馬，砍去四足，斬了馬夫，以代蕭何之罪。〔內白〕得令。〔蕭何白〕通報一聲，蕭何謝罪。〔曹參通報科。白〕蕭何謝罪。〔韓信白〕不消了，報覆老丞相，明日軍門相見。〔曹參傳科。白〕元帥有令，報覆老丞相，明日軍門相見。〔蕭何白〕領令。〔曹參繳令科。蕭何白〕好，好，漢家當興，感謝天地。〔下。韓信白〕帶樊噲。〔曹參應科，帶樊噲科。韓信白〕狗夫，狗夫，我道你爲何這般大膽，原來倚托椒房之親。今日聖旨留你，死罪便饒了，活罪怎麽饒得？吩咐軍政司，重打一百。〔曹參白〕得令。〔作帶下打科，即上。韓信白〕樊噲過來，我與你一萬人馬，帶同周勃、柴武去修棧道，限你一月完工，就此前去。〔樊噲白〕棧道工程浩大，末將不敢承命。〔韓信白〕近前來。〔作附耳低言科。白〕如此，如此。〔樊噲白〕得令。〔韓信白〕衆將聽者，殷蓋來遲，吾已斬首。樊噲喧譁，吾已痛責。王法無親，各宜遵守。〔唱〕

【中呂調套曲·堯民歌】將臺中，那知他國戚與王親。師徒衆，須將咱軍令早依遵。犯規條，兵刃及其身。建功勳，爵賞不虧人。三軍，同將威武伸，早向咸陽進。〔衆白〕謹遵軍令。〔韓信白〕各歸營寨。〔衆白〕得令。〔下。韓信唱〕

【净瓶兒煞】【净瓶兒】(首至四)拜將君恩重,行師韜略伸。則索要推抒誠悃,去把這勳勞勉黽。【煞尾】(末句)則看俺陳倉暗渡建功穩。〔下〕

第十五齣　章邯失算（尤侯韻）

〔扮差官上。唱〕

【越調・水底魚兒】棧道忙修，川軍實可憂。請兵守護，〔合〕我是寄書郵，我是寄書郵。〔白〕自家散關守將部下，差官的便是。只因漢王拜了韓信爲帥，遣樊噲帶領人夫，急修棧道，要來入寇。奉主將章平之令，着我前往廢丘，報與雍王，添兵把守。軍情緊急，須索走遭。〔唱〕

【又一體】令急難留，揚鞭往廢丘。馬蹄篤速，〔合〕驛路去悠悠，驛路去悠悠。〔下。扮四秦軍、吕馬通、孫安引章邯上。章邯唱〕

【大石調引・少年遊】被荷恩榮，土分符剖，富貴足心頭。屏障三秦，雄關共守，阻住漢咽喉。

〔白〕自荷項王恩命，藩鎮雍丘，與翟、塞二王，同心拒漢。喜得火燒棧道，途路不通，漢家兵馬，更無入秦之患。吾得休兵息馬，安享榮華。分遣吾子章平，把守散關，潛探消息，不怕漢兵插翅飛入關中來也。〔唱〕

【大石調・插花三臺】蜀山險崎嶇天陷，祝融神一炬功收。途路絶鳥飛不過，困褒中出入無由。

控秦關不虞兵寇，那更須設防駐守。便從今逸豫堪長久，〔合〕息士馬安樂優游。〔差官上。白〕星霜艱蜀道，旌旆望軍門。來此已是雍王府邸，門上那位將官在此？〔秦軍出見科。白〕何處差官，有何文報？〔差官白〕吾乃大散關守將部下差官，有緊急軍情，飛報大王。〔軍士白〕住着。〔作進稟科。白〕啓上大王，有大散關守將差官，飛報緊急軍情，要見大王。〔章邯白〕有甚緊急軍情，這等輕事重報，着他進來。〔軍士白〕嗄。差官那裏？〔差官白〕有。〔軍士白〕大王有令，着你進去。〔差官白〕曉得。〔作帶進科。差官白〕大王在上，差官叩頭。〔章邯白〕有何緊急軍情，細細説來。〔差官白〕漢王拜韓信爲破楚大元帥，遣先鋒樊噲，帶領一萬人夫，修理棧道，刻日興兵。主將因恐散關兵微將寡，難以拒守，差小將飛報大王，要請添兵把守。文報在此，大王請看。〔作遞文報科，軍士接報送章邯看科。章邯看畢作大笑科。白〕原來胯夫韓信，棄楚投漢，竟拜了破楚大元帥，這也可笑。〔唱〕

【大石調·催拍】笑淮陰挫辱街頭，到如今胯夫名臭。寡勇無籌，寡勇無籌。逡巡的逐隊隨班，趦趄的覆餗含羞。怎今朝腼典登壇，早教他率領貔貅。〔合〕漢王和士馬爲讐，胥潰敗待夷劉。〔吕馬通、孫安白〕韓信在楚，亞父曾勸項王任用其人，否則斬之。此人若非出衆之才，爲何亞父這般過慮，大王不可小看於他。〔唱〕

【又一體】念軍師識鑒原優，辨賢愚絶無差謬。白眼長留，白眼長留。小覷了幾許勳臣，掃却了没數王侯。怎將他胯下之夫，却偏生獨費躊躇。〔合〕料伊行不是庸流，扶漢室足心憂。〔章邯白〕韓信素無重望，一旦拜爲元帥，何以服衆？ 漢營將佐，非係貴戚，便是勳臣，料非匹夫所能威鎮。 號令不行，軍心離背，此必然之勢也。 就如棧道，數百里全經燒絶，一時豈易修完？ 此不過遷延歲月，徒爲口說耳。〔唱〕

【又一體】衆偏裨貴戚勳猷，笑元戎蓽門圭竇。 犯令誰尤，犯令誰尤。 早教他獨坐中軍，儼然的竊位堪羞。 不由得藉口興師，但將這途路徐修。〔合〕漫遷延暫把安偷，全不是動戈矛。〔吕馬通、孫安白〕一向范亞父也有檄文，傳令大王，繕甲操兵，以防韓信詭計。 今少將軍既請益兵，大王還宜預備兵馬，更遣大將一員，前往散關協助，此萬全之計也。〔唱〕

【又一體】不虞時衛密防周，守關津得銷邊寇。 詭計堪憂，詭計堪憂。 久經他亞父明文，勸吾王甲繕兵修。 更如今守將申情，道川中軍整工鳩。〔合〕縱干戈不及雍丘，厮準備保無尤。〔章邯白〕棧道工程浩大，人馬急難登陟，待他修理將完，然後添兵防守不遲。 孤家自有主意，諸將不得多言。〔向差官白〕差官。〔差官白〕有。〔章邯白〕你去回覆章平，道漢家修理棧道，工程浩大，一時豈能動兵？ 且去小心察探，俟彼棧道修完，再來報我知道。 休得有違，就此前去。〔差官白〕領令。 十分緊急傳軍信，數句回音且自閑。〔下。 章邯白〕可笑弱子無知，這樣軍情，也要大驚小怪。 只須等他棧道修完，然後發兵，阻其衝要，管教他入秦無路，出蜀無門也。〔唱〕

【尚輕圓煞】邊雖警士且休，棧道絶從何入寇，怕甚麽暗度奇兵到廢丘。〔下。 衆隨下〕

第十六齣　散關詐降（齊微韻）

〔扮周勃、柴武軍裝領四漢兵上。周勃、柴武分白〕謀成縛虎擒龍計，去哄防關守衛人。吾乃漢王駕下將官周勃是也。吾乃漢王駕下將官柴武是也。〔同白〕韓元帥在教場點將，斬了殷蓋，軍令森嚴，將士顫懼。即令樊將軍同我二人，帶領一萬民夫，修理棧道，要限一月完工，樊將軍心摇膽顫，不敢應令。不知韓元帥向着樊將軍附耳低言，説些甚麽，他便欣然應允。我等只得領命前來，晝夜督催，弄得怨聲載道。誰知韓元帥不是要修棧道，樊將軍不是催儹工程，故意刻苦人夫，虚張聲勢，使散關守將探得此情，以便從中取事。今日樊將軍令我二人，帶同親信軍士百名，前往散關詐降，伺候元帥兵來，裏應外合，擒捉章平。好個韓元帥，實在妙算如神，令人不測。到此已是散關地面，軍士們。〔軍士白〕有。〔周勃、柴武白〕大家投入關中，須要小心在意。〔軍士白〕曉得。〔周勃、柴武白〕就此叫關。〔軍士白〕嗄。城上將爺聽者，我等是棧道逃來民夫，要見將軍。〔扮門官上，作上城問科。白〕呔，此是關隘，怎敢在此大呼小叫？〔周勃衆白〕我等乃修理棧道逃走民夫，因受苦不過，特來投奔將軍。〔門官白〕爾等住着，待我稟知守將。〔下城科，下。周勃白〕他稟章平去了，只要他中計准降，我等悄悄行事，不可洩漏機關。〔軍士白〕曉得。〔一人白〕章平中計准降，固然是好，倘或被他識破，那時性命不保，却是如何？〔周勃白〕此乃元帥妙計，算定章平必准投降，爾等不須過慮。〔柴武白〕恐怕關内有人竊聽，休得多言。〔門官領二軍士上。門官白〕軍士們開關。〔軍士作開關科。門官白〕將軍有令，准爾等進見，隨我來。〔周勃衆白〕嗄。〔同作入關科，下。扮四秦軍、二將官引章平上。章平唱〕

【仙吕宫引·劍器令】敵信久先知，修棧道民夫况瘁。早工作不堪勞也，人思樂土來歸。〔白〕適纔門官報道，有修理棧道逃走民夫，前來投奔於我。已令開關放進，看其虚實如何，再作區處。〔門官上，作進見科。白〕禀上將軍，棧道逃夫帶到轅門伺候。〔章平白〕着他們進見。〔門官白〕得令。〔傳科。白〕將軍有令，着棧道逃夫進見。〔内白〕得令。〔周勃衆上。白〕暫爲乞命求容態，好建爭關奪隘功。〔門官白〕將軍現在中堂，爾等隨我進見。〔衆白〕敢求引見。〔門官白〕這裏來。〔作進見科。衆白〕將軍在上，棧道民夫叩首。〔章平白〕哇，好奸滑的狗才，爾等聽受韓信詭計，敢來詐降。俺章將軍，明如朗鏡，豈容鬼魅潛形。早早從實招來，若有半句支吾，推出轅門斬首。〔周勃衆白〕阿呀，爺爺嗄，我等都是普安郡民丁，被漢王借來修理棧道。不料樊噲性急，定要一月完工，終日鞭笞，我等受苦不過，所以負罪逃來。爺爺嗄，〔唱〕

【仙吕宫·皂羅袍】説甚軍情多詭，受誰人驅使，身爲奸宄。堪憐工役苦鞭笞，淋漓血肉無全體。〔合〕因此上遠投關隘，逃灾避危。願從驅策，鞭持鐙隨，指望個神魂安定無飢餒。〔章平白〕這樣説來，你們是避難來投，不是奸細了。〔周勃、柴武白〕將軍明鑑，我等實是避難來投的。〔章平白〕你二人姓甚，名誰？ 敢是夫頭麽？〔周勃、柴武白〕正是。〔周勃白〕小的名唤姚龍。〔柴武白〕小的名唤靳武。〔同白〕我二人都是獵户出身，因漢王派撥人夫，本處郡守着我押解普安民夫，來修棧道。 樊噲點我二人作爲總甲，管押衆人。 只因吃打不過，帶領衆人逃來，情願守更看舖，討些口糧，以延性命，伏望將軍開恩。〔作哭科。唱〕

【仙吕宫·天下樂】憫恤灾黎，久受他嚴刑烈威。 痛殘生幾隣危斃，負罪逃來此里。 如膏願沾恩澤垂，勞役非所避。 饔飧得無虞，便是重生的。〔合〕全生計，終天感戴，竭志效驅馳。〔章平白〕我且問你，漢王拜韓信爲帥，却是如何？〔周勃、柴武白〕韓信不過幾句言談，偶合軍機，漢王聽了蕭何薦舉，重用於他。 一向軍情不服，樊噲大鬧轅門，此時將佐逃亡，漢王也自有些後悔。〔唱〕

【仙吕宫·美中美】談論奇，榮寵隨，登壇布令時。 軍容不齊，忙修棧道，不過虚詞。〔合〕早逃了偏裨勇將，只索是懊恨，天心悔已遲。〔章平背科。白〕聽他所言，與我打聽的一點不差，想來果是實情，不免收他效用便了。〔轉科。白〕既爾等實心降附，姚龍，靳武，准留帳前聽用，其餘人夫，分派各營。〔周勃衆白〕叩謝將軍。〔章平白〕起去。 左右。〔一將官白〕有。〔章平白〕帶領新降民夫，分派各營。〔將官白〕得令。 新降民夫，隨我來。〔四漢兵白〕曉得。〔隨將官下。 章平白〕棧道人夫結隊來降，可見漢

家軍心離散，棧道修理難完。三秦之地，安枕無憂，不怕川中兵馬犯此散關也。〔唱〕

【喜無窮煞】道難修兵怎起，徒將庶姓逼流離，怎把個胯下庸夫擡舉起？〔下。衆隨下〕

第十七齣　輕議疏防（江陽韻）

〔扮八楚軍引季良、季恒上。同唱〕

【南呂宫・引駕行】誇夫去就何常，爲寒微幾費周防。戍遣皇華走遠方，領軍兵却來西壤。〔合〕協鎮雄關，寧居不遑。〔季良白〕奉亞父之命，韓信棄楚歸漢，定然大用，又因旺氣冲天，各處將星散亂，誠恐漢王起兵出川，着我二人带領人馬三千，前往廢丘協守。賢弟。〔季恒白〕大哥。〔季良白〕我想韓信不過一介腐儒，那裏用着亞父這般過慮。〔季恒白〕當日韓信在楚，亞父屢次保薦，道他是大將之才，此人畢竟有些作爲，不可小覷於他。〔軍士白〕稟將軍，此去廢丘不遠了。〔季良、季恒白〕趲行前去。〔衆白〕嗄。〔繞場行科。同唱〕

【又一體】南山一望蒼茫，到岐雍咫尺金湯。甲士三千武用張，揚旌旆疾行前往。〔合〕協鎮雄關，寧居不遑。〔下。扮四將官引章邯上。章邯唱〕

【南呂宫引・生查子】敵國事堪知，路絶兵戈曠。磐石固三秦，高枕憂思放。〔白〕昨日吾兒章平報到，棧道人夫被樊噲督催，受苦不過，前來投奔於他。這樣看來，棧道工程斷不能完，漢兵可以無

慮也。〔唱〕

【南呂宮套曲·柰子樂】【柰子花】（首至合）阻師徒不假兵防，位川中劃界分疆。任他巴蜀士馬豪强，近秦關犬牙接壤。【大勝樂】（合至末）便似天涯地角也，看馬牛奔逐，兩不相當。〔扮呂馬通上。白〕鼓角一聲兵速至，旌旗亂展將飛來。〔見科。白〕啓大王，有朝廷遣將季良、季恒帶領甲士三千，奉旨前來協助。〔章邯白〕原來朝廷遣兵協助，這也過慮了。傳令兵馬，暫行駐扎，請二位季將軍進見。〔呂馬通白〕得令。〔傳科。白〕大王有令，兵馬暫行駐扎，請二位季將軍相見。〔内白〕得令。〔季良、季恒上，章邯出迎科。白〕二位將軍請了。〔季良、季恒白〕請了。〔作讓進坐科。章邯白〕二位將軍領兵而來，不識有何詔旨？〔季良、季恒白〕只因范亞父夜觀乾象，見西南旺氣冲天，各處將星散亂，恐韓信棄楚投漢，謀動干戈。爲此奏過項王，〔唱〕

【南呂宮集曲·樂瑣窗】【大勝樂】（首至二）邊郵慮遣吾行，協志把漢寇防。【瑣窗寒】（三至末）貔貅統領，協助遐荒。嚴加守備，休教懈曠。爲淮陰拜將名彰，〔合〕更兼乾象旺西方，特地慮遠謀長。〔章邯白〕原來亞父過慮，有累將軍遠涉程途。韓信棄楚投漢，雖則拜爲元帥，但他發號施令，大悖人心。現有散關申文在此，二位將軍請看。〔作取申文科。唱〕

【南呂宮集曲·單調風雲會】【一江風】（首至三）計無良，把棧道勞丁壯，但逼迫誠勞攘。【駐雲飛】（五至末）嗏，民怨實招彰，人心先喪。看結隊歸來，一派流亡狀。〔合〕那見得兵戈到此方，怎向俺三秦

殺伐張？〔季良、季恒看申文，作嘆科。白〕觀此申文，漢王錯用人也。〔唱〕

【南吕宫集曲·學士醉江風】【三學士】（首至合）衆叛心離逃漢壤，虚言實害堪傷。更隔着燒殘棧道如天險，插翅難飛到此疆。【醉太平】（三至五）偏安一方，要興師枉費周章。〔章邯白〕韓信乃胯下之夫，有何本領？漢王誤用，拜爲元帥，人心離背，將士逃亡，想出褒中，如何能彀？〔季良、季恒白〕亞父終日憂心，惟恐韓信爲漢王所用，今日看來，亞父誠乃過慮也。〔唱〕隄防。【一江風】（末三句）徒勞卒旅行，遠行到此鄉，早宴息中軍帳。〔白〕話雖如此，我等奉命而來，大王也須善爲處置。〔章邯白〕協助兵馬，另爲一隊，駐扎城中。即將頒到檄文，飛行各處隘口，着意稽巡，知會散關小心防守便了。〔季良、季恒白〕正該如此。〔章邯白〕二位將軍，路途辛苦，且請回營安歇，明日再議軍情。〔季良、季恒白〕就此告辭。〔章邯白〕請。〔分下〕

第十八齣　暗渡陳倉（蕭豪韻）

〔扮八漢兵、四將官引韓信上。同唱〕

【黃鐘宮・絳都春序】山途窄小，早馬踐峰巒，兵行洞壑。棧道初修，軍出未爲人所料。不嫌謁詐移旌旄，渡陳倉機謀奥妙。〔合〕只看待散關踰越，三秦潰敗，咸陽直搗。〔韓信白〕蒙漢王恩遇，築壇拜將，授我破楚大元帥之職。練將操兵，喜得令行法整，隨即奏明漢王，依子房輿圖路徑，轉出陳倉。特將樊噲調回，令牙將孫興代管棧道，留三千人夫在彼修理，使三秦等處明知棧道未完，不爲準備，此乃明修棧道，暗渡陳倉。數日之間，可到散關，乘其不備，無難直搗咸陽也。已留蕭相國安撫百姓，催運糧儲，以給軍餉。令樊噲爲先鋒，帶領人馬，逢山開路，遇水搭橋，前行去了。漢王在後隊，静聽捷音。本帥統領大軍，從孤雲、兩脚山進發，連日行來，已離陳倉不遠。軍士們。〔軍士白〕有。〔韓信白〕攢行前去。〔軍士白〕嗄。〔作行科。同唱〕

【又一體】軍號，一聲傳了，虎貔勢奔騰。行過長林豐草，足下崎嶇，蹂躪着紫霧黃雲峭。馬銜枚去人無噪，寂寞裏兵臨偏早。〔合〕只看待散關越踰，三秦潰敗，咸陽直搗。〔軍士白〕稟元帥，前面是三岔路口了。〔韓信白〕吩咐扎駐。〔軍士白〕元帥有令，扎駐人馬。〔衆白〕得令。〔作扎駐科。韓信白〕預備祭禮。〔衆白〕嗄。〔韓信下馬科。白〕本帥當日入川，過此問路，遇一樵子指引，我恐追兵踪跡，將樵子殺死，掩埋此處。今日領兵過此，追想前情，好生傷慘人也。〔唱〕

【黄鐘宫·鬧樊樓】樵蘇熟諳山中道，杏花遥指，直言相告。那識灾星召，早見血光照。白尖尖刀刃，苦哀哀身命，〔合〕慘凄凄九泉路杳，隱微微無窮恨繞。〔軍士白〕禀元帥，祭禮齊備。〔韓信白〕此間便是樵子葬處，軍士，將祭禮擺設起來。〔軍士白〕曉得。〔作擺設祭禮科。韓信作行禮科。白〕樵子聽者，本帥乃三叉口問路之人，姓韓名信，前者路過此間，因恐追兵踪跡，有累你屈受一刀之慘。今日身爲元帥，領兵過此，特備紙錢一陌，醴酒一尊，在此澆奠。〔作澆奠哭科。白〕阿呀，是我韓信，多多有累了你也。〔唱〕

【黄鐘宫·滴滴金】投明棄暗求榮耀，無罪山翁身作殍，傷人益己違天道。惹得你血糢糊，淹茂草。冤魂縹緲，凄凉窀穸誰憑弔？〔合〕你那裏抱冤怎伸，我這裏含悲怎消？〔軍士白〕此乃樵夫命犯刀傷，適逢其會，將軍不須傷感。〔韓信白〕事雖如此，但於心負愧耳。傳令鄉民，破木爲棺，更換衣衾，改葬松林島上。奏過漢王，令有司四時祭祀，仍建墓碣一通，上勒「大漢元年乙未，秋八月，破楚大元帥韓信，爲指路樵夫植」。以此答報於他，稍慰幽魂。〔衆白〕得令。〔韓信作拭淚科。白〕就此啓行。〔衆應科。韓信作上馬科。衆繞場行科。同唱〕

【黄鐘宫·賞宫花】陳倉不遥，趲师徒逞勇驍。軍中齊步伐，奔秦郊。〔合〕跋涉更無人間阻，雲烟開處過山凹。〔同下〕

第十九齣　計擒章平（皆來韻）

〔扮四秦軍、姚龍、靳武引章平上。章平白〕横山棧道號連雲，插翅難飛况又焚。任爾辛勤修復理，怎知峽外有秦軍。俺章平，前聞伏路小校報道，修棧道者並非樊噲，乃是牙將孫興。連日以來，却又人夫漸少，工作甚微，並不趕緊修理。似這般光景，好教人難以猜度。〔姚龍白〕啓上將軍，那漢兵都是關中的人，想俱有思歸之意。漢王無以約束，故遣人聲言，修理棧道，示欲東歸，以安人心。其實不欲指日完工，似此謊詐，不必聽信也。〔靳武白〕末將知褒中近來豐稔，民康物阜，漢王正在那里快樂，豈有遠大之志，將軍但請放心。〔章平白〕二位之言，深得敵情。俺只看他拜那韓信爲帥，便是毫無見識的人，如何成得大事。〔扮報子上報科。白〕報，漢兵遍地而來，離關五十里，下了大營。有先鋒樊噲帶領一萬人馬，殺奔關下來了。〔章平作大驚科。白〕有這等事？我想漢修棧道，尚未完工，如何就得到這關下，好生奇怪。〔姚龍、靳武白〕恐傳報未的，或是樊噲思歸心急，逃來關下投降，亦未可知。須教報子前去打探明白，然後發兵未晚。〔章平作對報子科。白〕再去仔細打探。〔報子應科，疾下。又扮一報子上報科。白〕報，漢將樊噲在關外討戰。〔章平驚科。白〕嗄，漢兵已到關下了。〔作唤左右科。

白〕姚、靳二將，聽令。〔姚龍、靳武白〕嗄。〔章平白〕樊噲討戰，我須親去迎敵，汝二人可小心把守，以防漢兵襲取。〔姚龍、靳武白〕將軍但請放心，有我二人，關中料然無事。將軍但去好生接戰樊噲便了。〔章平白〕衆將官，就此出關迎敵去者。〔衆應科。章平上馬科，四秦軍擁下。姚龍白〕這厮慌促之間，必然取敗。待他敗歸關來，我二人暗地擒之便了。〔靳武白〕説得有理。〔姚龍白〕就裏伏將擒虎計，〔靳武白〕由君如鬼未能知。〔下。扮四漢兵引樊噲上。同唱〕

【越調·豹子令】一旅孤軍飛樣來，飛樣來。勢如海涌共山排，共山排。敵人未戰先驚壞，管取雄關事早諧。〔樊噲白〕俺樊噲，奉元帥將令，前取散關。因此星夜前來，今日已到關下。〔内作喊聲科，樊噲作望科。白〕你看那厢，章平人馬早已出關迎上來了。衆將官，就此殺上前去。〔衆應繞場科。唱合〕奪人先去把旗開。〔四秦軍引章平衝上殺科。章平白〕來將何名，敢向你章將軍關下耀武揚威？快快留下姓名，免作無頭之鬼。〔樊噲白〕你這厮聽者，〔唱〕

【越調·引軍旗】如雷似電，身名樊噲。説起我根荄，教你心膽破，驚魂魄，早早投戈來降拜。〔合〕免教失却荆山火，不分玉石焚壞。〔章平白〕哫，樊噲，休誇海口，怎知你章將軍的手段。〔唱〕

【又一體】雄名將世蓋，武藝如天大。任你游魂厮猛撞，跳梁小醜難留在。〔樊噲白〕哫，賊將休誇臭口，放馬過來。〔章平唱合〕霎時頭掛雕鞍上，看伊怎逞機械？〔作戰科，章平衆敗下，樊噲追下。章平衆敗上科。同唱〕

【越調・水底魚】回首塵埃，追奔遠遠來。馬嘶人喊，（合）疾走莫延捱，疾走莫延捱。（章平白）樊噲驍勇，諒難抵擋，不免逃回關去，再作計較。來此已是關下，守關將士，快快開關。（二軍士上，作開關科。姚龍、靳武暗上。章平進關科。姚龍、靳武作擒住章平科，章平驚科。白）你乃我帳下將官，怎敢擒我？（姚龍、靳武白）章平，你敢在夢中哩。（分白）我乃漢將周勃。我乃漢將柴武。（同白）奉韓元帥將令，差來詐降，以爲擒你之計。誰是你帳下將官？（章平作嘆科。白）罷了，罷了，俺章平今日上了將夫的當了。（樊噲衆上。同唱）

【又一體】追逐前來，關門早已開。（作見章平科。唱）神出鬼没，（合）决策果奇哉，决策果奇哉。（白）這廝果然被擒了，俺元帥果好機謀也。衆將官。（衆應科。樊噲白）就將章平解往元帥營中報捷，一面入城，招安百姓便了。（衆應科。同下）

第二十齣　分取三秦（蕭豪韻）

〔扮薛歐、陳沛、柴武、靳歙、周勃、周苛、盧綰、王陵、夏侯嬰、周昌、曹參、樊噲引韓信上。韓信唱〕

【中呂調集曲·粉蝶兒】天下滔滔，抱雄才怎甘居小，他因此上倩着俺架海金橋。保蒼生，扶興主，掃清鼠盜。方顯俺胯下英豪，勢雄雄有些計較。〔白〕一自登壇還定秦，却教司命總三軍。畫虎未成君莫笑，安排牙爪始驚人。本帥韓信，昨遣樊噲、周勃、柴武用計擒了章平，取了散關，已定下出川之勢。人人道俺機謀不測，個個稱俺韜略果奇。正是：身行不負君恩重，計出須教獲效多。昨日已令軍政司，記了各將戰功，今日遣人前去，迎駕入城。此時敢將次到了，因此率領衆將，出來迎接。〔扮八漢兵、酈食其、陸賈隨何縱公引漢王上，韓信作率衆迎接科，漢王作入座科。白〕前日蕭何屢薦將軍，謂將軍足了衆敵。今日將軍果一戰而克散關，使孤得通東道，可見妙算無遺，寡人得無心慰。〔韓信白〕此皆大王威德所及，衆將戰勝之勞。念韓信坐守軍帳，何功之有？〔漢王白〕將軍休得自謙。可將計擒章平，得這散關之事，試説一遍。〔韓信白〕大王呵，〔唱〕

【中呂調·六么遍】敢把那連雲棧，明修了，却向這陳倉道暗渡征鑣。〔漢王白〕妙嗄，明修棧道，暗渡陳倉，果是神出鬼没。〔韓信唱〕説什麽神驚鬼駭計全高，也不過乘其不備敵易撓。〔漢王白〕乘其不備，便是兵家要訣。〔韓信唱〕更有那佯降就彼埋伏好，虎和狼却教伊屋裏窩巢。〔漢王白〕這詐降計，越發奇妙了。〔韓信唱〕雄關則教傾刻抛，成擒事索伊難料，這是俺向幃中把勝算全摻。〔白〕昨日諸將擒得章平，尚未獻俘。左右，押章平上來。〔左右應科，扮二軍士押章平上。白〕章平當面。〔漢王白〕閫外之事，將軍主之，這章平但憑將軍發落。〔韓信白〕領旨。〔作問章平科。白〕汝乃章邯親子，冒受楚官，擅敢把守散關，抗吾師旅，本應斬首。量汝狐鼠之輩，豈足污我寶刀，可割去一耳，放回廢丘，早早報與章邯快來納命，否則若族無遺類矣。軍士們，將這厮割下一耳來。〔二軍士應，作割章平耳獻科。白〕章平一耳割下。〔韓信白〕放他去罷。〔軍士應，作放科。章平負痛科，奔下。漢王白〕散關雖得，三秦未下，還須將軍妙計。〔韓信白〕待臣分派諸將便了。王陵聽令。〔王陵白〕嗄。〔韓信白〕與你令箭一枝，帶領一萬人馬，同薛歐、陳沛去取櫟陽，務要生擒董翳，不得有違。〔唱〕

【中呂調·上小樓】你可也山排海倒，壓壘騰囂。早把這嵎虎厮擒，潭蛟厮射，則教他卵少完巢。愁什麽千里青青，堅城固郭，難圖蔓草。則要你遣雄驍早把那功建早。〔王陵白〕得令。〔同薛歐、陳沛下。韓信白〕樊噲聽令。〔樊噲白〕嗄。〔韓信白〕與你令箭一枝，帶領一萬人馬，同柴武、靳歙去取高奴，務亦擒住司馬欣，不得有違。〔唱〕

【又一體】一般價馬肥士飽，將勇兵驍。則仗你遠跨征鞍，精神抖擻，早把伊梟。怎教他久向高奴，安然雄據，一似那豺狼梗道。俺可也望旌旗速將捷報。〔樊噲白〕得令。〔同柴武、靳歙下。韓信白〕夏侯嬰聽令。〔夏侯嬰白〕嗄。〔韓信白〕與你令箭一枝，帶領一萬人馬，前往廢丘，引戰章邯。只許你敗，不許你勝，吾自有計擒他。〔唱〕

【中呂調・喬捉蛇】則教你作餌釣金鰲，敢把他在山雄虎調。可不道行增行減孫臏竈，誰則把戰三敗三管仲笑。愁的勝，喜的敗，伊須牢記着，佯輸詐敗便把功勞表。〔夏侯嬰白〕得令。〔下。韓信白〕盧綰、周昌、周勃、曹參聽令。〔盧綰衆白〕嗄。〔韓信白〕俺聞廢丘東門外有山谷一座，內多茂木叢林，今各與你令箭一枝，每人帶領三千人馬，暗藏火具，前去埋伏，候章邯追趕到來，即便放火夾攻，使他首尾不應。〔唱〕

【中呂調・十二月】則見那火光徹霄，休管他額爛頭焦。這的是田單計巧，衆索魂銷。抵多少烟雲亂飄，奔走呼號。〔盧綰衆白〕得令。〔下。韓信白〕周苛聽令。〔周苛白〕嗄。〔韓信白〕與你令箭一枝，帶領弩箭手三千，埋伏谷口，候章邯敗出，即便放箭射之。〔唱〕

【中呂調・堯民歌】如蝗似蝟集難逃，抱樹神猿亦應號。緣崖繞壁莫相抛，則把他火後殘軍命盡消。伊莫要喧囂，埋藏莫動摇，就裏機關巧。〔周苛白〕得令。〔下。漢王白〕將軍分派有方，埋伏有法，這三秦不足定矣。〔韓信白〕酈先生在關內保駕，静聽好音便了。〔酈食其衆白〕願聽將軍捷音。〔韓信唱〕

【煞尾】恁呵向關中侍聖王，俺呵定三秦奏捷高。君臣每自此無驚擾，則休忘了能舉薦的蕭何功不小。〔同下〕

第廿一齣　火攻敗邯（先天韻）

〔扮孫安、季良、季恒、吕馬通引章邯上。章邯唱〕

【黄鐘宫集曲·畫眉姐姐】【畫眉序】（首至合）倉卒起烽烟，整頓旌旗急相援。早情忙意亂，寸心如煎。聚集將佐令初傳，旁午勢羽書疾捲。〔白〕適纔散關飛報，道漢兵已抵關前。我想漢中棧道，尚未修完，此兵從何而至？倉卒之間，未曾準備，只得飛檄櫟陽、高奴，令其發兵接應便了。我兒章平把守散關，此關乃三秦門户，倘有差池，非同小可。〔唱〕【好姐姐】（合至末）憂豚犬，要隘得失機非淺，拒蜀保秦須備邊。〔白〕衆將官。〔衆白〕有。〔章邯白〕速即傳齊兵馬，前往散關，迎敵去者。〔衆白〕得令。〔傳科。白〕大王有令，傳集軍馬，前往散關迎敵。〔内白〕得令。〔扮章平急上。白〕辱國爲俘虜，慚顔見父王。〔進見哭科。白〕不肖子章平見駕。〔章邯白〕我兒，爲何這般模樣？〔章平白〕父王聽稟。〔唱〕

【黄鐘宫集曲·畫眉帶一封】【畫眉序】（首至二）關隘勢安然，不料兵戈卒犯邊。〔章邯白〕他棧道尚未修完，兵馬何由來到？〔章平白〕此乃新封破楚大元帥韓信之計，明修棧道，暗渡陳倉。〔唱〕【一封書】(三至末)向旁途遶轉，詐降軍爲疥癬。〔章邯白〕這詐降軍，從何而至？〔章平白〕漢將周勃、柴武詐降，孩兒不察，被他所誤。〔唱〕內外交攻關隘陷，執訊擒渠兒被攣。〔章邯白〕怎麽，你竟被他擒獲了？〔章平白〕正是。〔唱合〕我猛拚着喪九泉，他早教我返故轅，痛受看那割耳爲俘耻怎言。〔章邯作怒科。白〕無耻小兒，失却散關，身爲敵虜，受韓信割耳之辱，喪你父王鋭氣。左右，與我推出轅門，斬首報來。〔章平白〕孩兒自知有罪，但乞父王念父子之情，免吾一死。〔衆白〕小將軍一時失算，有誤軍情，尚望大王饒恕。〔章邯白〕既衆將討饒，免爾初次，且在後營聽用，待我殺此胯夫，以雪今日之耻。衆將官，就此帶領人馬，殺奔前去。〔衆白〕得令。〔扮八軍士上，作起兵科，遶場下。扮八漢兵引夏侯嬰上，遶場行科。唱〕

【黄鐘宫集曲・滴溜出隊】【滴溜子】(首至合)秦關破，秦關破，統兵直前。雍丘道，雍丘道，趲軍着鞭。篤速，馬蹄行健。【出隊子】(四至末)看覷着破竹勢成威武顯，果然的摧枯拉朽，頹壁倒垣。〔章邯衆上，冲殺科。章邯白〕來將通名。〔夏侯嬰白〕吾乃破楚大元帥麾下，驍將夏侯嬰是也。來者莫非就是章邯？〔章邯白〕既然認得大王，怎不下馬受縛？〔夏侯嬰白〕休得無禮，看鎗。〔章邯白〕住了。〔架住科。章邯白〕你家漢王，親受項王恩命，爵賞殊榮，地封巴蜀，也就願足平生了。因何聽受胯夫愚弄，擅來入寇興兵？〔唱〕

【黄鐘宫集曲・神仗滴溜】【神仗兒】(首至四)身榮職顯，屏藩獨建。三川形險，只此恩波堪羡。

【滴溜子】（合至末）河山帶礪盟，永無更變。入寇興兵，此謀何舛？〔夏侯嬰白〕我家今日伐罪正名，倒是舉兵入寇。你且聽者，你家那項王呵，〔唱〕

【又一體】欺君背憲，王封自踐，把勳臣遷貶。這的是寇盜，行爲先見。今日價弑君惡孽彰，天人咸怨。俺這裏伐罪起兵，正名何靦。〔章平作大怒科。白〕休得多言。〔作戰科，夏侯嬰敗下。章邯白〕不消數合，早已被我殺敗。衆軍將，追上前去。〔衆白〕嗄。〔追下。夏侯嬰敗上，遶場下。章邯追上。章邯白〕漢家軍馬就在面前，衆軍將，快快追趕。〔衆白〕嗄。〔呂馬通白〕大王且住。〔章邯白〕爲何止住人馬？〔呂馬通白〕夏侯嬰被大王殺敗，不奔本營，却倒落荒而走，不似敗軍模樣，只恐其中有詐。〔唱〕

【黄鐘宫集曲·神仗雙聲】【神仗兒】（首至四）殘兵怯戰，旗靡鼓偃。回營厮便，看他荒郊輾轉。【雙聲子】（七至末）伐不愆，步不愆。〔合〕多應誘敵，詐敗揚鞭。〔章邯白〕是嗄，夏侯嬰果然敗走，便該逃奔大營，爲何落荒而去？韓信詭計多端，必然有詐，吩咐回軍。〔衆白〕得令。〔作回兵科。内白〕章邯老賊，不得回軍，我韓元帥來也。〔扮韓信上。章邯白〕韓信，你來得正好，我且問你，項王何負於你，擅自背楚投漢，反敢計取散關，辱吾世子。〔唱〕

【又一體】將恩作怨，稱兵舉燹。侵凌郊甸，如何不知靦腆。兒受冤，恨乍填。〔合〕這會價讐人在眼，怒氣難捐。〔戰科，韓信敗下。章邯白〕韓信辱吾世子，與他勢不兩全。待我追擒此賊，以報割耳之讐。〔追下。呂馬通白〕韓信此來，必係誘敵之計。大王追去，恐有差池，大家上前保護。〔衆白〕就此前去。〔下。韓信上。白〕章邯已入重地，死無噍類矣。〔章邯內白〕胯夫，留下頭顱，以雪吾子之恨。〔追上。韓信疾下。章邯作望科。白〕韓信剛在面前，爲何一時不見？〔回顧科。白〕此處樹木叢密，恐有埋伏，且回到城中，計議擒他。〔內作放砲科。扮十六漢兵，各執火把，引盧綰、周昌、周勃、曹參從兩場門分上，作放火科。同唱〕

【黄鐘宫集曲·出隊滴溜】【出隊子】（首至三）崑岡火然，玉石無分都棄捐，火牛不獨美田單。【滴溜子】（七至末）普天，紅雲舒卷。〔合〕深林茂草間，祝融乍現。爛額焦頭，若個自全。〔下。章邯作慌科。白〕不好了，中了胯夫火攻計了，快些逃走。〔作奔走科。唱〕

【又一體】情知難免，一望彌漫林木燃，徑迷路斷盡籠烟。走來，心驚膽顫。〔合〕鬢眉半已焚，眼前飛電。拚作飛蛾，喪在火邊。〔呂馬通衆冲上。白〕四面火起，樹木盡已焚燒，怎生是好？〔章邯見科。白〕衆將官。〔呂馬通衆白〕大王在哪裏？〔章邯白〕在這裏。〔作見科。場上大放火彩科。秦兵白〕火光觸天，走頭無路，好苦也。阿呀呀，燒殺我也。〔季良、季恒作燒死科，下。衆秦兵作亂奔燒死科，下。呂馬通白〕那邊有一條路徑，大王，隨我來。〔章邯衆白〕走嗄。〔同遶下。扮周苛領衆弩箭手上。同唱〕

【黄鐘宫集曲·滴鶯兒】【滴溜子】（首至合）難逃避，難逃避，燎原烈焰。還逢着，還逢着，穿揚竹箭。便似北門關鍵，【黄鶯兒】（六至末）重重鎖禁難逃免。〔合〕武齊宣，早把個傷弓病鳥，重復教驚絃。〔周苛白〕那邊有數騎人馬逃出林中來了。軍士們，準備放箭。〔軍士白〕嗄。〔呂馬通、孫安保章邯奔科，上。軍士放箭科，章邯中箭科。吕馬通、孫安保護闖出科，下。周苛白〕可惜章邯中箭逃走了，不免報與元帥。〔韓信上，衆將隨上。周苛白〕啓元帥，章邯帶箭逃走。〔韓信白〕章邯中箭，不足有爲也，暫且收兵。〔衆白〕得令。〔作收兵遶場科。唱〕

【黄鐘宫集曲·雙聲臺】【雙聲子】（首至七）勳庸建，勳庸建，殲敵衆無餘羡。元兇免，元兇免，遭挫折傷弩箭。得勝全，【高陽臺】（八至末）靖雍丘咸陽不遠。看從此翟塞早亡，入關功顯。〔下〕

第廿二齣　恣情戲樂（車遮韻）

〔扮八宮娥一執壺，一執金斗引項籍、虞姬上。項籍唱〕

【越角・鬪鵪鶉】任憑他玉漏頻催，金杯怎撇。〔指虞姬笑科。唱〕陪伴你玉琢佳人，〔指宮娥科。唱〕金釵擺列。好日月準備歡娛，錦乾坤安排妥貼。燭焰明，燈蕊結。繞曉得人到忘憂，偏覺這酒懷頓別。〔白〕美人，那，那漢王入蜀，像什麽？〔虞姬白〕大王，漢王像什麽？〔項籍笑科。白〕好似那狂蛟失水。〔虞姬白〕是嘎，果然是狂蛟失水。〔項籍白〕孤回彭城，像什麽？〔虞姬白〕大王回彭城，好像猛虎歸山。〔項籍大笑科。白〕妙嘎，好一個猛虎歸山。〔八宮女白〕狂蛟失水全無勢，猛虎歸山分外威。〔項籍點首看宮女得意科。虞姬白〕大王當日，禹廟舉鼎，天下聞名，一向軍旅匆匆，但聞大略。今夜閒暇，求大王説與妾聽。〔項籍白〕美人，若説起舉鼎，不由孤脾風燥癢起來。待孤脱去龍衣，手舞足蹈，試説一番與美人聽者。〔脱袍科。唱〕

【越角・紫花兒序】想當日懸旗舉義，買馬招兵，糾合豪傑。聽説那塗山雙將，堪可幫協。〔虞姬白〕塗山雙將，姓甚名誰？〔項籍唱〕非別，便爲那莽桓楚，戇于英。走不迭，幹就了這場功業。〔白〕美人，〔唱〕説起來眉角生歡，非關是醉後饒舌。〔白〕那日季父在會稽衙中，着孤與季布同到塗山，會合桓楚、于英。他二人説道，有力敵千人者，方纔拜服。〔虞姬白〕大王，千人之敵，何止千人。〔項籍笑科。白〕那時孤説，來，來，來着一千人，與俺比試。〔虞姬白〕可曾比試？〔項籍白〕他那裏敢比。他説山下有一禹廟，有一大鼎，重數千斤，若能三推三起，便是千人之敵。那日正是禹王勝會，我與桓楚、于英、季布同到禹廟，細看寶鼎，足有三五千斤之重，是俺三推三起。〔唱〕

【越角・金蕉葉】只見那禹廟裏登時鬧熱，一個個旁邊吐舌。① 都説道天神降也，咂着嘴誇張不輟。②〔白〕那時被衆人誇得俺心中發癢，挽一挽雙袖，邁一步進前，説道：衆人不要喧譁，看俺單手舉鼎。那時看的人越多，越引動俺的高興。〔唱〕

【又一體】險把那欄杆擠折，看英雄神痴目呆。我繞過了三遭禹闕，看不出些兒力怯。〔白〕那時孤家單手舉鼎，繞殿三匝，輕輕放在原處。那些看的人，見俺氣不發喘，面不改色，同桓楚、于英一齊拜倒。喏，喏。〔唱〕

【越角・小桃紅】則俺這八千兵，半是會中傑，助着俺將秦滅。他爲甚吐膽傾心隨操閲，這一節，

---

① 「旁邊」，校鈔作「驚魂」。

② 「咂着嘴」，校鈔作「齊齊的」。

都只爲英雄勾引心兒熱。把從前這些，試重新提説，男子特奢遮。①〔虞姬白〕今日得大王這番細説，妾身猶如親見一般。〔宫娥斟酒，虞姬奉科，項籍飲科。虞姬白〕還有降馬一事，並求賜聽。〔項籍笑科。白〕美人，那馬不是馬。〔唱〕

【越角・調笑令】是他下月闕，替你我把媒説。口銜着姻緣月老牒，馬鞍把千丈星橋接。今朝的琴瑟調叶，是伊將兩山來合捏，謝媒紅你合酬些。〔白〕孤家那日，正與桓楚、于英一路趲行，遇見一夥居民，亂嚷道：妖馬來了，妖馬來了。是俺跳下馬來，揎拳擄袖，迎着上去。〔唱〕

【越角・禿厮兒】則見他揚鬃奮鬣，則見他張口睜睫。則見他，黑如一塊鐵。只一掌，帶雙靴，降也。〔白〕如今上陣烏騅，就是此馬。那日令尊邀我回去，也因此馬。〔虞姬白〕烏騅得不了謝媒紅，請大王飲一杯會親酒。〔項籍白〕妙嗄。宫娥，斟酒來。〔虞姬白〕妾身親斟奉敬。〔虞姬送酒科，項籍笑飲科。虞姬白〕妾與大王，日在軍中，並無防身武藝，求大王將鎗法教與幾路。〔項籍白〕美人要學鎗法？〔細看虞姬笑科。唱〕

【越角・聖藥王】憑着你眼光捷，心慧絶，怕不鎗來鎗去似龍蛇。則恐你瘦一些，氣易竭，教不出如花似玉女英傑。今日個教法要全別。〔白〕嗄，嗄，美人，你要學鎗，可也少不得伴讀。可宣幾個膽量大的宫女，陪你學習。〔虞姬白〕宫娥，試問他們，願學鎗法者，拜大王爲師。〔宫女問科。内白〕願學。

① 「男子」，校籤作「好漢」。

〔扮十六宮女上，叩見科。項籍白〕你們都願學鎗法麽？〔宮女白〕情願學習。〔項籍白〕美人，細看者。〔宮女遞鎗，項籍舞科。唱〕

【越角・青山口】你看我一鎗正來又一鎗斜，將輪出還暗掣。一鎗刺來一鎗遮，似連環當場接。空時穩護脇，颼的風樣捷。你柳腰柳腰剛一捻，①繡鞋繡鞋剛半摺。②難比豪傑，休説任俠，則學防身訣。説也麽説聽吾説，別也麽別法全別。幾個周折，幾道龍蛇。端的似詩云子曰，老先生費盡喉舌。③〔虞姬接鎗舞科，作站不住亂使科。項籍白〕不是這樣使法。〔作隨意指撥科。虞姬作發喘科，項籍接鎗作愛惜科。白〕這是件粗鹵事，美人如何學得來？〔唱〕

【越角・黄薔薇】赤緊的黄了面類，險些兒閃了腰節。請穩坐權將喘歇，④〔虞姬坐作態科。項籍愛科。唱〕愈顯出嬌容艷冶。〔白〕衆宫女，爾等會舞也不會舞？〔衆宮女白〕會舞。〔項籍白〕舞與娘娘看。〔衆宮女亂舞科。項籍笑科。唱〕

【越角・慶元貞】向花陰單好撲蝴蝶，立春風腰舞柳枝斜，捻金針綵剪把花疊。堪嗟，這一跌，敢扭細腰折。〔衆宮女起科。一宮女進酒，項籍接科。白〕美人略飲一口，壓一壓驚。〔虞姬略飲科，項籍接飲

① 下「柳腰」，校籤作「柳腰兒」。
② 下「繡鞋」，校籤作「繡鞋兒」。
③ 「老」，校籤作「作」。
④ 「請」，校籤作「且」。

科。白〕你們的鎗法，雖未學會，各人執鎗排隊，送孤還宮。宮女扶住娘娘，慢慢行者。〔衆應，排隊扶虞姬行科。項籍看，作大笑科。唱〕

【收尾】戲深宮，美景無從説，新樣式鑾儀各別。聽沉沉宮漏夜將深，〔携虞姬作態科。唱〕把縷縷同心帶兒結。〔同下〕

第廿三齣　激怒挑戰（先天韻）

〔扮孫安、吕馬通引章邯上。章邯歎氣科。唱〕

【商調集曲・山羊嵌五更】【山坡羊】（首至四）堪嘆我年來征戰，教此日摧挫不免。好教吾驚神斷魂，早受了，穿扎狼牙箭。〔白〕俺章邯，自從始皇併吞六國，所向無敵。不想圍困鉅鹿，遭項籍九敗之辱。今在廢丘，又中韓信火攻之計，身受一箭，踉蹌而歸。幸得吕馬通、孫安救護，不至墜馬。正在脱逃之際，又聞韓信襲取了廢丘，家口不知着落，只得奔向桃林，養好瘡口，希圖報復。想起來時，好不惱怒人也。〔唱〕【五更轉】（六至九）遇劫數，恨一身。多遭變，今番錯跌生把俺英風剪。〔作嘆科。白〕身爲大將，不能保全妻子，敢把這「英雄」兩字，羞辱盡了。〔唱〕【山坡羊】（八至末）倒做了入郢吴師，擄盡俺楚王宫眷。〔白〕我章邯今日呵，〔唱〕赧顔，氣轟轟恨塞天。〔白〕我那妻子呵，〔唱〕堪憐，哭啼啼拜虜前。〔扮章平保四女眷上。同唱〕

【又一體】昏慘慘覆巢難戀，悲切切心兒驚顫。遠迢迢追尋怎辭，淚汪汪受盡了、雨打風吹面。

〔章平白〕昨日漢兵襲破廢丘，都城鼎沸，我只得疾保家眷，逃出城來。幸喜漢兵不來追趕，迤邐行來，聞知父王退保桃林，因此星夜趕到。天嗄，老大一場驚恐，今日方纔放下了也。來此已是軍署，不免進見。〔引女眷進見科。章邯白〕爾等怎得出城，快快説與俺聽。〔女眷作哭訴科。白〕自大王出戰之後，韓信已襲都城，幸虧小將軍保護我等出城，不然盡爲彼擄。又幸漢兵不來追趕，所以得來與大王見面。〔作哭科。唱〕險些是，俺今生，難生見，城中鼎沸顧什麽宫和眷。這的是死裏逃生，幸留一綫。〔合〕皇天，這驚惶誰見憐。悽然，受奔馳幸保全。〔章邯白〕事已如此，爾等亦不必悲傷，且往後堂歇息去罷。〔女眷應科。白〕是。等閒得見親人面，〔章平白〕猶恐相逢是夢中。〔下。扮報子上。白〕藁將城外事，報與大王知。啓上大王，漢將夏侯嬰，在營外討戰。〔章邯怒科。白〕有這等事？再去打探。〔報子應科，下。章邯白〕前日是這賊詐敗佯輸，引我入伏，今日又來挑戰，好生可惱。左右，快快點齊人馬，俺與這厮決一死戰便了。〔吕馬通、孫安白〕大王箭瘡方愈，不可動怒。休得以小醜之故，有傷玉體。〔章邯白〕我爲秦將，威振六國，今日一旦敗壞與這賊手，豈肯甘心也。〔唱〕

【商調集曲・梧葉覆羅袍】【梧葉兒】（首至三）甘把英雄氣，生教喪暮年，斯恨肯相捐。〔白〕況且這厮，有何技倆，敢在俺前揚威耀武？〔唱〕【皂羅袍】（合至末）桃林城外，伊行直前。中軍幃裏，教人恨綿，冲天怒氣怎免胸頭轉。〔吕馬通白〕大王且從容數日，一面告急彭城求救，一面飛檄櫟陽、高奴發兵協助，不怕韓信那厮不生致麾下。那時豈不報了前讐，何須大王今日發怒？〔扮報子上。白〕報，那夏侯嬰領着人馬，向城慢駡，或坐在地上，或卧在城下，赤身裸體，好生可惱。小人倒氣他不過，

特來報知大王定奪。〔章邯作大怒科。白〕這厮如此無禮，可惱嗄，可惱。〔唱〕

【商調集曲·梧葉入江水】【梧葉兒】（首至合）欺人地，教我怒胸填，雌伏有何顔？情堪恨，怒難捐。〔作怒起科。白〕左右，快擡刀、帶馬過來，吩咐開關，待俺前去擒這賊便了。〔左右應科，下。扮四秦軍擡刀、牽馬上。章邯作欲提刀上馬科。吕馬通勸科。白〕大王請稍釋天威，恐箭瘡未愈，爲害不小。〔章邯白〕你等休得多言，料俺足辦此賊也。〔唱〕【五馬江兒水】（合至末）你休多慮，尚堪一戰。〔作提刀上馬科。四秦卒引下。吕馬通白〕大王此去，必有疏虞，你我前去保護要緊。〔孫安白〕虎威抖擻，擒伊方轉。〔唱〕說得有理。〔吕馬通白〕正是：不聽良言徒發怒，〔孫安白〕還防此去有疏虞。〔同下〕

第廿四齣　桃林報捷（東鍾韻）

〔扮十六藤牌上，串舞科。同唱〕

【雙調集曲·雙令江兒令】【五馬江兒水】（首至五）波翻洶涌，團牌齊舞動。教人驚馬恐，陣亂行衝，整神威賈餘勇。【金字令】（十至十二句）無戰不成功，先聲摧敵鋒。捷似猿猱，猛似羆熊。【嬌鶯兒】（七至末）藤牌軍真勇猛，俺便是去來似風。則仗俺奇兵飛控，敢則要取咸陽且向東。〔同白〕那邊元帥同衆將來也。〔作分侍科。扮盧綰、周昌、曹參、周勃引韓信上。韓信唱〕

【仙呂宮·園林好】抱雄才身親總戎，聊展策三秦震動，肯教彼孤城還擁。〔合〕則教他勞攘攘也無庸，心惕惕也難容。〔白〕俺韓信，前遣衆將設伏，計擒章邯，却被那廝中箭奔往桃林。彼必深溝高壘，以待救兵。俺想廢丘不下，三秦何日得平？況章邯那廝，乃是秦朝舊將，端的費俺躊躇也。〔唱〕

【仙呂宮·玉胞肚】他心中驚恐，覷伊行傷弓鳥向。敢將他壁壘堅封，待救援日望重瞳。〔合〕可不道城狐社鼠技全窮，守穴無暇敢逞雄。〔白〕俺如今更定一策，激怒這廝。仍令夏侯嬰前去，挑他出戰，然後用計擒之。盧綰、周昌、曹參、周勃聽令。〔盧綰衆應科。白〕嗄。〔韓信白〕與爾等令箭一枝，帶領藤牌軍五千，前去桃林，左右埋伏。俟夏侯嬰引戰章邯下來，爾等四面圍困，務要擒住章邯。小心在意，不得有違。〔盧綰衆白〕得令。〔引藤牌軍下。韓信白〕衆將此去，必然成功，俺只靜待捷音便了。正是：眼望捷旌旗，耳聽好消息。〔下。扮章邯與夏侯嬰戰上。章邯白〕前日被你這厮詐敗佯輸，誤中了胯夫奸計。今日怎敢復來送死？〔唱〕

【仙吕宫·六么令】欺人怎容，中奸謀偶爾摧鋒。今朝怎又逞豪雄，怕送死霎時中。〔合〕讐人見面難輕縱，讐人見面難輕縱。〔夏侯嬰白〕咄，賊子，你乃亡秦遺犬，狐假虎威，天理難容，早應授首。昨日抱頭鼠竄，被你逃走，不思縮尾藏頭，乃敢出來厮殺，今日是你死的日期也。〔唱〕

【又一體】不深藏窟中，斂狐威殘喘難容。翻來送死出城墉，也是你命兒窮。〔章邯怒科。白〕咄，夏侯嬰，休誇大口，受你章爺一刀。〔夏侯嬰架住科。唱合〕螳螂掉臂誠何用，螳螂掉臂誠何用？〔作戰科，夏侯嬰敗下。章邯白〕這厮又敗走了。就有埋伏，俺也須追上擒來，以雪昨日之恨。〔作追下科。扮章平疾上。白〕父王被漢將激怒出戰，恐怕有失，急急前來保護。〔扮吕馬通、孫安上。白〕小將軍慢行，待小將等一同前去協助。〔同下。十六藤牌軍引盧綰、周昌、曹參、周勃上。同唱〕

【仙吕宫·番鼓兒】共躡踵，共躡踵，隱跡復潛踪。息鼓銜枚，埋向林叢。隘路相逢，怎把鯨鯢輕縱。這般妙用，果是縛虎擒龍。〔合〕密密匝匝布重重，則怕你要逃生今番没空。〔作埋伏科，下。章邯追夏侯嬰上，戰科。盧綰衆引十六藤牌軍冲上，圍科。章平、吕馬通、孫安趕上，混戰科。盧綰作殺死章平科，章平下。章邯衆作驚慌科，冲出科，奔下。盧綰衆作追下。章邯急上。白）罷了，罷了，吾子被殺，痛殺我也。（唱）

【仙吕宫・么令】心中抱痛，我孩兒身喪青鋒。（作臂痛科。白）阿呀，阿呀，這般疼痛，想是箭瘡迸裂了。（唱）驀地痛出箭瘡中，早是俺今番命窮。（哭科。白）似這光景，敢是天亡我也。（唱合）敢蒼穹，要把俺身亡運終。（吕馬通、孫安上，見科。白）漢兵四面圍裹，須索逃生要緊。大王爺，不可在此羈遲了。（内作吶喊科。藤牌軍上，遶場科，下。章邯衆驚科。章邯白）漢兵四面圍困，俺又箭瘡迸裂，難以厮殺，想是難以脱逃也。（作淚科。唱）

【又一體】敵聲喧鬨，向週遭圍困重重。早教俺插翅也莫想騰空，可不辜負俺往日英雄。（白）俺一世英雄，怎肯落在敵人之手？（作恨科。白）也罷。（唱合）早拚個泣秋風，身亡劍鋒。（作向吕馬通衆白）你看那廂，漢兵又殺上來也。（吕馬通衆作轉望科。白）在那裏？（章邯作拔劍自刎科，下。吕馬通衆作回顧驚科。白）原來大王拔劍自刎了。（作傷感科。白）大王一世英勇，今日乃遭如此之變，兀的不傷感人也。（唱）

【仙吕宫・桃紅菊】嘆英雄偏墮劫中，伏劍下教俺感痛。前事一如蕉鹿夢，前事一如蕉鹿夢。（合）將怨氣徒盈上穹。（衆藤牌軍引盧綰衆上，圍困科。韓信暗上，立高處科。韓信白）楚將快降，免作刀頭之鬼。（吕馬通、孫安白）雍王自刎，我等情願投降。（韓信白）爾等既願投降，衆將官，鳴金收軍。（衆應科。內作鳴金科。呂馬通、孫安作拜見科。〔白〕末將呂馬通、孫安拜見，伏乞元帥收録。〔韓信白〕汝二人尚知天命，使章邯早早投降，豈有今日之事。〔呂馬通、孫安白〕念章邯自恃英勇，豈甘屈膝？末將等即欲相勸，伊亦斷不肯聽，伏乞元帥台諒。〔韓信白〕事已至此，亦不必説了。〔扮報子上。唱〕

【越調·水底魚兒】萬雉崇墉，摧挫向折衝。將伊面縛，〔合〕生致在營中，生致在營中。〔見科。白〕報，樊將軍取了高奴，擒了翟王司馬欣，特地遣來報捷。〔韓信白〕妙嗄，原來樊將軍也下了高奴。賞你銀牌一面，再去打聽。〔報子謝科。白〕多謝元帥。〔下。又扮一報子上。唱〕

【又一體】兵將豪雄，烽烟一掃空。櫟陽早下，〔合〕露布達元戎，露布達元戎。〔白〕報，王將軍取了櫟陽，降了塞王董翳，特地遣來報捷。〔韓信白〕原來王將軍降了塞王董翳，這也可喜。賞你銀牌一面，再去打探。〔報子謝科。白〕叩謝元帥。〔下。韓信白〕雍王自刎，翟王被縛，塞王拜降，三秦已爲我有。只是咸陽尚未打破，關中之地，如何把守？呂將軍過來聽令。〔呂馬通白〕末將在。〔韓信白〕你新降於我，尚未建功，今俺有用你之處，你可去得去不得？〔呂馬通白〕末將無才，但聽元帥指揮。〔韓信白〕與你令箭一枝，你可率領新降秦卒，假稱項王救兵，賺開咸陽，自然重重陞賞，須小心在意。〔呂馬通白〕得令。〔作執令箭下。韓信白〕就此兵入桃林，遣人往主公處報捷便了。〔衆應遶場科。同唱〕

【仙呂宮·清江引】凱歌同向桃林詠，得意春風重。行已定三秦，旋須復關隴。〔合〕不負他識英才，月下追、壇上封。〔同下〕

第八本

第一齣　關中迎駕（皆來韻）

〔扮八漢兵、四將官、陸賈、隨何、酈食其、蕭何引漢王上，遶場科。同唱〕

【南呂宮・春色滿皇洲】半天飄瑞靄，看風雲際會，興王氣概。欣席捲，三秦羽檄飛來。〔漢王白〕可喜韓信，逼死章邯，席捲三秦，詐取咸陽，殺死守將。接得羽書到來，請孤到咸陽相會，爲此駕幸關中。此間已是不遠，衆將官，趲行前去。〔衆應遶場行科。同唱〕建雲旗一路飛揚，則他那雲霓久待。〔合〕元戎依賴，羨功成破竹，得遂心懷。〔扮周昌、周勃、夏侯嬰、周苛、薛歐、陳沛、柴武、靳歙、盧綰、王陵、曹參、樊噲、呂馬通、孫安、董翳、司馬欣、韓信上，作迎接科。韓信白〕臣韓信，帶領衆將，迎駕進城。〔漢王白〕有勞元帥與衆位將軍。軍士們，就此進城。〔衆應，遶場行科，作進城科。同唱〕

【又一體】堪怪，誓言空暗改，羨河山百二，依然猶在。今日裏，六龍天際雲開。須知道天眷分明，空着甚人心機械。〔合〕誰家世界，當時先到，今日重來。〔漢兵白〕已到朝門。〔漢王衆作下馬科。漢王作轉場坐科，韓信帶衆將見科。白〕臣韓信，帶領衆將見駕，願大王千歲。〔漢王白〕元帥與衆位將軍平身。〔衆白〕千千歲。〔起侍科。漢王白〕元帥平定三秦，建此偉烈，請道其詳，寡人願聞。〔韓信白〕章邯大敗之後，遁入桃林，緊守望救。臣令夏侯嬰激他出戰，用計圍困，那章邯呵，〔唱〕

【南呂宮・三學士】情急懸知時事乖，孤軍無計延捱。半生壯志成灰燼，三尺青鋒劍下裁。〔合〕麾下全降齊用命，干城將喜俱來。〔白〕他部將呂馬通、孫安，才有可用，臣已收降。適王陵用計，降了董翳。樊噲擒了司馬欣，報捷前來。微臣呵，〔唱〕

【又一體】則將他前事拋除不用猜，招羅盡屬英材。微疵白璧休相掩，況是軍中可用才。〔合〕帳下當時胥釋放，收功處計早諧。〔白〕臣因令呂馬通、孫安，假充項王救兵，詐取咸陽，他二人卻也不負軍令。〔唱〕

【又一體】喬說彭城羽騎來，朦朧賺取關開。長安唾手囊中取，不負軍機密地裁。〔合〕一舉三秦歸宇下，何堪把功業埋。〔白〕董翳等新收四將，向雖助楚，今在帳下，頗著成勞，願吾王加恩録用。〔唱〕

【又一體】臣楚當時分所該，今朝竭盡駑駘。投誠莫恨歸來晚，革面堪欣宿霧開。〔合〕伏願吾王恩録用，蒙褒賞任遣差。〔漢王白〕四將知時達務，仍復舊職，隨營效用。〔董翳、司馬欣、呂馬通、孫安叩謝科。白〕謝大王千歲。〔漢王白〕就此張掛榜文，安撫百姓。〔韓信應科。白〕領旨。〔漢王唱〕

【慶餘】當時約法三章在，今日裏更有何嫌何礙，則把那暴楚亡秦苛政改。〔同下〕

第二齣　慨説二魏（東鍾韻）

〔扮張良上。唱〕

【中呂宮引·柳梢青】齊梁兵鬨，霸業成何用。離緒匆匆，則幸我機謀暗中。〔白〕我張良，前者佈散謡言，項王果然還都彭城。我遂往齊、梁，説反田榮、陳勝，已遣人將吾表文，並齊、梁二王反書，送至項王處去矣。今聞漢王已得咸陽，爲此由藍田而來，待見過漢王，商議滅楚之事。此間已是朝門了。〔扮蕭何上。唱〕

【中呂宮引·菊花新】英豪喜不負元戎，席捲三秦早建功。汲引意何窮，須識漢家梁棟。〔白〕下官蕭何，喜得韓元帥舉了三秦，駕到咸陽，今日早朝時分，特地前來。〔張良見科。白〕老丞相請了。〔蕭何白〕原來是先生在此，從何處到來？〔張良白〕由藍田而來，特見主公，商議滅楚之事。〔蕭何白〕先生尋得好一個興劉滅楚大元帥，主公終日思念，先生來得正好，隨我進見。〔張良白〕敢煩丞相引進，請。〔蕭何白〕請。〔同下。扮韓信、王陵、樊噲、周昌、夏侯嬰、周勃、柴武、曹參、四太監、四宮官引漢王上。漢王唱〕

【中呂宫引・思園春】盼到咸陽别緒濃，故人曾此約相逢。天涯迢遞，何處問行踪？記取臨岐語話重，空教人望眼悵臨風。〔坐科。白〕寡人喜得元帥，下了三秦，駕幸關中。記得子房當日，曾約到咸陽，與孤相會。今日三事，諒已幹完，爲何不見到來？〔蕭何引張良上科。蕭何白〕屈指歸期懸主念，〔張良白〕縈情國計竭臣心。〔蕭何白〕先生少待。〔入見科。白〕臣蕭何，啓奏大王，今有張良要見。〔漢王作喜科。白〕子房到了，孤正在想他，快請相見。〔蕭何白〕領旨。〔出見科。白〕主公專等。〔張良入，參見科。白〕臣張良見駕，願大王千歲。〔漢王下坐扶起科。白〕先生少禮。〔張良白〕千千歲。〔漢王白〕先生久不相見，使孤終日懸望，有失遠迎，望乞恕罪。〔張良白〕良自别吾王，雖未日侍左右，此心無日不在王前。臣别時，曾言入關幹三件大事，説項王遷都，使六國畔楚，尋一興劉滅楚大元帥，至咸陽與大王相會。今三事已辦，敬來此朝賀。〔漢王白〕三事皆蒙先生勞神，孤今得出褒中，相會於此，皆先生之功也。〔王陵等衆白〕先生今日到來，吾等不勝欣幸。〔張良白〕承蒙列位掛念。〔韓信白〕蒙先生舉薦，主上不次陞擢，大遂所願，終身不忘盛德。〔張良白〕將軍建此奇功，威名大振，可謂不負所舉矣。〔漢王白〕今日子房到來，孤與衆卿同慶，可大排筵宴，與先生接風，衆卿把盞。〔衆同白〕領旨。〔張良白〕多謝大王。〔各入座，飲酒科。同唱〕

【中呂宫・山花子】御筵開處金樽捧，争看風虎雲龍。佈流言楚迹已東，運奇謀所向成功。〔合〕羨臨岐言詞克從，歸來笑語欣再逢。盈廷此時喜氣融，管取明良，喜起成風。〔漢王白〕孤仗先生、元帥之力，得到關中，但欲東向，與楚爭衡，計將安在？〔韓信白〕咸陽雖破，關東有魏豹、申陽二王，尚未歸附。項王率兵而來，會合二王，那時恐三面受敵，難與爭鋒。〔唱〕

【中呂宮・駐馬聽】眼望關東，虎視眈眈有二雄。那申陽魏豹，肘腋潛窺，未便彌縫。怕的是三方難與共爭鋒。〔漢王白〕這却如何區處？〔韓信白〕必得一奇謀之士說楚，使移兵伐齊。臣却南破平陽魏豹，東破洛陽申陽，關東既定，項王不難敵也。〔唱〕則仗着儀秦舌辨將他動，〔合〕暫掩兵鋒，俺乘機收服勢從容。〔張良白〕這倒不消慮得。齊、梁二王，我已說畔，將他反書送與項王去了，待觀表文，必然伐齊。那平陽、洛陽，臣請一行，管使二魏來歸。〔唱〕

【又一體】隻矢張弓，不事干戈苦戰攻。俺沉機觀變，片語微詞，舌戰成功。管包得二王拱手盡朝宗。〔白〕倒有一事可慮。〔漢王白〕慮却何來？〔張良白〕那項王，聞主公得了咸陽，〔唱〕則怕他暗施詭計將人中，〔合〕沛邑孤踪，一家難免入牢籠。〔白〕倘他取太公入彭城爲質，這却可慮。〔漢王作驚科。白〕微子房言及，孤幾作無父之人了。〔唱〕

【又一體】老父龍鍾，倘有疏虞計未工。况天邊雁影，母子相依，勢處孤窮。何堪轉徙任飄篷。〔白〕只是誰人前到沛邑，將老父與家眷接來？〔唱〕怎得個閒雲一片輕飛送，〔合〕萬里遥通，家園免墮計謀中。〔王陵白〕啓主公，臣亦沛人，正好前去接取宫眷，二來接取臣母來此同聚。〔唱〕

【又一體】邑里情同，老母情縈寤寐中。恨道途多梗，悵望天涯，漂泊萍踪。今日裏歸舟天與一帆風，做得個公私兩盡歡情共。〔合〕願效鱗鴻，關河有路信音通。〔漢王白〕卿家既是鄉里，即同周昌、柴武前去，孤再遣將接應。〔王陵、周昌、柴武應科。白〕領旨。〔漢王白〕計議已定，且與衆卿再盡今日之歡。〔同飲酒科。唱〕

【中吕宫·舞霓裳】各展謀猷建勳庸，建勳庸。且與開懷細陶鎔，細陶鎔。金巵滿飲頻傳送，君臣歡會樂無窮，便賽過賡歌作頌。〔合〕風雲會，此日歡娱有誰共。〔衆拜辭科。白〕臣等饜飫君恩，敬敢告辭。〔漢王白〕排駕回宫。故人今日慶相逢，〔衆白〕感謝君恩雨露濃。〔張良白〕願竭駑駘酬主眷，〔漢王白〕會看一舉滅群兇。〔分下〕

第三齣　觀表伐齊（先天韻）

〔扮桓楚、于英、陳平、范增上。桓楚白〕分設三秦事已空，〔于英白〕教人西望意怏怏。〔陳平白〕楚强漢弱何須慮，〔范增白〕只恨當時走沛公。〔分白〕老夫范增。下官陳平。下官桓楚。下官于英。〔桓楚、于英白〕亞父，聞得咸陽失守，漢王已據關中，如何是好？〔范增白〕老夫正爲此事而來。〔陳平白〕癬疥之疾，何足掛意。〔范增白〕都尉是何言也？〔向桓楚、于英白〕少停二位將軍啓奏，老夫自有計較。〔桓楚、于英白〕是。主上早已陞殿也。〔扮四内侍引項籍上。項籍唱〕

【仙吕宫引・劍器令】天下莫吾先，定霸業從吾所願。喜今日新都佳麗，端應雄據中原。〔轉場坐科，衆朝見科。項籍白〕孤家遷都彭城以來，可喜天下畏威，群侯賓服。那褒中之地，前有三秦阻攩，料漢王有何能爲。正好一時獨霸，坐享昇平。〔桓楚、于英奏科。白〕臣啓主上，咸陽累次差人求救。今聞韓信遣降將吕馬通、孫安，假稱彭城救兵，詐取咸陽，殺死守將。現今漢王據住關中，各郡望風歸附，地方五千餘里皆屬漢王。不日東來，深爲可慮。〔唱〕

【仙吕宫・桂枝香】三秦分建，遭他輕剪。突自奮起褒中，敢據我咸陽畿甸。他機謀暗搧，機謀暗搧。端的將人愚眩，待要乘機席卷。〔合〕慢俄延，則道是慮患休言小，防危宜自先。〔項籍作怒科。白〕量此餓夫，有何識見？取我三秦，襲我咸陽，使劉邦得大肆猖狂。速點人馬，刻日起兵，若不擒劉邦、誅韓信，誓不旋師。〔唱〕

【又一體】淮陰愚賤，他只合苟留殘喘。不辭胯下欺凌，却有甚驚人機見。勢須當撲翦，須當撲翦。則看奔雷爍電，教他瓦碎難全。〔合〕悶胸填，則笑他敢把龍鱗犯，輕招虎口涎。〔范增白〕臣曾屢向陛下言之，若用韓信，須付以大將之職，若不用，當即殺之，以除後患。陛下不聽臣言，使彼歸漢，今却動陛下盛怒。〔唱〕

【又一體】幾番相勸，則道我言辭訛舛。今日天怒難回，只落得胸頭空嘸。想叮嚀在先，叮嚀在先。也曾三番兩遍，怎奈不聽臣言。〔合〕是何緣，更不念楚地才堪用，反資敵國賢。〔項籍白〕軍師忒過慮了，那章邯老革原自無才，司馬欣、董翳亦皆鼠輩，咸陽並無大將把守，以致中韓信詭計。雖失此數處，不足爲憂，若我大兵一到，管教劉邦、韓信成爲虀粉。〔唱〕

【又一體】三秦關鍵，疏虞難免。本來瑣屑庸材，怎不教遭人欺騙。這有何埋怨，有何埋怨。則教俺天威頓顯，管包得如同操券。〔合〕不須言，只看俺一把戎衣着，須看凱唱旋。〔扮項伯捧書表上科。白〕封書來越境，羽檄奏當廷。〔見科。白〕臣項伯啓奏，今有韓國張良，遣人齎齊、梁書，并張良表文呈上。〔内侍接遞科，項籍看科。白〕韓國司徒，臣張良上言。近日漢王欲召臣從事，臣以疾辭。齊、梁看檄書，傳至韓國，語言狂妄，意有圖天下之心。臣蒙陛下聖恩，既知鄰邦作亂，安敢隱忍不言。臣料漢王不過欲得關中，如約而止，無復來東之意。若齊、梁二國傳檄諸侯，志不在小，深爲後患。請即發兵，制服其心，若漢王有他志，轉兵而西，一鼓可擒。臣鄙見如此，惟陛下察之。據張良表文看來，劉邦不足慮，齊、梁倒可患了。〔唱〕

【仙呂宫·五供養】流言暗煽，堪恨齊梁，膽敢兵連。無端招與國，妄想結聲援。愁他蔓延，肆簧鼓隣封交串。〔合〕雖有關中變，地相懸，東來且自意留連。〔白〕且看齊、梁書内，有何話説。〔看書作拍案大駡科。白〕齊、梁二國匹夫，敢如此無禮，道孤背約無德，比之桀紂，欲會兵征討，以正孤罪。可惱嗄可惱。〔唱〕

【又一體】情無可原，妄自欺心，滿紙胡言。匹夫無忌憚，出語太狂癲。恁無知想逆天，不由我心兒難嚥。〔合〕髮指空驚顫，恨難填，則待掃清二豎始安眠。〔白〕孤今先滅齊、梁，後攻劉邦，即發付張良差人回去。〔項伯應科。白〕領旨。〔下。范增白〕陛下息怒，此是張良詭計，恐陛下西征，故將此書以激聖怒，使陛下無意西行，漢王得以從容行事。但依臣看來，齊兵勢大，不可不先伐。必須將漢王家口捉拿，到彭城爲質，使漢王不敢輕動。俟勝齊之後，移兵伐漢，自可一鼓成擒。〔唱〕

【仙呂宫·玉嬌枝】機心畢現，無非是將兵暫延。從容舉事從他便，一封書故將人眩。俺端詳齊事自所先，西征暫緩無容辯。〔合〕只將他沛邑家園，質將來權爲契券。〔陳平白〕此事不可。主上當

日與漢王結盟，前曾供給日用，遣使慰問。今聽亞父之言，又欲捉拿爲質，使恩變爲讐，恐漢王欲安不能安了。〔唱〕

【又一體】情懷繾綣，記當日同盟義堅。幾番慰問恩施遍，舉家兒宇下週全。今朝何聽亞父言，霎時恩意翻成怨。〔合〕縱漢王戴德如天，也傷心貽憂宅眷。〔項籍作怒科。白〕住了。前亞父留漢王，不令歸褒中，你與張良詭計，奏孤放他入川，留家口爲質。今欲爲質，你又阻勸，莫非受了漢王之托麽？〔向范增科。白〕將陳平都尉革去，留在彭城，不用隨營。即令部將劉信捉拿漢王眷屬，明日起兵伐齊便了。〔唱〕

【情未斷煞】幾回兒將人勸，欺心背主枉徒然，怎知道識破機關不值錢。〔分下〕

第四齣　去楚遇盜　真文韻

〔扮水中鰍、浪裏滚撑船上。同唱〕

【山歌】撑船活計在河濱，咳悠悠。問我經營法最新，咳悠悠。不是板刀麪一頓，咳悠悠。會須下個活餛飩，咳悠悠。〔分白〕小子水中鰍的便是。小子浪裏滚的便是。〔浪裏滚白〕我們都是黄河水手，雖然做這渡船生意，却暗地裏做那江湖上的買賣。任他來往客商，上了我這船，撑到河中，劫了他財物，贈他一個板刀麪。你道什麽叫做板刀麪，我這船底下，有一把撥風的快刀，把他肚皮對着上頭，嗤，這麽一下，順水而去，便是個板刀麪。若是老爺一時慈悲起來，换個法兒，還個整屍首罷，就把他綑了，望河中這麽一丢，便是個活餛飩。這兩個法兒，也不知害了多少人，總爲着這幾個牢錢，也説不得了。〔水中鰍白〕這幾日買賣冷落，熬淡不過。想起來，不如他們緑林中的，倒還找得着幾頭行貨。〔浪裏滚白〕兄弟，你不知道，他們緑林不如我們波浪中生意。那緑林中，萬一風緊，被人拿住，這吃飯傢伙，就保不住了。我們在這水面上，萬一被人叫破，只須往河中一跳，踪影全無，那裏捉摸得着？且耐心等着，不要想去走旱道了。〔水中鰍白〕我也常是這麽想，那緑林畢竟不如波浪

的寬綽穩便，依你耐着就是了。且把船撐到渡口去。〔同作撐船科，下。扮陳平背包袱上。唱〕

【越調·下山虎】機關已露，進退無門。識破心中事，遭他怒嗔。思量前日，非我二心事人，暫借一枝原未穩。〔白〕我陳平，身雖仕楚，一向心在漢王。前因勸阻質漢王家眷，被革去都尉，不令隨征。〔作嘆科。白〕我豈肯甘心困守，密令家僮整備行李，暗打發家小回陽武去訖。從小路投奔漢王，以爲進身之計。〔作行科。唱〕我擇主漫留神，將日角龍顔心自忖。〔合〕一向輸忠悃，則這功名意勤，努志興王別建勳。〔作到黄河科。白〕前面是黄河邊了。〔作看科。白〕你看黄河，好險也。〔唱〕

【越調·繡停針】源遡崑崙，疑向銀潢天上分。華山遠蹠留仙印，則教他直走龍門。嘆九曲風濤滚滚，説不盡，險急勢難馴。〔合〕長江天塹何須論，排空濁浪暗銷魂，怎得個飛運天池一瞬。〔作四望科。白〕四顧無人，又無船隻，怎樣過去？〔作見船喜科。白〕好了，那邊彎着一隻小船，待我叫來。〔作叫科。白〕船家快來，渡我過去。〔水中鰍、浪裏滚上。見，作喜科。白〕果然有買賣來了。客官，欲過河麽，快上船來。〔陳平見，作驚科。背白〕這兩個水手，好凶惡也。〔作躊躕科。白〕既到此間，若要迴避，反遭毒手。不若竟上他船，自有計較。〔轉科。白〕正是過河，望二位駕長一渡。〔作上船科。水中鰍白〕坐穩了，好開船。〔作開船行科。浪裏滚白〕客官，從那裏來，今欲何往？〔陳平白〕駕長容禀。〔唱〕

【越調·鬬黑麻】生長河南，世爲賈人。近遨遊楚地，暫度朝昏。嗟貿易，太艱辛，羞澀腰纏没半文。〔合〕資本化塵，空餘孑身。衣敝囊空，衣敝囊空，羞轉里門。〔水中鰍作向浪裏滚丟眼色科。白〕已到河中了。〔浪裏滚作艙中取出刀科。白〕有銀錢，快些獻出，還可商量。〔陳平白〕二位且休動手。〔作背科。白〕賊人害我，爲我之財，我若惜財，必被賊害，有了。〔轉科。白〕我一向作客，頗知水性，願輸身與二位駕船。〔作脱衣送包袱科。白〕盡吾所有，獻與二位。〔水中鰍作笑科。白〕吾意汝身邊必有所藏。今赤身剌船，其中無有可見，何苦害你性命。〔浪裏滚白〕我們大發慈悲，不可恩將讐報。〔陳平白〕足感活命之恩，怎敢恩將讐報？〔作同撑船到岸科。水中鰍白〕已到河岸，快些上去。〔陳平作跳上岸科。水中鰍、浪裏滚白〕只道是注買賣，原是一場空喜歡。〔急撑船下。陳平作自看嘆氣科。白〕這赤條條的，如何去見漢王？且覓店投歇，再作區處。〔唱〕

【越調·憶多嬌】心自哂，何處隱，赤心難將赤體認。掛體裳衣，全無一寸。〔合〕舉步逡巡，舉步逡巡，若個孤身英俊。〔下〕

第五齣　强捉漢眷（齊微韻）

〔扮四楚軍引劉信上。同唱〕

【商調·吴小四】限期催，强縶維。事屬軍機莫敢違，駿馬加鞭走似飛。〔劉信白〕俺劉信，奉項王鈞旨，前往沛縣去捉漢王家眷，留在彭城爲質，約束漢王，使他不敢生有異志。此離沛縣不遠，待進城傳示沛令，調集弓兵圍捉。衆軍士，趲行前去。〔衆應，遶場科。同唱合〕交與官兵宅眷圍，奔前途緊緊隨。〔下。扮劉煓、劉仲、吴氏、吕妃、劉盈、魯元上。劉煓白〕有兒遠隔在天涯，〔劉仲白〕緊守田園計未差。〔吴氏白〕早晚辛勤門户事，〔吕妃白〕男兒破産不爲家。〔劉煓白〕老夫劉煓，這是我孩兒劉仲，媳婦吴氏。我那三子劉季，分封西蜀，前帶了一個口信，至今音信全無。剩下他媳婦吕氏同一雙子女，喜得媳婦善能奉養。又蒙項王常時遣人慰問，供給日用，足感盛情。〔吕妃白〕前在楚宫，虞王后相待以禮，看起來項王倒無謀害之意。〔劉仲、吴氏白〕只是寄人籬下，終非了局。〔劉煓白〕且自由他罷了。〔扮院子急上。白〕不好了。〔唱〕

【商調·賺】詫事稀奇，忙轉家門報主知。〔作見科。白〕不好了。〔劉煓白〕院子，爲何這等驚慌？

〔院子白〕小人適在縣前走過，只見一楚將呵，〔唱〕兵符委，官衙速把衆兵催。〔劉仲白〕他傳集弓兵做什麽？〔院子唱〕聽依稀，家中只恐遭顛沛。〔吴氏、吕妃白〕他待怎麽？〔院子唱〕恩旨從前勢事非，難迴避，漢王家屬全拘繫。特來咨啓，特來咨啓。〔劉端作驚慌科。白〕有這等事？這却如何是好？〔作恨科。白〕這都是那要成大事的遺累了。〔唱〕

【商調・山坡羊】一心兒恢宏門第，到如今反遭狼狽。項王的殷勤厚恩，怎今朝，陡的風聲異？我待恨誰，他無端意執迷，雄心枉自成何濟。反使衰年，一場驚悸。〔合〕堪悲，全家受折摧。思維，難逃刻下威。〔劉仲白〕阿三自幼不事産業，指望得成大事。如今大事無成，反累及老父與家屬。怎及我安心農業，無辱無榮的好嗄？〔作怒科。吕妃白〕他自享榮華，拋父兄，撇妻子，這年幼小兒，如何受得這般驚諕？〔唱〕

【又一體】最堪憐孤單幼稚，怎教他驚心危地。高年父全然撇開，一家兒忍使遭顛躓。他子和妻，胸頭總不提，男兒不把家園繫。仔細思量，是何腸胃。〔合〕堪悲，全家受折摧。思維，難逃刻下威。〔作抱劉盈、魯元哭科。衆相向共哭科。同唱〕

【商調・水紅花】倉遑無計避嚴威，遇災危，怎生追悔？嚴霜枯草疾風吹，更何依，傷心流淚。漸聽人音嘈雜，合着馬聲嘶。〔合〕束手更無違，也囉。〔扮八弓兵、四楚軍士引劉信上。白〕將府門圍住，不許放走一人。〔弓兵應科，作圍府門科。劉信白〕軍士們，隨我進來。〔作進見科。白〕漢王家眷，俱在此處，唤弓兵進來，與我上了刑具。〔弓兵進科，與劉煓衆上刑具科。吕妃衆作哀告科。白〕將軍，我等素蒙項王恩待，誓無二心，今何一旦見逼，望乞將軍原諒。〔同唱〕

【又一體】素蒙恩遇潤孤微，感無涯，禍從何起？有何觸犯動天威。念相依，並非姦宄，何事今朝勢迫，舉室賦流離。〔合〕伏乞把恩推，也囉。〔劉信白〕此是項王鈞旨，誰敢遲誤？衆軍士同着弓兵，押到縣衙，再添人護送。〔軍士、弓兵應科。同押下〕

第六齣　二王歸命（庚青韻）

〔扮八魏軍引張良、魏豹、申陽上，行科。同唱〕

【雙調·三棒鼓】識天知命把心傾，翻然不用游移也。無變更識時俊英，興王拜迎慢消停。〔張良白〕二位大王，順天知命，歸降漢王，必隆禮相待，遣還歸國。大家合兵，共滅强楚，那時分茅胙土，永享榮華了。〔魏豹、申陽白〕一向畏項王之威，屈心事楚。今聞先生開導，如撥雲霧而覩青天，小王等不勝感謝。〔張良白〕前是咸陽了，一齊進城，到朝門外伺候。漢王已知二位賢王駕到，必然面接。軍士們，就此進城。〔衆應，遶場科。同唱合〕朝門顒望行旌也，一點葵誠，用獻明廷。〔同下。扮四內侍引漢王上。漢王唱〕

【雙調引·秋蕊香】舌辨由他馳騁，何事干戈厮併。二王今日同歸命，特地教人延頸。〔坐科。白〕適蕭相國奏道，張子房說降二魏，在朝門外候旨。內侍，速宣張良上殿。〔內侍傳科。白〕千歲有旨，宣張良上殿。〔內白〕領旨。〔張良上科。白〕憑將三寸舌，收伏二王心。〔作拜見科。白〕臣張良見駕，願大王千歲。〔內侍白〕平身。〔張良白〕千千歲。〔漢王白〕有勞先生遠臨二魏，使平陽、洛陽俱反楚歸

漢。不知下何説辭，願聞其詳。〔張良白〕臣先到平陽，去見魏王，陳説吾王之仁，項王之暴，平陽魏王倒也欣然允從。〔唱〕

【雙調集曲・江頭金桂】【五馬江兒水】（首至五）則見他一天歡慶，把臣言留意聽。細端詳兩下，仁暴分明，心意兒早把和好成。〔白〕却被他大夫周叔攔阻，臣又將天命人心，反覆曉諭。〔唱〕【金字令】（五至九）説與他向背人情，興廢天命。只看三秦攻取，不費軍兵，天與人歸無戰爭。〔白〕那時周叔方無言可答，平陽王遂决意背楚。〔唱〕【桂枝香】（七至末）他詞窮理屈，無言可應。〔合〕猛然醒，主和臣早把迷途悟，願將德教承。〔漢王白〕那洛陽王，又如何説服？〔張良白〕臣復到洛陽，洛陽王以受楚封，不肯歸漢，又聽部將郭麇之言，欲綁臣押送項王。〔唱〕

【又一體】猛可的張他威横，待嚇將人噤聲。他道項王恩遇，歸漢無情，那時兒險做了赴火螢。〔漢王白〕那時先生，倒受驚了。〔張良白〕那時微臣大笑，道洛陽王不知順逆，自取滅亡。〔唱〕則見他怒發雷霆，心口俱硬。道我是非顛倒，着甚支撑，俺這裏要語無多猛地驚。〔白〕那時臣對洛陽王道，良奉漢王之命，請大王合兵伐楚，爲天下共除强暴。不意大王堅執楚封，欲綁張良押送項王，那項王欲見張良不得，每深悔嘆，今一旦解去，必然重用。良掉三寸之舌，挑動項王，道洛陽王假意向楚，實心爲漢。那時楚漢夾攻，歸楚不信，歸漢招疑，悔之晚矣。〔唱〕俺詞鋒鬬捷，中他心病。〔合〕乍吞聲，轉教他怒氣一腔盡，愁眉兩道横。〔白〕洛陽王驚駭不已，因此從臣歸命。〔漢王作大喜科。白〕若非先生妙計，怎能一舉兩得？速請平陽、洛陽二王相見。〔張良應科。白〕領旨。〔下。漢王白〕難得子房一篇説詞，使二國拱手來降。聽他反覆曉諭，真乃賢於十萬兵也。〔張良引魏豹、申陽上。張良白〕大王聽得二君到來，顒目以俟，請二君上殿相見。〔魏豹、申陽白〕敢煩先生引進。〔作進朝見科。同白〕大王在上。〔分白〕臣魏豹，臣申陽，〔合白〕朝見，願大王千歲。〔内侍白〕平身。〔魏豹、申陽白〕千千歲。〔漢王白〕二位賢王，雄鎮二國，威名日著，久欲共成王業。不得已使子房計請，過咸陽一會，幸二位賢王不棄，甚慰鄙懷。〔魏豹、申陽白〕大王威德日隆，天下共仰，加以諸將雄材，謀臣妙算，吾等知天命有歸，敢不委心效用，以圖補報。〔同唱〕

【雙調·金江風】【金字令】（首至六）天之所興，舉世懷明聖。百神效靈，四海由安定。群仰威聲，咸懷風景。【一江風】（四至末）聚群英，戰將謀臣，龍虎風雲應。〔白〕吾等呵，〔唱合〕空懷向日誠，空懷向日誠。撥開霧幾層，喜得把衷腸罄。〔漢王白〕今日暫歸公館，明日設宴款待，即各回本國，仍舊王封，同心滅楚。〔魏豹、申陽作謝科。白〕多謝大王。〔唱〕

【雙煞】天威咫尺從今凜，看宇宙新開漢鼎。則他項王枉自逞强梁，我從此逍遥無禍儆。〔分下〕

第七齣　危途遇救（寒山韻）

〔扮八漢兵、周昌、柴武引王陵上。王陵唱〕

【仙呂宮・風入松】辛勤越過萬重山，則願個全家無難。俺渾身甲透征程汗，近故國浩然長嘆。〔合〕凶與吉全憑此番，緊緊的把弓彎。〔白〕俺王陵，奉漢王鈞旨，到沛縣接取官眷。不想項王，已遣牙將劉信將官眷捉去，只得急急趕上。〔作看科。白〕好嗄，這兩邊樹林，密密叢叢，好佐我成功也。〔周昌白〕王將軍，怎見得成功？〔王陵白〕二位將軍，你兩個埋藏在此，我帶領兵馬劫奪官眷。倘有追兵，你二人擋他一陣，我便穩穩保護着前去。〔周昌、柴武白〕言之有理，我等在此埋伏便了。正是：安排金鎖拴猿臂，〔王陵白〕整頓安輿插鳳毛。〔分下。扮八弓兵、四楚軍引劉信押劉煓、劉仲、吴氏、呂氏、劉盈、魯元上。劉煓衆唱〕

【又一體】圖王定霸甚相關，到此日一家遭難。檻車酷似狂犀棧，好一副大家裝扮。〔合〕轉過了葱蘢樹間，記着路夢中還。〔劉信白〕衆軍士，速速趲行者。〔衆應科，下。八漢兵引王陵上。同唱〕

【仙呂宮・急三鎗】鞭緊策，轡緊勒將路趲。人心急，馬蹄翻。遠望見，塵一縷空際泛。〔合〕如飛的，速追還。〔王陵白〕衆軍士，後面塵土飛空，必是楚將押了漢王眷屬。奮勉奪取，不許退後。〔衆應科，急下。劉信衆押劉煓衆上。劉信衆唱〕

【仙吕宫・風入松】權將典當舖兒闕，這質物值錢千萬。任憑你把邊疆犯，我這裏全無畏憚。

〔合〕放着這皤皤鬢斑，合着那俏容顏。〔王陵衆追上。王陵白〕兀那前面走的，將那貴重緊要的丟下來，饒你狗命。〔劉信白〕呔，好無知草賊，此乃漢王家屬，我奉項王之命，解往彭城去的，你敢劫奪麽？〔王陵白〕吾乃緑林中好漢，定要買路錢的。〔劉信怒科。白〕休説大話，看刀。〔戰科，王陵殺劉信，下。八漢兵趕殺衆弓兵、楚軍科，衆弓兵、楚軍奔下。劉煓衆哭科。白〕大王爺饒命。〔王陵忙下馬跪科。白〕臣非强寇，乃漢王駕下將官王陵，特來接宫眷的。衆軍士，快將馬來，與太公宫眷乘坐，恐有楚將接應。〔軍士牽馬，劉煓衆騎科。白〕已拚俱作籠中鳥，誰料今爲脱餌魚。〔下。扮八楚軍引鍾離眜、灌嬰上。分白〕凛凛腰懸令字旗，全憑亞父典軍機。同迎蜀漢曾留質，穩護囚車及早歸。某鍾離眜是也。某灌嬰是也。

〔合白〕奉亞父將令，協助劉信押解漢王家屬，免致疏虞。衆將官，就此前去。〔衆弓兵、楚軍奔上。白〕不好了，二位將軍嗄。〔唱〕

【仙吕宫・急三鎗】遇强寇，大路上奪人犯。可惜劉元帥，入了鬼門關。衆士卒，一個個都失散。

〔合〕主將猶然死，與我不相干。〔鍾離眜白〕如今强人在那裏？〔衆白〕往西去了。〔鍾離眜白〕事不宜遲，急急趕上，再作區處。〔急行科，下。八漢兵引王陵、劉煓衆上。同唱〕

【仙呂宫・風入松】回頭常往後邊看，洒征塵血淚偷彈。孤軍勉强將危扞，道不的一聲遲慢。〔合〕待巴道咸陽鉅闕，纔保得大家安。〔内吶喊科。王陵白〕楚將追來了，快些趲行。〔繞場行科。周昌、柴武迎上科。王陵白〕後有追兵，二位將軍，多戰三十合，老大王同宫眷可也就走遠了。〔分下。八楚兵引鍾離昧、灌嬰上。鍾離昧白〕衆將官，强人不遠，速速追上前去。〔衆應，行科。周昌、柴武冲上。唱〕

【仙呂宫・急三鎗】且休去，請自在消消汗。勸尊駕，早回還。〔鍾離昧白〕爾等膽包了身，敢在王畿之内做這緑林勾當。〔周昌、柴武唱〕我不是，緑林中英雄漢。〔合〕説起我名姓，教你嚇破膽。〔分白〕吾乃漢將周昌。吾乃漢將柴武。特同王陵將軍來取漢王宫眷的。〔灌嬰白〕嗄，嗄，原來你是來搬漢王宫眷的，只怕你取不去。〔戰科，周昌、柴武敗下，鍾離昧、灌嬰追下。扮八漢兵引樊噲、曹參上。分白〕將軍妙算若通神，調遣無非認理真。今日途中逢接應，果然不負路艱辛。某樊噲。某曹參。〔合白〕前日奉韓元帥將令，道王陵迎接宫眷，恐有刦奪，命我二人前來協助。不料方纔路遇王陵，果是倉皇道左。他怕周昌、柴武敵楚兵不過，着我二人相幫拒敵。他在前面揚起灰塵，做一個疑兵之計。〔樊噲白〕某當迎接宫眷是一出文戲，不想又是一鎗一刀，殺出一出武戲來。〔周昌、柴武敗上，見科。白〕好了，添了一枝生力兵，不怕他了。請問二位將軍因何到此？〔樊噲白〕奉韓元帥將令，特來接應。〔周昌、柴武白〕有我四人，正好同心殺賊。〔衆楚兵引鍾離昧、灌嬰上，周昌、柴武戰科，樊噲、曹參協戰科。地井内出烟科。鍾離昧、灌嬰敗下。曹參白〕楚軍大敗，不用追趕，保護宫眷要緊。正是：暫歇干戈紅日下，緩

攜鞭轡錦旗開。〔同下。扮八楚軍引鍾離眛、灌嬰上。唱〕

【仙呂宮·風入松】明知前路有遮攔，莫只後邊追趕。憑他一家骨肉都歸漢，怎當俺大王一盼。〔合〕大軍出將伊取還，入樊籠也不晚。〔鍾離眛白〕漢軍驍勇，我二人敵他不過，只索回去，將王陵劫奪之事告訴大王。〔灌嬰白〕恐怕大王吃惱。〔鍾離眛白〕你看他那邊烽烟四起，還有伏兵呢。〔灌嬰白〕如此，只得大家回去。〔同下。王陵衆保宫眷上。同唱〕

【又一體】一重兵似一重山，攩住那楚兵無限。大椿得便辭危難，免大孝帝王憂患。〔八漢兵、曹參、樊噲、周昌、柴武上，見科。白〕王將軍，好計嗄。你這邊揚起征塵，那楚兵如飛敗下陣去了。〔王陵白〕此是宫眷洪福。追兵已退，就此慢慢回關中去便了。〔同唱合〕勸母后從今解顏，錦宫幃試一覽。〔遶場科。同下〕

第八齣　漢王厚遇（庚青韻）

〔扮陳平上。白〕曾與興王患難逢，素心早矢願從龍。可憐身似浮雲幻，憔悴關河壯士容。我陳平，棄楚歸漢，行至黄河遇盗，幸虧巧計，脱衣赤體，示無重資，方纔脱離虎口。却喜逢凶化吉，店主人憐我受厄，贈與路資，遇難成祥。韓元帥是我故交，樂於薦引，今早隨他入朝，教我在朝門外候旨，只索在此静聽。正是：雷雨經綸天下望，風雲際會聖人朝。〔下。扮韓信、蕭何、周勃、夏侯嬰上。韓信唱〕

【正宫引·燕歸梁】百二秦關王氣蒸，英與傑共呈能。〔蕭何唱〕慚無籌策奏昇平，〔對韓信科。唱〕憑國士建功成。〔周勃唱〕同扶日月休謙讓，將國計細經營。〔夏侯嬰唱〕報君自許有丹誠，聊不愧衆公卿。〔韓信對蕭何科。白〕今有項王都尉陳平，棄楚來漢，末將因未曾引見主公，是以不曾教他到相府奉謁。〔蕭何喜科。白〕此乃梁棟之材，况昔日鴻門宴上，屢次保護主公，相見之時，必然重用。〔周勃白〕大家肅静，主公陞殿也。〔扮四内侍引漢王上。漢王唱〕

【正宫引·破陣子】眼下匆惶國事，心中隔絶家庭。豈獨關心椿樹老，正有難忘伉儷情，不住意牽紫。〔轉場坐科，韓信衆朝見科。内侍白〕平身。〔衆白〕千歲。〔韓信跪奏科。白〕啓上吾主，今有項王都尉陳平，棄楚來歸，未奉明諭，不敢帶領進見。〔漢王喜科。白〕陳平來歸，吾增一周召矣。如今在那裏？〔韓信白〕現在朝門外。〔漢王白〕快宣來見。〔韓信白〕領旨。〔作宣科。白〕主公有旨，宣陳平上殿。〔内白〕領旨。〔陳平上，作朝見科。白〕羈旅小臣陳平見駕，願主公千歲。〔内侍白〕平身。〔陳平白〕千千歲。〔漢王白〕鴻門一别，日夕相念，承卿遠來，甚慰孤意。〔唱〕

【正宫·朱奴兒】思昔日軍門交訂，險阨裏深蒙相拯。〔陳平白〕臣有何能，那些都是主公洪福。〔漢王唱〕人到身安憶夙盟，難忘你輾轉調停。〔合〕褒中去，回頭望卿，没有路通三聘。〔白〕今日喜卿遠來，孤仍加以都尉之職，爲孤參乘，兼典護軍。〔陳平謝恩科。白〕千歲。〔夏侯嬰跪奏科。白〕臣啓陛下，陳平赤身而來，一時亡命之徒，未知深淺。〔唱〕

【正宫·醉太平】何堪參乘，近君王左右，晨昏使令。國家初創，官須宰輔持衡。思省，休將都尉看來輕，按資格德和才稱。〔合〕冒干清聽，怕無窮變端，不測將生。〔漢王白〕卿家放心，你看陳平，貌容端正，豈是尋常人物？〔唱〕

【正宫·白練序】面龐清瑩，舉止端方獨老成。從來説，目正由於心正。他雙眸似水澄，人共秋山碧玉清。〔合〕觀言行，何須顧慮，錯疑弓影。〔周勃跪奏科。白〕臣啓主公，陳平雖美如冠玉，其中未必有也。況且自楚國而來，〔唱〕

【正宮・醉太平】人才難定，那仲尼陽虎，一奸一聖。自來軍旅，須防間諜潛生。俄頃，官階高擢列簪纓，却怎得一軍心静。〔漢王白〕孤家不有陳平，焉有今日？〔周勃唱合〕俯將言聽，俟衆區宴安，再報前情。〔陳平跪奏科。白〕臣聞，疑人者，不能用人。爲人所疑者，不能見用於人。臣以赤心歸漢，而不免爲人所疑，大王雖用臣，臣不知所以效力矣，請從此辭。〔唱〕

【正宮・白練序】拜辭明聖，不怪猜嫌起衆卿。念臣是，錯走猜嫌行徑。休言潔似水，媒少冰人自賤輕。〔合〕承恩命，絲綸降下，惟將心領。〔蕭何、韓信跪奏科。白〕都尉不必多心，都尉之才，主公素在洞鑒，只求主公定奪。〔唱〕

【正宮・醉太平】君臣同慶，喜英賢輔助，權操必勝。〔白〕周、夏二將軍呵，〔唱〕只因交淺，應該據理相争。咨警，唐虞詢事必持平，你莫怪面折廷諍。〔合〕事由君令，把冠裳抵換來，莫得推稱。〔漢王白〕二卿之言是也。都尉即換了冠服，盡心供職。〔陳平白〕千歲。〔下，換冠服上，謝恩科。漢王唱〕

【正宮・白練序】私衷深幸，遇合由天事不輕。你本是，項籍軍中司命。投珠一向輕，投我明珠掌上擎。〔合〕冠裳正，看鵷行鵠立，同朝輝映。〔扮樊噲上，跪奏科。白〕臣樊噲見駕，願吾主千歲。〔漢王白〕太公來了不曾？〔樊噲白〕將次到了。〔唱〕

【正宮・錦纏道】喜椿庭，髮蕭蕭顔如壯盛，合室俱安寧。把愁容，霎時變作歡聲。〔漢王白〕愁從何來？〔樊噲白〕阿呀，主公，王陵到了彭城，那楚王項羽早將宫眷捉去。〔漢王驚科。白〕呀，這還了得。〔樊噲白〕幸虧王陵智勇足備。〔唱〕他逐烟塵心忠智生，奔前途匹馬刀橫。〔漢王白〕周昌、柴武却在那裏？〔樊噲白〕王陵着周昌、柴武埋伏在樹林之内，阻攔追兵。他一人殺死楚將，奪回宫眷，急急忙忙往大道而走。〔漢王白〕那時你同曹參，却在那裏？〔樊噲白〕小將正行之間，〔唱〕見一路馬嘶鳴，人帶着悲聲咽哽。〔漢王悲科。白〕患難之中，咳，苦殺太公和家小也。〔樊噲唱〕我慌忙下馬迎。〔白〕王陵説道，二位將軍不用行禮，後有追兵，快去幫助周昌、柴武，多與敵人交戰幾合，我便保護宫眷走遠也。〔漢王白〕楚有追兵没有？〔樊噲白〕怎麽没有？那鍾離眜、灌嬰正在耀武揚威，往前追趕。臣與曹參，協同周、柴二將，一場大殺。王陵在前面揚起塵沙。〔唱合〕他曉得難於取勝，驟征鞍，飛騎返彭城。〔漢王喜科。白〕謝天謝地，快些傳旨，整備安輦宫轎，排齊鑾駕，文武百官，隨孤去接老大王。〔衆應科。漢王唱〕

【不絶令煞】團圞自古增歡慶，况是鑾儀逐隊行，我君臣同把威儀預先整。〔同下〕

第九齣　太公驚避（真文韻）

〔扮八漢兵引劉煓、劉仲、吕妃、吴氏、劉盈、魯元棄馬，周勃、柴武、曹參、王陵隨上，行科。同唱〕

【黄鐘宫·出隊子】征鞍勞頓，不慣征鞍是富貴人，咸陽一望氣氤氳。〔劉煓白〕王將軍，此去咸陽，還有多少路？〔王陵白〕不遠了。臣已命樊噲回朝啓奏，必有鑾儀前來奉迎。衆軍士，緩緩而行。〔衆應，行科。唱〕齊向深宫拂路塵，〔合〕共慶團圓，休提苦辛。〔扮校尉推輦，十二轎夫擡轎三乘，韓信、蕭何迎上，跪科。白〕臣蕭何、韓信，跪接老大王殿下，王妃殿下。〔劉煓白〕有勞二位了，請起。〔蕭何、韓信起科。白〕請老大王换輦。〔劉煓下馬乘輦。蕭何、韓信白〕請王妃、吴夫人、公主乘轎。〔吕妃、吴氏、魯元下馬换轎科，衆隨行科。扮十六校尉執鑾儀，八文官、八武將、四内侍引漢王上，同跪迎接科。劉煓白〕住輦。〔漢王白〕兒臣劉邦，恭接父王，願父王千歲。〔劉煓喜科。白〕我兒，不料你富貴一至如此。〔漢王跪抱膝哭科。唱〕

【黄鐘宫·疏影】簌簌淚流，恨孩兒久曠晨昏，家在何方人富貴。一家隔絶遭窮困，慚愧高年笑語温。〔合〕我親，我自返平生，問心難問。〔劉端白〕罷了，你且起來。好衣服跪在地下，咳，可惜了。

〔漢王起科。白〕内侍，先將家眷送回宫去。〔内侍白〕領旨。〔引吕妃、吴氏、魯元下。漢王扶輦，文武衆臣隨行科。同唱〕

【黄鐘宫・出隊子】王朝名分，御駕扶轅子職勤。趨蹌輦後悉王臣，同喜前程錦似雲。〔合〕掛彩張燈，歡騰闕門。〔劉煓白〕不想劉阿三，乃至於此。〔漢王作得意跪科。白〕已到朝門，請父王進朝。〔劉煓白〕起來。〔漢王起科，行科。漢王跪科。白〕已到殿前，請父王下輦。〔劉煓下輦上殿科，漢王跪科。白〕請父王坐殿，受兒臣與諸臣朝賀。〔劉煓看，作驚科。白〕嗄，嗄，那地方，我如何坐得？〔唱〕

【黄鐘宫・啄木兒】心慌迫眼又昏，此座非輕怎便存？我無過老景光輝，怎能當合殿稱臣？我一向茅廬草舍身栖穩，怎敢把金鑾玉座來親近？〔合〕却不是折福添灾害老親。〔白〕我出自農家，素安清淡，如今你居王位，不過比從前房舍廓大些兒足矣。這座，豈是我老人家坐得的？嗄，我兒，可有甚僻静些地方，我養一養静，便是享你的福了。〔劉仲白〕三兄弟嗄，這個大房子，我也住不慣。〔漢王白〕兄、嫂暫居别苑，另日再造府第。如今且請父王移駕到元德宫去。〔劉煓白〕好，到元德宫的好。〔漢王白〕就此送老大王到元德宫去。〔衆應，同行科。唱〕

【黄鐘宫・出隊子】方知福分，富貴偏思昔日貧。謙爲吉德一家仁，侈肆何由啓後昆。〔合〕卜世如何，王家運新。〔同引科。下〕

第十齣　咸陽再聚（寒山韻）

〔扮四宮娥引吕妃、吴氏、劉盈、魯元上。吕妃唱〕

【南吕宫引·臨江仙】負盡恩情男子漢，撇人兩次三番，如今纔得入秦關。經年悲鳳隻，枉自把龍攀。〔對坐拭淚科。吴氏白〕三嬸嬸，你如今夫妻團聚了，只管眼淚汪汪做什麽？〔吕妃白〕咳，若非王陵衆將救出危途，已作楚人之虜矣。〔吴氏白〕是則是這麽説，也虧他繫念家屬，遣人接取。你把心兒放寬着，不必含怨了。劉盈，魯元，二大娘的話，是不是？〔劉盈、魯元笑科。扮二内侍引漢王上。漢王唱〕

【南吕宫引·轉山子】恰喜承顔慰昏旦，更琴瑟重彈。今朝的錦片前程，什麽是家人生産。影摇紅寶燭，緑浮蟻金盞。〔白〕適纔送父王進元德宫，父王大喜。〔笑科。白〕不知妻嫂怎生歡樂，不免回宫。〔作進見科，吴氏起科。白〕三叔叔，你大喜了。穿着這樣好衣服，住着這樣大房子，好快活嗄。〔漢王白〕托賴賢嫂福庇。〔見吕妃科。白〕嗄，賢妃，爲何呆呆的坐着？〔吕氏背坐不理，淚科。漢王唱〕

【南吕宫·紅衲襖】爲甚的撲簌簌淚不乾，爲甚的背過臉羞垂盼？只道你笑開滿面桃花綻，不道你恨溢秋波杏子彎。問伊家因甚煩，勸伊家揩淚眼。縱然我接取稍遲累你一路眈驚也，也要諒男兒心事難。〔吴氏白〕三叔問你的話，你爲何不理？ 咳，説一句兒罷咱的了。〔吕氏作哭科。白〕叫我説什麽？〔唱〕

【又一體】什麽是誓和盟海又山，怎比得水中鴛天上雁。破着我百年冷落紅顔粲，破着我萬縷蕭疏緑鬢斑。問伊家安不安，請自將心去按。把一個結髮夫妻作質與人家也，教吾心冰様寒。〔吴氏白〕三叔叔，你也不該。他年紀輕輕的，你把他一丢三年，一丢五載，你看一朵花兒也似的，你忍得將他撇着。況且我同你二哥成雙作對的，他心裏如何過得？ 劉盈，可是的？〔劉盈、魯元牽衣爲吕氏拭淚科。漢王白〕我若以家爲念，今日怎得至此地位？ 罷了，如今我居王位，你爲王妃，一切都丢開罷。〔唱〕

【又一體】你穿着繡黄袍響珮環，你戴着金鳳冠添燦爛。住的是瑠璃黄屋烟光燦，侍的是錦繡金釵碧玉鬟。做王妃原是難，好團圓先受難。我與你地久天長講甚五載三年也，恁無聊心害煩。〔吕妃白〕什麽王妃，我比那庶民家的婦女還苦呢。〔唱〕

【又一體】想起那亂離中物力艱，侍奉着老椿庭愁怠慢。放着一雙兒女難離眼，〔吴氏白〕怪不得他，果然是苦的。〔吕妃唱〕鎮日價覓棗尋梨口叫乾。這光榮權奉還，這敕封真個罕。你只顧翠繞珠圍南面稱尊也，那管人苦操持隻影單。〔吴氏白〕三嬸嬸，你也數落彀了，叫三叔叔改過自新，一日當兩日補報你就是了。〔作拉劉盈、魯元科。白〕還不勸勸你媽，替你爹和和事。〔漢王攜劉盈、魯元科。白〕罷了，一

切是孤家不是。賢妃，看兩個兒女分上罷。〔唱〕

【南呂宮·太師引】權歡喜且耐煩，不須得珠淚頻彈。我被利名羈絆，如今是悔之已晚。我兩個，雖則是離散，那恩情兩地緊綰。〔吴氏白〕着，我的有恩有情的三叔叔。〔漢王揖科。唱合〕休思念吾的過犯，須看這總角雲鬟。〔吴氏拉吕妃科。白〕起來，還個禮兒。〔吕妃起拜科。漢王白〕有勞賢妃，一向侍奉老父，撫養兒女，孤這裏有一拜。〔吕妃白〕貧賤夫妻，富貴不忘，妾身也有一拜。〔唱〕

【又一體】糟糠婦怕命慳，到今日陡别仙凡。幸保路途危難，把已往恩義盡綰。但願得，從此往前看，坤正位將乾道翊贊。〔同拜科。吕妃唱合〕休思念吾的過犯，須看這總角雲鬟。〔漢王白〕賢妃不理孤家，原是孤的不是，如何怪你？〔笑科。吕妃白〕劉盈，魯元，與父王行禮。〔劉盈、魯元拜科。漢王看作喜科。吴氏白〕你夫妻二人和順了，我找你二哥去。〔漢王白〕嫂嫂不須去見二兄，目下暫住别官，即日造完府第，再送兄嫂進府。〔吴氏白〕嗳喲，費心了。三叔叔，那房子旁邊，索性置幾畝地，我與你二哥就有個活錢用，不來驚動你了。〔漢王白〕這個容易。後宫排宴。〔内侍應科。漢王白〕請嫂嫂後宫飲宴。〔吴氏白〕三嬸子，怎麽叫飲宴，可是厭氣我嗄？〔吕妃白〕請嫂嫂吃酒。〔吴氏白〕哦，原來吃酒叫做飲宴。這等三叔叔厭氣過了我，三嬸子再厭氣我罷。〔笑科。白〕是嗄，吃酒原是惹厭的。〔同下〕

第十一齣 遣使索書（家麻韻）

〔扮四内侍引項籍上。項籍唱〕

【雙角套曲·夜行船】有不稱臣勢必伐，將期尅幾處城拔。先把齊平，次將梁下，是亞父運謀周匝。〔轉場坐科。白〕九點齊州一口吞，馬蹄塵起陣雲昏。尚然叱咤山摇動，何况區區釜底魂。孤家聽得劉季詐取咸陽，正欲整兵撲滅，接到齊、梁反信。亞父之計，勸孤捉拿劉季家眷爲質，使他不敢妄動，舉伐齊、梁之兵，一鼓而西。好計嗄好計。只是劉信與鍾離眛、灌嬰，兩次人去，怎麼還不見回報？〔唱〕

【雙角套曲·銀漢浮槎】想衰年白髮，和着那窈窕居房闥，捉入牢籠十七八。怎全然没信音？我心内嘈雜。〔扮范增上，見奏科。白〕鍾離眛、灌嬰在朝外候旨。〔項籍白〕快宣上殿。〔范增宣科。白〕主公有旨，宣鍾離眛、灌嬰上殿。〔内白〕領旨。〔扮鍾離眛、灌嬰上，朝見科。項籍白〕劉季家眷可曾拿到？牙將劉信爲何不見？〔鍾離眛白〕末將星馳接應，敗兵四散奔逃，報稱牙將早餐刀，路遇緑林强盗。〔項籍怒科。白〕你二人就該前去强奪。〔唱〕

【雙角套曲・慶宣和】把千里王畿户口查，有甚奸猾？怎把威風告消乏，何面目對咱見咱？〔鍾離昧白〕小將原是向前追趕。〔灌嬰白〕恰遇漢家埋伏，周昌、柴武英豪，曹參、樊噲把兵鏖，怕墮王陵計較。〔范增白〕王陵，嗄。漢王家眷，敢是王陵奪去的？〔鍾離昧白〕正是。〔項籍氣科。白〕何物王陵，敢劫奪劉季家眷？爾等臨陣無勇，喪我鋭氣。〔咤科。白〕快快與我出去。〔鍾離昧、灌嬰作喪氣退科，下。項籍唱〕

【雙角套曲・落梅風】施奸詐，逞狡猾，這狂夫膽如天大。不由人，一時心怒發，將無勇將官頻咤。〔范增白〕臣聞王陵乃沛縣人，與漢王在芒碭山一同起義，深有機謀，漢王甚是重用於他。若要此人歸楚，亦甚不難。〔項籍白〕老亞父，你又來了。〔唱〕

【雙角套曲・風入松】他主臣同德正歡洽，好是没争差。待思離間何方法，棄劉家依楚爲家。憑着孤心細察，遠迢迢没法抓拿。〔范增白〕臣聞王陵事母最孝，其母現居沛縣，若將陵母拘於彭城，得一書傳與王陵，王陵即至矣。〔項籍喜科。白〕得一王陵，失却劉季家小，也不差怎的，你好計嗄。〔唱〕

【雙角套曲・撥不斷】信飛達，虎歸柙，深謀虧你將根挖。撇却劉家緑鬢娃，偏迎那小人有母年高大。〔拍范增肩科。白〕老亞父，〔唱〕比薑還辣。〔白〕鍾離昧何在？〔内白〕來也。〔鍾離昧上。白〕主上有何使令？〔項籍白〕你速到沛縣，將王陵之母接至孤營，教他寫書，招致王陵。〔范增白〕王母性烈不可犯，須用好言誘之。〔項籍白〕什麼性不可犯？〔拔劍付科。唱〕

【雙角套曲・離亭宴帶歇拍煞】好來時便自干休罷，不來時則教將吾怕，言一句何須別話。仰慕他母慈祥，成就他兒孝順，免得他腸牽掛。居煩孟母遷，人是曾參殺，敢言虛語花。讐結向來深，怒從心上起，劍在腰中掛。青萍愛血腥，寶鞘沾紅插。吩咐你休將當耍，莫半路緑林中，似從前遇响馬。〔笑科，下。范增白〕鍾離將軍，此行若接得王母來，便是你的大功勞了。眼望捷旌旗，耳聽好消息。

〔分下〕

第十二齣　對使仗劍（真文韻）

〔扮侍女引王陵母上。陵母唱〕

【中呂調・粉蝶兒】半世艱辛，耐光陰白完雙鬢，我向幽冥好對亡人。差喜我未亡身，能訓子，心存忠順。非是俺甘守清貧，倒是這越寂寞倒越加安頓。〔白〕老身王陵之母，因子王陵隨侍漢王，恐人知覺，隱避於此。我想我兒自與漢王起義，至今四載有餘。〔唱〕

【中呂調・醉春風】聞得他臣主一心同，受盡了關山千樣窘。一朝得志上青雲，勝介子的隱隱。博一個戲綵堂前，顯揚先世，故園聲震。〔唱〕

【高宮・脱布衫】祖宗呵積德之門，丈夫呵抑鬱而盡。到今日王家的子孫，果不負世代的義方家訓。〔扮四楚軍捧劍引鍾離昧上。軍士白〕聞得此是王陵母的住處。〔鍾離昧白〕不可驚動，悄悄叩門。〔軍士白〕曉得。〔作叩門科。侍女白〕外邊有人叩門。〔陵母作驚科。唱〕

【高宮・小梁州】我這裏青草叢生閉蓽門，閒烟冷化作閒雲。那來知好與親隣，來相問？〔侍女白〕怕是老爺着人來接取太夫人。〔陵母唱〕可是禄養暮年親？〔侍女出問科。白〕什麽人敲門？〔軍士白〕我們是項大王差來的，要見王將軍的老母。〔侍女白〕少待。〔作進禀科。白〕他説是項大王差來的，要見太夫人。〔陵母白〕呀。〔唱〕

【又一體】敢風聲走透秦關信，可知道爲嬌兒累及我白髮娘親。這舊釁，無須論。少不得霜鋒雪刃，凌逼我衰憊老年身。〔作想科。白〕咳，事已如此，你去開門，請他進來。〔唱〕

【中吕調・上小樓】一會價自思自忖，好教我難逃難奔。只得且效殷勤，急急忙忙，便去揖盜開門。破柴扉，雙扇緊。當不得那城牆聳峻，怎拒他一軍的人進？〔侍女開門科。白〕老夫人有命，請將軍裏面坐。〔鍾離昧進見科。白〕老夫人隱居於此，一向不知，有失請安。〔陵母白〕大人從何而來？〔唱〕

【又一體】敢世交先代親？〔鍾離昧白〕非也。〔陵母唱〕還三遷舊日鄰？〔鍾離昧白〕非也。〔陵母唱〕辱過高軒，剥啄蓬廬，叩到寒門。則向我孀居老婦，何勞斷問？〔鍾離昧白〕項王聞王將軍在漢，特遣末將前來，道沛縣與彭城鄰近，不來輔楚，反去助漢，恐非老母本意。煩修書令郎，教他棄漢歸楚，足顯老母仁德。〔陵母白〕是何言也？〔唱〕

【中吕調・滿庭芳】興王承運，教忠教孝，首重人倫，怎翻覆教孩兒他違臣分？〔白〕不但漢王無甚失德，就使我兒事非其主，〔唱〕誰家犬認得明君？錯綱常是熙朝的亂民，這音書怎達三秦？多謝聖主來垂問，焉用三心二意臣，可不辱殺了西楚項王門。〔唱〕

【中吕調・快活三】我雖是無知婦女身，識詩書重人倫。望祈委婉答君恩，孝義由人盡。〔鍾離昧白〕老母之言，自是正論。只是項王强暴異常，若不教令郎歸楚，恐觸其怒。〔陵母白〕此身可死，此心斷不可轉。〔鍾離眛白〕軍士，將劍與老母看。〔軍士拔劍科。陵母白〕教看此劍，却是爲何？〔唱〕

【中呂調·朝天子】我這裏問君，此番是甚因？爲何露出如霜刃，甚機關恁緊？請分明教訓，給一個真實信。〔白〕這劍呵，〔唱〕滅過强秦，當過敵陣，却怎生的我行前來厮溷？這如今願聞，請將軍便云，不須得枉把鋒芒鈍。〔鍾離眛白〕此是項王之意，老母豈有不明？〔陵母白〕嗄，是了。〔唱〕

【中呂調·四邊静】他待把雪霜鋒刃，嚇枯骨楞生待死人。怎知道失死游魂，並不縈方寸。瀟然的自盡，便死呵精神奮。〔作大笑科。白〕項王，你枉費心機也。〔唱〕

【黄鐘調·耍孩兒】却不道百年畢竟同歸盡，况含笑向黄泉路順。何須劍拔怒生嗔，母和兒兩地完人。俺則待做一個兒依聖主功名奮，母迫强梁義烈新。一死原吾分，對昭昭日月，凛凛乾坤。〔鍾離眛白〕老母，還是依從的好。如或不然，項王要取首級回奏。〔陵母白〕將劍來我看。〔軍士遞劍科，陵母接科。唱〕

【黄鐘調·三煞】無過一寸喉，如何兩截身，成全千里兒忠順。〔指劍科。唱〕仗你個干將俠烈當年魄，斷送我寶婺光明此日魂。將程趁，人世上雙鋒快利，碧雲邊數點星文。〔白〕王陵吾兒，善事漢王，早建奇功，爲漢代名臣。我死之日，猶生之日也。〔唱〕

【黄鐘調·二煞】願吾兒秉赤心，佐炎劉著茂勳，簇新新整飭興王運。我則是顔增喜悦泉間道，斷不至鬼去悲愁月下墳。守大義夫何恨，你看我依然笑口，並無一語聲吞。〔作欲刎科，鍾離昧奪劍科，陵母舉劍砍科，鍾離昧躲科。陵母唱〕

【黃鐘調·一煞】凌人老邁親，更休言不忍。正須借你青萍刃，倒提着將余浩氣增千倍，直砍去把你威風減十分。休逃遁，你本是糾糾武將，却怎生反怕釵裙。〔唱〕

【高宮·收尾】兒將王事勤，娘將君國殉。終須要人説没寧存順，破着老嚥喉，一劍刎。〔自刎科，下。鍾離昧白〕好個烈性老母也。只是我怎生去回覆項王？〔作懊惱科。白〕前日之事已錯，今日又增一過。此去回覆大王，不知是福是禍。〔同軍士下〕

第十三齣　張耳陳情（蕭豪韻）

〔扮張耳上。唱〕

【仙呂宮・步步嬌】骨肉淩夷身潦倒，棄暗投明早。當年刎頸交，隙末凶終，冤讐非小。〔白〕我張耳，自與陳餘、武臣同扶陳勝起兵，陳勝被項梁殺死，武臣遇弒，我與陳餘共佐趙歇爲王，同心輔佐，稱爲刎頸之交。不想人心難測，友道多乖。我從項王滅秦，得受常山王封號，陳餘自以無功，不膺爵賞，便就妬嫉於我。密約齊王田榮攻破常山，將我家小盡行誅戮。幸蒙天佑，得保微軀，瑣尾流離，不知去向。我想漢王寬仁大量，愛惜民黎，現起誅殘伐暴之師，屢建繼絶興亡之舉，不若向彼投托，以圖報怨雪讐。爲此前望咸陽，一路跋涉而來，此離關中不遠，不免趲行前去。〔作行科。唱合〕洩忿仗興朝，風霜遠涉關中道。〔下。扮四内侍引漢王上。漢王唱〕

【仙呂宮・園林好】喜家人歡逢一朝，把别恨離情話了。他途路幾遭淩暴，〔合〕虧勇將也逞雄驍，得聚會也樂陶陶。〔白〕喜得王陵劫取家眷，使孤父子、夫妻又得團聚，此皆王陵之功也。項籍無道，竟欲拘吾眷屬，挾制孤家，今幸不爲所算，豈容逗我軍機。已曾宣召諸臣，共議東征之策，俟彼來時，再爲計較。〔扮蕭何上。白〕遠方依附見人心，近御通名來帝座。〔見科。白〕臣蕭何見駕，願吾王千歲。〔漢王白〕丞相何事奏聞？〔蕭何白〕今有常山王張耳，要求見駕。〔漢王白〕常山王乃項籍所封，到此何幹？〔蕭何白〕他隻身至此，想係情急歸降。〔漢王白〕宣他上殿。〔蕭何白〕領旨。〔傳科。白〕千歲有旨，宣常山王見駕。〔内白〕領旨。〔張耳上。白〕久苦風塵擾，今瞻殿閣尊。〔見科。白〕臣張耳見駕，願吾王千歲千千歲。〔漢王白〕常山王。〔張耳白〕臣有。〔漢王白〕你身受楚封，爵高五等，今日離却常山，枉駕至此，有何貴幹？〔張耳作哭訴科。白〕吾王聽啓。〔唱〕

【仙吕宫·江兒水】不幸逢强暴，全家殺戮遭。〔漢王白〕莫非項王逞暴，毒及妻孥？〔張耳白〕非也。〔唱〕金蘭契合忘情了，結納田齊暗相擾。〔漢王白〕難道倒是陳餘？〔張耳白〕正是。〔漢王白〕張、陳刎頸，天下傳聞，這番舉動，何由而起？〔張耳唱〕無功不得銅符剖，三縣分封嫌小。〔合〕妬嫉功勳，早把兵戈斷掉。〔漢王白〕既如此，爲何不奔告項王，聲罪致討？〔張耳白〕項王身爲强暴，豈是興亡繼絶之人？ 微臣今日到此，只爲吾王呵，〔唱〕

【仙吕宫·好姐姐】臨朝，德揚天表，久傳聞除殘誅暴。思量洩恨，願得效微勞。〔漢王作喜科。白〕久慕賢王盛名，正殷飢渴，今得傾心内附，何幸如之。報讐洩恨，孤家自當代爲籌辦。暫屈賢王，官仍舊職，待破楚有功，再加封爵。〔張耳白〕千歲。〔作謝恩科。唱合〕蒙恩詔，常山舊地仍封號，起死今番骨肉叨。〔漢王白〕宣張軍師、韓元帥上殿。〔内侍白〕領旨。〔傳科。白〕千歲有旨，宣張軍師、韓元帥上殿。〔内白〕領旨。〔扮張良、韓信上。同白〕韜藏謀議覘時勢，休息兵戈待戰争。〔見科。分白〕臣張良，臣韓信，〔同白〕見駕，願吾王千歲千千歲。〔漢王白〕孤宣二卿上殿，非爲别事，只因項羽殘暴，蒼生苦亂，勢等倒懸。孤家自出褒中，喜有各路諸侯望風歸附，兵多將廣，堪以伐暴救民。意欲舉兵東征，不識二卿意下何如？〔張良、韓信白〕大王兵威雖振，臣等仰觀天象，歲星似覺不祥，不若養威蓄鋭，以待來年，然後舉兵，乃屬萬全之計。〔唱〕

【仙吕宫·長拍】暫止干戈，暫止干戈。需時待勢，纔是行軍機要。孤虛旺相，不合天時，恐阻兵徒損旌旄，枉爾困同袍。恁輿屍左次，吉凶難料。蓄鋭韜威操士馬，待來歲集勳勞，看取成功厥告。〔合〕早歌傳破楚，爲日非遥。〔漢王白〕孤家東歸之心，無日不惓惓於懷，久居於此，非孤之志。軍師與元帥公同妥議，擇日興兵，毋拂孤家之意。〔唱〕

【仙吕宫·短拍】意切東歸，意切東歸。三秋一日，怎容得隔歲之遥？速與理征袍，休顧甚歲星之兆。攢促貔貅一隊，〔合〕鳴金鼓，早去逞雄豪。〔白〕就此退班。〔作退班科，内侍引下。韓信向蕭何、張耳白〕大王雖得關中，未與項王交戰，現今項王正在强盛之時，雖幸齊、梁、燕、趙横梗其間，但須略爲偵伺，乘敝而攻，纔出萬全。今大王决意興兵，不聽諫言，退朝而去，只怕要枉送此數十萬人馬也。〔唱〕

【仙吕宫·川撥棹】行征討，死生關機不小，却將這勝算全抛。却將這勝算全抛，早將他敗亡自

招。〔合〕棄師徒在這遭，禍成時怎得消？〔蕭何白〕元帥不須憂慮，明日主上臨朝，老夫婉言進諫，或得聽從，亦未可知。〔唱〕

【情未斷煞】盡忠言應入告，看將逆耳阻征鐃，免得把天機違背枉徒勞。〔韓信白〕若得如此，三軍之幸也。〔張良白〕常山王新附，尚無府第，且去代爲料理，明日再議軍情。〔張耳白〕多謝軍師。〔張良白〕好説。仁風播處遠人歸，〔張耳白〕雪怨圖功得所依。〔韓信白〕只爲行軍虞覆敗，〔蕭何白〕逆鱗且去阻君威。〔下〕

第十四齣 王陵哭母 （齊微韻）

〔扮王陵上。唱〕

【高宮套曲・端正好】爲公家，忘私室，遠萱堂地角天涯。俺這裏望鄉關枉自把心牽繫，夢到也庭幃內。〔白〕因公冀倖聚天倫，出事君王入事親。得意今番偏失意，須知事本不由人。我王陵，奉命接取漢王宮眷，滿望將我老母一并接來，家國同安，公私兩盡。誰知項王已遣將將漢王宮眷劫取，幸我行至中途，恰好與他相遇，劫奪回來，漢王得免終天之恨。只緣護眷回都，不得前往沛邑見我老母。迢迢桑梓，徒切瞻依。杳杳庭幃，時縈夢寐。正是：已將身許國，難以復爲家。只恐項王知我劫取宮眷，萬一府怨於我，將我眷屬擒往楚營，累及老母，如何是好？〔唱〕

【高宮套曲・滾繡毬】倘將咱眷屬擒，把慈親縲絏羈。可不道罪通天容身無地，尋思起不由人涕淚雙垂。俺不做了效孤忠的重臣，早做了背倫常的逆兒。悔當初怎生被功名牽繫，直弄得災及庭闈。便今日葵花日下丹心向，早教那萱草堂前老景悲，那禁得緹騎相隨。〔白〕一向老母性情激烈，「忠節」二字，念念不忘。倘使項王見迫，老母必然毀辱於他，只怕性命有些難保。那時我王陵，難逃負彌天之罪

也。〔唱〕

【高宮套曲・叨叨令】楚重瞳含怒在王陵，自然的囹圄威逼慈親繫。俺慈親却只是保節與全忠，那肯教委曲偷生違大義。定然的毀辱恁當朝，垂淚向黃泉瞑目悠然逝。早是揚親望顯名，則受了傷倫犯紀彌天罪。兀的不恨殺人也麽哥，兀的不愧殺人也麽哥。那得個魚雁相通，把平安音問急急忙忙的寄。〔扮灌嬰上。白〕幸遂私懷覘盛治，爲承使命到他邦。吾灌嬰，奉亞父將令，教我將王陵老母自刎之事，悄至咸陽，告訴王陵，使彼不得安心事漢，乘便再作後圖。來此已是王陵府第，門上有人麽？〔扮家丁上。白〕不辱東君命，能傳賓客言。是那個？〔灌嬰白〕你去通報，道有楚將灌嬰，特來求見。〔家丁白〕待我通稟。〔稟科。白〕稟老爺，有楚將灌嬰，特來求見。〔王陵白〕楚將見我，有何情事？快請進來。〔家丁出請科。白〕將軍有請。〔灌嬰入見科。白〕素仰威名，幸親芝宇。〔王陵白〕感蒙光降，實昧生平。未識將軍寵臨，有何見教？〔灌嬰白〕只爲將軍家事，特來報知。〔王陵白〕莫非家母有甚短長？〔灌嬰白〕只因將軍劫取漢王眷屬，項王聽亞父之計，遣鍾離眛勢逼令堂，要他作札招降。〔王陵急問科。白〕老母可有書來？〔灌嬰白〕令堂那裏肯寫？項王有命，如不寫書，以佩劍恐嚇。〔王陵白〕後來老母便怎麽樣？〔灌嬰白〕令堂名言正論，數説一番，高叫王陵吾兒，善事漢王，我死之日，猶生之日也。〔作不言科，王陵哭問科。白〕這様説起來，老母之命休矣。〔灌嬰白〕好個烈性的老夫人，舉劍自刎了。〔王陵白〕果然？〔灌嬰白〕那個哄你？〔王陵作哭科。白〕阿呀，天嘎，我王陵枉生人世也。〔唱〕

【高宮套曲・脱布衫】我老萱堂不受淩逼，早犯青鋒飲恨銜悲。您只是有兒郎偏將禍啓，怎教我廢倫常偷生人世。〔哭倒科。家丁白〕老爺甦醒，老爺甦醒。〔王陵作甦醒科。白〕阿呀，我那親娘嗄。〔唱〕

【高宮套曲・小梁州】痛哀哀不見兒郎膝下隨，秋霜鬢鏡裏孤恓。身無恙心事早傷悲，吴鈎鋭，血濺處罪伊誰？〔拍胸大慟科。白〕王陵嗄王陵，天地間那有這樣不孝子？〔唱〕

【又一體】煞愧着慈烏反哺禽蟲智，等鴟鴞母子自傷夷。便是那逆親兒，遺憂戚。不似恁遺將血刃，早教他白髮遘灾危。〔灌嬰白〕呼天搶地，足見孝思。只是老夫人既以忠烈亡身，黄泉瞑目，死者不可復生，將軍尚宜保重。〔家丁白〕灌將軍之言，十分有理。老爺不須傷慟，打點報讐要緊。〔王陵揮淚科。白〕你這「報讐」二字，觸起了我的心緒也。〔唱〕

【高宮套曲・快活三】恨填胸消不得，冤欲報豈難追？便從今手將寶劍殲讐敵，也算俺供子職將魂魄幽冥慰。〔灌嬰背科。白〕你看他孝思鬱結，怒氣勃然，王家母子，委有同心。范亞父要使摇惑其心，可見不知分量。〔王陵白〕灌將軍沉吟半晌，却是爲何？〔灌嬰白〕不瞞將軍説，小將此來，原奉亞父軍令，要惑亂將軍心意。今見將軍義勇勃然，與老夫人志合心同，直是一門忠孝。小將觀之，十分欽仰。〔王陵白〕將軍既肯直言，小弟亦有一言冒昧。〔灌嬰白〕願聞。〔王陵白〕將軍聽者。〔唱〕

【高宮合套・朝天子】道良禽擇棲，豈賢臣自昧？項重瞳兇頑輩，一味價殘刻當先，全無君體。〔白〕將軍呵，〔唱〕怎不去擇明王趨堂陛？〔灌嬰白〕小將也識項王殘暴，不能成事，特以委質爲臣，未甘急去耳。今聽將軍之言，情願臣事漢王，敢求汲引。〔王陵白〕就請將軍在舍下暫宿一宵，明日引見漢王，將軍細述彭城形勢，勸漢王即速起兵，使陵得報母讐，感恩非淺。〔唱〕鷺列鴛隨，和衷協濟，助君王整軍容速把這兵戈起。定了他四維，慰了咱怨兒，只仗你指示軍情公私兩下沾恩益。〔灌嬰白〕謹依尊命。使船乘便列星階，〔王陵白〕漢殿英雄劍戰排。〔灌嬰白〕可笑謀人先損己，〔王陵白〕亞父詭譎計全乖。請。〔同下〕

第十五齣　張韓逆料（真文韻）

〔扮張良上。唱〕

【仙呂宮引・夜行船】禍福關頭莫認真，急興師慮覆三軍。詔旨難違，坐觀不忍，那得無傷國本。〔白〕漢王不知運數，欲取彭城，已曾諫阻數次，意不能違。又因灌嬰、張耳背楚來歸，聽彼一席之談，急欲起兵前往，命我與韓元帥商議而行。我細觀天象，此乃吾王劫數所關，勢難阻撓。已遣人請韓元帥去了，且待來時，再作計較。〔扮家將引韓信上。唱〕

【仙呂宮引・紫蘇丸】貔貅百萬憑籌運，命行師偏愁覆隕。何堪刻日迫絲綸，參謀見處勞評論。〔家將白〕稟元帥，已到門首，待小人通報。〔進稟科。白〕稟上軍師，韓元帥請到。〔張良白〕道有請。〔家將白〕嗄，元帥有請。〔張良作出迎科。白〕元帥降臨，有失遠迎。〔韓信白〕豈敢。軍師相召，小將來遲。〔張良白〕好說。請坐。〔韓信白〕有坐。〔各坐科。張良白〕家將迴避了。〔家將白〕曉得。〔下。韓信白〕今日相招，莫非爲主上興兵之事？〔張良白〕正是。今早王陵引楚將灌嬰朝見，他道項王現在伐齊，彭城把守別無大將，勸令急取彭城。主上命我與元帥商議而行。〔韓信白〕行軍之道，貴合天時。信蒙

軍師舉薦，未及兩月即得關中大半，乘其時也。今日呵，〔唱〕

【仙呂宮集曲・解羅袍】【解三酲】（首至四）時不吉如何躁進，動士馬那建奇勳？只怕道鼓鐃氣裏遭圍困，看一戰潰三軍。【皂羅袍】（合至末）棄將舊業，損威黷尊。道咱失計，被人笑哂，枉自去求凶速禍將身殉。〔張良白〕元帥所見不差，只是主上心已决斷，非口舌能争。良細觀天象，主上乃天使定亂安民之人，雖有幾場危難，臨時自有解救。今日之事，便係刦數所關，勢難回挽。只是我與元帥素以韜略見重楚人，若身與其事，不免爲范增耻笑，還須想一兩全之道，纔爲妥協。〔唱〕

【又一體】免不過今番刦運，少不得斷送三軍。救危釋難終無隕，須有日定禍亂撫人民。〔白〕我與你今日呵，〔唱合〕不須繫念，建勞集勳。還須細計，保全此身，要求個爲家爲國方平允。〔韓信白〕軍師，古人云：受人之托，必當終人之事。我等身叨禄養，豈可坐視安危？〔張良白〕非也。我輩身統大權，乃屬漢家柱石，倘然有損聲名，則漢王股肱失任，倚恃何人？不若先事脱身，纔是爲國爲身，兩全之道。〔韓信白〕軍師所教極是。〔張良白〕敢勞元帥想一妙計。〔韓信白〕待我想來。〔作想科。白〕有了。〔張良白〕請教。〔韓信白〕足下素志爲韓，今韓王既爲項籍所誅，公子姬信才識英明，年已及歲，不若請命主公，前去封他爲王。主公素敦大義，此事必見聽從，軍師奉命而行，便好脱身事外也。〔唱〕

【仙呂宮集曲・一封鶯】【一封書】（首至合）驅車出國門，向宜陽前路引。復故國主君，盡忠誠抒悃悃。你去繼絶興亡全素志，事定乘時再建勳。【黄鶯兒】〔合至末〕任行軍，非因避禍，玉石不俱焚。〔張良白〕此計甚妥，良當依命而行。元帥之事，我亦想在這裏了。〔韓信白〕請教。〔張良白〕殷王司馬卬，向爲項王羽翼，元帥今請命去伐河内，待征服殷王，再與主上會兵破楚，諒無不允。〔唱〕

【又一體】廉來助逆臣，請征誅應必允。率一隊虎賁，看平殷功業穩。伐暴除殘光帝業，保節完名建此勳。〔合〕統全軍，匡君濟難，威武一時伸。〔韓信白〕謹如尊教，明日一同奏請便了。〔唱〕

【有結果煞】彼蒼定數難逃遁，〔張良唱〕保身名順天安分，〔同唱〕休道是臨危遇難抽身。〔韓信白〕告辭了。〔張良白〕明日朝房相候。〔韓信白〕請了。〔張良白〕請。〔分下〕

第十六齣　董公遮説（尤侯韻）

〔扮八鄉老引董三老上。同白〕從來公道在齊民，忠義當頭不顧身。昔日江邊尋故主，今朝馬首托明君。〔董三老白〕列位老哥請了。〔衆白〕請了。〔董三老白〕今日約齊衆位，非爲別事，當日項王無道，弑了義帝，小老曾將衣冠御物，收葬郴州，只因天下無君，尚未發喪。今聞漢王起兵伐楚，意欲叩馬進言，勸漢王先與義帝發喪，然後起兵討罪。不識衆位意下如何？〔衆白〕我等爲義帝被弑，終日傷心，若得三老進説，勸漢王發喪，我等情願同往。〔董三老白〕聞漢王兵馬已離洛陽不遠，就此迎上前去。〔衆白〕走嗄。〔同下。扮八漢兵、董翳、司馬欣、張耳、灌嬰、王陵、夏侯嬰、周勃、周苛引漢王上，行科。同唱〕

【黄鐘宫·神仗兒】鼓喧金奏，馬馳人驟。軍無逗遛，伐暴人人恐後。早殄豪强，免教疾首。〔合〕看一舉把功收，看一舉把功收。〔漢王白〕前日王陵引灌嬰朝見，灌嬰道項王現在伐齊，把守彭城別無大將，爲此决意東征。韓信以河内未平，恐殷王司馬卬發兵助楚，請命出兵。已遣樊噲、曹參、薛歐、陳沛、柴武、靳歙同去征勦，待平定河内，再來會兵伐楚。張良因韓王姬成被項王所害，請命公子姬信爲王，以存韓後。他素以復韓爲心，只得令其持節，往封去了。孤家自領衆將，携帶官眷，發兵前往彭城，一路而來。留蕭相國把守關中，轉運糧草，以備軍需。囊橐充盈，師徒奮勇，佇看彭城即破，項籍可誅，創業成勳，在此一舉。衆將官。〔衆白〕有。〔漢王白〕來此什麽地方了？〔衆白〕已渡平陰，前面洛陽不遠了。〔漢王白〕趲行前去。〔衆白〕嘎。〔作行科。同唱〕

【又一體】大勳欲奏，那甘拖逗。行行不休，前路洛陽早覯。直向彭城，耀威疾走。〔合〕看一舉把功收，看一舉把功收。〔扮四將官引洛陽王申陽迎上科。軍士白〕前面何處兵馬？〔申陽白〕洛陽王申陽，特來接駕。〔軍士稟科。白〕洛陽王申陽接駕。〔漢王白〕請來相見。〔軍士傳科，申陽見科。漢王白〕有勞賢王遠迓。〔申陽白〕此間已屬敝治，請大王駕臨城邑，微臣敬具牛酒，敢犒師徒。〔漢王白〕軍情緊急，迫欲登程，心領盛情，免勞厚禮。〔作看城池科。白〕你看通衢四達，廛市相連，城郭堅完，人民輻湊，好形勝也。〔唱〕

【黄鐘宫·䰈老催】勝形盡收，經商湊集人士稠，東都地勢天下優。看金與湯，險偏饒，堪伏寇。山河襟帶美中州，崇墉百雉雄威覯。〔合〕這險要天然就。〔董三老領八鄉老上，跪迎科。軍士白〕何處民人，到此何幹？〔董三老白〕我等要見大王，望乞通報。〔軍士稟科。白〕有數名鄉老，望塵遮道，求見大王。〔漢王白〕待孤相見。〔作與董三老衆見科。漢王白〕爾等何事，來見孤家？〔董三老白〕小民姓董，年齒已增，百姓呼爲三老。昔日曾在江中，救撈義帝屍身，營葬郴州。今聞大王興伐暴之師，救百姓於水火，天威咫尺，瞻仰爲懷。特此糾合衆鄉老，前來迎駕。〔漢王白〕爾等小民，能知大義，救撈義

帝，埋葬郴州，深屬可嘉，應加賞賚。〔董三老白〕臣民今日非求賞賚，我等來意呵，〔唱〕

【黄鐘宫・三段子】獻曝情優，進芻蕘聊伸一籌。雖無遠猷，敢批鱗祈君聽留。愚氓有識皆庸陋，心殷父母思匡救。〔白〕千歲呵，〔唱合〕河海汪涵，應容細流。〔漢王白〕孤因兵馬倥傯，政事多有所闕，衆父老既有直言，孤亦樂於聞過。〔董三老白〕臣民聞得，古今王霸，順德者昌，逆德者亡。王者師出有名，然後大勳可建。今項王放弒其君，身爲民賊，大王聲罪致討，正宜追尊義帝，率三軍爲之素服，以告諸侯。則四海之内，莫不望風響應，此三王之舉也。〔唱〕

【黄鐘宫・降黄龍】大義昭垂，君父爲尊，弒逆爲讐。興師正名，素服鳴哀，傳檄同仇。群侯，自看風動，早歸附甘爲奔走。〔合〕任凶頑身爲梟獍，那容長久？〔白〕今日吾王興兵征伐，師出無名，自天下觀之，不過徒争尺寸之土耳。雖項王强暴，百姓離心，而吾王仁義未昭，只恐人心尚難要結也。〔唱〕

【又一體】討伐無名，襲遠勞師，土地之求。人經暴殘，急難相從，悦服何由。須臾，本根不固，便業創成功難守。〔合〕仗兵威雖誅梟獍，那堪長久？〔漢王白〕幸蒙父老指教，使孤頓悟前非，便當謹納諫言，就此發喪行禮。〔唱〕

【黄鐘宫・黄龍袞】忠言下相投，忠言下相投，恍若開蒙幼。得接謦欬言，即今改過無遲逗。便素改換哀麻，韜藏文繡。〔合〕禮舊君，示同列，誅凶手。〔董三老白〕臣民冒昧上言，既蒙允納，就此祝願吾君早登天位，我等得見昇平之樂，何幸如之。〔漢王白〕聆爾所言，委係輔弼之才，意欲屈居左右，出納朕言，未知可否？〔董三老白〕臣民年已八旬，死期將到。幸見大王仁風普被，天下歸心，百姓咸望雲霓，急欲沾濡化宇。爲此不憚遠行，叩馬諫詞，伸此大義。若云侍列朝班，非所願也。〔唱〕

【又一體】衡門幸優游，衡門幸優游，早得昇平覯。扶杖過閭閻，村農共話桑麻舊。喜聽擊壤田間，歡歌聲奏。〔合〕抵多少服衮衣，被清問，居朝右。〔漢王白〕爾等既不願爲官，吩咐軍政司，各賜白米一石，絹一匹，按名散給。〔周苛白〕得令。〔董三老等作謝恩科。白〕願吾王千歲千千歲。〔領絹、米科下。〕〔申陽白〕大王爲義帝發喪，請到洛陽舉事。〔漢王白〕吩咐軍士駐扎東門。便從明日爲始，與義帝發喪三日，然後傳檄天下，會兵討罪。〔衆白〕得令。〔作繞場行科。同唱〕

【慶餘】止行旌毋馳驟，鼓角休鳴金不奏，只看取一語投機三日息戈矛。〔同下〕

第十七齣　發喪誓師（戈歌韻）

〔場上設義帝神牌科。扮洛陽四文官、四武官、二讀祝官上。文武官白〕江中音信痛民黎，故主云殂天下悲。此日正名將討罪，新看素韠整喪儀。吾等乃洛陽文武官員是也。漢王爲義帝發喪，傳令素服三日，布告列國，然後興兵。已曾設下神位，有旨今日祭奠，在此伺候。〔分侍科。扮王陵、曹參、周勃、夏侯嬰引申陽、漢王素服上。漢王唱〕

【雙角套曲·新水令】久經當宁被恩波，廢綱常逆倫興禍。恁滔天惡孽多，念冤讐怎消脱。伐罪干戈，將喪制安辦妥。〔白〕孤家因項籍弑君，起兵伐罪，只緣喪儀未備，無以感激人心。昨見董三老等，叩馬上諫，因而暫駐洛陽，發喪行事。洛陽王。〔申陽白〕有。〔漢王白〕祭禮可曾齊備？〔申陽白〕齊備了。〔漢王白〕隨孤祭奠。〔申陽白〕是。〔文武官接見科。白〕臣等迎接千歲。〔漢王白〕起在一邊，伺候行禮。〔作見神位科。白〕阿呀，先帝嗄。〔唱〕

【雙角套曲·折桂令】念當年臨軒獨坐，特沛絲綸，雨露恩多。那知道陡起風波，遷都設計，暗使這般巨惡。只教人碎裂着肝腸恨他，想音容空際猜摩。早使微臣，恨積得這如山，臣呵早則是血淚兒流得成河。〔讀祝官白〕祭禮已備，請千歲行禮。〔漢王收淚科。白〕就此齊備起來。〔讀祝官贊禮科。白〕就位，上香，再上香，三上香，鞠躬，拜，興，拜，興，跪，讀祝文。〔作隨贊行禮科。又一讀祝官讀文科。白〕嗚呼，天降喪亂，聖哲不終。梟獍施威，綱紀淪替。亂臣賊子，甘爲萬姓之讐；建極垂裳，不遂承天之志。葬江流之靈輿堪哀，削竹簡而罪名難紀。兹臣劉邦，將討亂以舉干戈，謹易服以申禋祀。伏冀俯格几筵，鑒兹誠意。精靈默佑，助兵革而殄豪强；廟祀永延，享血食而綿百世。惟我義帝，來格來歆，尚饗。〔前讀祝官白〕舉哀。〔漢王作哭科。唱〕

【雙角套曲·雁兒落】自昔日在盱眙得見呵，早則是承受這恩光大。荷榮封感實多，統節鉞將秦破。〔唱〕

【雙角套曲·得勝令】呀，誰知道惡意最難度，違約誓據山河。玩視着君王懦，終則將您帝位奪。哀呵，直教你抱深怨在江心墮。傷麽，只落得喪身軀萬丈波，喪身軀在這萬丈波。〔讀祝官白〕俯伏，興，平身，辭靈禮畢。〔漢王作辭靈科。唱〕

【雙角套曲·收江南】呀，今日裏盡情訴話言，説不盡恨兒多。便説盡胸中塊磊又如何，敵讐的未殄總則是恨難磨。須索起兵去波，便起兵去波，我呵只與恁難同覆載不俱活。〔場上撤義帝神位科。讀祝官下。漢王白〕傳集大小將士，上前聽令。〔内白〕得令。〔扮八軍士、八將官上，參見科。漢王白〕爾等聽者，當日項梁舉兵，扶佐義帝，天下奉之爲君，朝野依之爲主。今項羽放弒其君，大逆不道，寡人身服縞

素，特備喪儀，盡起關中兵馬，收服三河士庶，南浮江漢，討逆伸讐。爾等聽者。〔唱〕

【雙角套曲·沽美酒】惡彌天難恕他，惡彌天難恕他。不得已動兵戈，八百諸侯情義合。成功在協和，各奮勉莫蹉跎。〔唱〕

【雙角套曲·太平令】整戎行休教錯落，整軍威宜禁浮薄。誅賊亂同心偕作，洩衆忿須將敵破。任他，兵多將多，强波衆波。呀，仗和衷，只看取殲讐敵戰功堪賀。〔衆白〕謹如鈞令。〔漢王白〕洛陽王。〔申陽白〕有。〔漢王白〕即煩賢王，遣使傳檄各路諸侯。〔申陽白〕領旨。〔漢王白〕衆將士，各聽誓言，明日前向彭城進發，不得有違。〔衆白〕得令。〔漢王白〕各歸營寨。〔衆白〕嗄。〔漢王唱〕

【煞尾】賊臣罪孽今揚播，只一唱萬方斷和，索看取兵到處早便是殲魁擒惡。〔下，衆隨下。〕

第十八齣　彭越助軍（東鍾韻）

〔扮八軍士、紀信引彭越上。同唱〕

【越調·丞相賢】遥傳英主播仁風，勇士來歸願建功，胙茅分土沾恩寵。〔白〕吾乃彭越是也。前者助齊破楚，殺敗勇將雍齒、丁公，齊王竟未加封，只得仍歸鉅野。今聞漢王爲義帝發喪，檄傳各國，徵兵協助，因此率衆前來，願爲共建功勞，好博榮封一郡。路逢這位紀信，他也欲投漢，與我一路同行。軍士們。〔軍士白〕有。〔彭越白〕打探漢王兵馬行到那裏了。〔軍士白〕那邊塵土飛空，旌旗蔽日，敢是漢王大兵到了。〔彭越白〕趲行前去。〔作行科。同唱合〕急追踪，遥望師徒來接踵。〔扮八漢兵、八魏兵、董翳、司馬欣、張耳、灌嬰、王陵、周勃、曹參、夏侯嬰、申陽、魏豹引漢王上，行科。同唱〕

【又一體】喪儀完畢理兵戎，一鼓填然馬首東。士懷忠義抒英勇，〔合〕整軍容，直向彭城旌旆擁。〔彭越迎見科。白〕臣鉅野守將彭越，迎接千歲。〔軍士白〕住着。〔稟科。白〕有鉅野守將彭越，迎接千歲。〔漢王白〕着他進前相見。〔軍士白〕千歲有旨，着彭將軍進前相見。〔彭越、紀信進前見科。白〕臣等聞大王，起仁義之師，爲義帝發喪，徵兵伐暴，爲此應檄而來，願隨鞭鐙。〔漢王白〕有勞將軍遠來相助，目下要取彭城，正欲分兵攻打。今得將軍來至，實乃天助也。〔彭越白〕臣領兵馬，行至中途，〔指紀信科。白〕適遇這位將軍也來歸附，爲此會合而來。〔漢王白〕這位將軍尊姓大名？〔紀信白〕小將姓紀，名信。〔夏侯嬰白〕此位將軍貌似主公。〔衆作看科。白〕果然與主公一般無二。〔漢王白〕且留軍中，自當重用。〔紀信白〕願效馳驅。〔漢王白〕諸將各歸隊伍，聽候差遣。〔衆白〕得令。〔分侍科。漢王白〕彭越聽令。〔彭越白〕有。〔漢王白〕爾可帶領本部人馬，攻取東門，就此前去。〔彭越白〕得令。〔領本部軍士下。漢王白〕申陽聽令。〔申陽白〕有。〔漢王白〕命爾帶領本部兵馬，攻取南門。〔申陽白〕得令。〔領四魏兵下。漢王白〕魏豹聽令。〔魏豹白〕有。〔漢王白〕着爾帶領本部兵馬，攻取北門。〔魏豹白〕得令。〔領四魏兵下。漢王白〕諸將聽令。〔衆白〕有。〔漢王白〕隨我攻取西門。〔衆白〕得令。〔漢王白〕大小三軍，就此殺往前去。〔衆白〕嗄。〔同下。扮四楚軍、四將官引虞子期上。虞子期唱〕

【越調·薄媚衮】空城内，兵少將孤，枉把金湯控。猝遇敵軍，猝遇敵軍。設計阻防，百姓盡驚恐。〔白〕不意漢兵猝至，外應蜂從，探子來報，兵馬已近彭城。俺城中將士，盡隨項王伐齊，守將無多，兵微士寡，如何抵敵？〔内作吶喊攻城科。扮報子上。白〕已作甕中鱉，將爲釜底魚。稟將軍，四門俱有人馬攻打，快些準備。〔虞子期白〕怎麽，兵已圍城了？〔報子白〕兵已圍城，不久就要攻破了。〔虞子期白〕休得胡言，衆將官。〔四將官白〕有。〔虞子期白〕隨我前去，分頭守禦。〔四將官白〕得令。〔同行

科。唱〕各奮精神，各奮精神。分頭去絲韁控，逞武雄。〔合〕守禦嚴城，安如鐵桶。〔同下。扮八軍士引彭越上。唱〕

【越調・水底魚兒】繞過城東，軍行疾似風。鼓聲震處，〔合〕士馬各争功，士馬各争功。〔彭越白〕就此攻城。〔衆作吶喊攻城科。四楚軍、一將官上，作抛滚木擂石亂打科。扮報子上。白〕報，報，報將軍，不好了，西門已被漢兵攻破了。〔將官白〕有這等事？〔作驚慌科，彭越衆作攻破城科。彭越白〕就此殺入城中，接應漢王。〔將官、楚軍奔下。彭越衆下。衆漢兵、漢將引漢王上。漢王唱〕

【又一體】一霎成功，兵臨城市中。卒徒踴躍，〔合〕直殺到王宫，直殺到王宫。〔漢王白〕西門已破，就此殺入王城。〔衆白〕得令。〔遶場科，下。虞子期疾上。唱〕

【又一體】破却重墉，盈城敵氣充。那堪抵禦，〔合〕遠走莫停踪，遠走莫停踪。〔白〕四門俱破，内城料不能保，只得逃往齊境，報與項王知道。〔下。八魏兵引申陽、魏豹上。同唱〕

【又一體】敗敵如風，南街北陸通。合兵共去，〔合〕奏凱報成功，奏凱報成功。〔衆漢兵、漢將、彭越引漢王上。申陽、魏豹見科。白〕吾等攻破南、北二門，特來繳令。〔漢王白〕有勞彭將軍與二位賢王，同心合志，取得彭城。只怕項籍聞知，尚要興兵恢復，還須有屈諸公，暫留此處，阻禦楚兵。〔彭越衆白〕臣等願隨帳幄。〔漢王白〕彭將軍破敵有功，尚無封爵，可暫授大相國，俟破楚後，再行加封。〔彭越謝恩科。白〕千歲。〔漢王白〕衆將各歸營寨，官眷送入楚宫，出榜安民，禁止殺戮，休得有違。〔衆白〕得令。

〔同唱〕

【餘音】趨時乘勢人耀勇，看一戰大都先控，愁什麽楚救回來還教禍接踵。〔下〕

第十九齣　置酒高會（江陽韻）

〔扮内侍上。白〕殷勤除輦路，翹首待君王。咱家一個首領太監的便是。昨日漢王入宫，與吕娘娘在後殿安歇，今日傳旨，要遍遊各宫。正是：一宵新雨露，即欲遍宫闈。道言未了，那廂漢王來也，不免一旁伺候。〔扮四内侍引漢王上。漢王唱〕

【雙調·荷葉鋪水面】彭城破，恨始償，深宫重把離情講。勝負看今朝，早辨劉和項。〔内侍跪接科。白〕奴婢迎接大王爺。〔漢王唱〕早是輦路清除，恭迎御仗。〔漢王白〕寡人幸破彭城，得入項王内院。昨日已將太公安於别宫，兄、嫂並居外第，寡人與吕妃就居内殿，好生快意。我想那些臣宰，一時難以入見，再不似秦宫那般諫阻了。今日欲向各宫恣情遊覽。正是：前人栽却樹，好與後人陰。内侍引導，往各宫去者。〔内侍應科。白〕領旨。〔作引行科。漢王唱合〕玉檻金鐶，好輓羊車向。〔扮八宫娥上，跪接科。白〕宜春院宫娥接駕。〔漢王見，作喜科。白〕妙嗄。〔熟視科。唱〕

【雙調·鎖南枝】嬌怯怯，弱海棠，幾枝欲傍烟雨芳。綺賦臉兒中，態度恰相當。〔白〕爾等可即隨寡人，到别宫遊覽者。〔宫娥白〕領旨。〔作同行科。漢王唱合〕趁遊蜂，過短牆。舞春風，陪仙仗。〔扮

八彩女上，跪接科。白〕富春院彩女接駕。〔漢王看，作喜科。白〕不想項王乃蓄如此奇麗。〔唱〕

【又一體】宫和院，春暗藏，翩翩彩鳳飛舞忙。明艷動人情，教我喜欲狂。〔白〕内侍，可就在富春院擺宴。〔内侍應科。白〕領旨。〔作擺宴科。漢王唱合〕向珠宫，進霞觴。坐花叢，同酣暢。〔内侍作擺宴畢科。白〕請大王入宴。〔漢王作入宴坐科。白〕衆宫娥、彩女，輪流進酒。〔衆應科。白〕領旨。〔作依次進酒科，漢王飲科。同唱〕

【雙調·柳摇金】同斟瀲沆，金樽進將，風月兩無雙。麗蕊春前發，奇葩雨後香。早把這舞裙歌扇，排列兩三行。則待要更番進酒，試囀歌喉韻最長。〔漢王作飲酒科，宫女作進酒科。同唱合〕傳杯輪斝，醉月飛觴。醉月飛觴，美景良辰堪賞。〔漢王作大喜科。白〕妙哉，今日之樂，不枉寡人費了無數征戰也。〔唱〕

【又一體】歡娱無量，鉛華幾行，艷麗正難忘。〔白〕内侍。〔太監應科。白〕奴婢在。〔漢王白〕這些宫娥，那幾個是被項王所御的？〔太監白〕啓奏大王，項王與虞后魚水相和，從無外幸。〔漢王作笑科。唱〕説甚和魚水，先教隻鳳凰。也則爲福微緣起，怎把那珠圍翠繞當。〔白〕他那裏有福，消受得這些美人？内侍，可教他們，每日一人前來侍寢。〔内侍白〕領旨。〔衆女作嬌羞科。漢王唱〕則見他嬌羞靦覥，暈滿桃腮春意藏。〔衆宫女白〕蒙大王恩寵，妾等各奉一杯。〔漢王白〕生受你們了。〔作依次進酒科，漢王作依次留情科。唱合〕可知早是，醉了襄王。醉了襄王，魂夢巫山難上。〔扮二宫女引吕妃上。吕妃白〕君王多屬意，酒色率皆貪。我想大王，新得彭城，大事未定，豈宜貪戀酒色？方纔聞得大王在富春院，與宮娥、彩女置酒高會，妾身只得前去諫阻。宮女引導。〔宮女應科。呂妃白〕正是：欲將個中意，諫阻色荒心。〔作行到科。内侍白〕啓大王爺，娘娘駕到。〔衆宮娥、彩女作驚科。漢王白〕這便怎處，這便怎處？嗄，有了，你等只説寡人沉醉，發付娘娘回去便了。〔作伏案科。呂妃作進見科。内侍奏科。白〕大王醉了。〔呂妃白〕大王醉了？快叫他醒來。〔内侍作請科。白〕大王爺，大王爺，娘娘在此。〔漢王作沉醉不醒科。内侍白〕大王爺委實沉醉，喚不醒了。〔呂妃作嘆科。白〕大王嗄大王。〔唱〕

【雙調·朝天歌】恁貪醖釀，迷離紅粉鄉，大事怎相忘？〔白〕妾身非以大王貪戀宮娥，奪我愛寵，只因大王大事未定，豈可樂此宴安？〔唱〕只爲那干戈無定，宴樂非所望。不由人心莫放，不由人悶難當。〔白〕外面官寮不知就裏，只道妾身迷惑大王。〔唱合〕誰知道貪戀歡娛，別有那雲巢雨窟，好教我心兒裏重悒怏。〔向衆宮女白〕爾等以後不許引誘大王，俟大事定後，任他三宮六院，我也無怪。〔唱〕

【又一體】休則把君恩共仰，勾人倩艷粧，須知是擔誤不相當。〔白〕爾等俱要謹遵哀家言語，倘若不遵呵，〔唱〕三長兩短，再休思輕發放。伊心裏須細想，這言語須不爽。〔作淚科。唱合〕不由人不珠淚偷彈，〔作氣科。唱〕不由人不氣塞胸中，心兒裏勞攘。〔作氣科，二宮女引下。内侍白〕大王請起，娘娘去遠了。〔漢王作起視科。白〕果然去了。衆美女，再進酒來。〔衆宮女白〕娘娘方纔着惱，道妾等不許引誘大王，妾等豈敢違背懿旨？〔漢王作笑科。白〕方纔這些言語，寡人都已聽得。只是娘娘那裏管得這許多？爾等可扶寡人到宜春院再去歡飲一回。〔衆宫女應科。白〕領旨。〔二宫女作扶科。漢王唱〕

【雙調・清江引】華筵重整别院往，早是春心蕩。共飲合歡杯，同領流酥帳。〔作傳情科。唱合〕眼見得，幕芙蓉嬌蕊新新放。〔擁下〕

第二十齣　齊境聞警 蕭豪韻

〔扮鍾離眜、范增引項籍上。項籍唱〕

【中呂宮引・青玉案】雄軍勢勇摇山岳，似燎原火方燒。驀爾齊城應潰早。塵氛滚滚，干戈擾擾，見俺英風浩。〔白〕不日齊氛一掃清，怎愁漢旅不心驚。堪差帳下從征將，携貳應教悔灌嬰。孤家領兵困齊，指日城下。不想灌嬰那厮隨我日久，一旦爲王陵所惑，竟歸漢營去了。似這反側之人，豈不可惱？昨日殷王司馬卬又有告急文書到來，道漢王命韓信爲帥，領師略地，河内震恐，勢甚猖獗。孤家雖然已遣項莊諸將前去救應，只不知近日劉季消耗如何？〔范增白〕啓上大王，河内雖失，不過去一羽翼，只怕劉季乘虚直擣彭城，倒爲可慮。〔項籍白〕前日張良遺表，原説漢王不過欲如義帝之約，意在必得關中，别無他想。彭城之舉，或者未必。〔范增白〕大王差矣。那漢王前日以家口俱質於我，所以不敢動兵。今日俱爲劫去，顧忌全無，豈肯甘守關中？看他今日令韓信爲將，略取河内，便可知道了。〔扮虞子期上。白〕勤師方伐國，退守已無家。〔作入見科。白〕報大王。〔項籍白〕有什麽緊急？〔虞子期白〕那漢王大發師徒，爲義帝發喪，誓師伐楚，天下響應，已破了彭城了。〔唱〕

【中吕宫·鼓板賺】縞素旗飄，問罪興師名不小。〔項籍白〕還有何人協助？〔虞子期唱〕諸侯同效，那申陽與魏豹。彭城道，霎時塵土蔽雲霄，堅城失守人驚倒。那些宫眷，一時遭擄堪悼，魂靈誂掉。〔項籍作大怒科。白〕可惱嗄可惱。不想劉季膽敢破我彭城，擄我宫眷，孤家怎肯與他干休也？〔作氣科。唱〕

【中吕宫·駐雲飛】怒氣冲霄，城破人擒似覆巢。顯得你機謀好，難道我干休了？嗏。旗鼓尚相當，此讐須報。〔白〕速整人馬，去擒劉季便了。〔唱〕則索檢兵戈，晝夜奔馳到。〔合〕擒彼方將怒氣消。〔鍾離眛白〕大王尚須三思，今日齊尚未下，豈可輕去？〔唱〕

【又一體】顧近思遥，兩事休先把一抛。報復縱難少，齊事終須了。嗏。〔白〕倒不如遣一大將呵，〔唱〕息鼓更銜鑣，如飛斷到。可不道捷似雷霆，掩耳誰先料。〔合〕一箭管教雙射鵰。〔范增白〕鍾離將軍，此言未始非策，但今巨敵，未有如漢，若非大王親到，臣不知其能濟也。〔唱〕

【又一體】事莫輕瞧，破釜沉舟須一朝。〔白〕臣聞漢王近日猛將如雲，謀士如雨，〔唱〕猛將如雲繞，謀士知機妙。嗏。巨敵怎相抛，伊休看小。若不親身，勝負怕難保。〔白〕大王不如親領諸將，前去恢復彭城，却留數員能事將官，并一半人馬，在此困齊，方能兩勝也。〔唱合〕轉敗應知在這遭。〔項籍白〕亞父之言深合孤意。不免親統龍且、季布等大將，前去討漢，即令鍾離眛、項伯在此攻齊便了。〔唱〕

【又一體】兵禍難消，始悔當年放向褒。髮指心增惱，手刃讐方報。嗏。奔驟怎辭勞，風馳雨暴。一戰成功，方免心焦燥。〔向虞子期白〕可即傳令五營四哨，季布、龍且各大將，作速點齊三萬人馬，晝夜兼行，隨孤家恢復彭城，擒斬劉季。其餘鍾離眜、項伯各將，俱留攻齊，不得有誤。〔唱合〕則索要兩地兵戈涌似潮。〔虞子期應科，作傳科。白〕五營四哨將官聽者，大王有令，着季布、龍且各大將，作速點齊三萬人馬，隨大王恢復彭城，其餘鍾離眜、項伯各將軍，俱留攻齊，不得有誤。〔內應科。白〕得令。〔扮八楚軍、八將官上。白〕啓大王，人馬已齊。〔項籍白〕就此起馬。〔衆應，作起馬科。繞場同唱〕

【中吕宫・駄環着】喜軍聲浩浩，喜軍聲浩浩，旌羽飛飄。晝夜兼行，士卒雄驍。管把彭城復早。方顯英雄，轉敗霎時間，機關神妙。齊進發捷如飛鳥，將漢寨踏平方了。〔項籍白〕衆將官，速速趲行前去。〔衆應科。同唱合〕登山嶠，涉水臯，帶月披星，風霜同飽。〔同下〕

第廿一齣　彭城大戰（寒山韻）

（扮八漢兵、呂馬通、灌嬰、紀信、周勃、王陵、曹參、周昌、盧綰引漢王上。同唱）

【南呂宮・刮鼓令】分兵拒楚頑，早軍聲振大寰。說什麼梟雄堪憚，舉鼎拔山值甚多稀罕。今日個整征鞍，看決雌雄事不難。（白）適纔探子報來，說項王帶領三萬人馬，晝夜兼行，飛奔彭城而來，離此三十里，在靈壁下寨，又差人下戰書，約定今日會兵。寡人因分兵五隊，俱是項羽對手，第一隊洛陽王申陽，第二隊常山王張耳，第三隊平陽王魏豹，第四隊大相國彭越，寡人與衆將親領一隊，前去迎敵，並命司馬欣、董翳、夏侯嬰、審食其同守彭城。我想項羽雖然驍勇，今日衆虎攢羊，必無不傷之理。大小三軍。（衆應科。白）嗄。（漢王白）就此殺上前去。（衆應科。白）得令。（作行科。唱合）霜刀出鞘寶弓彎，一同滅此後朝餐。（下。扮四魏兵引洛陽王申陽上。申陽白）俺申陽，奉漢王之命，率領一隊迎戰項王。左右，殺上前去。（衆應，遶場行科。項羽冲上，戰科。項籍白）申陽，孤未嘗負爾，爾何故背我降漢？（申陽白）漢王有德，天下歸心，豈獨申陽一人？大王亦宜斂戈降拜，亦不失楚王之貴。（項籍怒科。白）唗，賊臣，看鎗。（作舉鎗刺科，申陽退避科。項籍怒科。白）申賊嗄申賊。（唱）

【又一體】賊心腸恁奸，負深恩不汗顏。背西楚翻歸炎漢，則教俺怒髮冲冠恨積山。今日個膽應寒，丈鐵蛇矛避應難。〔作復刺科，申陽作笑科。白〕我好好勸你，你反來刺我。難道我申陽不會動手的麽？〔項籍怒科。白〕唗，賊臣，放馬過來。〔唱合〕殘生一似草和菅，今朝休望更生還。〔作戰科。扮常山王張耳冲上，助戰科。項籍刺死申陽，下。張耳敗下。扮魏豹上，接戰科。項籍白〕魏豹，你何故反楚歸漢，還敢前來接戰？〔唱〕

【又一體】恁封疆不安，附炎劉有甚干。則怕你功名塗炭，枉惹灾星索悔難。俺英勇怎遮攔，則怕要身喪沙場鬼哭寒。〔魏豹白〕大王左遷諸侯，放弑義帝，天下離心。臣豈敢上逆天命，私於大王？以臣愚見，大王不如及早退兵，保全楚衆。倘或敗亡，喪了一世威名，豈不可惜？〔項籍怒科。白〕賊臣休得多言，放馬過來。〔唱合〕摇唇鼓舌聽教煩，霎時授首則怨你命兒艱。〔作戰科，作鞭打傷魏豹科，魏豹作負痛下。扮彭越上，截戰科。項籍白〕彭越，你乃鉅野草寇，前日助齊敗我二將，今日相逢，豈肯饒你也？〔唱〕

【又一體】非山坳澤干，怎容伊來阻攔。逞什麽禦人能幹，也須是魂魄全無膽早寒。一霎價掛雕鞍，則你那敗將頭顱人共看。〔彭越白〕項籍休誇海口。來，與你彭爺大戰三百回合。〔項籍笑科。唱合〕螳螂掉臂有何關，須教一刻把刀餐。〔作大戰科，項籍作喑嗚叱咤喊科，彭越作驚科，敗下，項籍追下。八漢兵引漢王衆上。白〕項王連勝四陣，勇不可當。衆將官，須大家奮勇圍戰，免彼再逞豪强。〔衆應科。項籍

上，見漢王科。白〕劉季，你不過泗上一亭長，封汝爲漢王，心尚不足，妄動兵戈，是何道理？〔唱〕

【南呂宮·呼喚子】恁從來不自反，一泗間亭長，值甚高攀？ 却不守疆域，用甚機關？ 相看，懊悔興戎今已晚，求作庶人事應難。〔白〕你倘敢與孤决戰三合，孤便束手受降。 如不能戰，即當下馬受死。〔唱合〕片時價，便分勝負，有甚絮繁。〔漢王白〕汝乃一個村夫，徒恃强暴，何足與敵。〔唱〕

【又一體】伊行免逞奸，縱恃强持暴，敵有何難。〔白〕項籍，你也知你罪惡滔天麼？〔唱〕那些個過惡，昭布天寰。 難安，逆罪無窮成鐵案，也教你挑盡黃河洗不乾。〔合〕敢還要，違天逆命，逞着凶頑。〔項籍作怒科，舉鎗刺科。 周勃、王陵、曹參、周昌圍戰科，殺科。 漢王上高處科。 扮桓楚、于英、丁公、雍齒、季布、龍且冲上，混戰科，下。 扮十六漢兵與十六楚兵對殺科上，衆楚兵作殺漢兵下。 項籍與王陵衆逐對戰上。 扮漢將官疾上。 白〕不好了，司馬欣、董翳已開城降楚，領兵捉官眷去了。〔下。 漢王作驚慌科，下高處科，奔下。 王陵衆上，敗下。 項籍白〕衆將官，速速追趕劉季，務要擒來。 孤家一面進城捉拏劉季家小，一面添兵前來協助便了。〔衆應科。 分下〕

第廿二齣　滕公救主（江陽韻）

〔扮夏侯嬰、審食其保護劉煓、呂妃、劉盈、魯元上。同唱〕

【仙呂宮・六么令】心慌步忙，躲干戈怎避風霜。只因奸黨賣金湯，教舉室盡愴惶。〔夏侯嬰白〕事難防倉猝，叵測是人心。不料司馬欣、董翳二賊獻了城池，一齊來拏漢王宮眷。二皇伯劉仲夫妻不知躲往那方去了。宮中無備，險遭毒手。幸我與審將軍殺退賊兵，保主上宮眷闖出城來。但不知主上今在何處。〔劉煓衆作哭科。內作吶喊科。審食其白〕不好了，有追兵來了。〔衆作慌科，急行科。唱合〕追兵若到須難擋，追兵若到須難擋。〔疾下。扮四楚軍引司馬欣、董翳上。同唱〕

【又一體】追奔逐亡，料今朝易似探囊。生擒活捉顯威光，獻楚帳、保無妨。〔司馬欣、董翳同白〕適聞軍士回報，漢將奪取宮眷，竟出東門而去。俺想這到手功勞，如何放過？左右，速速趕上。〔左右應，作遶場科。同唱合〕追人須要來追上，追人須要來追上。〔追下。夏侯嬰衆疾上，繞場行科。同唱〕

【又一體】追兵那防，甚冤讐值恁難忘。緊追緊趕好徬徨，同怨恨、泣穹蒼。〔合〕珊瑚怎免沉淵網，珊瑚怎免沉淵網。〔司馬欣衆追上。唱〕

【又一體】休思遠颺，焰摩天怎得梯航。金鈎難脱網全張，請今日免逃亡。〔作追上，欲捉科。夏侯嬰奪劉盈，審食其奪魯元科，奔下。劉煓、呂妃被圍住科，作哭科。司馬欣、董翳同白〕太公，娘娘，不用驚慌。項王與漢王曾經約爲兄弟，必無加害之意。今日之事，無非欲漢王休兵罷戰，便好送還，就請太公、娘娘同回彭城便了。〔劉煓白〕全仗二位周全，老漢感激不盡了。〔作掩淚科。呂妃亦作掩淚科。司馬欣白〕左右，帶馬來，與太公、娘娘騎回彭城者。〔左右應，帶馬科。劉煓、呂妃上馬科，司馬欣衆擁行科。唱合〕一齊馬首彭城向，一齊馬首彭城向。〔同下〕

第廿三齣 復叛伏誅（尤侯韻）

〔扮八楚軍、四將官引范增、項籍上。項籍唱〕

【商調·簇御林】今朝喜，已報讎，復金湯建大猷。笑伊枉逞機謀驟，也知道暗裏算人天難佑。〔白〕孤家一戰却漢，收復故都，倒也爽快。只是司馬欣、董翳二人，前爲秦將，急投於楚，封在三秦，復降於漢。今又背棄漢王，獻城於我，反覆不常，其心叵測，好教惱恨也。〔唱合〕暗追求，朝秦暮楚，反覆令人羞。〔范增白〕大王計慮及此，可爲人臣淵鑑了。臣聞二將去追漢王宫眷，不時即回，必然來此獻功。那時大王責以大義，推出斬之，以爲將士反覆之戒，豈不是好？〔項籍白〕亞父之言，深爲有理。〔扮司馬欣、董翳上。同白〕擒得漢宫眷，來獻楚霸王。來此已是朝門，不免入見。〔作進跪科。分白〕臣司馬欣，臣董翳，〔合白〕見駕，願大王千歲。臣等擒得漢王家口，特來獻功，願大王將功折罪。〔項籍白〕在那裏？〔司馬欣、董翳白〕現在午門外。〔項籍白〕速押他們進來。〔扮劉煓、吕妃上，司馬欣、董翳押進科。白〕漢王宫眷當面。〔劉煓、吕妃作背立科。項籍白〕汝子劉季，不過泗上一亭長，今位至漢王，已爲過分。乃敢不安疆土，擅來入寇，豈非自取其死？〔唱〕

【又一體】伊今日，不自由，一家兒作罪囚。〔白〕你可知道，一人叛逆，九族駢誅？你二人敢死在頭上也。〔唱〕論將法網難教宥，好把白刃同生受。〔白〕左右，綁去砍了。〔楚軍應，作欲綁科。項籍唱合〕更誰尤，擄人骨肉，到今日骨肉也難留。〔范增白〕大王息怒。〔項籍白〕亞父有何見教？〔范增白〕大王不可造次。劉季雖敗彭城，韓信尚存河内，若皆就縛，斬之未遲。設或不能，徒樹厚怨。依臣愚見，不若留他家眷，以作羈縻劉季之策，豈不是好？〔唱〕

【又一體】雙雙地，作質留，這機關索細籌。雨雲從此難翻覆，可不道忌器怎把鼠來投。〔白〕今若殺之，是使劉季毫無繫念，豈肯終受拘束，以事殺父之讎？〔唱合〕戴天讎，從兹結下，不若捨伊儔。〔項籍白〕既然如此，暫將漢王家眷令虞子期安置，着人看守便了。〔楚軍退科。扮虞子期上，帶劉煓、吕妃下。項籍作向司馬欣、董翳科。白〕孤封爾二人於三秦要地，原欲以阻漢王出路。爾二人乃見章邯失守，不往策救，便降漢王。今又獻城於我，叛復不常，孤家營中豈容得你這無耻小人？〔司馬欣、董翳作驚跪科。白〕臣等前日，以勢不敵，不得已而降漢，原欲乘機圖報大王，今日之事方遂初願。伏乞大王將功折罪。〔項籍白〕唗，你二人還敢巧辯麽？〔唱〕

【又一體】如簧樣，巧舌頭，賊心腸索可羞。乞憐摇尾千家狗，今日莫想來輕宥。〔白〕左右，將這二賊綁去砍了。〔左右應科，作綁司馬欣、董翳科下，斬科，上獻首級科。范增白〕劉季新敗，必須添助人馬，前去協擒方好。〔項籍白〕就令虞子期領衆將前去追趕，務擒劉季，不得有違。〔虞子期暗上，應科。項籍唱合〕你領熊彪，協擒助戰，擒得事方休。〔虞子期白〕得令。〔分下〕

第廿四齣　風霧解困（歌戈韻）

〔扮八風神執風旗，八霧神執霧旗上，舞科。同唱〕

【正宮·四邊静】欽承玉旨傳宣過，去解彭城厄。奉敕敢遲延，遵行莫擔擱。〔八風神白〕我等風神是也。〔八霧神白〕我等霧神是也。〔合白〕前奉上元天官傳旨，説赤帝子今夜彭城遭困，命吾神等大起風砂，布起重霧，打退楚兵，救出赤帝子。須索走遭也。〔作串舞繞場科。同唱合〕漢王難多，帝心眷他。各去顯神威，霧佈風砂簸。〔下。扮漢王上。白〕堅城已被賊臣獻，骨肉頻教敵帳歸。可恨司馬欣、董翳二賊，將彭城獻於項羽，太公、吕妃必爲所擄。悔不聽張良、韓信之言，至有今日也。〔唱〕

【又一體】良言不聽伊誰錯，惹得灾危大。骨肉陷他軍，教吾淚珠墮。〔合〕賊臣變多，楚軍四羅。失勢嘆英雄，難解燃眉禍。〔扮八漢兵、王陵、周勃、灌嬰、吕馬通、紀信、周昌、曹參、盧綰上，見科。同白〕啓上大王，不好了。項王鎗挑申陽，鞭打魏豹，諕退張耳、彭越，殺我人馬三十萬，屍横靈壁，睢水爲之不流。如今破了彭城，太公、王妃俱被追獲，現又添助人馬，前來追趕，大王急宜逃走爲上。〔漢王白〕有這等事？〔扮八楚兵、桓楚、于英、雍齒、丁公、季布、龍且冲上，圍戰科。扮虞子期領八楚軍、八楚將冲上，作冲開漢王，衆將亂奔下。季布白〕漢兵四散，漢王單騎逃去了，大家作速追上者。〔衆應科，追下。八風神、八霧神暗上，立高處科。漢王疾上。白〕諕死我也，諕死我也。楚兵驟至，將我兵馬四下冲散，如今剩我一人一騎，天色又晚，教我逃往何處去的好？〔季布衆吶喊冲上，漢王作驚避科。季布衆繞場下。漢王白〕你看四下俱是楚兵，教我插翅難飛也。〔作急科。唱〕

【正宫・滿江紅】今番難躲，萬馬千軍奈之何。怎支持鐵壁銅牆，將俺困裹。一似靈禽罹網羅，魚服蛟龍若失波。〔合〕教我難飛過，搔首青天，遥瞻帝座。〔季布、龍且領衆上，圍困科。季布衆白〕漢王快下馬投降，免得被擒。〔漢王看，作驚慌科。白〕蒼天，蒼天，難道我劉季就死於此地了？〔唱〕

【又一體】天既然生我，怎教我南征北戰，鎮日頻動干戈，難道是這般結果？〔季布衆白〕漢王還不速降！衆將官，圍上去。〔衆應，作圍上科。風神旗上，出黄烟，作起風科。漢王唱合〕霎時忽起風霾，邀天默佑。〔楚軍作欲捉科。天井下砂石亂打科。楚兵將白〕不好了，陡起風砂，打傷了無數軍將。〔作亂奔科。霧神旗上，出黄烟，佈霧科。地井大放黄烟科。漢王奔下。楚兵將白〕大霧迷漫，對面人都不見，那漢王也須防他逃走。〔天井下大砂石科，楚兵將被打，抱頭亂奔科。同唱〕

【正宫・四邊静】風狂霧重難存坐，砂石從天墮。着馬亂奔騰，着人怎生躲。〔合〕霧兒重多，眼兒怎睃。一任漢中王，共脱天來禍。〔亂奔下。風神、霧神白〕楚軍打散，赤帝子已從大霧中脱了大難，不免回覆玉旨便了。〔串舞繞場科。同唱〕

【又一體】當權赤帝天心佐，風霧神靈大。大難得相離，大福預稱賀。〔合〕百靈暗呵，項王奈何。

應運順天心，逆命徒爲禍。〔同下〕

第九本

第一齣　操練車戰（江陽韻）

〔扮二將官分從兩場門各領戰車八輛，前安擋箭牌，十六漢兵推科，每車後隨將官一員，執鈎鐮鎗帶弓箭上，繞場行科。同唱〕

【中呂宫・越恁好】兵車巧製，兵車巧製，轉飛輪任奔忙。元戎新號令，攻戰勢有成樣。覷來回這廂，覷來回那廂。鬧轟轟陣雲飛，似馬騰驤。〔二將官白〕吾等韓元帥麾下，管領戰車首領是也。元帥平定河内，製造戰車三千輛，預備破楚。今日傳令操練，衆車兵，就此前去。〔衆應，繞場科，同唱〕把奇謀密運，把奇謀密運，專待要破西楚，免教猖狂。〔合〕休逞他慣戰争，陡地威風長。看重圍密裹，安排停當。〔從兩場門分下。扮四漢兵、樊噲、薛歐、陳沛、靳歙、柴武上科。分白〕新翻古製用兵車，强暴欣看一旦鋤。準備窝弓擒猛虎，安排密網捉鯨魚。吾樊噲是也。吾薛歐是也。吾陳沛是也。吾靳歙是也。吾柴武是也。〔同白〕元帥操練戰車，在此伺候。〔分侍科。扮韓信上。唱〕

【中呂調合套・粉蝶兒】西楚方張，只爲那西楚方張。敢自道力拔山任他攻撞，則怕他豕突難防。費心機，翻古製，備下了輪轅千輛。俺這裏戰具無雙，專待要扶劉除項。〔轉場上高座坐科。白〕全收河内已成功，笑指中原掌握中。特製兵車千百輛，項王準教入牢籠。俺韓信，前爲將星不吉，主上强欲進兵，與張子房商議兩全之道，他請復立韓後，吾請平定河内。兵到之日，連敗殷王數陣，他堅壁固守，吾用以退爲進之計，誘引出城，將殷王擒住，河内悉定。因思項王勇猛異常，難以力敵，乘空製造戰車數千輛，以作陸戰之用。樊將軍，傳令戰車將士操練。〔樊噲應傳科。白〕元帥有令，戰車將士當場操練。〔扮二將官從兩場門領十六漢兵，各推戰車，每車後隨一將官，執鈎鐮鎗帶弓箭上。二將官參見科。白〕元帥在上，末將參見。〔韓信白〕將戰車箭法演來。〔二將官應科。白〕得令。〔領衆戰車排進科，十六將官各上車射箭科。唱〕

【中呂調合套・好事近】射馬並擒王，一片轔轔聲響。鵰翎攢簇，都從牌底身藏。弓弦競放，隱車中，萬點憑空颺。〔合〕鬧叢叢疾等寒星，密匝匝驟似飛蝗。〔韓信白〕戰車連進，遠者以箭射之，敵人着傷，不能前進矣。〔唱〕

【中呂調合套・石榴花】俺只見人從牌内箭飛揚，恰便似驟雨趁風狂。只看他聯轅接軫，逐隊分行。彎弓齊用命，敵衆早心慌。那怕他逞凶頑，那怕他逞凶頑，一霎時，管教身軀喪。有誰來輕生相向，準備着百步鋒鋩，準備着百步鋒鋩。縱然他殺氣兒高千丈，也須教心勇意徬徨。〔白〕將戰車鎗法演

來。〔二將官應科。白〕得令。〔分領衆戰車十六將官上車，作擊刺科。唱〕

【中吕調合套・好事近】長兵，短用最爲良，更須知車中擊刺何妨。重英飛舞，梨花朵朵舒放。高低上下，總休離，牌底相依傍。〔合〕密層層車似連環，冷颼颼雪舞當場。〔韓信白〕敵陣或有蠻牌將箭擋住，將戰車一涌前去，馬不能冲，車上以鎗刺之，上傷敵將，下鉤馬腿，敵人必遁矣。〔唱〕

【中吕調合套・鬭鵪鶉】密雜雜短戟長戈，密雜雜短戟長戈，整齊齊奮身迴往。震殷殷輾動車聲，震殷殷輾動車聲，撲騰騰馬翻人仰。全憑着點撥勾攔怎抵當，却教他何處逞强梁？刷刺刺風捲殘雲，刷刺刺風捲殘雲，走匆匆有誰相抗？〔白〕再將圓陣，試演一回。〔二將官應科。白〕得令。〔領戰車作擺圓陣科。唱〕

【中吕調合套・撲燈蛾】赤力力還同迅羽飛，格伯伯似聽奔雷響。逐隊隊輪轉移，囫圇圇一圈兒圓光。一步步環迴聯鎖，一處處連綿似屏障。挨擠擠何分首尾，〔合〕鬧穰穰三千長轂擺圍場。〔韓信白〕戰車圍困，漸漸逼近敵人，亂箭射之，怎能躲避也？〔唱〕

【中吕調合套・上小樓】實丕丕山撼難，齊整整賽城隍。俺只見陣勢團團，俺只見陣勢團團。衆勢桓桓，敵勢慌慌。又只見簇簇鵰翎，又只見簇簇鵰翎，風馳雨驟，紛紛飛颺，問他軍怎生躲藏。〔白〕再將方陣，試演一回。〔二將官應科。白〕得令。〔領戰車作擺方陣科。唱〕

【中吕調合套・撲燈蛾】緊緊周遭密網，守守四圍休放。變變過陣天圓，擺擺個地維方。均均勻匀，循環相傍。齊齊的圍繞週詳，鱗鱗的一片車廂。叢叢的鎗林箭雨，〔合〕急煎煎遮攔支架不尋常。〔韓信白〕敵人受困，將此戰車四面圍住，車上載有行糧，可以自給，敵人不數日，俱作餓殍也。〔唱〕

【中呂調合套·賣花聲煞】週圍密裹勝金湯，更喜我車兒上盈饒有餘糧。安心緊守無疏放，也不用俺展施兵仗。把兵車圍障，管教他餓軀齊喪。〔下高座科。白〕操演已畢，各歸隊伍。〔二將官應科。白〕得令。〔領衆戰車仍從兩場門分下。韓信白〕静聽主上音信，即便領兵相會。〔樊噲衆應科。白〕是。〔同下〕

第二齣　戚莊避難（真文韻）

〔扮漢王作騎馬疾上科。唱〕

【仙呂宮・六么令】兵亡將損，痛屍橫兩岸酸辛。重圍何處認君臣，風霧裏脱孤身。〔合〕幸天今日相憐憫，幸天今日相憐憫。〔白〕諕死我也，險死我也。嗳，這都是孤家不是，得了彭城，就該整頓兵馬。前去滅楚，自悔不以軍務爲事，以致項王領兵晝夜兼行，對陣之際，折了將士三十餘萬，屍橫兩岸，睢水爲之不流。又被他協助人馬，將我君臣沖散，剩孤一人，楚兵圍繞三匝，若不虧天降風霧，打退楚兵，怎想逃出重圍。一路行來，天色已晚，教投何處去好？〔内作犬吠科。漢王白〕前有犬吠，必有村鎮，只得趲上前去。〔作疾行科。唱〕

【又一體】絲韁頓緊，聽前途犬吠聲聞。料來野店共荒村，權歇馬、暫安身。〔合〕加鞭一掉忙前趁，加鞭一掉忙前趁。〔白〕好了，有燈光射出來了。〔作看科。白〕原來是一所莊院，待孤叩門。〔作下馬叩門科。白〕裏面有人麼？〔扮戚公上。唱〕

【仙呂宮引・西河柳】昏黄近，剥啄聲何緊。待啓柴扉，疾忙通問。〔白〕老漢戚公，這半晚是何人叩門，待我看來。〔作開門問科。白〕何人在此叩門？〔漢王見科。白〕行路軍官。因天色已晚，特來借宿。〔戚公作讓進科。白〕如此，請進。〔漢王進科。戚公作看，背科。白〕此人一表非凡，不像個軍官模樣，待我問來。〔轉科。白〕觀將軍儀容，非軍官可比，諒必是王侯，望勿隱諱。〔漢王背科。白〕看此老，年高有德，料實説無妨。〔轉科。白〕尊丈要知端的麽？〔戚公白〕願聞。〔漢王唱〕

【仙呂宮·望吾鄉】西蜀稱尊，三秦半壁吞，爲新來占據彭城郡。楚兵争鬭遭危困，幸把重圍遁。〔合〕嗟迷路，值黄昏，到此來投奔。〔戚公白〕原來是褒中漢王。〔作叩拜科。白〕不知大王駕到，有失迎迓。〔漢王扶住科。白〕尊丈，不必如此。〔戚公白〕臣素聞大王仁德，天下莫不歸仰。今喜駕臨敝莊，誠爲萬幸。〔漢王白〕尊丈高姓？〔戚公白〕臣姓戚，人稱爲戚公。莊上有六七十人家，臣一户有五六門，頗有莊田，人就稱此處爲戚家莊，今居五世矣。〔漢王白〕宅上更有何人，有幾位令郎？〔戚公白〕大王容咨。〔唱〕

【又一體】一女相親，年方十八春，堦前玉樹全無分。蘭芽秀茁閨中潤，掌上明珠認。〔合〕依膝下，共朝昏，待把門楣問。〔漢王白〕原來只有一位令愛。〔戚公白〕昔有人曾相此女，必然大貴，待臣唤他出來。〔漢王白〕尊丈不須驚動。〔戚公白〕大王到此，臣女應當拜見。〔作出唤科。白〕我兒，快來。〔扮侍女扶戚氏上。戚氏唱〕

【仙呂宮引·糖多令】弱女娱晨昏，高堂視問頻，承歡一似掌中珍。何事動煩嚴訓，忙唤取是何因？〔白〕爹爹呼喚孩兒，有何吩咐？〔戚公白〕我兒，今有漢中王在此，你可上前一見。〔戚氏白〕男女有別，孩兒不出閨門，豈可出頭露面，輕易見人？〔戚公白〕有老父在此，況係君臣之分，料見無妨。〔戚氏白〕如此，孩兒謹依嚴命。〔戚公白〕這就是漢中王。〔戚氏作拜見科。白〕大王萬福。〔漢王看，作喜科。白〕罷了。〔背科。白〕你看此女，姿容閒雅，風態妖嬈，可稱絶代佳人。〔轉向戚公科。白〕有勞令愛，請回繡閣。〔戚公白〕我兒，迴避了。〔戚氏白〕是。〔下。戚公白〕臣有一言，願王俯納。〔漢王白〕尊丈有何見教？〔戚公白〕臣則爲大王呵，〔唱〕

【仙呂宮・天下樂】威德彰聞，幸今朝光賁寒門。草茅中耿光親覲，未敢拋荒名分。〔白〕臣只有此女，未肯輕易許人，今日呵，〔唱〕女蘿願依松柏親，自想隔泥雲。願將備箕箒，蒲柳無須論。〔合〕輕相溷，蓬門弱女，願得事明君。〔白〕臣欲將小女奉侍左右，未知大王尊意如何？〔漢王白〕老丈，孤家今日呵，〔唱〕

【又一體】脱難孤身，念窮途暫宿高門。苟容留免遭危頓，怎想閨中英俊。〔白〕但既承雅愛，又不便推辭。〔唱〕却之不恭何敢云，天與諧秦晉。匆匆亂離中，無物添粧鬢。〔合〕逢州郡，前來接取，再與結姻親。〔白〕待到大郡，差人迎娶便了。〔戚公白〕即請今宵成婚，免得日後忘記。〔漢王白〕今宵即就，未爲不可，只是太覺唐突了。〔戚公白〕請大王後堂用膳，臣即安排花燭便了。請。〔同下〕

第三齣　結縭分袂（先天韻）

〔扮二侍女上。分白〕『海棠春』洞房春色天緣巧，趁黑夜東風吹倒。乍解合歡枝，初認宜男草。杜鵑何事啼聲早，偏怪殺匆匆謝豹。試問海棠花，昨夜開多少？〔一侍女白〕好笑我家太公，昨天來了一個軍官，說是什麽漢王，疾疾忙忙，將個女兒就許配他了。〔一侍女白〕昨宵成親，今日那漢王就要起身，教我家小姐怎樣爲情？〔一侍女白〕自古說一夜夫妻百夜恩，小姐麽這一番留戀，是不消說得了。〔一侍女白〕他嫁了王位，將來小姐就是位王妃。他不留戀，倘他日後忘情，難道敢找上門去？〔一侍女白〕咱們也別管這些閒事，就使小姐做了王妃，你我也不過隨他過去，做個宫娥，料不能也沾寵幸。〔一侍女白〕此話悄言。那不是小姐出來了，聽他說些什麽。〔扮戚氏上。唱〕

【中吕調・粉蝶兒】天賜良緣，乍相逢一宵繾綣，俺百忙中意惹情牽。陡然的帶同心，花並蒂，思量起難容羞面。兩下裏分阻天淵，誰知道遇窮途反成了姻眷。〔白〕昨宵我父將奴許配漢王，即刻成親。那漢王一片温存，倒是個有情之人。只他說天下大事要緊，今日就要起程，教奴何以爲情？〔唱〕

【中吕調・醉春風】昨夜個花暖洞房春，霎時間驪歌聲漸遠。海棠枝上聽啼鵑，我心兒頓軟。軟。

抵多少比翼群分，合歡枝散，並頭花顫。〔白〕他此時方起，待等出來，奴家當面訂問一番。〔唱〕

【高宮・脱布衫】往常間無墨無牽，怎今朝情緒綿綿。滿腔兒堆垛了萬千，又怕的口邊廂半吞還噤。〔扮漢王上。白〕不爲流鶯驚夢醒，多緣逐鹿逼人忙。〔見科。白〕嗄，小姐，有勞你昨夜陪侍孤家，何以克當？〔戚氏作羞科。白〕大王。〔唱〕

【高宮・小梁州】則見他温語殷勤情意傳，我這裏半嚲香肩，教人羞澀步難前。還稱羨，道昨夜伴君眠。〔唱〕

【又一體】龍行虎步神光炫，可知道引得我那老父心專。功業著，仁風煽。漢中王神歡人願，一旦裏絲蘿把情聯。〔白〕老父將妾侍奉王駕，只恐門楣不稱。〔漢王白〕婦人隨夫貴賤，何論門楣。〔戚氏唱〕

【中呂調・上小樓】一個兒飛龍在天，一個兒村莊微賤。怎想良宵無心，萍水奇逢，非比月下星前，列華筵，長夜遣。恰早已稱了門楣心願，則那一霎時天留人便。〔白〕不知大王還有幾位王妃？〔唱〕

【又一體】有誰人誓共堅，有誰人枝並連？幾理鸞笙，幾奏瓊簫，幾擫冰絃？孰在先，那是偏，免使奴身專擅。〔漢王白〕只有呂妃一人，除此更無別寵。〔戚氏唱〕則聽道河洲推化，別無他眷。〔白〕如此，妾是第二人了。但我父年老，只生妾一人，願大王無忘我父許配之情，妾願足矣。〔唱〕

【中呂調・滿庭芳】門衰蔭淺，閨中弱質，生小嬌憐。又曾無，別弟兄們相依戀，女和男一個嬌媛。凄涼涼勝如心兒刻鐫，孤零零割捨哀年。唯願此後情無變，地久天長意不遷，記取愚父女一夕意拳拳。〔漢王白〕尊公於患難之中，不棄孤家，怎敢相忘？〔戚氏白〕聞大王今日，就要起程。〔作淚科。唱〕

【中呂調・快活三】咱情海樣深石樣堅，誰料見時難別時連。昨宵今日兩相懸，聚散如驚電。〔漢王白〕小姐不用傷悲，天下大事要緊。待孤事業稍定，即差人迎接。〔戚氏白〕妾雖婦道，頗知大義。惟願吾王早成大事，妾之幸也。但恐一夜恩情，容易相忘，使妾有白頭之嘆，未免伤悲耳。〔作悲科。唱〕

【中呂調・朝天子】則索要心堅，又何須意牽，却擔擱了功勳建。奴身的愚見，行旌兒待勸，怎苦苦成留戀。只恐他年，君恩易變，則怕的是續不了情一綫。那時節憶遍，那時節望穿，獨自個身似殘秋扇。〔漢王白〕孤家不是那樣人，小姐但請放心。〔戚氏白〕奴亦知大王鍾情，只是相逢一夕，遽爾言別，教奴怎生割捨？〔唱〕

【中呂調・四邊靜】良宵陪薦，喜降從天，君王意憐。怎知道一夕纏綿，早把征途踐。凄涼的離筵，痛殺人一曲陽關餞。〔作淚科，漢王作寬慰科。白〕小姐不須如此。〔扮戚公上。白〕甫完兒女事，又益別離情。昨已將女兒配了漢王，聞漢王今日就要起程，不免上前相見。〔見科。白〕大王，爲何今日就要起身？〔漢王白〕萍水相逢，深蒙雅愛，天下事大，孤家只得告辭。〔戚公白〕臣女蒲柳之姿，得事大王，雖是戎事倥傯，消停一日料也無妨。〔漢王白〕彭城新破，將士分離，孤今速去，收聚敗殘人馬，復整軍威，奪取天下。夫婦之情固可念，國家大事亦難忘，容日自當迎取。〔戚公白〕既如此，莊容們，備大王坐騎伺候。〔内應科。戚氏白〕待妾身親送大王。〔唱〕

【黄鐘調・耍孩兒】他那裏風雲會合鵬程遠，休擔誤了霞蒸霧捲。英雄氣概有經權，便情長兒女何言。他那裏打點着貔貅甲帳行間整，錦繡金甌掌上懸，會把乾坤奠。待風行雷雨，席捲山川。〔漢王白〕小姐此言，正道着孤家心事，但願如此，後會有期。〔戚氏白〕多謝大王。〔唱〕

【黄鐘調・三煞】雄圖快着鞭，私恩也自全，天心有在從人願。奴今配得一個鳳闕千秋主，願君王記取蓬門一夜緣。堪悲咽，剛則是半宵恩愛，早做了兩地情懸。〔莊客牽馬上，漢王告别科。白〕老夫同小姐請回，孤家去也。〔作騎馬科下。戚氏作遠望科。白〕大王，你竟自去了麽？〔唱〕

【黄鐘調・二煞】則見他緊勒韁，疾掉鞭，雕鞍駝去人兒面。非是那君王不把凡情戀，都則爲虎鬬龍争事一肩。越把他英風羨，他那裏騑驂上路，我這裏望斷遥天。〔戚公白〕漢中王去遠了。〔戚氏作望科。白〕那一帶樹林，好悶人也。〔唱〕

【黄鐘調・一煞】平將望眼遮，那闕行色遠，空林不與人方便。隔斷他個半明半暗征駒影，模糊了如怨如愁送别天。依稀見，又被他横空遮住，不教人暫爾俄延。〔戚公白〕我兒，漢中王去得遠了，且自回去，待他大事一定，少不得來接你我。我兒，不必傷懷。〔戚氏白〕是。〔唱〕

【收尾】驚聞折柳歌，還欣聯戚啘。從今後，專待漢家安奠。極目送行雲，半空捲。〔戚公同下。二梅香隨意諢科。下〕

第四齣　推子感將（尤侯韻）

〔扮漢王作騎馬疾上科。唱〕

【南呂宮集曲·五更香】【五更轉】（首至五）絶處生，蒙神佑，無心遇好逑。心忙怎便怎便會婚媾，未卜衆將行踪，何方相覯。〔白〕不想患難之際，得遇絶世佳人，成了匹耦。因念衆將冲散，申陽廢命，魏豹、彭越、張耳不知去向，大事難成，疾辭戚家父女，往尋衆將，不知可有相聚之日，且向滎城一帶行去。〔作行科。唱〕【香柳娘】（合至末）索沿途招集，索沿途招集，荷天降休，那時重遘。〔内作人馬行聲科。漢王白〕那邊有一簇人馬來了，且躲向樹林中，看是何處軍兵。〔下。扮八漢兵、夏侯嬰、審食其擁護劉盈、魯元上，行科。同唱〕

【又一體】兵乍臨，失城守，宫闈半陷讐。危途難把難把全家救，未知脱難君身，何方馳驟？〔夏侯嬰白〕自奪得世子、郡主而來，一路收聚敗殘兵馬數百餘人，找尋大王，不知逃向何方去了。〔唱〕但沿途找問，但沿途找問，教人怎投，何方相叩？〔漢王上見科，夏侯嬰、審食其跪接科。白〕臣等護駕來遲，乞恕死罪。〔漢王白〕孤道是何處人馬，原來是夏侯將軍與審參謀，卿等何得離了彭城？〔夏侯嬰、審食其白〕臣因司馬欣、董翳獻城降楚，太公、娘娘受困，臣二人捨死救出。不想司馬欣、董翳二賊從後追來，將太公、娘娘圍住，臣二人勢不能兼顧，救得世子、郡主望南路趕來，不想幸遇大王。〔漢王白〕太公與娘娘怎麽樣了？〔夏侯嬰、審食其白〕大約被司馬欣、董翳擄去了。〔漢王作大哭科。白〕阿呀，我那太公嗄。〔唱〕

【南吕宮集曲・二集香羅帶】【香羅帶】（首至合）衰年被賊留，伊誰之咎。存亡未卜憑誰究，誰知孝養反招尤。也。結髮婦，遇戈矛，家門半落他人手。〔白〕太公不知性命如何，要此幼兒何用？〔作推劉盈科。唱〕【沉醉東風】（六至七句）若待你承歡膝下，我又仰事何由。【忒忒令】（末二句）思量起，爲兒曹，倒貽高年禍憂。〔夏侯嬰白〕世子天下根本，大王雖有天下，使無世子，無以屬天下之心。〔漢王白〕將軍之言是也。〔向劉盈科。白〕過來，二位將軍於亂軍中捨死救汝兄妹，當牢記在心，倘日後得地，不可忘了大恩。〔劉盈作拜謝科，夏侯嬰、審食其作叩頭科。白〕臣等托大王之福，上天庇佑，非臣等之能。〔唱〕

【南吕宮集曲・羅江怨】【香羅帶】（首至四）蒼蒼意在劉，洪福備收。逢危幸免天眷稠，微臣依仗荷天庥。也。【一江風】（六至九）更有何能，功勳堪自剖。吾王意念周，微臣只益羞。【怨別離】（末一句）怎報答君恩厚？〔内作吶喊科。漢王白〕有追兵到了，快些躲避。〔審食其白〕大王勿慌，待臣看來。〔作看科。白〕那邊紅旗招展，一面旗書「興劉破楚大元帥韓信」，一面旗書「司徒張良」，料是漢家兵將也。〔扮八漢兵引張良、陳平上。夏侯嬰白〕張司徒，陳護軍，大王在此。〔張良、陳平白〕大王在那裏？〔見科。

白〕臣等護駕來遲，乞吾王恕罪。〔漢王白〕司徒從何處而來？〔張良白〕臣封韓王以後，即往彭城。聞吾王被圍逃難，即行趕來，路遇陳護軍招集敗殘人馬三萬，打着韓信旗號，一路根尋而來。〔漢王白〕孤不聽先生諫勸，今果喪師失家，自負惶愧。〔陳平白〕大王不必深悔，此處不可安營，倘有楚兵追來，難以拒敵。不若且趨滎陽，暫屯人馬，重整軍威。聞河内已平，韓信不日兵到，再復睢水之恨不遲。〔漢王白〕衆軍士，速往滎陽去者。〔衆應，行科。同唱〕

【南吕宫集曲・風撲蛾】【風檢才】（首至三）元戎此日功收，眼看帶領貔貅，軍威重整更無憂。【撲燈蛾】（八至末）那時統雄師機宜再授，〔合〕功成就，管教睢水復深讎。〔同下〕

第五齣　回軍議戰（蕭豪韻）

〔扮八漢兵、樊噲、薛歐、陳沛、靳歙、柴武引韓信上。同唱〕

【仙呂宮集曲·甘州歌】【八聲甘州】（首至六句）軍聲浩浩，看風靡草偃，奸宄潛消。平收河内，只得回軍一掃。彭城忽聞傳驚報，睢水全軍逐浪漂。〔韓信白〕平定河内，操練戰車，原欲一戰滅楚。昨日探子報來，道漢王得了彭城，不理軍務，被項王領兵三萬，在彭城大戰，傷了漢兵三十餘萬。漢王被困，幾不能免，幸天降風霧，逃出重圍，這也是天心默佑了。爲此帶領部下將士前去會兵，共議滅楚。大小三軍，就此速往滎城去者。〔衆應，行科。同唱〕【排歌】（合至末句）天心佑，帝眷遥，危途得濟險波濤。班聲衆，士氣囂，謀成一鼓建功高。〔下。扮張耳、灌嬰、王陵、曹參、張良、陳平引漢王上。漢王唱〕

【仙呂宮引·奉時春】復整軍威鋭氣饒，喜絡繹衆軍來到。蓄鋭潛鋒，暫寬凶狡，會須雪恨將讐報。〔坐科。白〕自會張軍師、陳護軍之後，衆兵將陸續歸來，同到滎陽。守將韓日休開城迎降，進城駐扎。河内已定，待韓信兵到，一齊會議，以復睢水之恨。〔扮周苛上禀科。白〕元帥韓信候旨。〔漢王白〕宣他進來。〔周苛傳宣科。白〕大王有旨，宣韓信進見。〔韓信上，拜見科。白〕臣韓信見駕。臣在河內，有失救護，使吾王受驚，望恕臣之罪。〔漢王白〕卿平定河內，去項王羽翼，功莫大焉，何罪之有？〔韓信謝科。白〕謝大王千歲。〔漢王白〕彭城一戰大損軍威，元帥有何妙策，願聞金玉。〔韓信白〕臣在河內製戰車數千輛，預備伐楚，已經操練，帶在滎陽。〔漢王白〕戰車之用何如？〔韓信白〕大王容奏。〔唱〕

【仙吕宫集曲・桂花襲袍香】【桂枝香】（首至四）兵車製邈，非無功效。須知用得其宜，隨地勢憑人驅調。【四季花】（四至合）推敲，精兵風雨追騎邀，崎嶇險途步戰交，勢平夷車爲要。〔白〕山險之地，可用步戰。攻擊追襲，可用騎戰。平坦之地，宜用車戰。隨地而用，各有不同。臣見滎陽城外三十里有平地一段，於此處用車戰之法，管教楚兵大敗，項王可擒矣。〔唱〕【皂羅袍】（五至八）滎陽古道，地勢審睄。戰場佳妙，戰車利饒。【桂枝香】（十至末）管包得楚衆全軍覆，却教那項王何處逃？〔漢王白〕車何取用，請元帥言其大略。〔韓信白〕製車之法，用兵車一輛，前安擋箭牌，以防敵人箭射。復設水器，以防敵人火攻。〔唱〕

【仙吕宫集曲・香歸雙羅袖】【桂枝香】（首至七）穿楊精妙，彎弓凶暴。牌安車上堅牢，那怕鵰翎飛到。更防伊火攻，更防伊火攻，機心用巧。〔白〕每車隨將官一員，手執鈎鐮鎗，各帶弓箭。敵至，各上戰車，連排並進。遠者以箭射之，近者以鎗刺之。上傷敵將，下鈎馬足。〔唱〕【香羅帶】（五至六）正是先圖自衛，傷人何勞。【醉扶歸】（三至四）憑他遠近莫須饒，人馬一時倒。〔白〕將軍圍困敵人，馬不能冲，又帶行糧車上，我軍可飽。五七日内，敵不被箭傷、鎗刺，必然餓死。可以爲營衛，可以冲敵陣。〔唱〕【皂羅袍】（五至六）重城之固，誰能撼摇？【桂枝香】（十至末）富有餘糧在，那敵賊飢軀一旦抛。〔白〕臣已下書激怒項王，彼必領勝齊兵將前來，一入車攻，休想逃命。〔漢王作大喜科。白〕妙嗄。全賴元帥神算，以雪孤家睢水之恨。〔韓信白〕臣請出城安設營寨，調遣將士，候項王兵到，以便擒捉。〔漢王白〕元帥請便。〔唱〕

【仙吕宫集曲·好有餘】【好姐姐】（首至六）聽言，私心傾倒，安排處全由心造。奇謀制勝，項王枉用勞。〔韓信白〕大王只静聽佳音。〔唱〕功堪料，管取重瞳入圈套。【慶餘】（末二句）静俟佳音免用焦，待把前讐此日報。〔分下〕

第六齣　車攻得勝（江陽韻）

〔扮八楚兵、桓楚、于英、丁公、雍齒、季布、鍾離眛引項籍上。同唱〕

【正宮·四邊静】旗開得勝軍聲壯，齊把威風長。兵到下田齊，料餓夫怎相抗？〔項籍白〕彭城一戰，殺得劉季望影而逃，乘得勝之兵，復來伐齊。齊王田廣聞漢王睢水之敗，心膽俱裂，遂開城迎降。孤家復都彭城，可惱那餓夫韓信以書辱我，約我會戰，亞父再三諫阻，孤家不聽亞父之言，令他坐守彭城，孤帶領衆將前來滎城，料餓夫有何本領，敢當我哉？爾衆將，且在後面接應，待孤親捉餓夫，令他服我英勇。〔桓楚衆應科，下。項籍白〕大小三軍，隨孤去捉韓信者。〔衆應，行科。同唱合〕雄威頓張，軍心頓揚。一味出狂言，怎得出吾掌？〔下。扮八漢兵引韓信上。同唱〕

【又一體】奇謀秘算人難諒，古法兵車倣。此日楚兵來，成擒切休放。〔韓信白〕聞項王看書大怒，領傾國之兵前來對敵。本帥已埋伏戰車，分派衆將，待將項王兵馬引入車攻陣内，不怕他不遭擒也。〔繞場行科。同唱合〕饒他勢張，饒他氣揚。有翅待冲天，怎思脱吾網？〔八楚兵引項籍冲上。韓信白〕大王別來無恙，恕臣甲冑在身，不能行禮。〔唱〕

【正宮・柳穿魚】曾依宇下伴君王，湛露曾叨執戟郎。自是良禽棲擇木，非關恩眷視尋常。〔合〕今日裏會疆場，恕臣甲冑誠無狀。〔項籍作怒科。白〕住了。爾前日以言戲侮孤家，今日相見，不必饒舌，須要決個勝負。〔唱〕

【又一體】無端反覆去他邦，當時也只授點倉。負義辜恩都不計，書詞侮慢甚輕狂。〔合〕今日裏會疆場，縱伊饒舌難輕放。〔舉鎗刺科，韓信虛掩一鎗敗下。項籍白〕餓夫既來出戰，未經對敵便思逃走，務要趕上，誓誅此叛賊。〔作追下。季布、鍾離昧上。同唱〕

【正宮・四邊静】防伊詭計將人誑，仔細休粗莽。冷眼自旁觀，他端然是有心讓。〔同白〕韓信不戰而走，此必誘軍之計。大王不察其虛實，竟自追去，恐墮他詭計。〔向内白〕後軍速進。〔桓楚、于英衆上，遶場見科。鍾離昧白〕大王輕入重地，我等快隨去保護。〔衆應科。唱合〕闖中待商，暗中待防。疾去莫遲留，休教輕欺罔。〔同下。扮二將領、十六漢兵推戰車，每車後隨一將官執鈎鐮鎗帯弓箭，從兩場門分上。同唱〕

【又一體】輪轅古製餘千輛，難把機謀講。推轉疾如飛，圍時似城樣。〔二將官白〕奉元帥之令，用戰車圍困項王。衆兵車，就在此埋伏。〔衆應科。同唱合〕來迴這廂，聯綿這旁。纍纍數千車，齊把項王攩。〔作埋伏科。韓信敗上，項籍追上，桓楚衆隨上。韓信引衆入車攻陣科，韓信下。内放炮科，衆戰車作圍繞科，項籍看，作驚科。白〕好一派兵車也。〔唱〕

【正宮・小桃紅】圍繞處城模樣，聽一片車聲響。首尾循環一時忙，餓夫詭計憑依仗。〔合〕俺一聲叱咤誰相傍，須識我西楚君王。〔白〕衆將官，就此冲陣。〔作冲科，十六將官上戰車作放箭科，楚兵衆作亂奔科。項籍白〕乘他陣勢纔立，衆將作速催動人馬，攻搶出陣。〔衆作冲突科，衆戰車作四面圍繞科，十六將官車上舉鎗鈎刺科，衆楚兵作着傷科。白〕戰車圍繞，如鐵桶一般，又兼鈎鐮鎗傷人傷馬，如何冲得出去？〔項籍作怒科。白〕奮勇向前攻打，不得退後。〔衆應，又冲突科。內白〕衆將官，速速放箭。〔十六將官作放箭，楚兵將作中箭亂跌科。項籍作舞鎗打落箭科，稍退科。項籍作焦躁科。白〕氣死我也，至死不服，必踹開此陣，方見英勇。〔唱〕

【又一體】怎肯把英名喪，他自道謀無兩。暗地陰謀有何長，教人怒發三千丈。〔合〕俺拔山勇力憑攻撞，那怕他鐵甕金湯。〔作冲突科，十六將官車上用鎗亂刺科，項籍退科。白〕吾自會稽起兵，身經數百餘戰，未嘗退後，今中餓夫車攻之計，眼見損兵折將，豈不令人可惱？〔作又冲突科。季布、鍾離眛上，作冲開戰車救項籍出科，衆楚兵將亦隨奔出科，下。韓信白〕項王被楚將外面冲開車陣，救出去了，窮寇莫追，就此收兵。〔衆應科。二將官領十六戰車仍從兩場門分下。韓信白〕此一陣殺傷楚兵二十餘萬，可雪吾王睢水之恨也。〔唱〕

【正宮・剗鍬兒】運籌莫負貔貅帳，兵機秘密無多讓。一戰未擒王，教他膽喪。〔合〕殺傷楚兵，睢水一樣。足報前讐，凱歌聲唱。〔下〕

第七齣　分遣將士（庚青韻）

〔扮曹參、灌嬰引張良、漢王上。漢王唱〕

【越調引・鳳穿花】吉日車攻大將行，困虎豹戰門扃。獨愁冲突威風勁，竚捷音誇勝。〔轉場坐科。白〕孤家聽韓信之計，以車攻陣法去困項王，但不知勝負如何？〔張良白〕韓信計出萬全，此陣必然取勝，毋庸我主廑念。〔扮韓信上。白〕千乘合攻安地軸，一言纔奏霽天顏。〔跪奏科。白〕臣托大王洪福。〔漢王喜科。白〕元帥請起來講。〔韓信白〕千歲。〔起科。白〕臣用車攻困住項王人馬，箭射鎗刺，傷他二十餘萬。〔張良喜科。白〕傷他二十餘萬。〔韓信白〕項王幾致遭擒。〔張良拍手科。白〕項王幾致遭擒。〔韓信白〕因他救援兵將從外冲開，救了項王出圍，項王遠遁。〔漢王大喜科。白〕項王遠遁，此一陣可洗吾辱，洩吾忿也。有勞元帥成此大功，孤不相負。〔韓信白〕千歲。〔漢王向張良科。唱〕

【越調・鬬黑麻】暗把兵機細權重輕，善取何如、善棄之精。關中地，誰翰屏，欲擇奇材、與共功名。〔合〕三星二星，光映紫微層。項籍雖强，項籍雖强，吾當智争。〔白〕吾欲捐關以東棄之，誰可與共此功者？〔張良白〕善哉，大王之謀，龍韜豹略，不是過也。臣聞九江王英布，楚之梟將，因弒義帝與項王有隙，彭越睢水敗回，深恨項王。若以順逆之勢，成敗之形，遣使往説之，彼二人必一心向漢。我軍之中，惟元帥韓信可屬大事，王欲捐關以東呵，〔唱〕

【又一體】只此三人，力强智精，鼎足東邊、勢如建瓴。虚虚計，實實兵，一着居先、萬國咸寧。〔合〕方知戰爭，空自説豪横。項籍雖强，項籍雖强，難當智事。〔漢王白〕彭越易説耳，誰能爲我使九江，令英布發兵背楚？〔張良白〕大王問在朝諸臣，誰能使九江，令英布背楚歸漢？〔漢王唱〕

【又一體】布乃梟雄，勢驕氣盈，語不投機、怎肯投誠？機關巧，口舌靈，不懼威風、議論風生。〔合〕如湯解醒，教伊便倒傾。只恐盈廷，只恐盈廷，無人敢應。〔張良白〕大王之言是也，待臣問來。大王有令，問在朝諸臣，誰敢使九江，令英布背楚歸漢？〔扮隨何上。白〕小臣敢去。〔跪科。漢王白〕你果有辯材乎？〔隨何唱〕

【又一體】不必淳于，辯材沸騰。〔漢王白〕你怎生説得他？〔隨何唱〕據理而言，恰中人情。〔漢王白〕你帶多少人去？〔隨何唱〕從人少，車騎輕。速去旋回，仗劍書生。〔漢王白〕你能説英布前來，孤當不次陞擢。〔隨何唱〕千歲，〔唱合〕蒙恩擢陞，早爲設簪纓。待得成功，待得成功，方傳令名。〔漢王白〕既然如此，與卿二十人同往。孤準備好官，待卿便了。〔隨何白〕千歲。〔起科。白〕聊憑三寸舌，打動九江王。〔下。扮報子上報科。白〕報，報，報。〔漢王白〕所報何事？〔報子唱〕

【越調·賺】魏豹欺心，從違反覆誠頑梗。〔漢王白〕敢是魏豹反了麽？〔報子叩頭科。唱〕前朝敗回，心中主意無憑定，違君令。巧語花言信范增，背吾炎漢依强横。〔漢王白〕怎見得他背漢事楚？〔報子唱〕他將兵整，平陽關上軍容盛。許爲接應，許爲接應。〔白〕大王爺嗄，那范增遣項伯往説魏豹，魏豹聽信項伯之言，命大將把守平陽關，上表復降於楚。〔漢王白〕大將何人？〔報子白〕栢直。〔漢王白〕是兒口尚乳臭，不能當吾韓信。騎將何人？〔報子白〕馮敬。〔漢王白〕是秦將馮無濟之子也，雖賢，不能當吾灌嬰。〔灌嬰作手勢科。漢王白〕步將何人？〔報子白〕項鮑。〔漢王白〕是不能當吾曹參，吾無患矣。再去打探。〔報子應科。白〕令字旗兒一點摇，便似流星飛去疾。〔下，漢王白〕韓信、曹參、灌嬰聽令。〔韓信衆應科。漢王唱〕

【南吕宫·大迓鼓】平陽最易平，何如魏豹，阻我西行。戎行今日須同整，懲伊翻覆免糾縢。〔合〕應變隨機，一概任卿。〔韓信衆白〕領旨。〔同唱〕

【又一體】他全忘順逆形，三軍所指，勝負分明。機宜宸慮安排定，照依籌策敢紛更。〔合〕准把俘囚，來獻殿廷。〔韓信白〕臣等拜辭陛下，就此起兵去也。天意如今更屬誰，〔曹參、灌嬰白〕平陽枉自把心欺。〔張良白〕蒲津一道崑崙水，〔漢王白〕劉姓長河項不知。〔分下〕

第八齣　不辱君命（真文韻）

〔扮四梁軍、四將官引英布上。英布白〕莽莽乾坤蕩蕩塵，丈夫無地自容身。粗疏不合爲人賣，萬屈千冤没處伸。〔轉場坐科。白〕某九江王英布是也。自悔遵項王之命，在江中害了義帝。〔唱〕

【南吕宫·宜春令】綱常倒、簒逆臣，律難逃千秋罪人。想前思後，全無主意將誰恨。〔白〕如今項王獨霸西楚，却教天下諸侯怨我不義，共欲謀伐。〔唱〕替別家斬草除根，向天下開嫌招釁。〔合〕雖然雄據江州，却添縈悶。〔白〕近日打聽得，睢水一戰，漢王大敗而逃，韓信用車陣困住項王，項王捨死得脱。〔笑科。白〕哈哈，且落得坐觀成敗，有一日九江王做，某且做一日九江王便了。〔唱〕

【又一體】權行樂、且自尊，〔作勢科。唱〕九江王威風罕倫。坐觀成敗，分茅列爵把光陰趁。不須得草木皆兵，恰連日心情安穩。〔合〕憑他青史相誅，列邦加刃。〔扮賁赫上。白〕漢王謁者隨何，要見大王。〔英布白〕漢王遣隨何到此何事？〔賁赫白〕此必漢王睢水之敗，無以與楚爲敵，遣隨何下説詞，要大王輔漢。〔英布白〕着他進見，稍有不合，即便拿下。〔賁赫白〕理會得。〔出唤科。白〕奉大王鈞令，着漢使隨何進見。〔扮隨何上。白〕來也。〔作進見科。白〕久慕虎威，未親牙帳，今得參謁，足慰平生。

〔英布白〕豈敢，先生請坐。〔隨何白〕告坐。〔揖坐科。英布白〕先生仕漢日久，必知前日睢水之敗，因何不用韓信，反令屯兵河内？〔隨何白〕漢王爲義帝發喪，布告天下，天下諸侯莫不怨楚而助漢。因河内未定，遣韓信去伐殷王。大王曾聞韓信用車陣大敗楚軍乎？〔英布白〕漢王既有韓信，如虎生翼，却教先生到此作甚？〔隨何白〕大王之冤，天下人不知，惟漢王知之。〔唱〕

【南吕宫·太師引】道英雄，一霎無分寸，論渠魁項王禍根。〔英布喜科。白〕哈哈，漢王倒知我心事。〔隨何唱〕但則怕自相矛盾，范增呵密播傳聞。〔英布白〕嗄，他教我害了義帝，他又傳我甚的？〔隨何唱〕水之濱將誰去問？〔英布白〕是嗄，這事是無對證的。〔隨何唱〕道九江王存心忒忍。〔英布白〕嗄，他竟將此事推到某身上，千秋萬世，其謂我何？〔隨何唱合〕怕萬古千秋覆盆，弒君王，渾身是口難分。〔白〕漢王恐大王終不絶楚，天下之兵共向九江。特遣隨何布告心曲。〔唱〕

【又一體】結深讐，海内同心奮，密層層兵戈共陳。一任你虎韜蛇陣，争當他敵國紛紜？一壁廂忠心義忿，一壁廂情真罪允。〔合〕那時節思將理論，辨不清，白衣甲士如雲。〔英布作起身向北駡科。白〕江中放弑義帝實汝主使，今反將惡名推在某身，架禍於我。〔隨何白〕大王息怒。〔唱〕

【又一體】論君臣，道義關名分。〔白〕自古善則歸君，過則歸己，大王如今呵，〔唱〕只無過知幾保身。倘説話一時不慎，怕青蠅早晚聲聞。〔英布白〕足下差矣。某與天下諸侯共事義帝，並非項羽臣子。就是他封我九江王，也不過是某一鎗一刀掙得來的。某如今不伏他了。〔隨何唱〕似這般名正言順，敢英雄聲華不損。〔合〕則東隅西隅事均，少不得，收功更向明君。〔英布白〕只是如今心迹不明，天下諸侯未免怨我。〔隨何白〕這有何難？但同心事漢，合兵伐楚，清濁自分矣。〔英布白〕高明，高明。就煩足下轉致漢王，如有用某之處，號令一聲，某即至矣。〔扮將官上。白〕楚國有使臣到。〔英布白〕先生暫且迴避。〔隨何下。將官引楚使上，遞書科，英布看書作沉吟科，隨何疾上。白〕九江王已歸漢王矣，何得又應楚詔？〔英布驚科。隨何白〕大王，自古機不密則害成，事不決則功敗。你若徘徊兩可，楚知隨何來，楚疑大王。漢知楚使至，漢疑大王。大王非斬隨何以謝楚，即斬楚使以示漢。〔英布白〕罷了，左右，將楚國使臣斬訖報來。〔隨何白〕這便纔是。〔將官綁楚使下。隨何唱〕

【又一體】轉關兒，合就連環筍，你從前冤枉足伸。但大漢一壁相信，洗羞顔大義重新。是誰人興師來問，是誰人從旁相哂？〔合〕大丈夫將理認真，莫怪我，書生鼓舌摇唇。〔英布白〕那裏敢怪先生？〔將官上。白〕獻楚使首級。〔英布驚科。白〕殺了，殺了。罷，某今日與楚絶矣，先生疾去覆命可也。不如意事常八九，〔隨何白〕可與人言無二三。〔揖科。分下〕

第九齣　公媳怨訴（皆來韻）

〔扮呂妃上。唱〕

【雙調集曲・孝順兒】【孝順歌】(首至六)遭逢蹇，命運乖，愁城苦坐把時光耐。〔白〕我想人生在世，總要安命，做什麼王，圖什麼霸，我生生被他這「功名」二字誤了。〔唱〕生生被他害，孩兒知何在，頻將淚揩。【江兒水】(四至末)撇不下胸中思兒塊，還不完一世凄涼債，什麼恩情挈帶？〔合〕蔭子封妻，落得這逢凶攩厄。〔白〕一生贏得是凄涼，此日心情轉更傷。早識俘囚獻巾幗，不如裙布嫁農桑。阿呀，漢王嗄。〔唱〕

【又一體】妻將老，爹年邁，知他甚般擺佈來。拘囚不爲害，刀砧又何礙。低徊暗猜，則怕人心最尷尬。傳聞累你聲名壞，孝義如何掩蓋？〔合〕父擄妻囚，教外人喧傳光采。〔白〕我想張子房廣有機謀，韓信素多韜略，或者輔助漢王設法搭救，也未可知。〔作盼望科。唱〕

【雙調集曲・孝南兒】【孝順歌】(首至合)參籌策，計早排，登時救取翁媳灾。夫妻得重諧，母子俱無害。睢陽一敗，越顯英雄，越添恩愛。【鎖南枝】(四至五)只恐相拋，忍死空相待。【江兒水】(六至末)

且向虛空一拜，〔合〕祝告蒼天，搭救這時灾月厄。〔作拜科。白〕老天，老天，則願你有靈有神，救我一救。咳，前日漢王單騎脱逃，自家性命尚然不保。〔作淚科。唱〕

【又一體】單身出，驚又駭，知他那裏能躲灾。將軍號奇材，參謀重抒策。前朝一敗，剩得奔逃，割開恩愛。未識如今，可有人兒在。若是遭逢危殆，〔合〕可不今生，枉煞了花容粉黛。〔扮劉煓上。白〕老年不死孽未滿，難裏添驚恨怎除？〔見科。白〕三娘子，不好了。〔唱〕

【雙調集曲·南枝金桂】【鎖南枝】〔首至合〕翁媳骨，何處埋，一灾未完添一灾。破我髮垂白，〔白〕兒嗄，〔唱〕累你年幼釵。【桂枝香】〔七至末〕你兒夫不孝，聽旁人擺劃。〔合〕巧安排，何嘗車陣傷人命，鼎濩分明葬我來。〔白〕你兒夫敗回滎城，用韓信車攻陣法困住項王，傷了楚兵二十餘萬。如今項王退回彭城來了，少不得拿我翁媳二人問罪。〔作恨科。唱〕

【又一體】全不想，爹就衰，妻兒被擄聲哭哀。棄父不應該，又爲添禍胎。恨生兒富貴，把爹行逼迫。〔合〕速安排，準備千聲苦，同將酷法挨。〔呂氏、劉煓哭科。扮虞子期上見科，劉煓、呂氏驚科。白〕國舅嗄，我等釜底游魂，一切外事全不知道。聞得大王駕已回朝，未知怎樣發落我翁媳？〔虞子期白〕太公不必着急，王妃請免心焦。大王歸到彭城呵，〔唱〕

【雙調集曲·南枝映水清】【鎖南枝】〔首至合〕嗔滿面，氣滿懷，鬢眉倒豎眦目睚。〔白〕項王本欲將太公押赴漢營，教漢王投降，范亞父再三勸阻，方纔停止。〔唱〕亞父忠言，頻頻地説你骨筋衰。【五馬江兒水】（三至四）是吉人福運，遠禍離灾。【鎖南枝】（合至末）你請把，愁解開。翁和媳，善開解。〔劉端白〕雖承亞父護庇暫時，還求國舅早晚照料。〔虞子期白〕這是不消囑托得的，劉項兩家終有相合之日，太公放心。〔唱〕

【又一體】交情舊，不久乖，分争暫時終久諧。忍把高年，一旦看輕來，你將將就就，寬着胸懷。〔合〕但請把，愁解開。翁和媳，善開解。〔吕氏白〕多謝國舅指教。〔虞子期向内科。白〕當值的聽者，好生供給太公、王妃，不得怠慢。〔内白〕曉得了。〔虞子期白〕太公請。〔劉端白〕有勞國舅，國舅請。〔分下〕

第十齣　智伏英布（尤侯韻）

〔扮英布作氣科上。白〕戰雲没處是天涯，四海茫茫未有家。誤信狂言遭褻慢，滿腔羞忿情誰拿。我英布聽信隨何之言，斬了楚使，項王大怒，遣龍且領兵來伐，軍威浩大，我只得間道歸漢。自謂舉九江四十萬衆投降，必得重用，不料漢王濯足見我，明明是覷得咱輕如糞土，争些兒一氣一個死。如今只得重引大兵，到鄱陽湖中落草去。衆軍士。〔内應科。英布白〕將營寨拔起，取舊路進發者。〔作住科。白〕嗄，若不殺了隨何，怎出得這口臭氣？〔扮隨何領四厨役扛筵席，四妓女上。隨何見科。白〕九江王，奉漢王之命，光禄寺排設筵宴，教坊司選歌兒舞女供應，是何等敬重。〔英布白〕咱英布可也不少這些筵席吃。〔唱〕

【高宫·端正好】則咱這鎮江淮，無征鬭，到大來散誕優游。不争的信君家説謊漫天口，你道咱封王業時當就。〔唱〕

【高宫·滚繡毬】折末您皓齒謳，錦瑟搊。列兩行翠裙紅袖，更擺設百味珍饈。顯的咱越出醜，却原來則爲口。大古裏不曾吃些酒肉，則被你送的人有國難投。折末你造起肉麪山也壓不下咱心頭火，鑿成酒醴海也洗不了咱臉上羞，怎做的楚國亡囚？〔扮張良、曹參、周勃、樊噲上見科。張良白〕適間主公因有舊恙，不及爲禮，特着某等前來陪侍。左右，取酒來。〔英布不理科，張良奉酒科。白〕君侯，請滿飲此杯。〔英布不接科。唱〕

【高宫・倘秀才】咱與您作參辰卯酉，誰待吃這閒茶浪酒？〔隨何白〕君侯，這一位是軍師張子房。〔英布唱〕哎您這燒棧道的先生忒即溜，您在那個帷幄後，運機籌，煞有。〔隨何白〕這一位是建成侯曹參。這一位是威武侯周勃。這一位是平陰侯樊噲。〔樊噲白〕我與君侯，敬一杯者。〔英布白〕呀。〔唱〕

【高宫・滚繡毬】原來這樊噲也做萬户侯，他比我單則會殺狗。〔樊噲白〕你休小看了我。〔英布唱〕無過是托賴着君王親舊，現統領着百萬貔貅。他和我非故友，枉插手。〔樊噲白〕你飲了酒，我在主公前保奏你。〔英布唱〕不用你去當廷保奏。〔張良白〕君侯休怪，主公待你不輕哩。〔英布唱〕原來這子房也是個傖頭，您待把一池緑水渾都占，却怎的不放旁人下釣舟，却教咱何處吞鉤？〔張良白〕主公遣某等陪侍君侯，君侯不飲，是無主公的面分了。〔英布白〕休説是酒，便是金波玉液，英布福薄，可也飲不下去。〔張良白〕君侯忒氣重了，委實主公是有舊恙，並非故意得罪於你。〔英布白〕我可也曉得你主人舊恙。〔唱〕

【高宫・脱布衫】那時節在豐沛縣草履團頭，常則是早辰間露水裏尋牛。驪山驛監夫步走，拖狗皮

醉眠石臼。〔唱〕

【高宫·小梁州】這的是從小染成腌症候，可不道服良藥納諫如流。誰似你這般輕賢傲士没謙柔，潡的咱爲讐寇，到如今都做了潑水怎生收？〔扮王陵引四軍士上。王陵白〕聖旨到，跪聽宣讀。詔曰：寡人聞良禽擇木而棲，忠臣擇主而事。爾九江王英布，本以楚將，來歸寡人，非其擇主之明，何以至此？自兹以後，一應服食器用悉與孤同，以示獎勵。〔英布跪謝科。白〕千歲。〔王陵白〕主公口敕，命王陵代敬一杯，爲君侯洗塵。〔英布喜科。唱〕

【又一體】咱則道遣紅粧進這黄封酒，恰將軍代捧着金甌。相勸酬，能勤厚，被天威攝的咱無言閉口。哎英布你也是銀樣蠟鎗頭。〔向北跪科。白〕微臣英布，蒙主公厚恩，畢世不敢忘也。〔唱〕

【高宫·叨叨令】譬似你漢劉王龍椅上端然受，却原來張子房半句兒無虚謬。光禄寺幾替兒分前後，教坊司一派的笙歌奏。兀的不快活殺咱也麽哥，兀的不快活殺咱也麽哥，似這般受用可也誰能彀？〔白〕人説漢王待臣子全不以禮，今日看起來，都是妄傳也。〔唱〕

【中吕調·剔銀燈】咱則道舌刺之言十妄九，村棒棒呼么喝六。查沙着打死麒麟手，這半合兒敢罵遍了諸侯。原來他罵的也則是鄉間漢，田下叟，不共英雄輩口若戈矛。〔唱〕

【中吕調·蔓菁菜】論服食何須厚，便衣服不多求，這獎勵太優。雖然做不得吐哺握髮下名流，也是咱的風雲湊。〔樊噲白〕英布，你方纔動氣，罵咱殺猪屠狗，如今氣往那裏去了？〔英布唱〕

【中吕調・柳青娘】似這等君恩鮮有，休調舌莫聞奏。咱今日心投意投，洗盡了向來羞。〔樊噲白〕你有什麽本領享這等大福？〔英布唱〕今番不是誇强口，楚重瞳天亡宇宙，漢劉王合霸軍州。管教他似雀逢鷹，羊遇虎一時休。〔唱〕

【中吕調・道和】把軍收，把軍收，看江山安穩盡屬劉。挺干矛，想咱想咱恩臨厚，教咱教咱難消受。思量報本志難酬，管教功效一時收。肯遲留，征駒驟。看者看者咱爭鬭，都教望着風兒走。看者看者咱爭鬭，都教死在咱家手。血浪横流，急留古魯，亂滚滚是死人頭。〔唱〕

【中吕調・啄木兒煞】隨何意氣投，子房禮貌優。到今朝，越發相親厚。但看我從今以後，把九江拋撇不回頭。〔同下〕

第十一齣　請兵伐趙（齊微韻）

〔扮樊噲、王陵、紀信、張耳引漢王上。漢王唱〕

【商調引·遶池遊】人心向背，暗自參天意，不知他平陽降末。思定中原，奉辭伐罪，壯軍心休教失機。〔白〕孤家仗韓信立功，軍威復振；賴隨何口辯，智伏九江。天下大事，正有可爲。只是韓信伐魏，理宜勢如破竹，連日盼望捷音，未見即到，是何緣故？〔作躊躇科。扮四漢兵押魏豹、豹母，曹參隨上。曹參唱〕

【商調引·三臺令】鬼神莫測軍機，孫子真傳用奇。前後夾攻齊，生將這老少擒回。〔白〕衆軍士，押着叛王母子外廂伺候。〔軍士白〕嗄。〔押魏豹、豹母下。曹參作入見科。白〕臣啓殿下，韓元帥用計擒了魏豹并其家屬，謹此報捷。〔漢王白〕我固知魏豹一定成擒也。〔曹參唱〕

【商調·高陽臺】睿鑒無訛，成擒先決，真如朽扯枯摧。〔漢王白〕魏豹那厮可也抗拒我師？〔曹參唱〕他隔水安營，居然千隊旌旗。兵機，輿梁舟楫全無也，出疑師甲士銜枚。〔漢王白〕韓信怎樣用奇，你試説與我聽者。〔曹參唱合〕説將來歡欣鼓舞，的的神奇。〔白〕韓元帥兵至蒲坂，魏王隔河安營，彼此不得交戰。元帥與諸將商議，舟船橋梁一時難以打造，遂令灌嬰起造木罌，又令沿河虛列旗幟。却令臣引精兵二萬，從夏陽以木罌渡河，暗襲安邑，擄其眷屬。元帥攻於前，臣兵襲於後。〔唱〕

【又一體】首尾，陣似常蛇，兩頭應接。魏王無計撑持，恰待要抗拒王師，回頭國破家危。這就裏，出奇無盡新壁壘，并家屬同時囚羈。〔合〕現如今午朝外候，一家繫累。〔漢王白〕擄魏豹之眷屬係卿之功，誰其擒魏豹者？〔曹參白〕魏豹正向西逃，被灌嬰生擒活捉得。〔漢王白〕速將魏豹并其家屬帶上殿來。〔曹參應科，下。帶魏豹、豹母上，跪科。漢王白〕魏豹，爾自睢水敗回平陽，孤不加罪，爲何反起異心，降楚背漢？〔唱〕

【商調·梧桐葉】聽伊逃，寬伊罪，自返於心應自愧。如何却把良心昧，把大義全忘，别竪降旗。你待説項羽英雄無個敵，〔合〕怎的來吾殿下低頭跪？〔豹母白〕臣子魏豹反覆無常，本應斬首，以示天下後世懷二心者。但聖王以孝治天下，西魏之後，只此一丁，臣妾年逾八十，無人奉侍，還求大王法外加恩。〔唱〕

【商調·山坡羊】留得個魏家苗裔，留得個衰年根蔕。是聖主如天似地，悉聽着遠方安置。苦相隨，盡是君王雨露垂。他本是忘恩負義餐刀鬼，却是我送死資生繞膝兒。〔合〕天威，我戰戰兢兢不敢提。傷悲，我淚汪汪欲要啼。〔漢王白〕可憐，可憐。魏豹。〔魏豹白〕臣在。〔漢王白〕我本待將汝斬首，因爾母請詞悲切，〔唱〕

【商調・簇御林】年衰邁，話慘凄，哭哀哀增我悲。嗟予亦有思親淚，饒伊一死你可休忘記。〔合〕莫爲非，滎陽守分，名與庶人齊。〔白〕魏豹理應斬首，姑念其母年老，廢爲庶人，滎陽安置。〔魏豹、豹母叩頭科。白〕千歲。〔紀信引魏豹、豹母下。漢王白〕元帥因何尚不旋師？〔曹參奏科。白〕元帥道，魏地已定，代州未服，請益兵三萬，先取代州，順路北舉燕趙，東擊齊，南絶楚之糧道，西與大王會於滎陽。〔漢王白〕准元帥所請。張耳過來，爾與曹參即帶兵三萬，同定各處可也。〔張耳應科。白〕領旨。〔漢王唱〕

【尚遶梁煞】一擒一縱威兼惠，偶然敗無關天意，待九萬扶搖横絶六翼齊。〔白〕致意元帥，孤這裏眼望捷旌旂矣。〔曹參、張耳白〕領旨。〔分下〕

第十二齣　東嶽勘奸（車遮韻）

〔扮八鬼卒、四司官、四判官、四宮官執符節、龍鳳扇引東嶽大帝上。東嶽大帝唱〕

【仙呂入雙角・新水令】莫疑天道助奸邪，曉鐘聲撞明黑夜。陰司分八字，孽浪有千疊。氣短喉絶，則問你阿呵呵是幾層也？〔轉場陞高座坐科。白〕不生不化無天地，是是非非存道義。聖王治明吾治幽，易簡清寧上下位。吾乃東嶽大帝是也。前奉玉帝敕旨，教吾神於赤帝子將定鼎時，把秦朝逢君作惡的鬼犯按罪勘明，發往陰司，備受苦楚。鬼卒，帶各犯上來。〔鬼卒應傳科。扮五都鬼押李斯、趙高、閻樂鬼魂上。同唱〕

【仙呂入雙角・步步嬌】死去猶然遭縲絏，鬼使連聲嚇。〔趙高鬼魂對李斯鬼魂唱〕休將夙怨挾，到底是患難中間，舊日交接。〔李斯鬼魂同唱合〕鐵案共呼爺。〔鬼卒扯行科。白〕快走。〔趙高、李斯鬼魂同唱〕鬼魔頭把我生生扯。〔帶上科，判官點名科。白〕李斯。〔東嶽大帝白〕先帶趙高聽審。〔鬼卒應，捽趙高鬼魂跪科。東嶽大帝白〕爾本無賴小民，謬充閹宦，膽敢沙丘矯詔，毒死扶蘇。〔趙高鬼魂白〕爺爺嗄，此非趙高所爲，乃是李斯起意的。〔東嶽大帝白〕你怎知人世上事，一件件一樁樁，俺這裏都是明明白白的。

〔唱〕

【仙呂入雙角・折桂令】四功曹月馭風車，把善惡稽查，没個休歇。還有那土地城隍，分明印結，晝夜移牒。你思量一時口説，把你那一樁樁罪案權遮。教你瞪了雙睫，堵了喉舌。則怕你記不清時，猛回頭變作痴呆。〔白〕鬼判，將趙高大案讀與他聽者。〔判官讀科。白〕一款與李斯矯詔，逼死扶蘇，擅立胡亥。一款引誘二世，宫中淫樂，荒廢朝政。一款專權進讒，腰斬李斯。一款朦君誑奏，逼反章邯。一款指鹿爲馬，欺君壓衆。一款托病不朝，召黨弑君。〔趙高鬼魂驚科。白〕我在陽世作惡，還要緊緊的瞞人，不料殿前注得這詳詳細細。〔哭科。唱〕

【仙呂入雙角・江兒水】諕破如天膽，乾僵似劍舌，縮回頭啞了泥中鱉。纔曉得神天非虚設，行行款款分明説。〔叩頭科。唱〕惟有磕頭不歇，〔合〕作傻粧呆，或者得邀寬赦。〔東嶽大帝白〕鬼卒，將趙高打着者。〔鬼卒打科。東嶽大帝唱〕

【仙呂入雙角・雁兒落帶得勝令】【雁兒落】〔全〕俺没有鐵油鍋燒的熱，俺没有鐵鏊子安寧貼。俺没有磨兒挨刀鋸開，則無過打散你奸肢節。【得勝令】〔全〕呀，則待你名向鬼門牒，按成例治奸譎。步步是劍鎗林荆榛道，層層是叫號聲苦各别。魂絶，還又甦轉也。冤業，苦受阿鼻者。〔白〕鬼判，將此批文换長解鬼使，押赴陰曹，按罪施刑。〔判官應科。扮二長解鬼使上，接批文，押趙高下。東嶽大帝白〕帶李斯。〔鬼卒摔李斯跪科。東嶽大帝怒科。白〕内竪無知，不曉道義。你乃讀書之人，書何負於你，你乃倡焚書

之議？儒何礙於你，你乃作坑儒之舉？〔李斯鬼魂白〕鬼犯一時見之不明，如今悔不及了。〔唱〕

【仙呂入雙角・僥僥令】只因蒼氏頡，造字鬼吁嗟。渾沌鑿開良心壞，〔合〕爲此把經生一時滅。〔内作叫屈聲科。東嶽大帝白〕你聽這哭聲麽，乃是始皇所坑六百三十餘人也。〔唱〕

【仙呂入雙角・收江南】呀，那書生怨氣把天遮，聽呼號悲痛不曾絶。你忍心一例下鍬钁，斷先賢古聖這根節。把斯文這些，把斯文這些，挖深坑英華一代葬同穴。〔白〕傳旨，着衆書生當面挫抹李斯者。〔鬼卒傳科。扮侯生、盧生、八儒士鬼魂上，見李斯鬼魂科。白〕李斯，你這無知畜生。〔唱〕

【仙呂入雙角・園林好】講刑名心殘意邪，講法術肝偏肺别，則問你如何歡愜？〔合〕看大墓似丘垤，看大墓似丘垤。〔八儒士罵科。白〕欠通，少講究，忍心害理，莫此之甚。〔東嶽大帝唱〕

【仙呂入雙角・沽美酒帶太平令】【沽美酒】(全)聽書生細數説，聽書生細數説，則略把罪名揭。怕只怕地府陰司刑較烈，把寒酸怒雪，一般樣照着前轍。【太平令】(全)剛馬面尖叉遞接，早牛首又將鋤掘。遇羅刹凶頑難惹，逢業障死灰還熱。我呵，不過是一牒，再牒，完伊罪業。呀，到頭來把誰饒捨？〔白〕鬼判，着長解鬼押李斯陰曹受罪。〔判官傳科。扮二長解鬼上，領批文，押李斯鬼魂下。東嶽大帝白〕侯生，盧生，傳誦孔子，敬守先賢，宜超生大儒，以繼絶傳。諸生無辜受戮，宜轉生儒林，以受將來漢家重儒之報。〔侯生衆鬼魂謝科。白〕多謝大帝。方知積善有餘慶，畢竟傷人是自傷。〔下。東嶽大帝白〕閻樂不過閹門走狗，趨奉趙高，不須再審，開明罪案，付陰司懲治便了。〔判官傳科。扮二長解鬼上，接批文，押閻樂下。〔東嶽大帝白〕五都鬼迴避。〔五都鬼白〕聖壽。〔下。東嶽大帝白〕世上奸臣、惡宦，觀此記載分明，應知改悔也。〔下高座科。衆同唱〕

【仙呂入雙角·清江引】懲奸頑，帝心不爲別，單怕天良滅。則願重興古聖書，大振興王業。〔合〕千萬年，國家樂清泰也。〔擁東嶽大帝下〕

第十三齣　迂談守義（齊微韻）

〔扮四將官引陳餘上。陳餘唱〕

【大石調引·陽關引】敵勢任鴟張，倉卒來兹里。邯鄲士馬，逞雄威饒殺氣。億萬戰心齊，刀戟霜鋒鋭。早安排，搴旗獲醜成功計。〔白〕適纔探子報道，韓信、張耳領兵二十萬攻破代州，斬了夏悦，氣死張仝，現在屯扎井陘口外，勢甚猖獗。已經點齊勁卒二十萬，屯駐井陘，爲犄角之勢，定要擒獲韓、張二賊，顯俺趙兵英勇也。左右的。〔一將官白〕有。〔陳餘白〕請廣武君商議軍情。〔將官白〕嗄，廣武君有請。〔扮李左車上。唱〕

【大石調引·東坡引】空懷贊畫才，未逞孫吴志。欣看兵馬來邊鄙，展舒决勝機，從教破敵奇。〔見科。白〕將軍呼喚，有何見教？〔陳餘白〕韓信、張耳兵臨城下，特與先生商議破他之計。〔李左車白〕韓信、張耳兵强將勇，彼自代州一路破竹而來，其鋒不可當也。〔唱〕

【大石調·沙塞子】莫仗兵威將勢，要思量破敵，朽拉枯摧。怕夾陣旗摇鼓震，輿尸失律堪耻。〔陳餘白〕依君所論，難道束手就縛不成？〔李左車白〕那有此理？臣聞千里餽糧，士有饑色，樵蘇後爨，師不宿飽。今井陘之道，車不得方軌，騎不得成列，漢兵遠走數百里，糧草必在其後。願假臣奇兵三萬，從間道絶其輜重，足下深溝高壘，堅守營寨，使彼進無所取，退無所歸。不十日，而兩將之頭可致於麾下，此所謂不戰而屈人兵也。〔唱〕設計，奪其倚恃，撓其進取。屈人不戰，早見蕩營破壘。〔合〕須知這是，兵行詭道，斬將擒渠，顯得謀奇。〔陳餘白〕此詐謀也。〔唱〕

【又一體】高議，破敵雖稱得計，須不免譎詐遺譏。俺興師仁昭義顯，何容身蹈欺詭？〔白〕吾聞兵法有云，十則圍之，倍則攻之。今韓信以疲散之卒，雖數號十萬，其實不過數千，況又千里而來，已極疲倦。我兵操練日久，藏鋒蓄鋭，以逸待勞，正當急擊。若避而不戰，諸侯謂我怯弱，輕我伐我，非常策也。〔唱〕應知，逸勞相待，操持勝券，摧鋒破鋭，一霎戰功成矣。〔合〕憑咱士馬，揚威前進，斬將擒渠，不仗謀奇。〔李左車白〕足下既稱義兵，不尚詭計，請自裁之。〔陳餘白〕先生請便。〔李左車背科。白〕不想今日復見宋殤，可惜二十萬邯鄲勁卒喪在迂夫手裏。咳，正是：胸頭枉咽英雄淚，眼下愁看血肉堆。〔下。陳餘白〕衆將官。〔衆白〕有。〔陳餘白〕整備人馬，隨我出營見陣。〔衆白〕得令。〔繞場科。同下。〕

第十四齣　背水破趙（庚青韻）

〔扮八漢兵、薛歐、陳沛、靳歙、柴武引張耳、韓信上。韓信唱〕

【高宮·醉太平】俺到這崎嶇崎嶇的井陘，爲只爲路狹難行。怕道個有謀臣將妙計、進奇兵，早可絶却了軍行軍行的粒烝。便做道常山首尾難相應，怎網羅逃脱終天倖。誰省得恁迂拘自用薄豪英，把俺灾禍一時消除也，好便是手贈邯鄲百雉城。〔白〕我自請兵伐趙，因代州夏悦、張仝恃强梗化，用計擒之，率衆前來，屯扎井陘口外。只因路狹，兵馬曳尾而行，誠恐趙郡或有謀臣阻我輜重，那時進退兩難，不免覆亡之禍。不意陳餘拘迂守義，不從李左車之謀，要與俺交兵見陣。因遣樊噲、曹參率領輕騎二千，各執赤幟，從間道潛行草山，俟誘趙軍空壁追趕，令其疾入趙壁，將趙幟拔去，盡易漢幟，那時趙軍自亂，不怕陳餘隻身逃避也。衆將官。〔衆白〕有。〔韓信白〕就此整齊隊伍，打點出兵。〔薛歐白〕稟元帥，三軍尚未造飯。〔韓信白〕傳令三軍，不須造飯，待攻破趙軍，然後會食，不得有違。〔薛歐白〕元帥有令，三軍不須造飯，待攻破趙軍，然後會食，不得有違。〔衆白〕得令。〔韓信白〕薛歐、陳沛、靳歙、柴武聽令。〔薛歐衆白〕有。〔韓信白〕命爾四人領兵一萬，先往河涯，背水爲陣。待本帥計引陳餘到來，奮勇擒住，須各小心。有違者，斬。〔薛歐衆白〕得令。〔下。韓信白〕衆將官。〔衆白〕有。〔韓信白〕

就此迎殺前去。〔衆白〕嗄。〔繞場科。韓信唱〕

【又一體】說甚麽楞腹楞腹的用兵，都只是令重身輕。便他行領强兵屯水畔、早遵行，俺呵說不盡揚威揚威的疾征。便待要臨風一鼓除强梗，看趙城歸漢封疆定。俺早向這街渠市巷集群英，好便傾盡橐囊供軍用，免却了草帳荒營爨釜鐺。〔下。扮八趙軍引陳餘上。同唱〕

【正宮・普天樂】鼓聲揚軍容整，令嚴明人强勁。争功去不尚奇兵，走郊原士馬奔騰。〔陳餘白〕不想廣武君枉有才名，徒行詭道。我便不從其計，領兵前來與漢家迎敵。衆將官。〔衆白〕有。〔陳餘白〕打聽漢家兵馬隊伍可也整齊？〔衆白〕禀上元戎，漢兵隊伍整齊，現在河涯背水爲陣。〔陳餘白〕可笑韓信，素號知兵，原來如此。〔唱合〕呀，恁屯軍絶境，汪洋水勢凴。此日應看，魚鱉群生。〔白〕大小三軍。〔衆白〕有。〔陳餘白〕就此殺往前去。〔衆白〕嗄。〔繞場科。八漢兵引張耳、韓信上。韓信白〕趙兵休得前進，俺韓元帥在此。〔陳餘白〕韓信，我與漢王各守疆土，兩不相干，何故妄動干戈，前來送死？〔韓信白〕陳餘，爾爲項王犬馬，不顧友誼，殺戮常山王家屬，罪不容誅。你且聽者。〔唱〕

【中吕調・朝天子】聽嚶嚶鳥鳴，詎忘情友生，凶終早把干戈競。多年刎頸，一朝背盟，戮全家無餘賸。凶頑呵性成，滅倫呵强横。罪名罪名問罪名，律王章征誅可省，征誅可省。怒天顔勞師命，怒天顔勞師命。〔張耳白〕元帥，不必和他理論。待我手誅逆賊，以報眷屬之讐，看刀。〔作戰科，殺下。扮八漢兵各執赤幟引樊噲、曹參上。同唱〕

【正宮·普天樂】隱旌旗華山境，奪城池軍謀定。機關覷趙壁齊登，抖威風易幟輕輕。〔樊噲白〕奉元帥將令，前往華山埋伏，俟趙軍空壁，一鼓齊登，拔去趙旗，更易漢幟。軍士們，悄悄前去。〔衆應科。唱合〕呀，看兵旋俄頃，群將漢幟驚。早看那喪犬亡家，四下奔騰。〔下。韓信衆與陳餘衆殺上，大戰科。韓信衆作擲旗幟科，下，陳餘衆追下。八趙軍上，作亂搶旗幟科。一趙軍白〕漢兵拋棄旗幟，大敗而逃，我等一齊追去，奪取漢家旗幟，好助成安君共擒韓信。〔衆白〕言之有理，大家走嗄。〔下。八漢兵、樊噲、曹參上。白〕趙兵果然空壁，追元帥去了。快拔趙幟，更換赤幟者。〔衆白〕得令。〔作拔趙幟插赤幟科，下。扮八漢兵、薛歐、陳沛、靳歙、柴武上。白〕奉元帥之命，在此背水爲陣，以待陳餘。〔一漢兵白〕那邊元帥引得陳餘來也。〔薛歐衆白〕大家奮勇截住，不要被他冲突過來。〔衆白〕嗄。〔韓信上。唱〕

【中吕調·朝天子】釣鯨鯢計行，捉熊羆勢成，把貔貅奮激言詞訂。〔白〕衆將官。〔薛歐白〕元帥有何號令？〔韓信白〕陳餘衆將追我前來，爾等快去迎殺，聽我吩咐。〔唱〕軍屯險處，却遭逢敵兵，要潛逃難徯倖。波濤兒可驚，死生兒難定。用情用情各用情，逞英雄威風自整，威風自整。建功勳全身命，建功勳全身命。〔衆白〕得令。〔衆引陳餘上，韓信衆迎殺圍戰科，陳餘衆敗下。韓信白〕靳、柴二位將軍，快快與我追趕陳餘。〔靳歙、柴武白〕得令。〔追下。韓信白〕衆將隨我速入趙城，擒斬趙王。〔衆白〕嗄。〔韓信領衆下。陳餘衆敗上。同唱〕

【正宮·普天樂】械全拋行難整，急煎煎忙逃命。誰知恁善戰知兵，合軍機置死偏生。〔合〕呀，我身逢陷井，全軍一旦傾。只索要返旆旋師，好去嚴閉金城。〔白〕來此已是城下了。〔衆白〕不好了，怎麼旗幟都是赤色的了？〔陳餘白〕阿呀，赤幟乃漢家旌旗，莫非漢兵已破吾城？〔衆白〕城池已爲漢兵所占，後邊又有敵兵，我等快快四散奔逃，免遭殺戮，走嘎。〔作四散奔逃科。陳餘白〕衆軍不要亂走。〔作四下攔阻科。衆引靳歙、柴武上，作趕殺衆趙軍科。樊噲、曹參冲上，作殺死陳餘科。陳餘下。薛歐、陳沛押趙歇引韓信上。唱〕

【中吕調・朝天子】乍金鳴鼓鳴，早勳成業成，趙山河一霎都兼併。〔樊噲等白〕稟元帥，末將殺死陳餘，驅散趙卒，特來繳令。〔韓信白〕記功候賞。〔唱〕常山怨氣，崇朝已平，楚廉來令畢命。立功呵衆英，賞功呵斯稱。入城入城急入城，早安排埋鍋汲井，埋鍋汲井，治饔飧離鞭鐙，治饔飧離鞭鐙。〔白〕陳餘授首，趙歇爲擒，將趙王押入後營。傳令三軍，埋鍋造飯。〔衆白〕得令。〔一軍士押趙歇下。衆將官白〕元帥有令，破趙後會食，今乃果應此言。又况背水爲陣，身處危途，末將等不識其中妙計，還求元帥明爲曉示。〔韓信白〕此皆孫吴故智，諸君不察耳，俟進營後，再爲細論。今得破趙城，所幸陳餘迂執，不用廣武君之謀，纔能到此。倘彼許出奇兵，吾軍死無噍類矣。即速傳令軍中，有能生獲廣武君者，賞銀千兩。〔衆白〕得令。〔傳科。白〕元帥有令，有能生獲廣武君者，賞銀千兩。〔衆白〕得令。〔同唱〕

【正宫・普天樂】計安排人難省，集功勳都如令。旗開處趙壁遄傾，斬梟雄早奪其城。〔合〕呀，爲良謀可警，千金購俊英。只看去會合孫吴，兩下裏抵掌談兵。〔同下〕

第十五齣　義釋左車（尤侯韻）

〔扮李左車上。唱〕

【商角套曲·集賢賓】韜鈐枉自胸中有，軍覆主羈囚。縱委罪謀臧不用，早難辭敗國顔羞。更網羅不弛前禽，令纂嚴俘馘生求。只俺未得展襟懷，要得去剖，何消恁千金重購。不愁刖足傷，荆璞自相投。〔白〕可嘆成安君不依吾計，國滅身亡。現在韓信令有能生得吾者，重賞千金。我想高山流水，喜遇知音。韓信多謀善將，與吾勝負相衡，正宜委贄登龍，以期見用。雖身爲臣虜，吾何懼哉，不免投往轅門，前去見他。熊羆帳裏昂藏入，刀戟叢中慷慨談。〔下。扮二軍士上。白〕千金容易得，一將最難擒。〔一軍士白〕夥計，你我今日財運亨通，那邊廣武君來了。〔二軍士白〕廣武君智勇兼全，你我二人如何擒捉得他？〔一軍士白〕我有一計在此，只説韓元帥請他議論軍情，將他哄到轅門，然後綁他去見元帥，有何不可？〔二軍士白〕就是這個主意，待我唤他一聲。李將軍，李將軍。〔李左車上。白〕什麽人呼唤？〔二軍士白〕我們是韓元帥麾下軍士，奉元帥將令，要請將軍商議軍情。喜得此處相逢，就請前去。〔李左車作笑科。白〕爾等不須搗鬼，我聞韓元帥軍令，有能生得吾者，賞銀千兩。

也是你二人造化，該應得此千金，快快綁起我來。〔二軍士白〕話雖如此，我們如何敢綁將軍？〔李左車白〕恕你無罪，綁起來。〔二軍士白〕如此，得罪了。〔作綁李左車科，下。扮四軍士、樊噲、張耳、曹參引韓信上。韓信白〕適纔轅門通報，道有軍士獲得廣武君，在於門首。樊將軍。〔樊噲白〕有。〔韓信白〕與我接引進來。〔樊噲白〕得令。〔傳科。白〕廣武君那裏？〔二軍士押李左車上。軍士白〕廣武君在此。〔樊噲白〕隨我去見元帥。〔二軍士白〕嗄。〔樊噲作引進科。樊噲白〕稟元帥，廣武君押到。〔韓信下坐，親釋綁科。白〕軍士無知，多有得罪。〔李左車白〕亡國之虜，自問必死，何敢有勞元帥釋縛加恩？〔韓信白〕豈敢。軍中之事，全賴贊襄，請坐了好講。〔李左車白〕左車得免斧鉞之誅，已爲萬幸。元帥之前，如何敢坐？〔韓信白〕休得過謙，請坐。〔李左車白〕如此告坐了。〔坐科。韓信白〕聞將軍曾獻奇謀，實令韓信傾心碎膽，倘使陳餘見用，吾軍敗覆多時矣。〔李左車白〕些須小計，何足爲奇？〔韓信白〕吾欲北攻燕，東伐齊，計無所出，願求明教。〔李左車白〕元帥聽啓。〔唱〕

【商角套曲·上京馬】亡國士，只好待括囊閉口。敗軍將佐勇豈有，那更把軍機奏。〔韓信白〕英雄不關成敗，將軍所言未免世俗之見。韓信雖屬庸流，企慕將軍，深於肺腑。今日委心請計，願足下勿辭。〔作拜求科，李左車扶住科。白〕元帥殷殷下問，末將敢不盡言？〔韓信白〕願聞。〔李左車白〕將軍虜魏豹，斬夏悦，不終朝而破趙二十萬衆，威震天下，此將軍之所長也。然衆勞卒疲，不堪再用，燕若不服，齊必自强，此又將軍之所短也。〔唱〕

【商角套曲・後庭花】只仗着這進無前的戈與矛，早領着那衆師徒呵奔共走。恁用却了勇無當的貔貅隊，怎免得個損威風呵滋强寇。漫躇躊，倘喪師失手。病幽燕終梗化，引青齊兵革輳。〔韓信白〕蒙足下指示，使信茅塞頓開。但不知欲取燕、齊，計將何出？〔李左車白〕兵法有云，善用兵者，不以短擊長，而以長擊短。爲今之計呵，〔唱〕

【商角套曲・金菊香】統師旅，燕郊地暫羈留。辯士先將詞命修，示威布德相掖誘。畏懾人心，不戰把功收。〔韓信白〕以今日全勝之勢，若遣辯士説燕，燕必不敢不從，先生所論，誠爲上策。敢問取齊之計，還是如何？〔李左車白〕燕既聽從，將軍統兵東嚮，共志伐齊，威武一施，山東可定。兵固有先聲後實者，此之謂也。〔唱〕

【又一體】説燕早則把兵休，一往臨淄奮甲首。鼓勇去，破齊如拉朽。這的是後實先聲，效法孫吴舊。〔韓信白〕虚虚實實，盡合機宜，謹當遵守良謨。即遣使表奏漢王，選擇能言之士前去説燕，然後舉兵東伐便了。〔樊噲白〕啓元帥，軍士轅門求賞。〔韓信白〕吩咐賞給千金，軍政司支領。〔樊噲白〕得令。〔韓信白〕今日千金得士，獲益多多矣。〔李左車白〕幸荷生全，更蒙知遇，隆恩深厚，感激難鳴。從此請退，不復再圖榮貴了。〔唱〕

【隨調煞】喜得知遇有，早把虜囚宥。得這山林静處，索難把你肉骨生死大恩酬。〔韓信白〕國士幸逢，韓信萬千之幸，且暫屈後營小酌，聊佐清談。〔李左車白〕足感盛意。青霜紫電藴襟胸，〔韓信白〕帳

幄機謀運不窮。〔衆將白〕十二連城收趙壁，〔衆同白〕何如此日會英雄。〔韓信白〕廣武君請。〔李左車白〕元帥請。〔同下〕

第十六齣　捷至兵臨（魚模韻）

〔扮張良、隨何、紀信、陳平上。同唱〕

【仙呂調·點絳唇】同佐皇圖，共隨鵷鷺。瞻雲路，勉效馳驅，整笏歸班部。〔分白〕吾乃張良是也。吾乃隨何是也。吾乃紀信是也。吾乃陳平是也。〔同白〕喜得韓元帥破趙成功，遣人報捷。刻下吾王陞殿，須索奏聞。〔分侍科。扮二太監、二宫官引漢王上。漢王唱〕

【又一體】薇蕨長途，遠勞羆虎。干戈舉，勝負何如，夢寐勞宸慮。〔張良衆朝見科。白〕臣等朝參，願吾王千歲千千歲。〔漢王白〕平身。〔張良衆白〕千歲。〔張良白〕臣有事奏聞。〔漢王白〕奏來。〔張良白〕有元帥韓信差官報捷，現在午門候旨。〔漢王作喜科。白〕原來韓信成功，差官報捷。卿家傳旨，宣差官進見。〔張良白〕領旨。〔傳科。白〕千歲有旨，宣報捷差官進見。〔内白〕領旨。〔扮差官上。白〕虎帳傳佳信，金鑾見至尊。〔見科。白〕臣韓信麾下差官見駕，願吾王千歲千千歲。〔漢王白〕韓信破趙，功績如何？〔差官白〕有奏捷本章，恭呈御覽。〔漢王白〕内侍，接過本章。〔内侍接本遞漢王看科，作喜科。白〕原來韓信伐趙，兵到代州，用計擒斬夏悅，嚇得張仝墜城而死。及至趙城，斬了陳餘，擒降趙歇。現在趙地已平，欲孤遣一舌辯之士前去説燕，然後專意伐齊，甚爲可喜。差官。〔差官白〕臣有。〔漢王白〕與孤傳旨韓信，道孤呵，〔唱〕

【中呂宫·好事近】閲奏甚歡娛，喜氣横生眉宇。竹書勳記，將士量予優叙。還看不日，仗軍威，早使欃槍去。〔合〕遣才臣舌戰燕降，聽帥府凱歌齊作。〔差官白〕領旨。〔下。漢王白〕韓信請使説燕，左右諸臣，誰可去得？〔隨何白〕臣隨何願去。〔唱〕

【又一體】臣何，磨礪久相需，舌劍鋒鋩微露。燕邦一往，管教甲兵不舉。懾威懷德，早傾心、率衆同歸附。〔漢王白〕全仗卿家才辯，説得燕降，孤家自有不次陞賞。〔隨何謝科。白〕千歲。〔唱合〕看今番舌戰燕降，助帥府凱歌齊作。〔下。扮夏侯嬰上。白〕敵信甚驚人，王門先啓奏。〔見科。白〕臣夏侯嬰有事奏聞。〔漢王白〕有何事奏？〔夏侯嬰白〕今有探子來報，項王聽范增之計，道元帥屯兵趙境，滎城空虚，領三十萬人馬前來圍困，請旨定奪。〔漢王作驚科。白〕兵將大半俱隨韓信伐趙，滎城空虚，王陵又卧病在家，兵馬驟來，如何抵攩？〔陳平奏科。白〕項王骨梗之臣，亞父、鍾離眜等不過數人。大王誠能捐金數萬，行反間之計，離間其君臣，使各疑其心，則讒言進入。畫計雖善，項王必不能用矣。〔唱〕

【中呂宫·駐馬聽】越國吞吴，太宰曾經間子胥。任盡忠竭慮，裂膽披肝，難解人誣。只把個股肱心膂兩疑狐，還有甚指麾韜略堪驚怖？〔合〕不吝金珠，應教讒口廢良謨。〔白〕楚兵出入，計出鍾、范二人，使離間得行，項王心存疑忌，所言不見聽從，則鍾、范二人，便有不能終日之勢。項王一勇之夫，苟無鍾、范，便失指揮。我王舉兵伐楚，破之必矣。〔唱〕

【又一體】贊畫先除，統衆空餘一勇夫。便否臧失律，左次輿尸，斷送師徒。俺這裏待時乘勢運奇謀，那怕恁拔山扛鼎英雄負。〔合〕斬將擒渠，從教一統定皇輿。〔張良白〕陳平此計，切中項王之病，望吾王依奏准行。〔漢王白〕即發内庫黄金四萬斤，交付陳平，任其行事。〔陳平白〕有此多金，反間可行矣。〔漢王唱〕

【意不盡】兵臨城下愁難禦，〔張良唱〕哲士偏思破楚。〔陳平唱〕奇功足據，〔同唱〕鍾范同遭反間謀。〔同下〕

第十七齣　假言講和（江陽韻）

〔扮十六楚軍、桓楚、于英、龍且、季布、丁公、雍齒引項籍上。同唱〕

【黄鐘宫集曲・滴溜出隊】【滴溜子】（首至合）淮陰將，淮陰將，統兵勢强。滎陽地，滎陽地，不加備防。此去大軍誰抗？〔項籍白〕自與韓信大戰滎陽，幾陷車攻陣内，幸而脱逃。後來韓信虜魏豹，斬夏悦，破趙降燕，所向無敵，孤家屢欲報讐，計無所出。昨喜亞父獻計，道漢家兵將大半隨從韓信，滎陽城邑空虚，勸孤急爲進兵，漢王可虜。爲此點齊三十萬兵馬，統領而來。大小三軍。〔衆應科。項籍白〕就此前進。〔衆白〕得令。〔行科。同唱〕【出隊子】（四至末）鼓角一聲人勇往，（合）待看取空城百雉，即時覆亡。〔楚軍白〕稟大王，已到城下。〔項籍白〕就此攻打。〔衆白〕嗄。〔作攻城科。扮八漢兵引周昌、紀信、周苛、灌嬰上城科。周昌衆白〕軍士們，快下滚木、壘石，擊退楚軍者。〔衆吶喊用滚木向下亂打科，楚軍退下科。項籍斬一楚軍科。白〕敢有退下者，以此爲令。〔楚軍吶喊作復攻城科。内白〕城上將軍，傳令楚兵不要攻城，有話面講。〔周苛白〕我王有令，楚兵不要攻城，有話面講。〔項籍白〕既漢王有話要講，衆將們，暫止攻城。〔衆白〕得令。〔作暫退科。扮陳平上。白〕漢王有話要講，大王暫且退軍，以便出城面見。

〔項籍白〕既如此，暫且退軍。〔軍士應科，下。陳平白〕項王攻城，自恃其勇，必意我軍不能支架。不如借此詐降，待他遣使講和，那時乘便好行反間也。衆位將軍，小心防禦，待我去見項王。〔周苛衆白〕曉得。軍士們，就此開了城門，送陳將軍出城，小心防守。〔衆白〕得令。〔作開城送陳平出城科，陳平下。衆閉城科，下。扮鍾離昧、范增引項籍上。范增白〕主公爲何退兵？〔項籍白〕劉季有話相商，故爾暫退。〔鍾離昧白〕此係緩兵之計，吾王不宜聽信其言。〔項籍白〕彼自遣將前來，聽他有何議論，再爲定奪。〔扮季布上。白〕啓大王，漢將陳平候令。〔項籍白〕着他進來。〔季布白〕領旨。〔出唤科。白〕陳平那裏？〔陳平上。白〕陳平在此候旨。〔季布白〕吾王有令，着你進去。〔陳平白〕曉得。〔作進見跪科。白〕臣陳平奉漢王之令，敬問大王聖躬萬安。〔項籍白〕陳平，你棄我投漢，身爲叛逆之臣，今日何顔又來見我？〔陳平白〕臣因舊是楚臣，纔敢面見大王，以全兩家之好。〔項籍白〕我且問你，漢王主意如何？〔陳平白〕漢王原與大王約會攻秦，結爲兄弟，本無圖王之心。只因封在褒中，路途險隘，不得東歸，無奈興師犯塞。今幸得關中，此心已足。情願與大王呵，〔唱〕

【黄鍾宫集曲·黄龍捧燈月】【降黄龍】（首至四）盟約無忘，把舊日金蘭，此日重講。怡怡手足，各飲其和，莫鬩於牆。【燈月交輝】（五至末句）免教人笑我參商，看自此早除争攘。〔合〕治釃酒，舞僔僔歡娱一堂。〔項籍白〕兵臨城下，城破須臾，你欲講和，如何講法？〔陳平白〕大王聽啓。〔唱〕

【黄鍾宫集曲·畫眉姐姐】【畫眉序】（首至合）割地兩分疆，楚漢西東界滎陽。便田疇士庶，各治其邦。武備不設甲兵藏，只聘問比時遣往。【好姐姐】（合至末）乾坤掌，富貴玉食同斯享，一樣至尊天下王。〔項籍白〕這也説得有理。〔范增白〕大王不可偏聽陳平之言，誤墮漢王詭計。此功業垂成，莫大機會也。〔唱〕

【黄鐘宫集曲·畫眉臨鏡】【畫眉序】（首至三）軍馬壓城隍，漢室河山不日亡。但轟雷炮石，武振威揚。【臨鏡序】（五至末）金湯雖固何能攩，搗穴傾巢殺伐張。〔合〕休寬縱，憑納降，須知道臨危詭計要推詳。〔陳平白〕大王在上，凡事當出聖裁，不宜令左右之臣參以私議，致誤兵機。現在韓信大兵得勝而回，即日便臨城下，各路諸侯聞召俱來。大王雖有數十萬强兵，那禁得裏攻外合，兩下夾攻？彼時大王欲退，則恐諸侯耻笑，欲與講和，漢王又不肯聽從。事到其間，悔之晚矣。〔唱〕

【黄鐘宫集曲·三老節節高】【三段子】（首至四）今番納降，指滎陽平分漢疆。如教不諒，待兵至誰爲抵擋？【鮑老催】（二至七）列侯聞召將威抗，夾攻腹背軍機莽。〔白〕大王呵，〔唱〕你使兵羞退，敗可虞，和難講，將來悔恨空惆悵。〔項籍白〕陳平，你虚張聲勢，恐嚇孤家。難道孤家畏懼韓信，便與你講和不成？〔陳平白〕臣因曾作舊臣，故敢吐露腹心，爲大王計議萬全之策。大王切勿聽左右誣陷之言，反道陳平欺君誑上也。〔唱〕【節節高】（合至末）腹心傾盡君未詳，忠言反被讒言誑。〔項籍作沉吟科。白〕細思陳平之言，委實的有理，孤家准令漢王講和。今日屈爾暫留帳下，候孤遣人同去便了。〔陳平謝科。白〕千歲。〔項籍唱〕

【黄鐘宫集曲・歸樓神仗】【歸朝歌】(首至七)劉和項,劉和項,君臨各方,分半幅輿圖雄壯。兵和馬,兵和馬,兩下偃藏。【下小樓】(五至六)陳平,忠言不誑。【神仗兒】(末二句)速遣使莫傍徨,速遣使莫傍徨。〔白〕吩咐軍將,暫且休兵,休得有違。〔衆白〕得令。〔項籍白〕十年征戰自今休,〔陳平白〕計議行時大業收。〔范增、鍾離眛白〕乍識沐猴難共事,〔衆同白〕從看堂陛起離憂。〔同下〕

第十八齣　計行反間

〔扮楚軍上。白〕煖閣開筵意甚濃，主人陪侍禮從隆。一聲聽説王差使，只飲村醪四五鍾。區區非别，乃隨從虞國舅一個軍士的便是。我家項王與漢家講和，主意未定，留漢將陳平在軍營候信。好個豁達的陳將軍，不惜金銀，交結合營將士，没一個不合他相好。他因講起我家范亞父、鍾離將軍，二人在楚屢建奇功，未得分茅裂土，恐有異心。衆將士也以爲然，沸沸揚揚，大家傳説，不期吹入項王耳内，就有些疑忌他二人。諸事不與計較，决意遣國舅虞子期同陳平來此滎陽，與漢王當面講和。不想漢王宿酒未醒，尚然高卧，陳平將我家國舅邀入裏邊去了。區區偷得一個清閑，在這街頭散步，不想遇着一樁詫事，教人着實疑心，像我們當軍的人，再不見有個官宦人家請我吃酒。今日走到街坊，遇見什麼張軍師，知我是個楚使，邀我到一座煖閣裏邊，備辦細食美酒，讓我上坐起來，你道這可是我的造化了。誰知方纔坐下，正要舉箸，他就問我亞父差來有何話説。我道不是亞父差來的，是楚王差來，跟隨虞國舅到此的。他便説，既是楚王差來的，就教小厮進來，想必是要添酒添菜，喜歡得我滿口流涎，十分有興。及到小厮進門，他道小厮這位是楚王差來的客使，不是亞父差來的心腹，你和他到那小館裏面陪飲幾杯。那位軍師一徑去了，弄得我一場掃興，没奈何只得跟他前去，原來是些粗食村醪，我也免强吃了幾杯，倒也罷了。只有一件，我却見那姓張的他待我甚好，及至問我不是亞父處的差人，就輕慢起來。難道大大的一個項王，不如小小一個亞父？這也奇怪。〔唱〕

【南吕宫·紅納襖】莫不是亞父呵物望高，莫不是楚王呵封位藐。莫不是漢家冠履都顛倒，莫不是小軍福薄恩怎叨。這謎兒猜不着，這意兒難得曉。敢只是賣國求榮藏着一樣私情也，范軍師奸狀昭。

〔白〕不要管他，且去告訴我家國舅，自有分曉。〔下。扮虞子期上。白〕觀書消永晝，無意得奸情。吾自與陳平同入滎陽，因漢王醉卧，陳將軍邀我書齋歇息，他去打聽漢王梳洗去了。悶坐無聊，閑翻書史，内中見有一書，首尾不列姓名，但云項王提兵遠來，人心不歸，大兵不過二十萬，漸漸孤弱。大王切勿議和，當急唤韓信兵回滎陽，老臣與鍾離眛共爲内應，指日破楚必矣。看他口氣，大似范增，怪得人言范增、鍾離眛懷藏異心，原來如此。〔唱〕

【又一體】説甚麽宴鴻門玉斗銷，説甚麽貶褒中謀不效。説甚麽曾經計陷張良到，説甚麽薦韓勸殺心思奥。那些兒節義昭，幾會兒肝膽剖。總做得假義虚仁好是一個權奸也，紙書傳綱紀拋。〔白〕我已將此書揣在懷中，且俟回營報與大王知道。〔楚軍上。白〕臉紅醺酒色，心結藴疑團。〔見科。虞子期白〕你到外邊，爲何一去許久？〔楚軍白〕有個甚麽張軍師，請我吃了一杯酒來。〔虞子期白〕怎麽張軍師

請你吃酒？〔楚軍白〕不但請我吃酒，還有詫異的事兒呢。〔虞子期白〕怎樣？〔楚軍白〕國舅聽稟。〔唱〕

【中吕宫·駐雲飛】美酒佳肴，煖閣筵開禮數昭。把盞方纔了，對語聲音悄。嗏。〔虞子期白〕既是張軍師請你吃酒，何得如此慇懃？〔楚軍唱〕話盡便粧喬，奴驅僕召。〔虞子期白〕想必張軍師將你錯認差官，後來聽你語言，纔覺着了。〔楚軍白〕非也。〔唱〕爲甚慇懃，范相奴僕到，〔合〕聽説王差輕我曹。〔虞子期白〕怎麽范增差人，倒如此慇懃？　聽説王差，就如此輕薄了？　這也可怪得緊。〔唱〕

【又一體】底事蹊蹺，亞父差人異數叨。相重王官小，誼切綱常藐。嗏。此意甚昭昭，魚鴻通好。一字千金，秘密多機要。〔合〕因此上珍重還將酒醴邀。〔陳平白〕定得牢籠計，安排破楚功。虞國舅。〔虞子期白〕陳將軍來了，漢王可曾梳洗？〔陳平白〕梳洗已畢，就請入朝相見。〔虞子期白〕如此，請。〔陳平白〕請。〔同下。楚軍分下〕

第十九齣　奈河知報（蕭毫韻）

〔扮六長解鬼押李斯、趙高、閻樂鬼魂上。李斯鬼魂衆同唱〕

【高大石調・窣地錦襠】生前惡業竟天滔，到此方知罪莫逃。千番悔恨在今朝，〔同哭科。白〕好苦嗄。〔同唱合〕則看這慘慘陰風膽早消。〔同白〕我等自入鬼門關以來，悽悽慘慘，好不怕人，不知受了多少苦楚也。〔同唱〕

【高大石調・素兒】誰能料，神目原來電樣昭，到頭來一一難逃。可憐我披着枷鎖，慚愧俺舊日金貂。〔同白〕我們好悔嗄。〔長解鬼白〕你們悔着甚的而來？〔李斯鬼魂衆同唱合〕悔前朝，竊弄威福將罪招。釀成這汪洋孽海，莫挽狂濤。〔長解鬼白〕你們這三個逆賊，在陽世三間作惡多端，今日方知受苦哩。〔唱〕

【又一體】纔知道，善惡分明報最昭，今朝休想輕拋。你須把舊日威福，齊向那鐵案承招。〔李斯鬼魂衆白〕我們罪惡已成，追悔莫及，還望長官方便方便。〔長解鬼白〕呀呸，你們在陽世間方便誰來？今日却教俺方便於你。〔唱合〕俺陰曹，法憲從古無恕饒。則怕刀山劍樹，要受周遭。〔內作水聲科。李斯鬼魂衆聽作驚科。白〕請問長官，遥聽波濤之聲，不知是什麽所在？〔長解鬼白〕那廂是奈河了。〔李斯鬼魂衆白〕什麽叫做奈河？〔長解鬼白〕奈河者，奈何也。你們在陽世奈何了多少人性命，今日到了陰司，要奈何你這三個逆賊哩。還不快走。〔作打行科。長解鬼唱〕

【高大石調·窣地錦襠】雲愁霧慘路迢遥，日暗風凄血浪滔。愁人怕聽奈河潮，〔李斯鬼魂衆作見奈河驚科。白〕阿呀，好大水嗄。〔作淚科。同唱合〕一望無涯那有橋？〔作悲科。白〕天嗄，這樣大水，又無橋梁，又無船隻，教俺怎生過得去也？〔唱〕

【仙吕宫·風入松】好似三千弱水浪滔滔，怎得個羽輪飛掉。却教俺問津無處心驚跳，這苦楚幾時方了？〔白〕求長官送我們從别路轉將過去罷。〔唱合〕俺須是不辭路遥，倩伊行别處遶。〔長解鬼白〕俺陰司地面只有這條去處，並無别途可遶。〔李斯鬼魂衆作叫苦科。白〕苦嗄，這波浪洶涌，兀的不諕殺人也。〔唱〕

【又一體】無邊苦海接重霄，早把我魄魂驚掉。奈河難渡如何好，悔當日百般行惡。〔合〕好教俺心焦意焦，百忙裏語聲高。〔内白〕正儒到了。〔扮金童、玉女執旛引侯生、盧生上，場上現金橋切末科，金童、玉女引侯生、盧生過金橋科。同唱〕

【高大石調·窣地錦襠】幢旛飄引過金橋，正直原來天所褒。飛虹十里限洪濤，〔合〕笙管還教雲外飄。〔下。李斯鬼魂衆作欲上科，長解鬼打回科。場上收金橋切末科。長解鬼白〕這金橋豈是你逆賊走的去處？〔李斯鬼魂衆白〕難道有橋不教我們走，倒教俺從水中過去不成？〔長解鬼白〕這厮還敢強嘴。〔作欲打科。内白〕正士到了。〔扮金童、玉女引八儒士上，場上現銀橋切末科，金童、玉女引八儒士過銀橋科。同唱〕

【又一體】祥雲遮架静風濤，瑞靄朦朧香暗飄。一齊導引到天曹，〔合〕有路桃源伴共邀。〔下。李斯鬼魂衆作欲上科，長解鬼打回科。場上收銀橋切末科。長解鬼白〕這銀橋也不是你逆賊走的道路。〔李斯鬼魂衆白〕請問長官，我們都是先到之人，尚且無橋可度，他們後來的人，如何倒先過去了？難道大家走路，也有高低不成？〔長解(鬼)白〕可不是有高低哩。〔李斯鬼魂衆白〕依這樣看將起來，這陰司地面也有些不公道哩。〔長解鬼白〕怎見得不公道，你且講來。〔李斯鬼魂衆唱〕

【仙吕宫·風入松】一般作鬼甚低高，也索論後來先到。怎後人掩却前人道，平白地把橋收了。〔合〕好教俺多翻逆料，無公道是陰曹。〔長解鬼白〕這金橋、銀橋乃正儒正士所過，你們這些逆賊，如何得上也？〔唱〕

【又一體】昭彰賞罰析秋毫，那善路怎容伊蹈？問伊有甚無公道，你試看惡人之報。〔白〕你看那厢，又現出橋來了。〔李斯鬼魂衆作望科。場上現奈河橋切末科。李斯鬼魂衆白〕如何這橋比前又窄又長了？〔長解鬼白〕此乃奈河橋，陰司本無金橋、銀橋、奈河橋，隨人所感。前者兩次皆係正人，有正氣相感，故有金橋、銀橋相應，隨過隨散。你們這班逆賊，也有逆氣相感，故有此奈河橋相應。〔李斯鬼魂衆白〕這橋如此長窄，好似鯽魚背一樣的，教俺怎生過去？〔作悲科。長解鬼白〕此橋長有數里，狹止數步，上面似鏡面般光滑，你們倘然造化，坦然過去，就是萬幸。若逢看橋使者見你們這般逆惡，烟中生火，口内噴烟，一齊打將下去。河内有銅蛇、鐵狗，咬得你們身無完膚，那時方彀你們受用哩。〔唱合〕許多的銅蛇鐵獒，驚殺恁胡亂咬。〔衆鬼魂作叫苦科。白〕俺們今日苦了也。〔作跪求科。白〕還望長官護庇則個。〔唱〕

【仙吕宫·急三鎗】可憐我，自作孽難逃果報。還望發慈悲，庇護度危橋。便是恁，將福積把俺危難保。〔長解鬼白〕偏你們有這些絮絮叨叨，快快上橋，免又討打。〔李斯鬼魂衆哭科。唱合〕未語伊先怒，半點不相饒。〔長解鬼作趕打衆上橋科。李斯鬼魂衆作上橋跌仆行科。同唱〕

【仙吕宫·風入松】這番險阻諒難逃，誰似我這般悲悼。危橋一綫波圍繞，怎免得水中斯倒。〔合〕剛舉步魂靈早飄，戰兢兢没倚靠。〔扮四鬼卒執鐵棒引看橋使者上。看橋使者白〕何處鬼魂，敢從此處橋梁經過？〔長解鬼白〕這是東嶽大帝押送秦朝弑君坑儒三個逆賊，到酆都受罪的。〔看橋使者作怒科。白〕既是這厮們，豈可令他橋上行走？鬼卒，與俺打下河去。〔鬼卒應，作打李斯鬼魂衆下河科。衆長解鬼過橋科，場上收奈河橋切末科。看橋使者衆下。地井出四銅狗、四鐵蛇上，作亂鑽亂咬李斯衆鬼魂科。長解鬼看，作讚嘆科。白〕這厮們作惡多端，今受此苦楚，好生可憐也。〔唱〕

【又一體】淋漓鮮血痛難熬，齊向波心飄着。也是他生前自把罪來招，到今日悔須遲了。〔李斯鬼魂衆作叫苦科，齊奔到岸倒卧科。長解鬼唱合〕俺則見奔行叫號，業冤魂齊卧倒。〔銅狗、鐵蛇仍從地井下。

〔李斯長解鬼白〕這廝們，敢被銅蛇、鐵狗咬傷了，不免喚醒他來。〔作各喚科。白〕你這廝，醒來，醒來。〔鬼魂衆作漸醒科。白〕阿呀，疼殺人也。〔長解鬼白〕早知今日，悔不當初。夥伴們，大家扶着他走罷。〔作扶行科。同唱〕

【高大石調·窣地錦襠】身殘形毀苦煎熬，怎奈酆都路尚遥。一齊扶起敢辭勞，〔合〕則怕那舊痛還將新痛交。〔同下〕

第二十齣　發疽遺表（蕭豪韻）

〔扮一將官、四楚軍上。將官白〕爲奈頻遭疑忌何，却將良策盡消磨。豐功未樹頭先白，誤盡君王反間多。俺乃護送亞父楚營將官是也。只因大王聽信陳平和議，遣虞子期前往滎陽與漢王訂盟。誰知陳平將一封首尾不寫名姓之書愚弄子期，子期信以爲實，暗藏懷中，據爲奇貨，帶回營來稟知項王。項王更以前次流言之故，疑忌亞父，遂要細加推問，却得亞父哭訴陳情，大王怒容稍霽，方得放歸鄉里。如今令俺護送前去。〔作嘆科。白〕咳，這是那裏説起？正是：高鳥未盡先烹狗，狡兔猶存預掩弓。大王嗄大王，俺想你這天下何時得定也！這也不怪大王，只怨那行反間的人便了。道言未了，那邊亞父氣憤憤的來也。〔扮范增怒容上。唱〕

【高宮·端正好】嘆摧殘，心如搗，不提防末路勳勞。盡化作雨烟般更没個收成好，只落得丘園老。〔白〕白髮蕭蕭已滿頭，回思往事淚雙流。平生未解功和業，剩得殘生反故丘。老夫范增，悉心扶項，原欲大展輔佐之才，建個不朽之業。不想項王反生疑忌，致欲加罪，若非老夫數年勤勞，幾乎不免。今日得這骸骨生返居鄉，已是萬千之幸了。只是天意可知，人心莫測。今日之事，非老夫之

受屈，實楚國之不幸也。〔唱〕

【正宫・滚繡毬】俺遭逢雖恁艱，恁亡羊莫補牢。不多你會猜疑由人圈套，先將你架青天玉柱輕抛。俺則做了抱孤忠的望諸，恁做了受人愚的燕昭。到其間怕難免旁人來笑，因此上回首春郊。好教我彭城望斷悲亡楚，只令人漢寨心懸嘆復堯。今日裏呵只得數載空勞。〔白〕我想當初在居鄛之時，何等優游，何等自在？及至今日，閃賺的人進退兩難也。〔唱〕

【正宫・叨叨令】想當初榮辱兩相抛，滿思量優閒直向烟霞老。没來由一霎的逼取赴雲軺，却教俺渭水西風寒把釣。早把咱避世的英豪，閃賺得雲收雨散無歸着。則俺窮途悲寂寥，免不得垂楊冷眼將人笑。兀的不怨殺人也麽哥，兀的不恨殺人也麽哥。則教俺垂首桑榆，向青山緑水悲悲凉凉的繞。〔白〕俺想當日應聘之時，决不該不卜天時，不問人事，貿然就道，豈非自誤也？〔唱〕

【高宫・脱布衫】俺有莘中玉帛頻邀，怎到如今梗斷蓬飄。〔作恨科。唱〕不學那良禽擇木將早，俺須是下全枰棋輸一着。〔將官白〕亞父何須自怨，這都是鍾離將軍誤了亞父了。〔范增白〕這也不怨鍾離將軍。我想當日在盱眙接見漢王，便知是應運之主，那時就該幡然改悔，退避隱去，也不失爲知機君子。乃復觀星扭天，設宴用計，枉費機謀，難違天意。及至今日，當漢王一鼓可擒之時，項王又聽陳平和議，至使反間得入，君臣互自參商，豈非天乎？〔唱〕

【高宫・小梁州】俺徒然扭轉心腸逞計高，誰知道帝眷難邀，翻將俺忽地半途抛。伊誰料，落敵計便開交。〔將官白〕亞父暫請寬心，俺想項王一時受人愚弄，日久必然翻悔。那時仍請輔佐，一定言聽計從，再無人能離間的了。〔范增白〕老夫年已七旬，豈能復效奔走？只是我一片忠心，好出奇計，今日反遭離間，敢是算盡則死之報也。〔作痛科。唱〕

【又一體】俺則待歸骸丘首江湖老，怕難再幃幄建功勞。〔作氣科，撫背科。唱〕爲甚麽體似焚，身如烤？〔作痛科。白〕阿呀。〔唱〕好教俺行難動作，堪憐這疽痛怎生熬？〔將官作扶科。白〕亞父，看仔細。〔范增白〕俺背上舊有疽病，醫人曾戒休得動氣，倘然觸怒而發，性命不保。俺今日頻遭屈陷，頓忘此事，忽然疼痛至此，敢醫人之言要驗了。〔將官白〕亞父，休如此講，但請少少歇息，自然停止了。〔范增作大痛科。白〕阿唷，阿唷，天絶我也。〔作對將官白〕疾病至此，决無生理了，快取筆硯過來，待俺寫下一通遺表，好將漢王反覆離間之事一一寫明，使項王速攻滎陽，擒捉漢王，早成大事。所謂寧教人負我，莫我更辜人。〔將官白〕亞父，還要小心纔是。〔軍士作取筆、硯、紙遞范增科，范增作哭寫科。唱〕

【中吕調·快活三】對霜毫思舊交，不禁價痛難熬。轉傷心幾行血淚濕征袍，也將吾不肯辜人的心事表。〔將官衆作悲感科。白〕可憐，可憐，如此忠臣，大王却不見信，使他狼狽至此。〔范增作痛不能寫科。將官白〕亞父，暫養貴體，少時再寫罷。〔范增白〕一息奄奄，已是不久了。待吾寫完此表，求將軍代俺轉申。〔作復寫科。唱〕

【中吕調·朝天子】倩雲箋兔毫，申沉冤翰藻，似燃犀將妖照。俺一似屈子孤魂，忠肝徒抱，到此日損殘生青蠅弔。雨淚滔滔，天昏地老，只願的君王鑒哀鳴早把那奸謀曉。〔作昏絶又甦科。唱〕俺疾已入膏，俺情索未了，則爲這半點丹心至死還似星光皎。〔作痛絶擲筆死科，下。將官白〕可憐一個亞父，生生斷送了。俺想他在居鄴之時好不自在，無端的强他出來，今日却是這般結果，好生傷感人也。〔作淚科。向一軍士白〕他遺表已自寫完，你可賫至營中報與大王。待我將他屍首殯斂了，送回居鄴，再行覆旨便了。〔軍士作應科，作取表科。將官白〕身死所未惜，〔一軍士白〕所恨功未成。〔將官白〕臨危一通表，〔同白〕還欲表忠誠。〔作嘆科。白〕咳，可憐嗄可憐。〔分下〕

第廿一齣　困中畫策（真文韻）

〔扮八楚軍、桓楚、于英、丁公、雍齒、季布、龍且、鍾離眜、項伯引項籍上。項籍白〕熊羆繞幄衆如林，震世威名天眷深。畫虎畫皮難畫骨，知人知面不知心。孤家以范增足智多謀，用爲心腹，恩待多年，尊爲亞父，寵榮已極。叵耐老匹夫不思盡心報我，却敢私通漢王，謀爲不軌。若非孤家察出，幾爲所賣。想起來時，好不惱恨人也。〔唱〕

【仙吕宫·掉角兒序】恨權奸負主辜恩，忽離心私通起釁。伊暗地暮楚朝秦，倒將俺千般恚忿。〔白〕若不看他往日勤勞，何難手刃，以洩吾恨。〔唱〕還念他舊勤勞法暫寬，則這懷反覆須手刃。好教俺恨氣難吞。〔白〕前日軍中鬨傳亞父通漢，孤家還不深信，誰知竟有私書與漢往來。今日令回居鄛，造化他了。〔唱〕流言可引，實據現存。便今日，居鄛放置，還是俺厚德容人。〔白〕那廝已去，倒也罷了。只是漢王約定出降，要與孤家面講和議，直至今日未見到來，莫非其中有詐？〔扮軍士上。白〕到頭方信人言誤，至死纔知臣子忠。〔作進見跪禀科。白〕范亞父未至彭城，疽發於背，已竟死了。有遺表一通，令小人呈上。〔項籍作驚科。白〕范增發疽身死了？將表文取上來。〔季布作取表文呈送，項

籍看科，作傷感科。唱〕

【又一體】不禁咱眉鎖愁雲，落奸謀全然未忖。須怨我負了忠魂，看遺表頻增痛愍。〔白〕亞父悉心輔我，驀遭離間，以至抱憤而亡，兀的不痛殺我也。〔唱〕伊抱忠心反受疑，逼拶得生義憤，一命難存。〔白〕千不是，萬不是，都是我受人愚的不是。我想亞父久爲漢王所忌，今日散布流言做成圈套，使我君臣反目，好生可惱。〔唱合〕今番方信，誤了那人。早知道，奸人用計，恨未得詳察原因。〔白〕今亞父遺表，道劉季佯以和議爲名，陰行反間，倘不及早除之，他日悔之無及。教孤疾取滎陽，作速擒住，以絶後患。俺想亞父至死爲國，似這樣臣子，豈可多得？一面差人到彭城厚葬，一面遵他遺語疾擒劉季便了。〔衆應科。項籍白〕正是：忠臣雖已死，遺策尚堪行。〔同下。扮張良、陳平、周昌、周勃、呂馬通、紀信、周苛、灌嬰、盧綰引漢王上。漢王唱〕

【仙呂宫引·金瓏璁】楚氛猶未盡，教人不禁眉顰。塹閉壘，控孤軍，相持難志奮。流言早已布紛紛，知離間，暗計甚時申。〔張良白〕項王中了反間之計，將范增逐回居鄛去了。〔漢王白〕亞父一去，除吾心腹大患，此皆陳護軍之功也。〔扮探子上報科。白〕報，報，報，啓上大王，范增未至彭城，疽發身死。項王看他遺表，方知中了吾們反間，大怒起兵，必要攻破滎陽，離此已不遠了。〔漢王作驚科。白〕項王此次攻城，必不肯輕易干休。諒俺小小滎陽怎能抵擋，這却如何是好？〔陳平白〕大王急宜令衆將把守四門，以防攻打，然後計議退他不遲。〔漢王白〕正該如此。周昌、周勃、呂馬通、灌嬰、盧綰、周苛聽令。〔周昌衆應科。漢王白〕你等各帶本部人馬，分守各門，以防項王攻打，不得有違。〔衆白〕得令。〔下。漢王作對張良科。白〕項王人馬强壯，難以抵禦，須用一計方可脱離，不知子房何以教我？〔張良白〕當項王怒極之際，説之不可，緩之不能。當今之勢，惟有捨之而走，方是上策。〔漢王白〕楚兵離此不遠，如何脱得？倘被追上，必不能免。〔張良白〕臣少讀《左傳》，齊、晉相遇於鞍，韓厥輅頃公，幾至被獲。後得馮丑父易了頃公甲胄，假作頃公模樣，坐在車中，頃公得以乘間逃脱，至今傳爲忠義之事。今須彷得一貌似大王者，詐降於楚，以愚項王，大王乘間逃去，方得無虞也。〔唱〕

【仙吕宫·解三醒】羨伊行丘山義峻，視如飴身蹈白刃。今日呵空將上古英豪論，早難得那忠臣。〔作看紀信，背科。唱〕暗地覷着伊龐也，早已是陽貨宣尼貌自分。〔作熟視紀信科。紀信作會意科，掀髯自看點首科。張良唱合〕將伊忖，則怕徒然貌似，未肯便捐身。〔紀信白〕臣昔隨彭越來歸，原以臣貌彷佛大王，留侍帳下。今事急矣，臣願學丑父代齊頃之事，詐降於楚。大王乘間而出，臣雖死猶生也。〔漢王白〕將軍休如此講，念寡人大業未成，群下未治勺水之恩。今日遽令將軍代我赴難，於心何忍？〔唱〕

【又一體】莫徒然便將難殉，論君恩勺水未潤。艱難此日須吾分，這相代總休論。〔紀信白〕臣蒙大王恩待多時，今日代降，亦臣子本分。大王休得多心，至誤大事。〔張良白〕紀將軍之言有理，大王不須推辭。〔漢王白〕事之成敗，皆係於天。若寡人今日果應喪敗，徒令紀將軍受此大難，亦無益也。

〔唱〕成敗須是天排定，何須你馮丑忠肝古絶倫？〔作嘆科。白〕只可惜俺定三秦，伐逆楚，許多功績，一旦喪於滎陽也。〔唱合〕如何信，一旦偉績，俱似等浮雲。〔紀信白〕古人道，君辱臣死，死原臣子之分。若大王不准臣請，臣何忍見城破之日，玉石俱焚也？〔唱〕

【又一體】聽征鼙滎陽早震，諒今朝已是死分。不如先伏霜鋒殞，玉和石免得見俱焚。〔作拔劍科。白〕臣知此城必破，城破之日王必不免。王有臣而不能代死，臣有志而不能見用。臣願預伏此劍，以明城破之日死亦無益也。〔作欲刎科，漢王奪住科。白〕將軍，休得如此。〔紀信白〕大王呵，〔唱〕這死須是終難免，泰岱鴻毛索兩分。〔張良白〕紀將軍如此忠烈，大王倒不可辜負了。〔紀信唱合〕還教恨，〔漢王白〕將軍，恨着什麽來？〔紀信唱〕恨俺碧血，不灑向楚王軍。〔漢王白〕將軍既如此愛邦，邦敢不成將軍之志？ 特是今日呵，〔唱〕

【又一體】禍伊行教吾怎忍，俺今朝脱了楚困。這般嫁禍心難問，抵多少憂慮如焚。〔紀信白〕臣死得留名青史，已榮於華衮矣。特念臣尚有老母、妻子，望大王垂念撫育，臣死亦瞑目也。〔漢王作抱紀信哭科。白〕將軍之母，即邦之母。將軍之妻，如邦之妹。將軍之子，即邦之子。願終身成全優恤，不負將軍大德便了。〔紀信作叩謝科。漢王唱〕念我怎負將軍德，則索要存恤妻孥慰義魂。〔紀信白〕得大王如此恩恤，臣紀信死在九泉，還當感激也。〔同唱合〕千秋振，此日義烈，誰與比倫？〔張良、陳平白〕乘項王尚未攻城，即速寫下降書，差人投報。紀將軍更换王服，將宮中女子分作三隊，依次出城，愚弄項王，大王乘間一同出城脱逃便了。〔漢王白〕既如此，各自好生準備。正是：視死如歸誠義士，〔張良、陳平、紀信衆白〕圍城如鐵枉稱雄。〔分下〕

第廿二齣 紀信誑楚（蕭豪韻）

〔扮項籍内白〕大小三軍，速將滎陽四門團團圍住者。〔内應科。白〕得令。〔扮十六楚軍、桓楚、于英、丁公、雍齒、季布、龍且、項伯、鍾離昧引項籍上，繞場行科。同唱〕

【雙調·三棒鼓】共操强弩射潭蛟，喜彼勢促難逃也。謀恁高，黄金浪抛，將人賺却。俺今朝，〔合〕機關識破怒難消也。誓取城壕，誓獲奸豪。〔項籍白〕來此已是滎陽城下。衆將官，就此分兵攻打。〔衆應科，分兵科，作攻城科。扮漢將捧降書疾上。白〕請大王且緩攻城，有漢王降表呈上。〔項籍白〕衆將官，暫歇攻城，將降表接來。〔季布應，接降表遞項籍看科。白〕據這降表，乃漢王懼我兵威，恐指日城破，難免鈇鉞之誅，因從群臣之請，面縛出降。尚冀孤家垂念懷王之約，赦其往罪。我想人既勢捉歸降，豈可徒逞兵威？ 也罷，左右，帶漢將過來。〔季布應，作帶漢將見跪科。項籍白〕漢王既有降約，何不及日開城，納我將士？〔漢將白〕漢王恐大王虎威未霽，倉猝未敢投拜。倘大王念往日之約，赦其餘罪，漢王亦豈敢自愛，今晚即開門納降。〔項籍白〕漢王屢次反覆，令人髮指。今日孤家尚推舊日之情，允其來降，倘復失信，那時孤家攻破城池，一齊殺戮。去報漢王，切無自誤。〔漢將應科，下。項籍白〕衆將官，仍將南門、北門、西門圍住，以防漢王詭計脱逃。〔桓楚、于英、龍且應科，領十六楚軍下。項籍向季布科。白〕季布，你可挑選三百名刀斧手，埋伏兩旁，俟劉季出城相見之時，即將他碎屍萬段，不得有誤。〔季布應科。白〕得令。〔下。內白〕漢王第一起後宮出城。〔扮二內侍引十二宮女從城門出科。同唱〕

【雙調・清江引】同車舜華顔綽約，嫩柳腰肢弱。連袂出城垣，生向他軍托。〔衆軍士看，作暗讚科。白〕有這許多美貌佳人。〔項王作問科。白〕漢王却如何還未出來？〔內侍白〕漢王因欲拜降，故遣後宮先出，隨後即便獻城。〔項籍白〕既如此，可在一邊伺候。〔內侍、宮女應科。同唱合〕眼見得，獻金城還面縛。〔軍士領宮女下。內白〕漢王第二起後宮出城。〔扮二內侍引十二宮女從城門出科。同唱〕

【又一體】藏花塢中應冷落，有甚來春約。飛逐悄東風，難免飄溝壑。〔衆軍士争看科，作暗讚科。白〕這些美女比前次的，越發嬌艷了。〔八軍士上科。白〕我們乃西門圍城將士，聞漢王後宮出城，我等也來偷看一回。〔作圍看科。項籍問白〕漢王爲何還不出城？〔內侍白〕漢王俟後宮出完，方纔出來哩。〔項籍白〕既如此，可在一旁伺候。〔內侍、宮女應科。同唱合〕也只得，一旁兒相候着。〔軍士領宮女下。內白〕漢王第三起後宮出城。〔扮二內侍引十二宮女從城門出科。同唱〕

【又一體】皇恩復承前帳了，〔楚軍將圍看科。內侍、宮女唱〕珠淚臨風落。同委亂軍中，命怨秋雲薄。〔項籍白〕劉季酒色之徒，貪戀婦女如此之多，何足以成大事？亞父之慮敢太過也。軍士們，將這婦女也押向一旁伺候。〔軍士應科，作押婦女行科。內侍、宮女同唱合〕料不是，鎖金幃翡翠閣。〔下，內白〕漢王出降。〔扮十二漢兵引紀信坐黃車，張黃幄，漢王衆將士隨上，漢兵排隊出城，漢王衆從西門疾奔科，下。紀信唱〕

【又一體】奇謀暗中難忖度，義氣千秋卓。馮丑代齊頃，晉師怎知覺。〔楚衆軍白〕漢王出降，大王指日要成一統了。〔作同呼萬歲科。紀信唱合〕則怕你，衆軍兵空踴躍。〔項籍白〕劉季，你既出降，爲何不行君臣之禮？又不見歸降之意，是何道理？〔紀信白〕恁道是漢王出降了麽？俺漢王呵，〔唱〕

【雙調·鎖南枝】成一統，券様操，怎甘俯首降若曹？笑你恁痴騃，相逢今日莫心焦。〔衆軍士稟科。白〕啓大王，那車中的自説不是漢王。〔項籍白〕爾等可將火把照來。〔衆應科，作執火把照科。紀信唱合〕不用你苦燃犀，紅燭燒。驗分明，應一笑。〔白〕項籍聽者，我非漢王，乃漢將紀信也。我主已出滎陽西門，前會韓信、英布、彭越衆諸侯大兵，徑取彭城，拘你家小，然後會兵廣武，與你決一死戰。早間降書，笑你早落他圈套也。〔項籍作大怒科。白〕何物劉季，乃敢如此戲弄孤家？〔作嘆科。白〕也罷。我想劉季逃之甚易，紀信代之甚難，似這樣忠臣，世豈多得？〔作喚科。白〕紀信，你既代主詐降，孤家念爾忠義可嘉，不忍殺害。你可下車投降，封爾重爵。〔紀信作駡科。白〕烈女不事二夫，良馬不備雙鞍。紀將軍亦皦皦義士，豈肯降爾無知之輩？〔唱〕

【又一體】俺怎肯，在這朝，渾將節義來盡拋。則這烈心腸，早辦伏霜刀。〔白〕沐猴無知，妄想撓我忠義。須知俺漢王帳下，有斷頭將軍，無降將軍也。〔唱合〕俺索是滿腔兒，碧血饒。博得個萬千秋，忠名好。〔項王白〕他既不降，孤家也難以勉强。左右，可成就他的志向，取火焚燒車輛，連他一并燒死。〔衆軍士應科，作焚車科。紀信作燒死科，下。項籍白〕劉季逃走，虚實未知。衆將官，即速攻破城池者。〔衆應，圍城科，繞場科。同唱〕

【雙調·三棒鼓】滎陽難免破今朝，早是困了周遭也。伊計超，降書獻郊，後宫相擾，走龍蛟。〔合〕踏開金鎖逍遥也，却把臣僚，枉被焚燒。〔同下〕

第廿三齣　二臣死節（庚青韻）

〔扮八漢兵引周苛、樅公上。同唱〕

【越調・水底魚兒】命守堅城，忠心貫日星。憑吾抵禦，〔合〕一任楚戈橫，一任楚戈橫。〔周苛、樅公分白〕忠臣已代君王死，堅壘還看此日持。固守詐降雖兩事，一般忠義敢相辭。俺漢將周苛是也。俺漢將樅公是也。〔周苛白〕紀信代漢王之難，詐降於楚，愚弄項羽，漢王已從間向西門脱逃去了。今留我二人保守滎陽，以拒項王，免他前去追趕。我想項羽兵多將廣，又且猛勇過人，大家須要小心防禦。〔樅公白〕漢王恩待臣下，如同父子。倘或此城不保，我與你二人惟有一死，以報漢王便了。〔扮魏豹上。白〕明知勢不敵，莫與命相爭。〔作見周苛、樅公科。白〕二位將軍請了。〔周苛、樅公白〕請了。〔魏豹白〕二位嗄，我想漢王棄城而走，滎陽已爲棄地。今二公堅守不降，則怕項王勢大難與抵敵。與其城破之時玉石俱焚，倒不如開城降了的好。〔周苛、樅公作怒科。白〕漢王去之未久，魏豹，你便生了歹心，公然將這不義之言，前來唐突，好生可惱。〔魏豹作冷笑科。白〕我看勢如壘卵，必不能完。好意前來提醒於你，你倒出口傷人，豈不可笑？〔唱〕

【越調・山麻稭】您道保漢室扶炎命，單則怕螳螂攘臂，怒目徒睜。消停，乾束手，怎敢和伊扎挣？〔周苛、樅公白〕汝乃反覆小人，狗彘不如。前者歸漢，後復降楚，又被俺韓元帥擒來，漢王憐爾母苦求，饒爾一死。今日怎敢又來勸我背主獻城？似這無耻小人，俺這裏豈容得你多口？〔魏豹白〕你二人死在頭上，還敢毒口傷人麽？〔唱合〕一任你雌黄毒口，怕不似寡廉狗彘，倒全得螻蟻殘生。〔周苛、樅公白〕此頸可斷，此志斷不可移。你這奸賊，怎曉得俺忠臣之志也？〔唱〕

【又一體】猛拚着忠臣命，把這滎陽固守，仰荷天靈。〔魏豹白〕只怕天管不得許多哩。〔周苛、樅公白〕噤聲。〔唱〕伊噤聲，奈吾這鐵石不屈，衷腸轉硬。〔魏豹白〕你守你的，我降我的便了。〔周苛、樅公作驚，背科。白〕阿唷，我們竭智堵禦，他倒要開門延敵，眼見這城送在他手裏了。〔周苛作視劍科。白〕也罷。〔唱合〕則待把腰間三尺，將伊斷送，莫待胡行。〔作轉科。白〕魏豹，你適纔説甚的來？〔魏豹白〕你守你的，我降我的，更没什麽話説。〔周苛作喝科。白〕哫，俺這滎陽，豈容你輕輕斷送？逆賊，看劍。〔作拔劍斬科，魏豹作避不及被斬科，下。周苛白〕魏豹欲叛漢王，已被俺斬首。汝等各各用心守城，勿懷二意，有不用命者，即依此爲令。〔衆軍士應科。白〕我等願與二位將軍死守，决不敢退避。〔周苛白〕既如此，我去巡查各門，爾等隨樅將軍上城把守。〔衆應科，作上城科。周苛下。扮八楚軍背雲梯、扛炮，龍且、鍾離昧引項籍上。項籍白〕衆將官，就此上緊攻城。〔衆應，作攻城科，楚軍設雲梯爬城放炮科。樅公令四漢兵作亂抛灰瓶、滾木亂打科，衆楚軍着傷退下科。項籍作怒科。白〕衆將官，齊心上前攻打，再有退後者，斬。〔衆應，復作攻打科。龍且執蠻牌從雲梯上科，趕散衆漢兵科。衆楚軍作陸續爬上城科。龍且擒住樅公科。内白〕三門俱被楚軍攻破，周將軍傳令，快齊集兵馬，與楚交戰。〔龍且作聽科。白〕衆將官，將樅公押送大王，待我擒住周苛再去繳令。〔衆應科，同下。桓楚、于英、丁公、雍齒、項伯、季布、鍾離眛引項籍上，作進府，項籍坐科。楚軍押樅公上，背立科。項籍白〕汝有何武藝，敢拒天兵？今被擒來，有何話説？〔樅公白〕城破被擒，有死而已。幸賜誅戮，毋得多言。〔項籍白〕樅公，孤家念爾也是一個豪傑，快快投降，孤家即以爾爲滎陽太守。自去想來，莫生後悔。〔樅公白〕俺樅公忠義自天，豈肯降你？况且今日呵，〔唱〕

【中吕宫·石榴花】將城失陷辱君命，先自誓不偷生。怎勞你説降直恁苦叮嚀？〔項籍白〕大丈夫當建功立業，豈可甘心受死，寂寂無聞？還是投降的好。〔樅公唱〕説甚甘心受死没收成，早難道成仁殺身大古英，著丹書没個人敬。〔樅公白〕生順死安，惟求無愧。汝今日委曲勸我歸順，俺樅公今日就降，怕明日便叛，亦無補於汝也。〔唱合〕伊須省，再休提那降情，今朝受戮事須應。〔項籍作嘆科。白〕有臣如此，漢王不爲無能也。也罷，左右，可將樅公推出斬之，以成他志。〔軍士應科。樅公作大笑科。白〕俺樅公今日死得其所也。〔作推出斬科，下。龍且押周苛上，背立科。龍且白〕臣擒得漢將周苛，特來繳令。〔項籍白〕樅公已降，汝宜作速投拜，孤家不惜萬户侯之賞。倘若半語違拗，俺這寶劍你須難避也。〔周苛白〕項籍，要砍便砍，無得作此欺人之語。須念俺漢王帳下呵，〔唱〕

【又一體】群臣各自矢忠行，無有個納款向他庭。〔白〕俺與樅公呵，〔唱〕丹心早誓共捐生，忠肝義膽敢相輕。〔白〕俺周將軍爲漢忠臣，豈肯依從暴楚，苟延性命？〔唱〕今朝怎甘别獻誠，甘伏青鋒把節義來整。〔項籍作大怒科。白〕你道俺不能殺你麽？〔周苛白〕俺視死如歸，難道怕你殺不成？〔唱合〕須天命，不提防失堅城，教吾至死目難瞑。〔項籍怒科。白〕衆軍士，將這厮亂刀砍死。〔衆應科，作亂砍周苛下。項籍白〕孤想滎陽百姓爲漢固守，情實可恨。衆將官，速將城中老小盡行屠戮。〔衆應科。項伯、鍾離昧白〕臣啓大王，夫與大王争天下者，漢王也，百姓何與？今漢王敗走，滎陽百姓無非大王赤子，豈可屠戮以失人望？大王不如乘勢襲取成皋，以絶漢王歸路，那時漢王勢促，自然投降。然後發兵救齊，使爲羽翼，天下不日可定也。〔項籍白〕便宜了這些惡民。傳旨，暫屯兵滎陽，整頓人馬，再取成皋。〔衆應科。同下〕

第廿四齣　正罪餘辜（蕭豪韻）

〔扮牛頭、馬面、八鬼卒、八扛刑具鬼、八行刑鬼、四判官、金童、玉女執幢幡引十殿閻君上。十殿閻君同唱〕

【黄鐘調套曲·醉花陰】職掌輪迴六陰道，那善惡怎能把幽冥瞞了？敢俺這業鏡懸寶光遥，早把那禍福絲毫，照出無偏照。便是俺佐造化，司着貶和褒，暗裏維持功不小。〔轉場坐科。同白〕殿宇森森坐十王，任伊羅刹也心慌。生前作下虧心事，鐵案今朝難掩藏。吾等十殿閻君是也。生爲柱國，已叨赫奕之班；死作閻羅，更享聰明之報。幾張紙上，死生注得最分明；六道輪中，賞罰行來多的當。權分南北斗，共效樞機；轄盡東西天，同頒禍福。刀山劍樹，十八重地獄，職有專司；火牀冰山，萬千般苦惱，人宜共凜。生前作罪，只因誤説鬼無形；死後相遭，到此方知天有眼。業重難教懺悔，地没金蓮；限盡徒自悲傷，土埋玉樹。正是：由他如兔營三窟，難脱勾魂紙半張。今有東嶽大帝牒發秦朝守正儒士并作惡罪犯，命吾等發放。吾想那些正儒、正士，身前雖被人陷害，今日倒得超生。這些個罪犯，作惡多端，早難免阿鼻之苦也。〔同唱〕

【黄鐘調套曲·喜遷鶯】您今日難辭冥討，您今日難辭冥討，霎時兒霧滅烟消。同教，鬼門關千行淚交，早把俺鐵面無情厮撞着。也教你心上曉，載鬼車裝不徹您生前萬惡，紙銅錢贖不得您逆罪天滔，贖不得您逆罪天滔。〔白〕掌案的。〔四判官應科。白〕在。〔十殿閻君同白〕那東嶽牒文發來的各鬼犯，可曾齊集？〔判官白〕正儒盧生、侯生及受坑正士，并逆犯趙高、李斯、閻樂俱在案下，聽候發落。〔十殿閻君同白〕鬼卒們，先帶盧生、侯生上殿。〔鬼卒應科，作傳科。扮金童、玉女引盧生、侯生鬼魂上，見跪科。鬼卒白〕盧生、侯生當面。〔十殿閻君同白〕爾二人因焚詩書，不懼苛法，譏議始皇，遂遭棄市赤族之慘，實可傷憫。今東嶽大帝憐爾等守正不阿，有功先聖，今爾等超生漢代，更作名儒。〔盧生、侯生鬼魂白〕念某等生前枉讀詩書，反罹其禍。今日超生復作名儒，實實不願去了。〔十殿閻君同白〕呀。〔同唱〕

【黄鐘調套曲·出隊子】您忍抛玉樓文藻，敢則是葬要離烈腸未消，難道是早死顏回修文長只在陰曹。〔同白〕如今漢天子約法三章，首除挾書之禁。爾等生作名儒，以纘經史絶傳，生受其禄，死享其名，難道倒虧負了你不成？〔唱〕端則是瀟洒珠璣奪錦標，管教你知書的受盡詩書報不了。〔盧生、侯生鬼魂作謝科。白〕多謝爺爺。〔金童、玉女引下。十殿閻君同白〕鬼卒們，帶那衆正士上殿。〔鬼卒應科，傳科。金童、玉女引八正士鬼魂上，見跪科。鬼卒白〕衆正士當面。〔十殿閻君同白〕爾諸生法古尊先，相持以正，忽遭坑陷，天實傷之。今東嶽大帝憐爾之苦，仍令轉生儒林，以享漢代重儒之報。恁呵，〔同唱〕

【又一體】守聖賢之道，把無端坎坷遭。則憐你淩成下馬恨冲霄，今日個敢把你隨陸同時美並標。〔白〕您此去呵，〔唱〕休把那有用詩書看得小。〔八正士鬼魂作謝科。白〕多謝爺爺。〔金童、玉女引下。十殿閻君同白〕鬼卒們，帶作惡逆犯上來。〔鬼卒應傳科。扮二長解鬼押趙高鬼魂，二長解鬼押李斯鬼魂，二長解鬼押閻樂鬼魂上。二長解鬼交批文科，鬼卒接，送十殿閻君看科。十殿閻君同白〕你就是趙高麽？〔趙高鬼魂白〕鬼犯便是。〔十殿閻君同白〕唗，你乃微賤小人，幼隱秦宮，始皇以爲中車府令，寵榮已極。乃敢擅作威福，弑君毒民，好生可惱也。〔同唱〕

【黄鐘調套曲·刮地風】嗳呀你擢髮還難將罪討，早向俺鐵案承招。也是您望夷毒慘應宜報，用不着指鹿謀高，那般機巧。〔趙高鬼魂白〕鬼犯已受陽世顯戮，罪不重科，還求爺爺饒恕。〔十殿閻君同白〕奸賊嗄奸賊，陽世雖然戮爾之身，未嘗戮爾之心，俺陰間怎饒得你過也？〔同唱〕您休把如簧來掉，夜叉洲，羅刹國，要生把你肝腸嚼。〔十殿閻君同白〕這厮雖有人形，實無人理。鬼卒，拿去剥皮揎草，以警世人。〔鬼卒應科。趙高鬼魂作求科。八扛刑具鬼下，擡木案上科。八動刑鬼捉趙高綑案上科，作剥皮科。李斯、閻樂鬼魂作怕科。八動刑鬼作剥下皮揎草科，解趙高屍身放一旁科。一動刑鬼禀科。白〕啓大王，趙高剥皮揎草已完。〔八扛刑具鬼作擡木案下科，即上。十殿閻君同白〕這厮如此險惡，今日也教他受用咱。〔唱〕一腔價帶血揎着草，也見得果報昭昭。〔二長解鬼作投批文科，鬼卒接，送十殿閻君看科。十殿閻君同白〕原來是閻樂這厮。鬼卒，快帶進來。〔鬼卒應科，與二長解鬼扭閻樂鬼魂進跪科。十殿閻君同白〕閻樂，你這逆賊阿諛權宦，强爲門婿，奉命弑君，希圖榮貴終身。今日之下，榮在那裏，貴在何處？〔同唱〕

【黄鐘調套曲·四門子】權門倸會相倚托，權門倸會相倚托，臭名兒千古標。有窮寒浞生同惡，全不顧太康的怨怎消。〔閻樂鬼魂白〕鬼犯生平只因一時錯誤，行了此一件事。還望爺爺恕我初犯，後次學做好人。〔十殿閻君同白〕只此一件，罪已通天，你還想再得人身麼？〔同唱〕則問你附勢甘，趨勢高，賊心腸端難輕恕饒。〔同白〕這厮趨炎附勢，腸胃全殊。鬼卒，將他剖腹，取出腸胃，看是怎樣。〔鬼卒應科。二扛刑具鬼下，擡紅椿上。八動刑鬼捉閻樂鬼魂綁椿上，剖腹取出小腸胃稟科。白〕啓上大王，這厮腸胃甚是短小，比衆不同。〔十殿閻君同白〕此所謂鼠肚雞腸也。〔同唱〕不争他腸胃殊，怎得個趨奉巧？〔同白〕將這厮腸胃擲向陰郊。〔同唱〕一任那鴉餐狗嚼。〔鬼卒應科，持腸胃下科，即上。二長解鬼投批文科，鬼卒接，送十殿閻君看科。十殿閻君同白〕鬼卒，就帶那厮進來。〔鬼卒應科，與二長解鬼扭李斯鬼魂進跪科。十殿閻君同白〕李斯，你到此地，更有何説？〔李斯鬼魂白〕鬼犯既讀詩書，安忍作此罪惡？只因事不得已，以至如此。還求衆位閻君明鑑。〔十殿閻君同白〕好，好個讀書知禮的。〔同唱〕

【黄鐘調套曲·古水仙子】您您您，您向詩書舊有交。您您您，您向詩書舊有交。怎怎怎，怎魯壁灰飛手自燒？更更更，更少微侵月嶺雲愁，把把把，把讀書種霎時絶了。〔李斯鬼魂白〕這焚書坑儒，不過順始皇之意嗄，爺爺。〔十殿閻君同白〕哇，難道矯詔殺死扶蘇，也是順始皇之意麽？〔同唱〕悲悲悲，悲樹摧殘還憐玉葉凋。〔李斯鬼魂白〕這矯詔之事，是趙高主謀的。〔十殿閻君同白〕呀呸，你擅權之時，嚴刑酷法，愚弄二世，事事令人寒心，件件教人髮指，尚兀自强辯也。〔同唱〕尚尚尚，尚嘴喳喳舌辯如刀。早早早，早妖狐莫逃明鏡照。〔同白〕你這厮如此行爲，心術莫問，敢心兒早壞也。〔同唱〕伊伊伊，伊渾沌多管還没竅。須須須，須索要摘取把心瞧。〔同白〕鬼卒，將李斯剜出心來者。〔鬼卒應科。八行刑鬼解閻樂屍身放場上科，捉李斯鬼魂綁柱上剜心科，找看科。白〕這厮原來無心的。〔作再找科。白〕有了，有了，原來却在脇下。〔取出一草裹心科。白〕啓大王，這厮心從脇下取出，有草裹住。〔十殿閻君同白〕李斯心不安位，又有荒草，怪不得行此悖逆。茅塞之言，信不誣也。〔八扛刑具鬼解李斯屍身放場上科，扛紅樁下。十殿閻君同白〕掌案的。〔判官應科。十殿閻君同白〕三個逆賊如此處治，尚未足盡辜。可傳業風使者，即刻吹活三人，然後將趙高押赴寒冰地獄，閻樂押赴火牀地獄，李斯押赴灰山，以受焚書之報。〔判官應傳科。扮業風使者執黑旗上，舞科，作吹活趙高、閻樂、李斯屍身，作各樣痛苦科。業風使者下。六長解鬼押趙高衆屍身下。十殿閻君同白〕發放已畢，回覆東嶽大帝，轉奏玉帝便了。〔作下高座科。同唱〕

【尾聲】善惡須知有天報，喜此日報應全昭，俺好把綸旨預從東嶽繳。〔衆擁下〕

第十本

第一齣　北貉助漢（蕭豪韻）

〔扮八頭目依次逐隊上科。分唱〕

【仙呂調・點絳唇】塞外英豪，番中伊召。榮封號，梟騎名標，〔合唱〕各自威光耀。〔白〕吾等北貉國王梟騎頭目是也。國王陞帳，在此伺候。〔扮八梟騎引婁煩上。婁煩唱〕

【又一體】獨霸荒要，稱雄東徼。胡天造，可汗天驕，半壁中原靠。〔轉場坐科，衆頭目參見科。白〕狼主在上，衆頭目打躬。〔婁煩白〕分侍兩旁。〔衆頭目應科。婁煩白〕番地稱尊漢北王，胡天萬里世爲强。指麾待把中原定，孰敢區區笑夜郎。孤姓婁，名煩，北貉國王是也。原與高麗同種，世居辰韓之北，朝鮮之東。東窮大海，西隔中原。部下梟騎，人人勇健；帳中頭目，個個英雄。自據一方，好不威風赫赫也。〔唱〕

【仙呂調套曲・油葫蘆】遼海家聲一派遥，朝鮮地通文教，三韓拱手盡來朝。食的有羊馬和酥略，穿的有輭毳旃裘着。大單于世胄尊，天可汗名位高。賢王左右皆牙爪，儘着俺海外任逍遥。〔白〕前日探事兒郎回報，説强秦已滅，中原大亂。目下楚漢争鋒，雌雄未定。〔唱〕

【仙吕調套曲・天下樂】聽説兵戈遍地交，争鋒楚漢囂。雌雄成敗全未曉，美山河鷸蚌持，錦乾坤刼火燒，問金甌誰共保？〔白〕自孤家看來，那霸王惟恃强暴，殺人如同刈草。漢王專施仁義，救民衽席，諸侯悦服，天下歸心，眼見得漢王必成大事。〔唱〕

【仙吕調套曲・哪吒令】重瞳爲不道，恃强把禍招。炎劉德意茂，聞風四海遥。天心堪測料，興隆大漢朝。看將來枉自誇那力拔山，怎當得那風靡草，多般是運起金刀。〔白〕頭目們，孤欲起兵相助，你們意下如何？〔衆頭目白〕惟德服人，郎主既願效順，頭目等願效前驅。〔婁煩白〕此去沿邊而行，道途遥遠，須要趲行前去。〔衆應科。白〕是。〔婁煩白〕聽我吩咐。〔唱〕

【仙吕調套曲・鵲踏枝】望沿邊道途遥，取逕去到中朝。撇却扶餘，過了三韓，順着邊郊。大隊的兒郎呼召，扶炎漢莫憚勤勞。〔白〕衆把都兒們，就此起兵前去。〔衆應，作起兵科。婁煩同唱〕

【仙吕調套曲・寄生草】軍容整威風壯，弧矢利旌旆飄，騰驤齊聽班聲浩。非關蠢動番邦閙，有心待要鋤强暴。奠中原，楚地靖風烟；助炎劉，一統金甌造。〔下〕

第二齣　借箸前籌（魚模韻）

〔扮四内侍引漢王上。漢王唱〕

【仙吕宫引·番卜算】密議建良謨，雅制追前古。分封六國楚權孤，索把藩屏樹。〔坐科。白〕自紀信代難，奔到彭城，入關收兵，欲復東征。轅生諫孤堅壁勿戰，屯軍宛、葉，令彭越爲游兵擊楚，項王必東擊彭越，那時再取成皋。孤依其計，果得復取成皋。昨與酈食其謀撓楚權，他道湯、武得天下，皆封其後裔，請封六國之後，同心破楚。孤已准奏，令刻六國印信，即着酈食其行佩，前往分封。但此事亦須斟酌，雖然議定，尚在未行。内侍們，且看膳伺候。〔内侍白〕領旨。〔作進膳科，漢王食科。扮張良上。白〕棋輸一着錯，事待三思行。適聞漢王欲封六國之後，不勝驚異，特地前來諫止。〔作進見科。白〕臣張良見駕。〔漢王白〕先生請坐。〔張良謝坐，坐科。漢王白〕先生此來，有何見諭？〔張良白〕聞吾王欲封六國之後，誰與吾王設此謀也？〔唱〕

【仙吕宫集曲·園林見姐姐】【園林好】（首至合）問盈廷誰爲建謀，效前王分封舊模，敢難道漫同今古。〔漢王白〕此酈食其之謀，用以撓楚權耳。〔張良唱〕【好姐姐】（四至末）偏伊饒舌，誰知計較疏？〔合〕

幾貽誤，微臣敢借尊前箸，一一從頭逐款書。〔白〕請借前箸，爲大王籌之。〔漢王與箸科。白〕願聞先生明諭。〔張良接箸作籌畫科。白〕昔湯、武封桀、紂之後者，度能制其生死之命也。今大王能制霸王之死命乎？〔唱〕

【仙吕宫集曲·姐姐插嬌枝】【好姐姐】（首至合）昔王分茅胙土，雖則是深仁冒怙，思量畢竟，那殘宗能制伏。【玉嬌枝】（合至末）問吾王今欲自圖，可能制霸王死生命乎？〔白〕武王入殷，散財發粟，歸馬放牛，示不復用。今大王能效之乎？〔唱〕

【仙吕宫集曲·玉枝供】【玉嬌枝】（首至合）修文偃武，大封功列爵唯五。放牛歸馬無他顧，發盡鉅橋之粟。韜戈不事耀鋥鋙，垂衣拱手昇平主。【五供養】（合至末）看取今時事，可相符，吾王且自漫躊躇。〔白〕天下游士離親戚，棄墳墓，從大王遊者，皆望封咫尺之地。今復封六國之後，游士各歸事其主，大王將誰與取天下？〔唱〕

【仙吕宫集曲·供養入江水】【五供養】（首至六）游人羈旅，杖策從王，亦望分符。若還封六國，各自賦歸歟。英才磊落，一日裏旋歸本土。【江兒水】（末二句）孤立吾王，誰與同謀攻取？〔白〕且六國莫强於楚，若封其後，仍復去而從楚，大王焉得而臣之？誠用此謀，大事去矣。〔唱〕

【仙吕宫集曲·江水撥棹】【江兒水】（首至合）六國楚爲最，襟江又帶湖。家聲項氏人稱數，相依狼狽將恩負。重瞳更益東歸路，半壁河山輕付。【川撥棹】（合至末）巧機關直恁粗，毀成功一旦無。〔漢王作吐哺罵科。白〕豎孺妄爲籌策，幾敗乃公事。卿即傳令，銷鎔印信。〔内侍作撤膳科。扮夏侯嬰上。白〕忙將閫外事，報與帳中知。〔進見科。白〕臣夏侯嬰啓奏大王，項王擊破彭越，引兵復取成皋，請旨定奪。〔張良白〕項王尚盛，大王未可輕與争鋒。當棄成皋，會合韓信，操練人馬，再行征討。〔漢王白〕卿言正合吾意。乘項王兵尚未到，疾速齊集人馬，去會韓信。〔張良應科。白〕領旨。〔分下〕

第三齣　冰山寒凛（齊微韻）

〔場上設冰山切末科。扮二長解鬼押趙高鬼魂作剥皮狀科上。趙高鬼魂唱〕

【商調·山坡羊】黑漫漫無邊無際，暗沉沉全無温氣。血淋淋灾深剥膚，冷颼颼刺骨陰風起。我賦有皮，空貽相鼠譏，赤條條略似人形已。陣陣寒風，鑽心透體。〔作寒冷科。白〕我趙高陽世已受殺身之報，陰司又遭剥皮之苦，這無皮之身，怎禁受這陰風慘氣？〔作叫苦科。白〕咳，苦嗄。〔唱合〕堪悲，因由孽鏡隨。難期，春從黍谷回。〔二長解鬼白〕你這逆賊，在生之時一片冰冷心腸，弑君害衆。今到陰司，應受如此之報。快些走罷。〔作行科。二長解鬼同唱〕

【商調·水紅花】因緣果報不差池，把心欺，到頭無濟。自招自受更無遺，驗毫釐，權衡相對。自道生前所作，死後有誰知？〔合〕不料暗中持，也囉。〔趙高鬼魂作寒冷亂顫科。白〕長官，此處爲何更寒冷起來了？〔二長解鬼白〕前面就是寒冰地獄。到了那邊，見了掌獄司官，只怕還要受罪哩。〔趙高鬼魂白〕何謂寒冰地獄？〔二長解鬼白〕世上之人冷眼觀人急難，冷心陷人苦死，到這寒冰地獄，教他受盡寒冷之苦，然後又上寒冰。但見峻嶒冰結，如刀山劍樹，穿胸刺膚，命盡冰山，沉淪萬劫，永不翻身，纔知做逆賊之苦哩。〔趙高鬼魂作怕科。白〕鬼犯生前並不曾冷眼冷心，爲何到此地獄？〔二長解鬼白〕你還説不曾冷眼冷心？我且問你，那分明是鹿，你却指稱是馬，今日剥了皮，爲何不説是穿得錦繡？這樣寒冷，爲何不説是温和？可見你誑言欺世的伎倆，到此也全無用了。還不快走。

〔作趕行科，下。扮四鬼卒、四動刑鬼、二獄書引寒冰地獄司官上。司官唱〕

【商調引·三臺令】滿空一片寒威，心似冰壺映輝。平反任施爲，這的是冷欲泥犁。〔轉場坐科。白〕慘慘陰風天地昏，寒光凜凜逼人魂。生前不作虧心事，那到冰山地獄門？吾乃寒冰地獄司官是也，冷面無情，冰心似鑒。天地温和之氣，到此全無；世間凜冽之威，於斯而止。只因世上人趨炎者多，寒心不少，陰司設此地獄，叫他熱者不熱，冷者愈冷。前日閻君處發下鬼犯四名，未曾結案。鬼卒，將鬼犯四名帶上。〔鬼卒應科，帶鬼犯四名上跪科。獄書呈簿科，司官點名科。白〕温大。〔一鬼犯應科。白〕有。〔司官白〕隨炎。〔一鬼犯應科。白〕有。〔司官白〕你二人在陽世專一附勢趨炎，熱中如火，今到這裏來，叫你嘗一嘗這冷滋味。〔唱〕

【商調·簇御林】你炎方向，熱處栖，慣鑽營巧附依。衷腸似火爲生計，今朝到此難規避。〔合〕竈邊蟻，今番有幸，受用這清輝。〔作點名科。白〕冷二。〔一鬼犯應科。白〕有。〔司官白〕凉賓。〔一鬼犯應科。白〕有。〔司官白〕你二人在陽世專一欺心短行，情同冰冷，今日到此，叫你試試俺這地獄的冷比你冷的何如？〔唱〕

【又一體】你情如紙，心似蛇，險機謀暗裏窺。陷人坎阱如兒戲，全無一點温和氣。〔合〕怎生知，冰山地獄，更自凜嚴威。〔二長解鬼帶趙高鬼魂上，趕行到科。二長解鬼白〕此間已是寒冰地獄，門上那位在？〔鬼卒出問科。白〕何處鬼魂到此？〔二長解鬼白〕十殿閻君解得逆賊一名趙高，押赴寒冰地獄受罪。〔鬼卒白〕住着。〔稟科。白〕啓爺，閻君處發下逆賊一名趙高，來此受罪。〔司官白〕帶進來。〔鬼卒出唤科。二長解鬼帶趙高鬼魂進跪科。白〕逆犯一名，趙高當面。〔司官作怒科。白〕你這逆賊就是趙高麼？從來内竪欺心的也有，不似這逆賊如此狠毒。與你多言，空汚吾口。鬼卒，將這一起逆賊一齊趕上冰山。〔鬼卒應科，作捉趙高衆鬼魂到冰山科。趙高衆鬼魂見冰山作寒顫倒退科。同唱〕

【商調・梧葉兒】冰山苦，怎禁持，刀劍剥膚肌。肝腸碎，痛凌遲。〔合〕慘凄凄，兀自個無門可避。〔四動刑鬼卒作趕打科，趙高衆鬼魂作跑科。四動刑鬼卒取叉趕趙高衆鬼魂上冰山科。轉出冰凌穿趙高衆鬼魂切末科。司官作嘆科。白〕咳，人世逞冰冷心腸，地獄受寒苦報應。寄語世上人，當令心田常暖，免受如此惡報。〔唱〕

【又一體】循環道，形影隨，因果自無違。勸人生，莫妄爲。〔合〕一朝非，免不得冰山身墜。〔白〕獄書，寫回文發付長解回去。〔獄書應科，寫回文與二長解鬼科。二長解鬼接科，下。司官唱〕

【尚遶梁煞】陰陽果報原無僞，果然是相當相對，直教那逆賊寒心永鑒垂。〔下。場上收冰山切末科。〕

第四齣　馳壁奪印（江陽韻）

〔場上設桌，上安紅印匣科。扮四漢兵扶張耳、韓信作醉態科上。同唱〕

【南呂宫·一江風】解戎裝，暫飲貔貅帳。爾我情歡暢。斂鋒鋩，静養軍威，看取成功，好似探囊樣。〔合〕今日裏開懷飲數觴，開懷飲數觴。軍中有甚忙，醉模糊且自偷閒放。〔各靠桌坐科。韓信白〕爾等各自休息去罷。〔四漢兵應下。韓信白〕前請命漢王遣使説燕，至今並無回音。且休息人馬，大家飲酒消遣。〔張耳白〕感承請命，令我爲趙王，銘謝無盡。〔韓信白〕賢王既得榮封，我韓信也可有望了。夜已過半，酒已飲足，大家暫睡片時，明日再飲。〔張耳白〕今日叨擾，明日是小王作東了。〔作各伏桌睡科。扮二將官引漢王急上。漢王唱〕

【南呂宫·金錢花】楚師一至難當，難當。會兵且慢商量，商量。悄來壁壘探戎行。〔白〕孤因張良之言，棄了成皋，率領人馬前來，與韓信會兵。路遇隨何，已説得燕王歸附，待平定三齊，楚可破矣。昨日離趙城五十里扎下營寨，趁此黎明，悄往韓信營中看其動静。〔二將官白〕啓大王，營門大開。〔漢王白〕疾馳進去。〔作急行科。唱合〕嚴且噤、莫高張，悄地去、看行藏。〔作進見韓信、張耳驚科。

白〕人言韓信用兵深有紀律，此時尚沉睡未起，可見人言之謬。〔見桌上紅匣科。白〕此必帥印，待孤取來。〔作取印科。韓信、張耳作驚醒，見漢王作請罪科。同白〕原來聖駕至此，臣等有失迎迓，罪該萬死。〔漢王向韓信科。白〕元帥，好自在也。輕騎數人，直入中軍，汝睡尚未起，印已取過，左右亦無人報知。倘有刺客，詐稱漢使入營，取汝之首如探囊取物。汝坐鎮一國，敵人新降，疏漏如此，何以争衡天下？〔韓信作伏罪科。白〕臣知罪。〔漢王唱〕

【南吕宫・宜春令】元戎任、未可忘，統貔貅原宜謹防。豈堪疏縱，高卧營門大開放？一時間刺客來前，那匕首如何相讓？〔合〕思量，斗大黄金，緣何輕掌？〔向張耳科。白〕汝爲副將，正當協贊軍務，嚴加謹慎，晝夜關防，勿使敵人窺探虚實，方爲節制之兵。觀汝營寨欠嚴，關防不密，縱人馳驅往來，直如兒戲，汝亦不能無罪。〔張耳作伏罪科。白〕臣知罪。〔漢王唱〕

【南吕宫・繡帶兒】軍中法端宜細講，協贊何堪疏曠。佐元戎謹慎隄防，備時間奸宄潛藏。何當，優游自在憑偃仰，聽客騎馳驅來往。〔合〕潛踪跡公然榻旁，兀自個，漫鼾齁日高三丈。〔扮樊噲、曹參、薛歐、陳沛、靳歙、柴武上，作參見科。白〕臣等接駕來遲，望吾王恕罪。〔漢王白〕汝等皆久經征戰之人，爲何一同懈弛至此？〔唱〕

【南吕宫・太師引】只道你從征將，也須是軍中標榜。何事這般模樣，空營卧鼓懸羊。猶自提鈴喝唱，今日裏滿營何仗。〔合〕須知道同營共帳，如何是壁壘金湯。〔樊噲衆白〕臣等知罪。〔漢王白〕

這也罷了。我在滎陽、成皋二處受困，爾等不去救援，更是何故？〔韓信白〕臣啓大王，燕、齊之地，變詐不常，兵一轉動，恐復作亂，是以不敢起兵。俟説燕降後，然後舉兵伐齊。前曾請旨遣使説燕，未見回命，暫屯軍於此，少假寬貸，所以三軍怠緩。〔漢王白〕已遣隨何説燕，今燕已歸附，齊可伐矣。〔韓信白〕燕既歸附，臣即伐齊，以定六國。大王可屯兵於修武，復取成皋。臣伐齊後，即與大王會兵伐楚，以定天下也。〔漢王白〕元帥如此用心，孤復何憂。〔唱〕

【南呂宮·節節高】憑卿定四方，掃猖狂，安邦定國全憑仗。謀猷壯，韜略長。經綸釀，運籌決勝言非誑。〔合〕孤今高枕更何妨，安眠卿合膺封賞。〔白〕今加封爲大相國，仍掌元帥印。〔遞印科，韓信接科。漢王白〕留張耳爲趙王，備守趙地。〔韓信、張耳謝科。白〕謝大王千歲。〔漢王白〕樊噲、曹參隨孤回營。〔樊噲、曹參應科。白〕領旨。〔漢王唱〕

【尾聲】干城自古稱良將，今日裏走馬直驚軍帳，則望着你平定三齊謀不爽。〔樊噲、曹參、二將官隨漢王下。韓信、張耳、薛歐、陳沛、靳歙、柴武各作無意思科。同下〕

第五齣　仇童釋難（歌戈韻）

〔扮八梁兵引彭越上。彭越唱〕

【中呂宮·縷縷金】非是俺，怯干戈。須知今日勢，楚兵多。莫把孤城守，權時暫躲。兵家量勢好騰挪，〔合〕思量一着妥，思量一着妥。〔白〕我彭越前破彭城，助漢有功，封爲大相國。自睢水敗歸梁地，整頓人馬，攻下外黃、睢陽十七城。項王聞之，親領大兵前來。本待與他交鋒，奈楚兵勢大，孤城難守。不若北走穀城，復取昌邑，得其糧草，接濟漢王。待楚兵退後，仍奪梁地，方是萬全之策。因此留仇明防守外黃，輕騎出城。大小三軍，就此往穀城前去。〔衆應行科。唱〕

【又一體】權斂跡，奈吾何。穀城堪駐馬，不須訛。掠取邊疆地，軍糧待裹。項王歸去楚兵過，〔合〕依然還讓我，依然還讓我。〔下。扮八楚兵、項伯、龍且、季布、鍾離眛引項籍上。項籍唱〕

【又一體】瘡癬疾，恁蹉跎。惱恨萑符寇，起風波。窺伺彭城地，乘虛攻破。又來梁地漫張羅，〔合〕今番何處躲，今番何處躲？〔白〕可恨彭越這草賊，前助漢王破我彭城，今又下梁地十七城。因留大司馬曹咎把守成皋，戒令不許出戰。親領大軍前來，務要拿住這草賊，碎屍萬段。〔作看科。白〕

城上旗幟嚴整，四門緊閉，却無一人守城，此是何故？〔項伯白〕此必彭越不在城内，虛設旗幟，陽爲聲勢。可催三軍攻打，看是如何。〔項籍白〕皇叔言之有理。衆軍士，急速攻城。〔衆楚軍應科。白〕得令。〔作攻城科。内白〕楚兵不用攻城，我等百姓情願開城投降。〔扮八百姓作開城跪迎科。同白〕我外黄原是楚地，豈敢抗拒天兵？情願請車駕進城。〔項籍白〕彭越那裏去了？〔衆百姓白〕彭越聞大王兵至，悄夜逃走了。〔項籍白〕彭越逃走纔來投降，且進城再聽諭旨。軍士們，就此進城。〔衆應，作進城行科。唱〕

【又一體】無賴賊，甚么麽。聽得天兵到，早離窩。此日投降者，多般猜破。未知誠僞意如何，〔合〕紛紛計較左，紛紛計較左。〔作到府第坐科。衆楚軍下。項籍白〕外黄百姓情急投降，非其本意。孤欲將男子年十五以上壯丁者，逐於東門，盡數坑之，以洩吾恨。〔衆百姓作哭科。扮仇叔作童裝上。唱〕

【平調套曲·糖多令】垂髫髮婆娑，身纔三尺過。問年勝似甘羅，智慧胸藏也自可。開口若懸河，也囉。〔白〕吾仇叔是也。項王欲坑外黄百姓，特來與之釋難。〔作進見科。白〕外黄百姓仇叔，叩見大王。〔項籍白〕汝小兒年十二三歲，乃敢不懼軍威，遽來相見，有何話説？〔仇叔白〕臣爲大王赤子，大王乃臣子父母，以赤子而見父母，戀戀之懷，猶恐不及，何軍威可懼？〔唱〕

【又一體】君父不虛訛，子民無二科。當前問是誰何，膝下瞻依差甚麽。底事悚惶多，也囉。〔項籍作喜科。白〕汝小兒不懼軍威，前來見我，敢是要下説詞麽？〔仇叔白〕大王德比湯、武，功同堯、舜，

四海一心，萬邦稱慶，豈敢摇唇鼓舌來作説客？〔唱〕

【平調套曲·牧羊關】儀秦舌，辨風誠墮，况逢聖明今在座。堯舜齊肩，商周非過。四海齊欣，萬邦稱賀。正謳歌遍地起，擊壤風聲播。遽敢漫傳訛，摇唇輕賈禍。〔項籍白〕汝既不下説辭，孤欲將壯丁坑殺於東門，汝來有何話説？〔仇叔白〕臣聞愛天下人者，天下人愛之。惡天下人者，天下人惡之。害天下人者，天下人害之。昔彭越甲兵一至，强劫百姓，百姓等懼其誅戮，不得已而歸降。終日翹首拭目，望大王兵到，以解倒懸。今又坑之，百姓將何所歸？不獨外黄不蒙大王之愛，從此大梁以東十餘城，皆莫可下矣。〔唱〕

【又一體】君民感應非小可，草偃風行從不左，這黎民怎經折挫？昔日降彭，自無奈何。朝朝凝望眼，今日遭奇禍。只恐此外列城多，再想歸降無一個。〔衆百姓白〕誠如仇叔所言，誰肯與大王共守天下？〔項籍白〕此是何人之子？〔衆百姓白〕此乃守將仇明之子，今年一十三歲。其母生他之時，夢長庚入懷，五歲能詩，七歲讀書，過目成誦，人皆呼爲奇童。〔項籍作喜悦科。白〕看此子之面，傳令軍中，不許侵擾百姓，盡赦其罪，守將一概免究。〔衆百姓作歡呼叩謝科，復謝仇叔科，仇叔答謝科。白〕吾爲一城生靈起見，何敢勞謝？〔唱〕

【尾聲】爲釋難着盡調和，從此後一郡生全實可賀，休説那搭救生靈仁德大。〔分下〕

第六齣　請命下齊（先天韻）

〔扮張良、酈食其引漢王上。漢王唱〕

【羽調引・桂臺仙引】智取成皋計不淺，此行未得安然。復聞楚衆來交戰，教人顧後瞻前。〔白〕前令韓信伐齊，遂由修武復取成皋。楚將曹咎受項王之囑，堅壁不戰。因令辱罵，激他出城，在汜水用伏兵逼死，復取了成皋。今聞項王破了彭越，欲來交戰，孤欲捐成皋以東，屯兵鞏洛，二位以爲何如？〔唱〕

【羽調・勝如花】兵家事謀勝先，量敵機宜貴遠，戰成皋甫爾師旋。統全軍楚氛正煽，外黄城迎降未戰。〔合〕料今番軍鋒正全，卜雌雄争鋒未便。欲待拋捐，俟軍威舒展。權退舍旌旗暫偃，移三軍鞏洛俄延。〔酈食其白〕不可。王者以民爲天，民以食爲天。敖倉天下轉輸已久，藏粟甚多，楚拔滎陽，不堅守敖倉，乃引而東，此天之所以資漢。願急進兵，收取滎陽，據敖倉之粟，塞成皋之險，杜太行之道，距蜚狐之口，守白馬之津，以示諸侯形制之勢，則爲天下所歸矣。〔唱〕

【又一體】烝民粒是所天，粟積敖倉不鮮，拔滎陽進據何難？幸重瞳茫無卓見，自吾王上膺天眷。〔合〕整兵鋒乘茲速前，取滎陽多般方便。足食爲先，據沿邊關鍵。一處處津梁守遍，召諸侯制勝中原。〔漢王向張良科。白〕此議如何？〔張良白〕此乃確論也，望吾王准奏。〔扮報子上報科。白〕啓上大王，韓元帥起兵伐齊，齊王田廣慌亂無措，欲求救於楚，特來報知。〔漢王白〕田廣知懼，齊可下矣。再去打探。〔報子應科，下。酈食其背科。白〕齊王如此驚慌，若往陳成敗，彼定然歸降。不動聲色而下齊七十餘城，吾功不小。〔轉科。白〕今燕、趙已降，惟齊未下，諸田宗族，最稱强大，近楚多詐。雖數十萬人馬，未可以歲月下也。〔唱〕

【羽調・三疊排歌】趙和燕，降最先。獨有齊宗健，最盛是諸田。近楚勢相聯，便兵臨城下，重圍坐困，空勞師旅漫留連。〔漢王白〕如此，計將安在？〔酈食其白〕臣仰仗大王明詔，願憑三寸之舌陳其成敗，説齊降漢，使爲東藩。不費張弓隻箭而能屈人之兵，所謂謀之上者也。〔唱〕但憑三寸舌能言，飲奉明威把德宣。〔合〕休遺箭，莫控弦，齊城七十盡輸虔。似風偃，一紙傳，河山隻手奉王前。〔張良白〕韓信領兵伐齊，田廣知懼，破齊可必。足下此行，就使説得齊降，恐韓信未必就肯班師，那時不要進退兩難。〔酈食其白〕我奉大王明詔，韓信怎肯背旨？〔唱〕

【羽調・排歌】咫尺天威，由來不遠。憑他閫外威權，何從便自把威專，怎敢游移抗敕宣？〔合〕何須慮，莫更言，功成此去掌中懸。謀同次，情漫牽，計程指日掉歸鞭。〔漢王白〕先生果能説齊歸漢，彼此免動干戈，亦韓信之所樂從，先生正好急趨齊説之。〔酈食其應科。白〕領旨。〔漢王白〕眼望捷旌旗，耳聽好消息。〔分下〕

第七齣　火牀警惡（庚青韻）

〔扮四鬼卒、二獄書引火牀地獄司官上。司官唱〕

【越調·豹子令】我做司官最公平。〔衆唱〕最公平。〔司官唱〕不通賄賂不徇情。〔衆唱〕不徇情。〔司官唱〕隨人罪過孽烟生，酷烈無人怨一聲。〔衆唱合〕無人敢怨這炎刑。〔轉場入公案坐科。白〕人到死時爲結果，火牀滚熱非關我。是他勢欲自熏心，自把油澆自點火。吾乃火牀地獄司官是也。只因世上人趨炎赴勢，親者貧寒，如避嚴冬，疏者富貴，不畏盛夏。閻君大怒，設此火牀地獄，以警澆風。左右，速傳動刑鬼使伺候。〔鬼卒應傳科。扮四扛刑具鬼撞火牀、四行刑鬼持叉上，參見科。司官白〕是好法度也。〔唱〕

【越調·番山虎】則問你入幕近公卿，何等樣提携受寵榮，把那親親戚戚都拋來冷。你指望錦衾無疾病，牙牀任寢興。怎知身故，恰還如在生。熱時群炙手，悶來思飲冰。不比親戚塵生甑，單寒人挈瓶。〔合〕雖隔幽明，雖隔幽明，冤業似銅鐘應聲。〔火牀作烟起科。司官白〕阿呀，好生奇怪，火牀無人自着，必有大案件發下來也。〔扮二長解鬼解閻樂鬼魂上。閻樂白〕尊差，你只管解着我走，到底解往那裏去？〔場上放火彩科。長解鬼白〕那壁就是你的住處了。火牀地獄當值的，快接差事。〔出公文科，一鬼卒接科，摔閻樂跪科。司官白〕爾是何人，作何罪孽，一一供上來。〔閻樂白〕爺爺嗄，小人閻樂，並不曾作什麼惡噓。〔司官看公文科。白〕不用你招，這公文早已開得明明白白的了。鬼卒，將閻樂捉上火牀者。〔閻樂白〕爺爺，那火牀是要燒死人的，如何上得？〔司官作冷笑科。唱〕

【又一體】你吮癰舐痔，百樣呈能。不曉你戕君父，如何誇藝精。我也不問你前日，也不管你來生。放着這紅錦褥，請君將帳也陞。手足展魂夢輕，你偃息耽安性，匡牀寐寤寧。〔合〕雖隔幽明，雖隔幽明，冤業似銅鐘應聲。〔白〕鬼卒，快將閻樂捉上火牀去者。〔鬼卒應，捉上火牀科。閻樂仰卧科，叫苦伏卧科，跳起科。鬼卒捺倒科。司官唱〕

【又一體】使不着向來奸佞，這森羅地如何扎掙？〔鬼卒放科，閻樂竪蜻蜓科，司官笑科。唱〕將頭顱，倒轉竪蜻蜓。手肢柔，雙雙爲脚脛。〔閻樂翻筋斗科，司官笑科。唱〕早筋斗翻輕，皮焦額爛時，恁的不安靜。〔合〕叫苦連聲，叫苦連聲，怎奈那皇天不應。〔內白〕火牀地獄接差事。〔鬼卒應科，從上場門丟出二鬼魂科，鬼卒接科，摔跪科。司官白〕兀那鬼魂，你可也看看火牀的受用？〔一鬼魂白〕鬼犯上不着火牀，鬼犯是個孝子。〔司官白〕怎樣孝？〔鬼魂白〕鬼犯因父母貧寒，管着丈人叫爹，丈母叫媽，每年逢時遇節丈人家看鬼犯情面，還與兩個老人家送禮哩。〔司官笑科。白〕可也算一個孝子。〔一鬼魂白〕鬼犯也上不着火牀，鬼犯是個益友。〔司官白〕怎樣益？〔鬼魂白〕鬼犯遇見那朋友有點鑽通的，設着法兒周旋他。若是那朋友運氣平常的，鬼犯遠遠的躲避着他。那些有志氣的朋友，一個個都被我教轉了。豈非益友？〔司官白〕可也算得益友。〔兩場門放火彩科。司官白〕那一壁火牀候着你二人也。〔鬼卒稟科。白〕閻樂魂魄化爲灰燼了。〔司官白〕獄書，即寫回文，交長解去覆閻君者。〔獄書應，寫科。司官唱〕

【又一體】比紅爐暖閣受享，比他奸鐺側春風畫屏。則報酬，忠臣的節操如冰。烘暖你，那已前面目冷。你爲甚無言少聲，你趨承慣精。舌敝了，微烟向喉間逗輕。唇破了，微痕向腮邊綻青。再別想重到那臭惡閻官，假虎將勢矜。〔合〕地獄嚴刑，地獄嚴刑，只要恁回頭猛省。〔獄書寫畢，付鬼卒交二長解鬼科。二長解鬼接科，下。司官白〕鬼卒，將此二犯押在東西兩廊火牀上安放者。〔四行刑鬼分押科，兩場門放火彩科，鬼卒分押下，內叫苦科。司官白〕呀，這兩個孽鬼，恰又在火牀上受用也。〔出公案科。唱〕

【越調·豹子令】這是陰司第一層。〔衆唱〕第一層。〔司官唱〕思量還算法稍輕。〔衆唱〕法稍輕。〔司官唱〕林過劍戟下寒冰，萬劫難圖再托生。〔衆唱合〕寬仁共道火牀名。〔引下。四扛刑具鬼擡火牀下。四行刑鬼同下〕

第八齣　嫉功負命（先天韻）

〔扮八漢兵、薛歐、陳沛、靳歙、柴武、蒯徹引韓信上。同唱〕

【正宫·四邊静】功勞畢竟將軍建，怎許中途變？惱恨劣書生，舌尖快如箭。〔合〕奕争著先，計須萬全。策士暗參籌，一鞭下青兖。〔韓信白〕肘後印難奪，將軍心未灰。齊城七十二，都入袖中來。我乃漢元帥韓信是也。日前漢王馳壁奪印，恕我懈弛之罪。命張耳王趙，仍命我爲元帥，加封大相國，起兵伐齊。昨聞探子來報，説漢王又遣酈食其説齊，陳以興亡成敗之説。齊王大悦，遂與楚絶，而罷守備。我欲退還成皋，策士蒯徹道我受詔擊齊，並未有詔止兵，且酈生一士掉三寸之舌，下齊七十餘城，我以數十萬之衆，歲餘乃下趙五十餘城，爲將數歲，反不如一豎儒之功。我聞此言，恐有傷酈生，於心不忍。蒯徹又言，一人之命可捨，一國之功難遇，因此決意伐齊。大小三軍，速行前去。〔衆應行科。同唱〕

【又一體】與他説客無讐怨，所重乘其便。趁彼不隄防，提兵與征戰。〔合〕國家用賢，大軍用權。鼓勇莫遲疑，壯圖各思展。〔同下。扮田横、酈食其引田廣上。唱〕

【正宮引・導引】捲戈束甲，静聽漢王宣，賴好客良言。〔田横唱〕扶劉背楚名雖正，還恐有牽連。〔田横〔廣〕唱〕文臣武將本相懸，韓信執兵權。〔酈食其唱〕吾主敕旨誰能抗，相對且欣然。〔坐科。田廣白〕自蒙先生開導，孤即差人賫降表先達漢營。專候漢王到來，協助破楚。〔田横白〕只一件，韓信現在屯兵趙境，若一時前來，不曾防備，何以禦之？〔酈食其白〕二公但請放心，吾此來並非私行，乃奉漢王明詔，韓信豈敢抗違？〔扮報子上。白〕軍情急如火，探子走如飛。報，報，報，漢將韓信領大兵三十萬，殺奔齊城來了。〔田廣作驚科。白〕有這等事？再去打探。〔探子應科下。田廣白〕先生。〔唱〕

【正宮・刷子序】你安就層層套圈，暗藏兔罟，輕下魚筌。〔怒科。唱〕懈我軍心，陡教遍地烽烟。〔酈食其白〕小生奉漢王明詔，豈有相欺之理？〔田廣唱〕雖然，君不比憑虚舌掉，我怎禁心怒髯掀。〔白〕咳。〔唱合〕早只悔錯認真心，豈知他都是詭言。〔酈食其白〕大王不必發怒，待小生同齊使往見韓信，教他退兵便了。〔田横白〕先生，你又來了。〔唱〕

【又一體】你簽得鋼針滿氈，却思自作、脱殼金蟬。〔冷笑科。唱〕我輩遭擒，任君野鶴翩躚。須捐，君一命青齊斷送，破一番紅鼎熬煎。〔合〕休得想去恁逍遥，莫思量辭句俄延。〔酈食其白〕既然二公設疑，同上城去面見韓信，當着二位講明，便見虚實。〔唱〕

【正宮引・朱奴兒】我奉漢詔如操鐵券，何須我巧語折辯？則教他强兵頃刻旋，穩保住齊家舊日山川。〔合〕方顯見，不是我書生間言，是漢王將吾遣。〔田廣白〕此言有理，就此同上城去。雪隱鷺鶯飛始見，〔田横、酈食其白〕柳藏鸚鵡語方知。〔同下。八漢兵、薛歐、陳沛、靳歙、柴武、蒯徹引韓信上。漢兵白〕已到城下。〔韓信白〕就此攻城。〔衆應科。内白〕漢兵休得攻城，有語面講。〔田横、酈食其、田廣上城科。酈食其白〕韓元帥請了。吾奉漢王明詔，已説得齊王降漢。今將軍統兵取齊，齊國君臣呵，〔唱〕

【中呂宮·剔銀燈】紛紛的朝廷起怨言，説豎子將人欺騙。〔白〕想我與你共事漢王，你何忍置我於死地？〔唱〕同寅昔日情須念，莫便把交情乖舛。〔合〕堪憐，書生偃蹇，則這裏命如絲待將軍豁免。〔韓信白〕大夫差矣。你前日下齊之時，當討漢王明詔，令我屯兵趙境，方爲從長之議。大夫私請説齊，貪爲己功，殊不知齊之歸降，實因懼我大兵在趙，不得已從大夫之議耳。今日雖降，不久必叛。〔唱〕

【又一體】休誇你行人口便，那反覆人情誰見？先生自死休含怨。〔酈食其白〕我死不足惜，但恐王命不足取信於天下耳。〔韓信唱〕將在外兵權獨擅。〔酈食其白〕韓元帥，你竟無漢王，自己專主麼？〔韓信唱合〕非專，兩算不剪，則怕的斧柯勞悔先時見淺。〔田廣作怒科。白〕豎儒欺我，左右，將酈食其綁起來。〔扮二齊軍上，綁酈食其科。酈食其白〕韓信，你不過忌我之功，忍心而爲此舉，皇天當不佑汝。〔唱〕

【正宫·撲燈蛾】酈生則死矣，酈生則死矣，殘魂怎無怨？你貪着功名，怎逃他神目如電也？〔韓信白〕傷大夫一人之命，成平定一國之功。他日論功行賞，子孫必得重封，勿以今日數數怨我也。

〔酈食其唱〕説甚論功和那行賞，眼巴巴一命歸泉。〔白〕罷，罷，罷。〔向韓科。唱〕你狠心腸終遭天譴。

〔合〕早晚間，看你湯鑊受烹煎。〔田廣白〕左右，將酈生用油鍋烹了，以洩吾忿。〔二齊軍押酈食其下。韓

信白〕衆將官，快與我攻城者。〔衆應，作攻城科。同唱〕

【又一體】同心奮武勇，同心奮武勇，危城共揉踐。快些竪降旗，免得一城血濺也。〔田横白〕此城

料不能保，我與王逃入高密去便了。〔同下。衆同唱〕再過些時牆坍四面，與説客九泉伸冤，把將軍三齊

功建。〔作攻破城科。唱合〕豁喇的，一聲如塌半邊天。〔同作進城科。下〕

第九齣　囊沙斬將（蕭豪韻）

〔扮八楚兵引龍且上。同唱〕

【黄鐘宫・出隊子】軍聲喧噪，聽得威名個個逃。非關大將恁逍遥，對手無如武藝超。〔合〕馬到成功，弓收箭韜。〔龍且白〕大將聲名天下聞，一鎗一劍掃千軍。揮戈尚返天邊日，況是虚浮幾點雲。吾乃楚霸王駕下大將龍且。因燕王降漢，齊王大懼，遣使求救於楚，項王命我領兵救齊。聞韓信已下齊城，田廣逃奔高密。吾聞韓信乞食漂母，無資身之策，受辱胯下，無兼人之勇，不足畏也。來此已是濰水，與韓信相去不遠，衆將官，就此殺上前去。〔衆應科，遶場下。扮八漢兵引靳歙、柴武上。靳歙、柴武唱〕

【黄鐘宫・滴溜子】真奇計，真奇計，誰參玄妙？同埋伏，同埋伏，登時見效。霎時把河翻倒。〔合〕浮者任他浮，沉時亦好。竚看功成，在此巨濤。〔白〕項王遣龍且救齊，韓元帥道龍且乃楚之名將，只可計擒。令我二人領兵五百，在濰水上梢囊沙阻住上流，待龍且追至河中，放水淹之。軍令甚緊，就此往濰水上梢去。〔衆應科，同下。扮八漢兵引韓信上。同唱〕

【黃鐘宮·雙聲子】安排下，安排下，鐵網憑魚跳。向野郊，向野郊，圍獵恣行樂。智也高，計也超。〔合〕則教他虎入龍潭，魚困塵囂。〔韓信白〕龍且救齊，其勢甚銳。〔笑科。白〕殊不知早已入我彀中。方纔遣薛歐、陳沛埋伏高密要路，去擒齊王田廣。又令靳歙、柴武囊沙放水，以擒龍且。特來引戰，衆軍士，迎上前去，許敗不許勝。〔衆應，行科。八楚軍引龍且冲上。龍且白〕韓信，汝原楚臣，今背項王歸漢，已侵關中數郡，尚不知足，乃敢抗拒天兵，快下馬投降，免汝一死。〔唱〕

【黃鐘宮·啄木兒】知時務把命逃，你怎敢同吾將刃交？潑殘生餓至如今，瘦楞生争禁鎗刀？我勸你早些下馬投降好，休得要痴迷把吾虎威冒。〔合〕你看那奮臂當車似爾曹。〔韓信白〕項王負約，放弑義帝，天下共欲誅之。汝爲楚臣，應勸項王歸降，乃敢送死前來救齊，這也是你的大數難逃了。〔唱〕

【黃鐘宮·三段子】天理彰昭，弑江濱神號鬼號。人情動騷，恃强横兵驕將驕。長君逢惡違天道，分明后羿還如奡。〔合〕憑你英雄，終無下梢。〔龍且怒科。白〕餓夫休得口强，放馬過來。〔戰科，韓信衆敗下。龍且白〕吾固知韓信怯弱，怎是我龍將軍敵手？務要趕上擒回，替齊王洩恨。〔追下。韓信衆敗上。韓信白〕衆將官，速渡濰水，待我誘敵。〔作過河科。同唱〕

【黃鐘宮·滴溜子】將河渡，將河渡，河身乾燥。臨河岸，臨河岸，將伊引到。管伊隨流俱漂。〔合〕奇計出無窮，無窮妙巧。平定三齊，只在這遭。〔龍且衆追上科。同唱〕

【黃鐘宮・雙聲子】如飛跑，如飛跑，如此將軍少。急趕到，急趕到，原野塗肝腦。挺着矛，執着刀。〔合〕務把那受餓狂夫，擒住着將恨來消。〔衆白〕濰水乃長流大河，怎麽一旦乾了？〔韓信白〕龍且，你若是好漢，過河來，與你戰三百合。〔龍且白〕你若走了，也不是好漢。衆將官，就此殺過河去。〔韓信衆疾下。内白〕衆軍士，提起沙囊，快些放水。〔内應科，作放下水科。衆楚軍白〕不好了，中了韓信的計了，濰水冲下來了。〔各作淹死科。靳歙、柴武領八漢兵帶弓箭上，各放箭射科，作射死龍且科，龍且下。韓信上，大笑科。白〕如此一隊雄兵，頃刻都成魚鱉，但不知龍且怎麽樣了？〔靳歙、柴武上。白〕恭喜元帥成此大功，龍且被箭身亡，衆楚軍盡行淹死。〔韓信白〕此乃二位將軍之功也。〔唱〕

【黃鐘宮・滴滴金】提沙放水波濤浩，虧你安排時候巧。準備着功勞簿上將名票，奏君王，連捷表。龍顔一笑，管將軍自此增榮耀。〔合〕我怎敢把功自邀，埋没你人豪氣豪？〔扮薛歐、陳沛押齊王田廣上，見科。薛歐、陳沛白〕齊王田廣同田横聽得楚兵敗亡，由東逃走，被末將二人擒來，只有田横不曾捉住。〔韓信白〕可惜走了田横，二位將軍的功，可也不小。哈哈，這三齊可也容易平定了。待安撫百姓，好與漢王會兵一處。衆將官，暫且屯兵高密者。〔衆應科。同唱〕

【黃鐘宮・出隊子】兵家機要，鬭智何須鬭力勞。輕他勁敵等兒曹，箭下身亡水底撈。〔合〕錦繡旗開，輕風細飄。〔同下〕

第十齣　愚霸數罪（魚模韻）

〔扮八楚軍、桓楚、于英、丁公、雍齒、季布、項伯、鍾離眛、虞子期引項籍上。項籍唱〕

【雙調·撼動山】遇人便殺遇城屠，莫教干我怒。曾聞俗語傳，不心狠不丈夫。劉邦的，若再要逞狂圖，〔合〕非是我歹毒，翻過臉定須烹爾父。〔白〕可惱劉季，引兵渡河，復取成皋，屯軍廣武，絶我糧道。某與他相拒許久，兵糧漸匱，鍾離眛獻某一計，取太公於軍中與劉季答話，他若不退兵，將劉太公置於俎上，即時烹之。軍士，帶太公上來。〔軍士應科，作綁太公上。太公閉目不做聲科。項籍白〕就此前去。〔衆應，繞場行科。同唱〕

【雙調·清江引】仁人孝子如何覩，高年坐樽俎。楚越尚寒心，況是生身父。〔合〕不怕他，不回師甘讓楚。〔軍士白〕已到漢營。〔項籍白〕將太公置於俎上。〔衆應，抬俎上，將太公置俎上科。項籍白〕漢兵早退，免烹太公。〔扮八漢兵、周昌、周勃、盧綰、灌嬰、王陵、夏侯嬰、曹參、樊噲引漢王上。漢王白〕聞項羽將太公置於俎上，本欲退兵以救太公。張良、陳平説道，若使退兵，太公永無生還之日，勸我愚弄項羽，使他不敢烹我太公。〔悲科。白〕只得前來答話。〔見科。項籍白〕劉季，你且看看。〔唱〕

【雙調・鎖南枝】兒富貴，父作俘，可憐即刻將烹取。這死活存亡，都須看着汝。〔合〕烏報慈，羊跪乳。你且自思量，忍教人簋簠。〔白〕汝早退兵，免太公遭烹。倘道半個不字，劉季，只怕不孝之名，萬古千秋，洗不去了。〔漢王白〕項籍，我昔與爾約爲兄弟，我翁即若翁也。〔唱〕

【又一體】無長上，天必誅，千秋萬古誰恕汝。倘獍性梟胸，如豹還傷虎。〔合〕食我親，食爾父。分我一杯羹，定然不思吐。〔笑科。白〕如必欲烹爾翁，請，請分我一杯羹。〔項籍怒科。白〕軍士，速將太公烹了。〔項伯急阻科。白〕不可。吾聞爲天下者，不顧其家，雖殺之無益，反被天下人説吾王殺人之父，是盛德之累也。〔項籍白〕此言有理。將太公送回營中去。〔衆應，抬俎押太公下。項籍白〕天下洶洶數歲，徒以我兩人耳，願與汝挑戰，決定雌雄，毋徒苦天下。〔唱〕

【雙調・孝順歌】今天下，君與孤，相持不下民炭塗。請君今日決，孰勝還誰負。免累却無辜，商賈農民，千門萬户。〔合〕曳尾藏頭，幾時纔肯賓服。〔漢王白〕吾非好與爾相拒，但汝罪惡滿盈，神人共怒，待我數爾之罪，然後挑戰不遲。〔唱〕

【又一體】彌天罪，誠獨夫，天人共憤不獨吾。幾年心膽裂，此日當明暴。你暴虐恣睢，傷害天良，其事無數。〔合〕數爾罪愆，然後與決贏輸。〔項籍白〕我有何罪，汝説得是便罷，説得不是，吃某一鎗。〔漢王白〕楚、漢三軍聽者。〔唱〕

【雙調・荷葉鋪水面】情須當，事不虛，我從頭一一向三軍數。豈但我軍嗔，恐你親隨怒。試和氣平心，聽剖重瞳惡處。〔合〕書罪無窮，敢罄南山竹。〔白〕汝背懷王之約，左遷我於漢中，罪一也。矯殺卿子冠軍，罪二也。救趙不報，而擅劫諸侯入關，罪三也。燒秦宮室，掘始皇墓，私其財物，罪四也。殺秦降王子嬰，罪五也。詐坑秦降卒二十萬於新安，罪六也。王諸將善地，而徙逐其故主，罪七也。放逐義帝，自都彭城，奪韓、梁地以自王，罪八也。使人陰弑義帝於江中，罪九也。爲政不平，主約不信，天下所不容，大逆無道，罪十也。〔唱〕

【又一體】我興仁旅，振義謀，全憑禮讓爲干櫓。殘賊不難誅，不值誇英武。待一統江山，教你側身無處。〔合〕仁暴攸分，寧用干戈舉。〔白〕實告訴你説，我以義兵從諸侯誅討殘賊，將使刑餘罪人，以擊匹夫，何乃與爾挑戰？〔項籍怒科，鎗刺漢王，漢王避科。楚兵將與漢王兵將冲殺科。鍾離昧用箭射科。白〕漢王看箭。〔作射中漢王胸科，漢王作捫足科。白〕虜中吾指。〔奔下，漢兵將敗下。扮報子上報科。白〕報，報，報，韓信殺死龍且，平定三齊，指日人馬就到成臯。〔項籍驚科。白〕龍且死了？韓信餓夫，着實可懼。暫且收兵，先殺韓信爲龍且報讐。〔衆應，作收兵科。同唱〕

【雙調·清江引】虚摭十罪吾何與，一箭酬伊去。韓信會兵來，定不輕饒恕。〔合〕直殺得，漢家兵散如雨。〔同下〕

第十一齣　義阻蒯徹（齊微韻）

〔扮薛歐、陳沛、靳歙、柴武上。同白〕七十齊城幾日平，將軍天下盡知名。今朝又擁如雲士，協助興王起義兵。〔薛歐白〕齊王擇於今日起兵，會合漢王破楚，將次陞帳，我等伺候，静聽調遣。〔分侍科。扮韓信上。唱〕

【仙吕宫引・謁金門】榮極矣，慚愧昔年風味。今日人臣登極位，夢中非敢期。感激君王德惠，一片赤心無際。整頓一軍增護衛，願教天地輝。〔白〕我韓信平定三齊，因齊人反覆不定，請爲假齊王鎮之。尚恐漢王不准所請，誰料特蒙恩寵，遣使持印綬封爲真三齊王。凡臨淄一帶錢糧，悉供支用，徵兵伐楚。又封英布爲淮南王，自九江迤南俱爲英布收管。封彭越爲大梁王，凡梁地五十郡俱屬彭越統理。受命之後，擇於今日起身會兵。衆將官，傳集人馬伺候。〔薛歐應科。扮蒯徹上。白〕今有項王遣楚臣武涉要見。〔韓信白〕着他進來。〔蒯徹宣科。武涉上，作見科。白〕幾年不睹丰采，大王身榮名顯。武涉望之，如隔雲天。〔韓信白〕昔與大夫同事項王，爲一殿之臣，今各事其主，遠臨敝邑，有何見教？〔武涉白〕項王仰大王聲名，欲與共享無窮富貴，先遣武涉通二國之好。〔唱〕

【仙吕宫・忒忒令】我項王風聞虎威，思往事百分慚愧。命我遠來拜賀，更從中致意。道秦家鹿，原好分肥。〔合〕誰爲楚誰爲漢，誰與齊王比？〔韓信白〕富貴莫如爲王，吾今既爲齊王，人臣之位極矣，又何求哉？〔唱〕

【又一體】不是我書生識卑，知足者但行素位。豈敢設心妄想，又因貪獲罪。我雖然的身王三齊，〔合〕還生惶恐添愁悸，遑復生希冀。〔武涉白〕大王奇謀妙算，允出二王之右。若與項王連和，三分天下，富貴可常保矣。〔唱〕

【仙吕宫・沉醉東風】論興師無窮出奇，取威聲世間所稀。幹功名趁勢爲，三分帝基，又何必低頭殿陛？〔合〕你若是東張楚威，西將漢羈。齊王印綬，無人敢追。〔韓信白〕吾昔事項王，官不過執戟，言不聽，計不從。自遇漢王，即授我上將軍印，推心置腹，使我得展微長，有此富貴，漢王何負於我？〔唱〕

【又一體】楚江濱何人數奇，蜀山岑何人運奇？我淮陰一布衣，力難縛雞，竟一旦端然富貴。〔合〕畢竟是何人挈提，何人指揮？君臣一體，無由間離。〔武涉白〕三齊王之封，漢王亦迫於勢之不得不然耳，豈果願封大王哉？〔唱〕

【仙吕宫・園林好】剖符時何常不疑，只爲你兵權可畏。倘若是如身肯背，〔合〕這大爵且休提，這大爵且休提。〔韓信白〕英布封九江王，彭越封大梁王，孤封三齊王，漢王之心，如青天白日。孤若

背漢，天理難容。〔唱〕

【又一體】有功臣名齊福齊，豈比那飢鷹怕餒。便道是心勞骨碎，〔合〕情願死不相推，情願死不相推。〔白〕煩大夫深謝項王，韓信雖死，此心不變，不敢聞命。〔武涉白〕大王居心如此，難得嗄難得。就此告辭。〔韓信白〕軍務匆忙，恕不遠送，請了。〔武涉白〕請了。〔下。蒯徹作看韓信科。韓信白〕先生看我怎的？〔蒯徹白〕臣昔曾遇異人，授以相法，請爲大王言之。〔唱〕

【仙吕宫·江兒水】細審封侯面，無過只王齊。從戎我往往看君背，天生骨格非常貴。終須九五君王位，請自從容商議。〔合〕雖有鎡基，自古不如乘勢。〔韓信白〕先生何爲發此言也？〔唱〕

【又一體】飽受今朝寵，當思昔日飢。我當初夢不到封侯貴，沾人福分時方濟。承君惠澤休思背，我只一腔忠義。〔合〕莫恁多言，使我聞之心悸。〔蒯徹白〕楚漢争鋒，智勇俱困，當今兩王之命，懸於足下。爲楚則楚勝，爲漢則漢勝，誠聽武涉之言，三分天下，鼎足而居，其勢莫敢先動。足下據强齊，深拱揖讓，則天下相率朝齊矣。〔唱〕

【仙吕宫·五供養】時當可爲，鼎足三分，理不相違。天心將欲與，弗取禍相隨。到頭來後悔遲，悔不聽我今朝私議。〔合〕自昔英雄輩，創根基，只是適時達務合機宜。〔韓信白〕漢王解衣衣我，推食食我，待我甚厚，我豈可背義而令天下耻笑？〔唱〕

【又一體】旁人刺譏，乞食書生，見識昏迷。良弓猶致鳥，獵犬尚隨圍。現成臯動鼓鼙，則專待我同心相濟。〔合〕怎肯忘忠義，把心欺，便道三分鼎足又何爲？〔蒯徹白〕吾聞勇略震主者，身危。功蓋天下者，不賞。今足下戴震主之威，挾不賞之功，歸楚楚人不信，歸漢漢人震恐，足下安所歸乎？〔唱〕

【仙吕宫·玉嬌枝】容人還易，要人容更何所歸？功高一定招人忌，怕將來翻受顛沛。你從旁安坐看事機，從容受享漁人利。〔合〕漢王呵何能怪伊，楚王呵天生懼你。〔韓信白〕適向楚臣曾言，吾若背漢，天理難容。請先生毋復再言。〔唱〕

【又一體】人容還易，要天容此心莫欺。憑天由命人何濟，便君王將我來忌。齊王印綬交付伊，淮陰自有漁樵味。〔合〕請先生無須再提，赴君王師須速起。〔蒯徹嘆科。白〕咳，大王不容復言，也是大王好處。〔唱〕

【仙吕宫·川撥棹】終焉矣，守貞心直到底。怕只怕人把心欺，怕只怕人把心欺，妬成功名衰利虧。〔合〕我從今不復提，任憑君自己爲。〔白〕功者，難成而易敗。時者，難得而易失。時乎時乎不再來。〔下。薛歐白〕人馬俱已齊備。〔韓信白〕就此起馬。〔扮八齊兵、八將官上。韓信唱〕

【又一體】兵齊矣，壯軍容真個美。我豈但平定三齊，我豈但平定三齊，我還向成皋救危。〔合〕受君恩已忸怩，負君恩更忸怩。〔衆作起兵遶場行科。韓信唱〕

【有結果煞】今朝始信懷經濟，更書生無慚忠義，不識辯士欲何爲。〔同下〕

第十二齣　侯公覆命（東鍾韻）

〔扮張良、陳平引漢王上。漢王唱〕

【中吕宫引·菊花新】從來倉卒悔無窮，收拾人心爵禄豐。勁旅助成功，方識善能操縱。〔笑科。白〕若不是二位躡足附耳之言，險些兒失了韓信的心。如今真王之封一去，三齊之衆全來，眼見得楚重瞳指日可破也。只是太公在楚，一時不能還國，晝夜不安，罪過不小。〔張良白〕良已遣洛陽侯公去見項王講和，楚方缺糧，必從其議。待其來時，便可放心。〔扮樊噲上，見科。白〕今有北貉燕人助兵，現在轅門候旨。〔漢王白〕遠夷嚮慕，其意可嘉，着伊進見。〔樊噲白〕領旨。〔下，帶婁煩上，進見科。婁煩白〕大王在上，北貉小臣朝見。〔漢王白〕賢王少禮。有勞遠來，不識有多少人馬？〔婁煩白〕臣世居辰韓之北，聞大王寬仁厚德，帶領梟騎數千，願效前驅。〔唱〕

【中吕宫·石榴花】遠人懷德腰繫箭和弓，敢征慣戰恰豪雄。雖則是相隨不足壯軍容，敢爭先敢去衝鋒。吾王但教早立功，楚家軍撼他得動。〔合〕臣愚蠢，自遠來特相從，無非戴德慕仁風。〔漢王白〕賢王且歸本寨，待齊王韓信大兵到來，公同會議，着賜與賢王筵宴。〔樊噲白〕領旨。〔帶婁煩下。扮侯公上，進見科。白）臣侯公見駕，叩賀吾王萬千之喜。〔漢王白〕講和之議，項王應允了麼？〔侯公白〕臣請命去見項王，他兩旁擺列着刀斧手，項王按劍以待。〔唱〕

【正宫・玉芙蓉】刀光水月溶，劍氣龍蛇動。密層層殺氣，凛凛威風。〔漢王白〕那時你便怎麼？〔侯公唱〕我只閒行似入梨花洞，大笑三聲徹碧空。〔漢王白〕項王那時呢？〔侯公唱合〕他心强横，惱書生愚弄。叱聲高，迅雷耳畔一聲轟。〔白〕項王駡道，汝爲漢使，來下説詞，乃敢大笑不止，意欲尋死耶？臣道，大王既知臣是説客，何不帳外斬之，設此刀斧手何爲？項王説道，看汝言有理無理耳。臣因説道，以大王之威，臣豈敢以無理之詞冒瀆尊聽？〔唱〕

【又一體】君王蓋世雄，賤命何須送？待周全大義，拯救民窮。則要寧人息事權輕重，玉帛敦盤會弟兄。〔合〕山河共，序君王伯仲。錦衣還，各人行樂向深宫。〔白〕臣以罷兵之益，講和之好，委曲細陳。項王喝退刀斧手，擲劍於地，聽從和議。約定各寫合同文字，待兩家相見之時，各傳遞收照，將宫眷送還大王。〔漢王白〕汝仍回見項王，明日相見之時，仍復前日弟兄之情。不必陳設大兵，亦不可身披甲冑，必須將太公并家眷送還，方見講和之意。若太公仍在楚營，似非盟好也。〔唱〕

【又一體】相和議已同，舊隙全消瑩。好分彊畫界，莫尚兵戎。我也不多言去數伊行横，他莫又重彎暗裏弓。〔白〕還有第一件要緊的事，〔唱合〕吾心痛，以太公爲重。早回還，晨昏侍奉暮年容。〔侯公白〕謹遵主命。臣此一去，包管太公并宫眷即日回來也。〔唱〕

【又一體】前番見解同，此去人知重。管全家眷屬，慶聚宫中。憑吾説客虚言弄，只要人情道理通。〔合〕談言中，不些兒漏空。似懸河，隨機應變口邊風。〔漢王白〕爾可便去。〔侯公白〕領旨。〔漢王白〕眼望捷旌旗，〔侯公白〕耳聽好消息。〔分下〕

第十三齣　鴻溝爲界（真文韻）

〔扮八楚軍、桓楚、于英、丁公、雍齒、季布、項伯、鍾離眛、虞子期上。同白〕兩國罷戰争，通和共息兵。〔鍾離眛白〕但愁成反覆，一旦禍潛生。列位，主上今日與漢講和，列位以爲何如？〔衆白〕講和息争，自是善策。〔鍾離眛白〕息争固好，但恐漢王反覆。放他家眷歸去，必有更變，那時無所拘束，深爲可慮。〔項伯白〕太公在楚，久禁不殺，足見主上之仁。今若釋放，漢王必更感恩，自無更變之理。況武涉回報，韓信不准鼎分天下，已起兵前來。今若講和，從此各安疆土，免生民塗炭，也是一善策。〔衆白〕主公出帳來也。〔扮項籍上。唱〕

【黄鐘宫・畫眉序】折將損三軍，心下籌躇計莫伸。更軍糧告匱，莫放眉顰。兩番的漢使通和，幾次價心中思忖。〔合〕息争罷戰爲先務，漢眷何須久困？〔白〕孤家聞龍且被斬，心甚恐懼，又因糧草不繼，軍威漸弱，正在焦心。適漢王兩次遣侯公前來講和，所言還屬近理，爲此不聽群諫，決意釋放漢眷，各守疆土。左右，請漢眷隨行。〔楚軍應科，請太公、吕妃上。項籍白〕就此去見漢王。〔衆應科，下。扮八漢兵、婁煩、樊噲、曾參、灌嬰、盧綰、王陵、夏侯嬰、侯公引漢王上。漢王唱〕

【又一體】一向把聲吞，質下高年白髮親。又糟糠被禁，意亂情紛。今日個兩國通和，兩下裏解寃釋忿。〔合〕盼將宫眷歸家轉，撇却滿懷愁悶。〔白〕幸侯公往返與項王講和，今已應允，當面各交合同文字，釋放宫眷歸漢，此皆侯公之功也。〔八楚軍、桓楚、于英衆引項籍上，太公、吕妃隨上。項籍、漢王相見行禮科。漢王白〕太公在大王麾下，久蒙恩養，深荷至德，所謂生死而肉骨者也。今蒙講和，願割鴻溝爲界，鴻溝以西爲漢，以東爲楚，從此與大王各分疆界，無相争奪，以續同盟之好。〔唱〕

【黄鐘宫・降黄龍】舉室承蒙，至德涵濡，厚待情殷。今蒙矜許，罷戰通和，舊誼重敦。休論，往時嫌隙，彼和此猜虞胥泯。〔合〕劃鴻溝東西爲界，兩家安穩。〔項籍白〕前將太公置於俎上，不過一時權宜之計，望勿見責。〔唱〕

【又一體】非云，觸犯尊親，計出權宜，從今莫問。有虧禮待，伏乞寬容，鑒吾誠悃。惟君，息争雅意，免使干戈勞頓。〔合〕從此後烽烟頓熄，澤被生民。〔白〕快請太公、王妃相見。〔虞子期引太公、吕妃出見科，漢王跪接科。白〕太公受驚，恕兒不孝之罪。〔太公扶起科。白〕吾在此深蒙恩待，皆項王仁德。〔漢王向侯公科。白〕將手字合同交去。〔侯公應遞科，項籍亦令鍾離眛交手字合同，各收科。漢王迎太公、吕妃過漢營科。漢王拜謝科。白〕大王使我父子團圞，夫妻完聚，此大王仁義之至，敬此拜謝。〔唱〕

【黄鐘宫・黄龍衮】相逢骨肉親，相逢骨肉親，此日歡愉盡。蒙賜與周全，施仁施義誠無遜。着我舉室團圞，一家和順。〔合〕感激情，深五内，謝唯謹。〔項籍答拜科。白〕盱眙初會，彭城結盟。舊好

猶存，新約莫負。善侍太公，各享尊榮，保全終始，兩家之幸，天下之幸也。〔唱〕

【又一體】當時盟自存，當時盟自存，昆季相廝趁。何事起戈矛，相讎相怨多嫌舋。願自今朝，兩無讎恨。〔合〕保始終，守盟約，休違信。〔漢王白〕敬如尊諭，就此收兵。〔衆同應科。漢王、項籍同唱〕

【三句兒煞】東西分峙兩無損，世爲鄰相親相近，看取兵戈一旦泯。〔分下〕

第十四齣　書灰復燃（先天韻）

〔場上設灰山切末科。扮八鬼卒持叉上，舞一回科，畢。白〕多少墳和典，今成燼後灰。冥途刑憲在，報施也堪哀。我等乃看守灰山鬼卒是也。這灰山不是别的，就是那牙籤錦軸，中藏萬斛珠璣，緗帙縹囊，内藴五車金玉。包括帝皇史籍，茹古涵今；搜羅賢聖精華，經天緯地。只爲秦庭一炬，因教冥府備刑章；須知報應無差，佇看李斯來受苦。道言未了，那邊來也。〔下。扮二長解鬼押李斯上。白〕走嗄。〔李斯唱〕

【中呂宮·駐雲飛】懊恨當年，慘毒驕横獲罪愆。顯戮干天憲，冥報偏難免。嗏。苦海痛無邊，嚴刑嘗遍。聽説灰山，早自心驚戰。〔合〕一望巍巍在眼前。〔八看灰山鬼卒持叉上，分站灰山兩旁科。二長解鬼白〕那邊便是灰山，李斯，你去看來。〔李斯作看科。白〕這灰山高有數丈，濶有丈餘，陰司存此何用？〔二長解鬼白〕你還不知道麽？〔唱〕

【又一體】古聖先賢，至訓全憑簡册傳。一被秦庭燹，滅盡先模典。嗏。方策散餘烟，灰飛郊甸。早集陰司，積聚成刑憲。〔合〕報施焚書罪萬千。〔李斯白〕一堆書灰，如何做得報施？〔二長解鬼

白〕你那裏曉得。〔唱〕

【又一體】罪犯當前，攛入灰中苦怎言。氣塞身遭蹇，變異從中顯。嗏。餘燼復生烟，火光重現。骨肉枯焦，烈燄將身煉。〔合〕懊悔悲哀總枉然。〔李斯作叫苦科。白〕我在陽世焚書，陰司却有如此報應，悔殺我也。〔唱〕

【又一體】只爲生前，媚主逢君取勢權。但願功名顯，那惜身多譴。嗏。書史一時燃，群儒坑踐。豈識幽都，罰罪無情面。〔合〕恨不當初拜聖賢。〔看灰山鬼卒白〕何處孽鬼，快報名來。〔二長解鬼白〕十殿發來罪犯一名李斯，本司老爺審明，押到灰山受罪。〔看灰山鬼卒白〕既已定罪，就此打上灰山者。〔作趕打科，李斯作躲避科，看灰山鬼卒作捉李斯拋上灰山科，李斯作氣悶翻跳叫苦科。扮盧生、侯生、八儒士上。白〕儒冠曾恨生前誤，不負經書死後知。我等當日在秦被李斯坑陷，今幸陰曹審轉，得以超生。聞得李斯現在灰山受報，爲此前來觀看一番。〔見科。白〕李斯，李斯，你在此灰中今番受罪也。〔唱〕

【中吕宫·念佛子】當時呵威權顯，將我輩任意熬煎。把典籍焚燒，豈止千卷。〔合〕莫怨，此日偃蹇，就是他剩火遺烟。陷身軀，報汝坑害儒先。〔灰山出烟科，李斯作被燻哀號科。盧生衆白〕自作自受，哀號也是枉然了。〔唱〕

【又一體】生時的焚書簡，到死後受罪無邊。看果報昭彰，甚是明顯。〔合〕莫怨，此日偃蹇，就是他剩火遺烟。儘哀號，此日追悔徒然。〔灰山内出火彩科，李斯作被燒亂滚科。盧生衆白〕李斯，李斯，你當

日若不逢君之惡，焚書坑儒，那有今日？〔唱〕

【又一體】生平呵尊經典，有諫語獻納君前。便到得今朝，不犯天愆。〔合〕莫怨，此日偃蹇，就是他剩火遺烟。到於今，始覺悔恨從前。〔李斯作燒死科，從地井下。盧生衆白〕今日方知陰司報應，果然不爽也。〔唱〕

【又一體】人只云幽冥遠，便作惡那怕青天。看李相遭刑，這等不舛。〔白〕李斯嗄李斯，〔唱〕你莫怨，此日偃蹇，就是他剩火遺烟。這循環，便是惡報昭然。〔下。看灰山鬼卒白〕李斯已成灰燼，請二位長官去領回批覆命。〔二長解鬼白〕請了。〔看灰山鬼卒白〕請了。〔分下。場上徹灰山切末科。〕

第十五齣　負盟回軍 齊微韻

〔扮婁煩、張良、陳平引漢王上。漢王唱〕

【雙調引·桃源憶故人】江山各守干戈退，免教甲士奔馳。白髮歡容厮對，從此幸無離背。比當年，刀劍侵凌際，憂樂兩般殊矣。〔白〕鴻溝界限各東西，不事干戈慰萬黎。此後幸全倫理樂，庭幃常聚免分離。孤家自講和以來，恭送太公與吕妃同往咸陽安養，幸喜士馬得息，意欲率領全部退守咸陽，免使百姓久苦兵氛，也令享此清平之樂。軍師。〔張良白〕有。〔漢王白〕與我傳旨各營，就此回軍。〔張良白〕臣良不敢奉旨。〔漢王白〕軍師有何異見？〔張良白〕大王聽啓。〔唱〕

【雙調集曲·金三段】【金字令】（首至六）從戎將士，各有東歸意。咸陽縱美，那比回鄉里？楚漢平分，人心背矣。【三段子】（五至末）統軍西指關中地，卒徒那免逃亡勢。〔合〕億兆乖離，守成何計？〔白〕大軍意欲東歸，大王統之西嚮，遠離父母，拋撇妻孥，庶姓離心，必然之勢也。今太公、吕妃俱已還國，兵威大振，天下從風，况韓信在齊起兵，彭越助我威勢，勝負之機，實在大王。若兩分天下，權各有歸，使天下諸侯無所專主，豈帝王混一之治乎？〔唱〕

【雙調集曲·金水柳】【金字令】(首至六)樞機在手，怎向他人委？判分土壤，早把威權徙。天下諸侯，時從時背。【五馬江兒水】(八至合)未免心無專繫，亂縱平夷，兵戈再起不日期。【朝元令】(十至合)宇甸勢睽離，圖安終復危。【柳摇金】(八至末)不是興隆，不是興隆，帝王之治。〔白〕依臣所見呵，〔唱〕

【雙調集曲·金雲令】【金字令】(首至六)機關可取，攬得權和勢。甲兵鋒鋭，戡亂動應易。似這等坐失機宜，束手西歸。【駐雲飛】(四至七)敵將乘機會，嗏，逐漸養軍威，更展郊畿。【四塊金】(四至六)有時動旌旗，約誓顯背違，兵馬疾馳。【柳摇金】(八至末)漢楚存亡，漢楚存亡，關係非細。〔漢王白〕軍師有所不知，〔唱〕

【雙調集曲·金江水】【金字令】(首至十一句)鴻溝界限，兩下邊疆矣。盟言一發，口血何堪背？信重於人，反覆堪耻，萬姓方覘王度。道誓約猶輸，嚴明賞罰難再期。轉轉共相疑，戎行先解體。【五馬江兒水】(末一句)便統江山，也知非計。〔婁煩白〕大王差矣。臣不辭數千里，聞風遠附者，非爲别事，原欲博一封土，爲子孫萬世計也。今大王以盟言自拘，决意休兵息戰，倘洪基爲項王所得，臣有奔走之勞，無茅土之榮，徒爲四鄰耻笑耳。〔唱〕

【雙調集曲·金風曲】【四塊金】(首至四)分茅錫土，初願從今已。衝鋒陷陣，功績難提起。【一江風】(三至末)受過多憔悴，枉然的。帝業難期，那作河山計？〔合〕從前悔不追，從前悔不追。何勞遠奔馳，早難返家鄉地。〔陳平白〕二臣所奏，極爲有理。臣等隨大王勞苦，奔走數十年者，願大王一統

疆宇，爲四海之主，使天下北面朝王，臣等亦得仰觀混一之治，而爲盛世名臣。願王勿拘小節，而失天下也。〔唱〕

【雙調集曲・五馬搖金】【五馬江兒水】（首至合）臣民趨義，身甘事鼓鼙。縱則是忠肝烈膽，願效驅馳。也指望荷榮華錫瓚圭，覩昇平盛世。一統皇基，鷺序鵷班垂佩。國家同理，休教區宇兩分披。【柳搖金】（合至末）守此迂拘小信，教後悔難追，後悔難追，此際定宜詳細。〔漢王作沉吟科。扮樊噲上。白〕羽驛傳軍信，鑾輿見至尊。〔奏科。白〕臣樊噲有事奏聞。〔漢王白〕奏來。〔樊噲白〕今有韓信、彭越兩下起兵，同來破楚，請我王定奪。〔張良衆白〕齊、梁人馬到來，大王若猶疑不決，恐二王聞而解體矣。〔漢王白〕准卿所奏，就此回軍。〔衆臣傳科。白〕大王有旨，就此回軍。〔内白〕領旨。〔扮八漢兵、八將官上，作回軍科。同唱〕

【雙調集曲・清南枝】【清江引】（首至四）硜硜之信今輸矣，爽約還全義。休講限鴻溝，勁旅從新起。【鎖南枝】（八至末）看一鼓荆湘圮。〔同下〕

第十六齣　點將排兵（江陽韻）

〔扮韓信上。唱〕

【中呂調套曲・粉蝶兒】謀略無雙，定中原今番全仗，細搜尋地勢端詳。按兵機，依陣勢，推求生旺。逗引埋藏，則待要安劉除項。〔白〕自鴻溝割地，兩國休兵，漢王趁楚衆東歸，回軍東向。項王正與虞姬每日飲酒歡樂，一聞此信，起傾國人馬，與漢王交戰。彼時我與大粱王兵馬未至，被項王在固陵大破漢兵，漢王堅壁自守，適我兵來到，漢王求我妙算。我想項王勇猛非常，只可智取，未可力敵。連日踏看陽武一路，未有善地。惟九里山之南垓下，高岡峻嶺，前有掩伏，後有遮蔽，乃漢王生旺之地，項王敗絶之方。此處極好埋伏，以擒項羽。待主公出來，排兵點將。〔扮張良、陳平引漢王上。漢王白〕欲施斬虎擒龍策，全賴安邦定國人。〔見科。白〕有勞元帥遠來相助，孤家不勝欣幸。〔韓信白〕大王割地分封，推恩及衆，臣敢不竭盡駑駘，以效王事。〔唱〕

【中呂調套曲・醉春風】則把那三齊掌，還思尋榮封享。君恩雨露遍涵濡，俺也還想。想受君之恩，謀君之事，此心難忘。〔漢王白〕項王十分强横，屢敗孤家，元帥想已有勝算了。〔韓信白〕臣已採

得勝地，專待請明諭旨，發令點將。〔唱〕

【中呂調套曲・十二月】俺早已安排停當，則待要指示當場。準備着窩弓射虎，不教他跳噬猖狂。則待請絲綸明降，便好去調遣戎行。〔漢王白〕部下將士，任憑調遣。倘違將令，軍法從事。〔韓信謝科。白〕領旨。樊噲聽令。〔扮樊噲上，應科。白〕有。〔韓信白〕速將花名册交上。〔樊噲捧花名册送韓信科。白〕花名册在此。〔韓信白〕擂鼓聚將。〔樊噲應傳科。白〕元帥有令，吩咐擂鼓聚將。〔内擂鼓科。扮王陵、曹參、婁煩、英布、彭越、張耳、周勃、周昌、盧綰、夏侯嬰、薛歐、陳沛、靳歙、柴武、灌嬰、呂馬通、孫安上，參見科。白〕元帥在上，衆將打躬。〔韓信白〕列位將軍，主上自出褒中，與項王五年之間親經七十餘戰，勞師動衆，萬苦千辛。今項王勢孤力弱，勝負在此一舉，諸位務要盡心報效，成萬年之業。進當奮勇，退當固守，麾左則左，麾右則右，隨我指揮，共勷王事。〔衆白〕敢不如元帥號令？〔韓信唱〕

【中呂調套曲・堯民歌】呀則想這五年中，受盡苦奔忙。俺共諸君，辛苦效疆場。守得他今朝凋零羽翼欠回翔，衰頹牙爪自徬徨。端詳，天教此日亡，願諸君努志功勳無讓。〔白〕英布聽令。〔英布應科。白〕嗄。〔韓信白〕你領一枝人馬，在正南埋伏，〔唱〕

【中呂調套曲・上小樓】則待向離宫伏藏。〔英布白〕得令。〔韓信白〕彭越聽令。〔彭越應科。白〕嗄。〔韓信白〕你領一枝人馬，在正北埋伏，〔唱〕坎方遥向。〔彭越白〕得令。〔韓信白〕張耳聽令。〔張耳應科。白〕嗄。〔韓信白〕你領一枝人馬，在正東埋伏，〔唱〕正是震出東方。〔張耳白〕得令。〔韓信白〕樊噲聽令。

〔樊噲應科。白〕嗄。〔韓信白〕你領一枝人馬，在正西埋伏，〔唱〕待肅殺威揚。〔樊噲白〕得令。〔韓信白〕曹參聽令。〔曹參應科。白〕嗄。〔韓信白〕你領一枝人馬，在東南埋伏，〔唱〕巽二風狂。〔曹參白〕得令。〔韓信白〕周昌聽令。〔周昌應科。白〕嗄。〔韓信白〕你領一枝人馬，在西南埋伏，〔唱〕奠坤維，好隄防。〔周昌白〕得令。〔韓信白〕盧綰聽令。〔盧綰應科。白〕嗄。〔韓信白〕你領一枝人馬，在西北埋伏，〔唱〕九天之上。〔盧綰白〕得令。〔韓信白〕周勃聽令。〔周勃應科。白〕嗄。〔韓信白〕你領一枝人馬，在東北埋伏，〔唱〕似艮止如山屏障。〔周勃白〕得令。〔韓信白〕聽我將令。〔唱〕

【中呂調套曲·滿庭芳】星羅八方，迴環相顧，到處週詳。偃旗息鼓遥相望，排就圍場。有似那天羅地網，須準備斬將擒王。休輕放，任是强梁，到此也恓惶。〔英布衆應科，下。韓信白〕夏侯嬰聽令。〔夏侯嬰應科。白〕嗄。〔韓信白〕你領一枝人馬，去取彭城，盡樹赤幟，使楚兵退入重圍。〔夏侯嬰白〕得令。〔韓信唱〕

【中呂調套曲·快活三】遍城頭赤幟颺，楚兵衆自心慌。無家可歸奔一時，忙逼將來重圍喪。〔夏侯嬰應下。韓信白〕呂馬通、孫安、薛歐、陳沛、靳歙、柴武聽令。〔呂馬通衆應科。白〕嗄。〔韓信白〕你六人各領一枝人馬，在九里山四面接應，逼項王前往烏江。〔呂馬通衆白〕得令。〔韓信唱〕

【中呂調套曲·迓鼓兒】你你你將軍掌，各自的準備當場。你在九里山前，整鋒鋩，待等着酣戰中央。則要你將他相傍，齊堵擋，與他個來回跳盪。輕輕的將伊逼上，逼上烏江，便是伊功勳不爽。〔呂馬通衆應下。韓信白）婁煩、灌嬰聽令。〔婁煩、灌嬰應科。白）嗄。〔韓信白〕婁煩去戰項王，仗爾之勇擒得項王，免動干戈。如不能勝，灌嬰接戰。你乃項王舊將，可佯輸詐敗，引下九里山來，本帥自來引戰。〔唱〕

【中吕調套曲·鮑老兒】陣雲起處威聲壯，擒斬功爲上。愁伊勇猛難相抗，接戰將伊誑。則要的佯輸詐敗，輕挑淺逗，引下山岡。那時牢籠計就，驅來陷阱，漫與商量。〔婁煩、灌嬰白〕得令。〔下。韓信白〕王陵聽令。〔王陵應科。白〕嗄。〔韓信白〕項王敗下，必渡烏江，往江東取救。爾可扮作船家，隨機應變。他自羞往江東，必命盡於此。〔唱〕

【中吕調套曲·耍孩兒】烏江渡口遊魂蕩，空對着滔天猛浪。匆匆何處覓餘艎，扁舟一葉潛藏。隨機應變權迎取，軟語温言巧中傷。俺將伊量，羞慚滿面，短劍身亡。〔王陵白〕得令。〔下。韓信白〕張軍師，陳護軍，統領本營人馬，保護主公。〔唱〕

【中吕調套曲·一煞】軍師未敢閒，護軍不用忙，中軍護駕全依仗。搴旗斬將前鋒鋭，奠國安邦妙算長。中軍帳，閒評韜略，陪伴君王。〔張良、陳平白〕謹依帥令。〔漢王白〕元帥調遣如此，項王不難擒也。〔韓信白〕臣已算定方向，敢誘楚兵至此，使他往回勞苦，再無生路，所謂必勝之道也。〔唱〕

【煞尾】計在先謀爲上，竭駑駘幾遍思量。則教那莽重瞳，今番一命亡。〔張良、陳平白〕元帥妙算，吾等欽服，主公專聽佳音便了。〔同下〕

第十七齣　十面埋伏（蕭豪韻）

〔扮二十四漢兵引英布、彭越、張耳、樊噲、曹参、周昌、盧綰、周勃、呂馬通、孫安、薛歐、陳沛、柴武、靳歙上。同唱〕

【仙呂宮·六么令】牢籠計高，布天羅那許潛逃。孫吴暗裏運深韜，賁育輩比兒曹。〔合〕管教逼向烏江道，管教逼向烏江道。〔同白〕奉元帥將令，向九里山十面埋伏，圍困項王，就此分頭前去。〔下。扮十六楚軍、桓楚、于英、雍齒、丁公、季布、項伯、鍾離眛、虞子期引項籍上。同唱〕

【仙呂宮·風入松】連營百里勢偏豪，處處漢家旗旐。拔山舉鼎休稱道，論勝負也須難料。〔合〕決雌雄還看這遭，楚全時漢亡了。〔項籍白〕衆將官。〔衆白〕有。〔項籍白〕今日楚漢交兵，大家擒捉漢王，須要奮勇前去。〔鍾離眛衆白〕韓信兵到，天下諸侯如期而會，連營數百里，大展軍威。今日交兵，恐有埋伏，大王須要小心。〔項籍白〕爾等分領人馬截戰伏兵，待孤策馬揚鞭，親捉漢王、韓信，就此去者。〔衆白〕得令。〔作分領人馬下。扮婁煩冲上。白〕項賊那裏走？〔項籍作端詳科。白〕看你番裝打扮，想係何處番人，怎敢起兵助漢？〔婁煩擺式科。白〕你那裏認得，俺北貉燕人婁煩是也。今日領兵到

此呵，〔唱〕

【仙呂宫・六么令】仁風遍昭，漢劉王振耳名高。遠方助義舉兵刀，誅逆賊、建微勞。〔合〕喜看今日强梁剿，喜看今日强梁剿。〔項籍作怒科。白〕這番奴好生無禮。你既助漢，難道不知你大王的英名麽？〔作擺式科。唱〕

【仙呂宫・風入松】章邯九次敗秦郊，只俺威名不小。也經兩返彭城棹，看劉季竄亡中道。〔合〕甚强横敢攖節旄，要生全恐不保。〔婁煩白〕敗亡之將，焉敢出此大言？看叉。〔戰科，大戰科。項籍作暗啞叱咤喊科，婁煩驚退敗下。灌嬰上，接戰科。項籍白〕灌嬰，你乃我家舊將，怎敢與我交鋒？〔灌嬰白〕項羽，你狠而不仁，那裏做得英雄之主？今日俺灌嬰呵，〔唱〕

【仙呂宫・六么令】叨恩漢朝，奉元戎特把兵交。虎貔隊裏逞强豪，擒叛逆建功勞。〔合〕佇看一戰狼烟掃，佇看一戰狼烟掃。〔項籍怒科。白〕好無禮的逆賊，你枉來送死也。〔唱〕

【仙呂宫・風入松】豈不識英雄蓋世楚家豪，斬將破戎不少。任你虎狼狗噬心腸惡，逞螳臂攩車桀傲。〔合〕送軀命定看這遭，叛亡臣早誅了。〔灌嬰白〕休得多言。〔作戰科，灌嬰敗下，項籍追下。英布上。唱〕

【仙呂宫・六么令】將軍計高，網羅般設伏周遭。暗分十路計高超，一路路遞相交。〔合〕只教强項威風倒，只教强項威風倒。〔項籍冲上。英布白〕項賊休走，俺英布在此等候多時。〔項籍白〕英布，你九江王是我所封，怎麽背楚歸漢？〔英布白〕你教我放弑義帝，却歸罪於我，使我抱不白之名，讐深切齒。今日狹路相逢，怎肯饒你？〔戰科，英布敗下。彭越冲上，接戰科。項籍白〕來將何名？〔彭越白〕吾乃大梁王彭越。〔項籍白〕彭越，你取我安邑，絶我糧道，今又助漢，怎肯與你干休？〔戰科，彭越敗下。張耳冲上，接戰科。白〕項籍休逞威風，俺常山王在此。〔項籍白〕張耳，你始從陳涉，後輔武臣、趙歇，今又歸漢，反覆小人，有何面目偷生人世？待我殺你，與陳餘雪恨。〔戰科，張耳敗下。樊噲冲上。樊噲白〕項羽，你樊爺爺來也。〔項籍作大笑科。白〕狗夫也敢逞威，放馬過來。〔戰科，樊噲敗下。項籍白〕漢將連戰連敗，莫非果有埋伏？待我與衆將會合，再作商量。〔韓信上。白〕項王休走，吾韓大元帥在此。

〔項籍白〕韓信，你也來見我麽？〔唱〕

【仙吕宫·風入松】郎官執戟位王朝，雨露國恩非小。爲甚棄恩背國多顛倒，把人主返戈相報。〔合〕便今日陣開敵交，遇讐人分外惱。〔韓信白〕你有一亞父而不能用，焉能知我？今日身入重圍，料來不能逃生，快些下馬投降，不失封王之位。〔項籍白〕胯夫，孤與你賭鬬三合，你若勝得孤家，便依你投降。若是勝不得孤家，便教你死無葬身之地。〔作戰科，韓信急下。項籍白〕今日不擒韓信，誓不生回。總有埋伏，吾何懼哉？〔追下。曹參上，項籍追上，與曹參戰科，曹參敗下。周昌上，截戰科，周昌下。盧綰上，截戰科，盧綰下。周勃冲上，截戰科，周勃敗下，項籍追下。桓楚、于英、雍齒、丁公、季布、項伯、鍾離眛、虞子期、吕馬通、夏侯嬰、薛歐、陳沛、柴武、靳歙、灌嬰、婁煩逐對殺上，戰科，下。項籍上，英布、彭越、張耳、樊噲、曹參、

周昌、盧綰、周勃上，圍戰科，下。扮十六楚軍、桓楚衆上。唱〕

【仙呂宮・六么令】重圍怎逃，恁揚威困住群豪。我王勇猛馬咆哮，敵衆將、體疲勞。〔合〕不如息戰收軍早，不如息戰收軍早。〔虞子期白〕韓信十面埋伏，我王大戰整日，天色已晚，虞王后又在大營，恐有疏虞，不如且勸大王收軍，明日冲圍再戰。〔衆將白〕説話之間，大王來也。〔項籍作大怒科上。唱〕

【仙呂宮・風入松】從教設計困吾曹，只俺定將敵剿。一身威武今揚耀，便百戰豈愁神耗。〔合〕看從此搗穴覆巢，怒纔舒恨始了。〔桓楚衆白〕大王且請息怒，今日天色已晚，我軍困在圍中，大料不能冲出。請大王暫且歸營，保守大寨，明日再與交鋒。〔唱〕

【仙呂宮・六么令】吾王已勞，且歸營暫息今宵。養軍蓄鋭待來朝，誅敵將靖邊郊。〔合〕欃槍除却成功早，欃槍除却成功早。〔項籍作氣科。白〕誓必滅此，然後收兵。〔衆楚軍白〕我等隨大王過江以來，願效死戰。大王且請歸營，明日定擒漢王、韓信，以報大王。〔項籍白〕罷了，罷了，暫且回營。〔衆白〕得令。〔遶場科。同唱〕

【仙呂宮・風入松】鳴金檢點衆同袍，勝負尚然難料。雄威殺氣胸頭飽，看來日定争功效。〔合〕要得個集勳建勞，决雌雄方纔了。〔同下〕

第十八齣　吹散楚軍（江陽韻）

〔場上設鷄鳴山，扮張良持簫上。白〕楚漢兩争鋒，難分雌與雄。聊將新調演，吹散舊兵戎。吾乃漢軍師張良是也。目今西楚兵馬雖固守垓下，探知兵疲食盡，士卒思歸。昨日臨水觀魚，猛思一計。那項王者，魚也。子弟兵者，水也。欲取其魚，先取其水。爲此選得能辨楚音軍士，教與楚歌三曲，乘此風清月朗之時，向鷄鳴山一帶悠揚吹唱，傳播楚營。管教他八千子弟卸甲逃歸，多少是好。軍士何在？〔扮八漢兵上。白〕日守旌旗志氣雄，夜間星斗起西風。何時得遂安邦策，萬里江山掌幄中。軍師呼唤，有何吩咐？〔張良白〕前日教與爾等楚歌三曲，可都記得？〔衆白〕記得了。〔張良白〕今夜風清月朗，正好行事，隨我往鷄鳴山上吹唱去者。〔衆白〕得令。〔張良白〕三疊楚歌傳妙計，〔衆白〕八千子弟早分離。〔下。扮十六楚軍上。白〕烽火城西百尺樓，黄昏獨坐海風秋。更吹羌笛關山月，無奈金閨萬里愁。吾等乃項王麾下子弟兵是也。我王連次戰敗，大軍盡都傷死，只剩俺八千子弟兵。連日征戰，身子好不勞倦，大家略睡片時，再作計較。〔作各睡科。張良領衆作暗上山科。張良吹簫。衆漢兵唱〕

【楚歌一】起飈颯秋風漸爽，從到此十餘年，把家鄉撇漾。離了爹娘誰奉養，雁魚音信杳，妻子哭斷了肝腸，盼歸來是枉。〔衆楚軍作驚醒科。白〕那裏歌唱之聲，這般凄楚？〔一楚軍白〕唱的都是知心話兒。〔衆白〕再細聽聽，看是如何？〔張良吹簫。衆漢兵唱〕

【楚歌二】爲軍難實可傷，爲軍難實可傷，吹得咧咧聲嘹喨。楚之曲，楚之詞，吹斷了胡腔。嘆人生在天地間，七尺軀從那裏長？何故把爹娘疏曠，怎不把妻子思量？歸兮歸兮宜及早，吾嘆光陰不久長。問君家，何日裏得還鄉？〔衆楚軍白〕果然説得有理。我們離鄉背井，功不成，名不就，倒教俺父母在家盼望，着實傷心。〔張良吹簫科。衆楚軍白〕那邊又吹起來了，聽他説些甚麽。〔衆楚軍聽科。衆漢軍唱〕

【楚歌三】俺只見四野蒼蒼，俺只見四野蒼蒼，又只見銀河朗朗。當此景，教人實可傷。當此景，使人悽愴。仰望征人淚兩行，這等受恓惶。算來何不早還鄉，算來何不早還鄉？一聲清，半天星月朗。一聲悲，孤雁飛過瀟湘。一聲咽，猿鶴寒霜。使離人怏怏，寸寸斷肝腸。〔衆楚軍白〕聽將起來，果教人寸寸肝腸斷也。〔作泣科。一楚軍白〕你們不須悲泣，我有一句話，不知你們依否？〔衆白〕你有什麽話講？〔一楚軍白〕你我跟隨楚王到此，指望他成其大事，我們也有些好處。誰想連戰不勝，大軍都已傷亡，單剩我們八千子弟兵了，終日隨他征戰，也是枉然。如今歌從天降，想是蒼天憐念我等，免使拋撇父母，離别妻子，身死他鄉。不如棄了項王，各自回家，豈不是好？〔衆白〕言之有

理。〔同唱〕

【高宫・醉太平】俺聽這歌傳楚唱，早教人血淚汪汪。梅花鐵笛斷人腸，俺爹娘在那廂。家中妻子懸懸望，說甚麼要歸不得空思想。〔作卸甲拋器械科。唱〕我和伊把鐵衣卸却早還鄉，早離了戰場。〔白〕走嗄，走嗄。〔同下。張良衆下山科。張良白〕果然三曲楚歌把八千子弟兵都行吹散了。〔一漢兵白〕你看楚營中，卸下的盔甲、器械堆積如山，不如取了他的，大家分用。〔張良白〕楚軍拋下盔甲、器械，任憑爾等取去穿戴使用。〔衆白〕多謝軍師。〔各取盔甲、器械科。張良白〕不施萬丈深潭計，〔衆同白〕怎得驪龍頷下珠？〔同下〕

第十九齣　霸王別姬（古風韻）

〔扮桓楚、于英上。白〕片聲傳播自天來，甲士聽聞意盡灰。楚國八千雄子弟，擲戈棄甲夜逃回。昨夜一派簫歌之聲從天降下，四邊盡是楚聲。今早檢點人馬，八千子弟盡行逃散。欲待報知大王，此時尚與虞娘娘同卧後帳。不免與諸將商議，設計保全。衆叛人離愁國圮，盡謀極慮展臣心。〔下。扮虞姬上。唱〕

【南呂宫引・虞美人】一身曾沐君恩寵，暖帳親承奉。虎貔寨裏共追隨，坐卧相依，無奈漢兵圍。〔白〕玉容未必便傾城，椒房寵受君恩極。海棠睡起春正嬌，莫把金珠污顔色。金珠雖艷美未匀，如何顔色從來嗔。但愁春去顔色改，不得君恩常顧身。妾乃西楚霸王之后，日隨帳内，今被圍九里山中。大王愁眉不展，面帶憂容，待他出來，寬慰一番。〔扮項籍上。唱〕

【南呂宫引・石竹花】蓋世英雄，此後不堪蓋世。將敗兵殘，喪威失勢。〔白〕力拔山兮氣蓋世，時不利兮騅不逝。騅不逝兮怎奈何，虞兮虞兮奈若何？〔虞姬白〕大王，爲何發此言語？〔項籍白〕你尚未曉得，孤家起兵五載，連戰七十餘陣，未嘗有敗。今日被漢家兵馬屢挫吾鋒，軍將傷亡，威風全

喪。此乃天將亡我，豈不可嘆？〔虞姬白〕原來這等，大王再振軍威，滅漢有何難事？〔項籍白〕美人，你那裏知道。〔唱〕

【中呂宮·好事近】霸業已成灰，這英雄難説無敵。時遭折挫，弄得我枉自遲疑，思之就裏。〔白〕美人嗄，〔唱〕嘆當初，不用鴻門計。〔合〕經多少冒鏑衝鋒，時不利怎知今日？〔内作吹簫科。唱〕

【楚歌一】起飈颯秋風漸爽，從到此十餘年，把家鄉撇漾。離了爹娘誰奉養，雁魚音信杳。妻子哭斷了肝腸，盼歸來是枉。〔内吹簫科。唱〕

【楚歌二】爲軍難實可傷，爲軍難實可傷，吹得咧咧聲嘹喨。楚之曲，楚之詞，吹斷了胡腔。嘆人生在天地間，七尺軀從那裏長？何故把爹娘疏曠，怎不把妻子思量？歸兮歸兮宜及早，嘆光陰不久長。問君家，何日裏得還鄉？〔虞姬白〕大王，這是什麽響？〔項籍白〕這是楚歌之聲響。〔虞姬白〕怎麽四面都是？〔項籍白〕你不曉得，風色一正，四面週圍都是響的。孤與美人静聽一回。〔作聽科。内吹簫科。唱〕

【楚歌三】俺只見四野蒼蒼，俺只見四野蒼蒼，又只見銀河朗朗。當此景，教人真可傷。當此景，使人凄愴。仰望征人淚兩行，這等受悽惶。算來何不早還鄉，算來何不早還鄉？一聲清，半天星月朗。一聲悲，孤雁飛過瀟湘。一聲咽，猿鶴寒霜。使離人怏怏，寸寸斷肝腸。〔項籍白〕美人，不好了，不好了。四面歌聲，盡是漢家之兵，漢今已得楚矣。〔唱〕

【中呂宫・好事近】腰間，仗劍吐虹霓，空自有拔山之力。〔白〕罷，罷，只是我命該如此了。美人，我過江東來時，四十五萬人馬，如今只剩八千子弟兵了。〔唱〕天亡吾楚，看看食盡兵疲，聞歌四起。漢兵圍，冲散了三千隊。〔白〕美人呵，〔唱合〕我和伊難忍分離，禁不住兩行情淚。〔虞姬白〕大王不須憂慮。〔唱〕

【又一體】嫁雞，怎不逐雞飛，教妾身如何存濟？心灰腸斷，雲山翠壓愁眉，喧天鼓鼙。漢兵圍，四下裏重重至。〔白〕大王呵，〔唱合〕我和伊難忍分離，禁不住兩行情淚。〔桓楚、于英上。唱〕

【中呂宫・賺】垓下重圍，帳裏君王知也未。〔項籍唱〕你爲何的？〔桓楚、于英唱〕看四下裏騰騰横殺氣。〔項籍白〕傳令八千子弟兵，就此冲圍退敵。〔桓楚、于英白〕啓大王，昨夜一派楚歌之聲，把八千子弟兵盡都吹散了。〔項籍白〕有這等事？此天亡我也。〔唱〕英雄志，指望着造鴻基。今日裏，没一個調停計。便可知，這的是病篤難醫。〔虞姬白〕大王，還須再四躊躇。〔項籍白〕孤家無甚躊躇，總是身隨國殉。只是美人，少女紅顔，無從安頓，好教我放心不下。〔虞姬白〕自古道，忠臣不事二君，烈女不更二夫。大王倘有不幸，妾身豈肯存着異心？〔項籍白〕罷，罷，你去好生伏侍漢王去罷。我與你今朝一别，再也不能相會了。〔虞姬白〕大王嗄，〔唱〕

【又一體】你不須疑，賜與我三尺青鋒光自斃。〔項籍泣科。白〕美人呵，〔唱〕難得你，貞潔存心敦大義。我垂淚，就把青鋒付與伊。〔作遞劍科。虞姬作接劍科，哭科。唱〕分别去，待夢寐裏重相會。〔合〕今

日裏，〔自刎科。唱〕粉憔玉碎。〔下。項籍哭科。唱〕

【中呂宮・撲燈蛾】可憐一婦人，可憐一婦人，激烈男兒志。甘自把身軀，須臾喪在龍泉也。魂飛魄散，好教我一身無計。到如今怎生籌計，轉眼間，只恐漢兵又來至。〔扮虞子期上。白〕聽得內營喧嚷，忙來詢問因依。〔作見科。白〕原來我姐姐自刎而死了。〔作哭科。白〕阿呀，姐姐嗄。〔唱〕

【又一體】見危能授命，見危能授命，方無愧虞氏。我也不偷生，情願地下相隨也。〔白〕阿呀，姐姐嗄。〔唱〕前途相等，我與你掩埋身屍。〔作埋屍科。唱〕亂軍中香消粉碎，〔合〕再不能，寵榮同享在明時。〔作硼死科，下。項籍作傷感科。白〕國舅哀憐其姊，硼死帳中。孤家伉儷情深，豈忍獨生人世？〔作拔劍欲刎科。桓楚白〕大王一身存亡，三軍生死所關。望吾王略止悲傷，快去冲圍破敵要緊。〔項籍白〕也罷。傳令整頓人馬，冲殺前去。〔桓楚白〕領旨。〔傳科。白〕大王有旨，就此整頓人馬，冲殺前去。〔內白〕領旨。〔項籍唱〕

【尾聲】仰天大笑長吁氣，四望山河黑霧迷，不料虞姬先刎死。〔扮八將官上，作冲殺科。下〕

第二十齣　烏江自刎（古風韻）

〔扮四從神引天駟星上。天駟星白〕守職司天廐，神駒暗脱逃。只因塵數滿，收取返天曹。吾乃天駟星是也。前者失於守禦，被騕褭神馬私逃下凡。蒙玉帝恩旨，道騕褭下世應爲烏龍坐騎，俟烏龍命盡之時，然後收歸天上。今項王被韓信十面埋伏，逼到烏江，合該盡命。衆神將。〔衆白〕有。〔天駟星白〕就此前往烏江收取騕褭神馬者。〔衆白〕得令。〔繞場科，下。扮項籍上。唱〕

【越調·水底魚兒】兵敗身逋，一朝勢已孤。心忙意急，〔合〕無門可尋路，無門可尋路。〔白〕漢兵四面圍困，把守甚嚴。我與衆將左冲右突，勢不能出。是我大奮神威，嚇退漢將，闖出重圍，只是衆將官都困在圍内了。來至陰陵，迷失故道，遇一田父指路，當從左而往，只得向左而行。〔作行科。唱〕

【又一體】戰攻必取，臨終困此途。天將亡我，〔合〕無門可尋路，無門可尋路。〔作陷於大澤科。項籍白〕田父欺我也。烏騅，烏騅，你隨我一世，豈無踴躍之能？我仗你跳將出去者。〔作策馬躍出大澤科。扮八漢兵引吕馬通、孫安、薛歐、陳沛、柴武、靳歙冲上。白〕項賊那里走？〔圍戰科，項籍作殺散漢兵將冲出科，下。薛歐白〕項王冲圍而去，大家追捉上去。〔内白〕元帥有令，項王敗走，衆將不須追趕。〔薛歐衆白〕得令。〔下。扮王陵船家裝扮上。白〕楚霸今朝鼠竄回，漢營設定牢籠計。招招舟子渡烏江，算定臨流終不濟。吾乃漢將王陵是也。奉元帥將令，假扮亭長，在此處艤舟，等候項王。巧言譏諷，使他羞返江東，絶於此地。〔内作喊科。白〕天亡我也，天亡我也。〔王陵白〕那邊項王來了，不免在此偵候。

〔項籍上。唱〕

【又一體】霸業空圖，江東是舊都。且行前去，〔合〕烏江等船渡，烏江等船渡。〔白〕適遇漢兵大戰，被我殺了無數兵將，冲出圍來。〔怒科。白〕我自會稽起兵，身經三百餘戰，所向無前，天下莫不聞我膽碎。今一旦敗亡至此，此天亡我也。咳，天不助我，難道我項籍就束手等斃不成？意欲回到江東，重興事業。只是烏江險阻，舟楫甚稀，如何是好？〔王陵唱〕

【山歌】楊柳青青江水生，忽聽四下唱歌聲。東邊日出西邊雨，莫道無情也有情。〔項籍白〕那邊一隻小船來了。船上的。〔王陵白〕誰人呼喚？〔項籍白〕吾乃西楚霸王，今被漢兵追殺，欲往江東，你可渡我過去。〔王陵白〕原來是大王，請上船來。〔項籍白〕你這船兒甚小，如何載得人馬？〔王陵白〕大王，這船委實的小。若是渡了人，不渡馬。渡了馬，不渡人。〔項籍白〕咱這烏騅馬是我護身龍，百戰百勝，全虧這馬，價值千金，教我怎捨得人去馬不去？人存馬也存，都要過去。〔王陵白〕這個却難應命。〔項籍白〕不能應命，孤家也不渡烏江了。〔王陵白〕大王，江東父老相待，還是過江去的好。〔項籍白〕阿呀呀，項羽蓋世英雄，一旦喪於此處。也罷，天欲亡我，説不得了。亭長，你自去罷。〔王陵白〕江東雖小，尚可以興。我小人記得，古人有詩一首，他道：勝敗兵家不可欺，包羞忍耻是男兒。江東子弟多英俊，捲甲重來未可知。請大王過江去罷。〔項籍白〕亭長，你不知道。前日孤家帶領八千子弟兵渡過江來，今日一騎無還，有何面目再見江東父老？决不過去了。〔唱〕

【仙吕宫·玉胞肚】我奇才大度，苦天亡今來絶途。〔王陵白〕江東父老相待，快請過去。〔項籍唱〕縱江東父老相憐，道功業尚可徐圖。〔合〕想八千子弟已全無，更有何顔返故都？〔王陵唱〕

【又一體】王今休誤，這江東堪爲霸圖。恁居民鷄犬相聞，養鋒鋭更整規模。〔合〕縱八千子弟已全無，須信道報怨還應返故都。〔項籍唱〕

【又一體】君言全誤，我何顔重興霸圖？嘆英雄瓦解冰分，豈獨自任得馳驅？〔合〕俺八千子弟已全無，俺只把死後靈魂返故都。〔王陵白〕大王何出此言？請渡江去罷。〔項籍白〕吾聞漢兵搆得我頭者，賞賜千金，官封萬户。亭長，今日也是你的造化。我死之後，你便將我首級前去請功。〔王陵白〕小人不敢。〔項籍白〕烏騅馬隨我一生，也贈與你去罷。〔王陵白〕小人不敢，請大王過江。〔王陵作接馬科。天駟星衆暗上。馬作悲鳴跳入江科，天駟星衆收下。項籍見馬作哀痛科。唱〕

【有結果煞】今朝人馬烏江渡，問生平英雄何處，只有斷送這頭顱。〔自刎科。扮四水族執旗上，遮護科。項籍下。場上换無頭屍身立科。王陵取首級科。白〕果然妙算元戎智，取得頭顱去請功。〔下。扮八漢

兵、八漢將引韓信上。同唱〕

【越調・水底魚兒】百計千謀，今番事不虛。項王命盡，〔合〕大漢統寰區，大漢統寰區。〔韓信白〕軍士。〔漢兵白〕有。〔韓信白〕這裏是江東去路，怎麽不見項王人馬，敢是渡江去了？〔一漢兵白〕啓元帥，前面不見人馬，只有一個無頭屍首站在那邊，身上穿着黄金鎧甲。〔韓信白〕既着黄金鎧甲，定是項王了。軍士，前去看來。〔漢兵作看科。白〕怎麽一個死屍站在這裏，待我推倒了他。〔作推不倒科。王陵送首級上。白〕適纔將首級送往大營，不知元帥兵馬却來此處，爲此前來。〔作見科。白〕末將王陵獻上項王首級。〔韓信白〕有勞將軍，記功候賞。〔王陵白〕謝元帥。〔漢兵禀科。白〕啓元帥，前面果是項王屍身，只是挺立那邊，推之不動。〔韓信白〕怎麽，一個屍身，推之不動？吩咐本營有力軍士，一齊動手，推倒屍身。〔衆白〕得令。〔作推不倒科，禀科。白〕禀元帥，委實推他不倒。〔韓信白〕待我親去推來。〔作推科。白〕果然推不倒。〔衆將白〕他也曾五年圖霸，還是請元帥贈他幾句。〔韓信白〕也罷，待我贈他幾句。咳，項王，〔唱〕

【雙角・水仙子】五年圖霸使機謀，恁有那蓋世英雄一旦休。拔山威勢無成就，今日個到烏江已盡頭。這幾椿兒這幾椿兒在那裏去搜求，烏騅馬，穩在魂車走。金鎖鎧，飄流怎地有，那虞夫人在何處落得個風流？〔白〕軍士們，把屍骸擡去，伺候賞賚。〔衆應科，作擡不動科。白〕禀元帥，擡不動。〔韓信白〕怎麽擡不動？且住，我前日也曾在他手下爲臣，待我拜他一拜。〔韓信拜科，屍骸倒科。韓信白〕項王，項王，原來一拜也受我不起，怎教我在你手下爲臣？軍士們，就此擡了去者。〔衆白〕得令。〔作擡科。白〕可惜將軍没了頭，當風流處不風流。〔衆將白〕平生造下千般計，〔韓信白〕一旦無常萬事休。〔擡屍骸科。同下〕

第廿一齣　靈霄覆旨（蕭豪韻）

〔扮鄧、辛、張、陶、苟、劉、龐、畢八天君，朱雀、玄武、青龍、白虎四神，九曜星官、左輔右弼、千里眼、順風耳四仙官，四金童玉女二執節、二執龍鳳扇，引玉皇大帝上。玉皇大帝唱〕

【南呂調套曲・一枝花】清寧鎮玉京，大命從吾造。則恁你興亡事有在，須是俺劫數運難逃。一任你汩汩滔滔，大江般波浪千回擾。俺則是無私坐絳霄，似電般眼睛兒眷顧分明，怎容着强梁的錯了絲毫？① 所欣，芬芳黍稷氣氤氳。須知興廢皆由我，勞攘空教勇冠軍。吾乃總攝三天玉皇大帝是也。前因秦運當終，炎劉當起，曾遣赤帝子下凡，定亂安民。復遣烏龍下降，擾亂秦朝天下，爲赤帝子掃除强横。怎奈烏龍不知天命，妄欲自雄，以至楚漢争鋒，干戈無已。俺想這遭劫在數人民，好生傷慘也。〔唱〕

【南呂調套曲・梁州第七】則看那作新燐沙場夜凄，慘陰風曠野悲號，杜鵑紅血染花梢。顧什麽夫妻偕老，父子相抛。早辦得碎肝塗腦，覆室傾巢，戰屍山積斷江潮。他還要不斷的鼓和鉦馬喊人囂，

① 「毫」下，校籤補小字「陞高坐科白」五字。詩首句前五字仍缺。

一個個額爛頭焦，一人人膽戰魂飄。百忙中顧不得身死向林皋，好教俺心忉，淚交。恃行横直恁的心思十分狡，全不知好生的天所保。單則要忤天和逞着這情性喬，因此上憤不迭一味粗豪。〔白〕前因烏龍强横，赤帝子非其敵手，已遣三元調遣天、地、山、河神祇前去護衛，救其厄難，使赤帝子得成一統。其秦朝一切逢君、弑君逆犯，俱着東嶽審明，發陰府治罪。並命北斗星君減烏龍壽算，使他命盡烏江，以彰果報。想各神亦應前來覆旨也。〔唱〕

【南吕調套曲·四塊玉】俺降綸音把赤帝扶，他承玉旨把炎劉保。早將那天地河山神共招，一同價助弱除强暴。那顧他華嶽般勢莫摧，熊虎般勢甚强，早將來塵埃般只一掃。〔扮上元天官領火神、風神、霧神上，奏科。同白〕臣等見駕，願上帝聖壽無疆。〔玉皇白〕卿等可將保護炎劉、共抑强項之事，細細奏來。〔上元天官白〕臣奉玉旨，已命火神燒絶棧道，風、霧神在彭城救出赤帝子厄難，特來覆旨。〔玉皇白〕赤帝子若非爾等暗中呵護，那得成其一統也？〔唱〕

【南吕調套曲·罵玉郎】則仗你連雲燒絶巴中道，又早是霧迷了滎陽路，打散了楚軍囂。把他個艱難險阻齊拯却，這是您保護勞，神力高，不枉我天心保。〔上元天官衆神起侍科。扮中元地官引五穀神、山川神上，朝見科。同白〕臣等見駕，願上帝聖壽無疆。〔玉皇白〕卿等可將呈祥獻瑞之事，一一奏來。〔中元地官白〕臣奉玉旨，已令五穀神、山川神默相赤帝子，使他年歲豐登，人和物阜，即在川中預成興王之象，特來覆旨。〔玉帝白〕妙嗄。赤帝子若非爾等默助，安得有此氣象也？〔唱〕

【南呂調套曲·感皇恩】又何須鳴岐山彩鳳翔翺，踏春郊祥麟騰躍。就是這衆人和，新歲稔，衢巷歌謡。便是他興王有瑞，佳兆先標。早當了海重潤，日重華，風不鳴條。〔中元地官衆神祇起侍科。扮下元水官引龍神、江神、義帝上，朝見科。白〕臣等見駕，願上帝聖壽無疆。〔玉皇白〕卿等可將默祐炎劉、搭救義帝之事，一一奏來。〔下元水官白〕臣等奉旨，已令龍神調和時雨，以潤禾稼。又令九江龍神搭救義帝，同掌九江。特來覆命。〔玉皇白〕有爾等一番護祐，方見天地無私也。〔唱〕

【南呂調套曲·採茶歌】早施了春雨膏，已將那豐稔招，偏隅便有昇平兆。若不是你神力空中默祐也，怎得個滄江從此起龍蛟？〔下元水官、衆水神、義帝起侍科。扮東嶽大帝引十殿閻君上，朝見科。同白〕臣等見駕，願上帝聖壽無疆。〔玉皇白〕卿等可將審明罪犯，一一奏來。〔東嶽白〕臣奉玉旨，已將秦朝逢君、弒君惡犯審明，發陰府按罪施刑去了，特來覆旨。〔玉皇白〕此等惡犯，得爾等細細覈問治罪，好痛快人心也。〔唱〕

【南呂調套曲·荆山玉】則問他生前枉逞機謀妙，一個個辜恩賊義似鴟鴞。早將那百二河山寶，生刺刺斷送得委實堪焦。〔東嶽大帝、衆閻君起侍科。扮北斗七星上，朝見科。同白〕臣等見駕，願上帝聖壽無疆。〔玉皇白〕命卿等減那烏龍壽算，減却幾何，一一奏來。〔北斗七星同白〕臣等奉旨，已將烏龍的壽算減去，今年三十一歲，已在烏江自刎，特來覆旨。〔玉皇白〕此乃自作之孽也。〔唱〕

【南呂調套曲·竹枝歌】誰許他拔鼎移山恃勇驍，也指望建統繼秦朝。似這等違天逆命全不想數難逃，英雄徒益世，征戰枉稱豪。你可也徒勞，今日個烏江畔，也免不得血染霜刀。〔北斗七星起侍科。扮天駟星上，朝見科。白〕微臣見駕，願上帝聖壽無疆。〔玉皇白〕有何本章，一一奏來。〔天駟星白〕前因天廐中騕褭神馬私逃下界，今在烏江收回，特來繳旨。〔玉皇白〕仍將此馬飼養天廐便了。〔天駟星白〕領玉旨。〔玉皇白〕我想此馬呵，〔唱〕

【南呂調套曲・玄鶴鳴】徒向那塵凡世擔着烏騅號，整日的撞和衝看得干戈飽。那教在夕暉邊垂楊渡，驚着那洪波涌寒江遶，霎時的錦障雕鞍撇了。到今日仍歸斯廐，重返天閑，也應悔當初之誤，昔日之差，值甚的紫驊騮還恁氣勢驕。則索要伏耳攢蹄，準備他王良御好。〔天駟星起侍科。衆同白〕秦亡楚滅，赤帝子應成一統，將來成何治象，還祈上帝明示。〔玉皇白〕赤帝子雖成一統，以後變亂尚多，十二年中方纔大定也。〔唱〕

【南呂調套曲・烏夜啼】秦亡楚滅風塵掃，料從今運屬金刀。只是這餘氛未盡猶驚擾，單則待建廟營郊，胙土分茅。加身備有赭黃袍，秋毫無私聊爲報。這是他運光昌，基深□，從此後一朝大定，須是那萬古名標。〔白〕只是天機不可預洩，諸星神各歸本位，靜觀太平景象。〔衆白〕領玉旨。〔玉皇大帝下高座科。唱〕

【煞尾】各歸本位依星曜，下界從今泰運交，也免得擾攘干戈日不了。俺呵中天首翹，則見他塵氛盡消，方把那傷慘心思齊撇掉。〔分下〕

第廿二齣　漢宫大聚（魚模韻）

〔扮四内侍引漢帝上。漢帝唱〕

【雙調引·小重山】欣把强梁已剪除，萬里江山業，盡歸吾。已將九鼎建西都，一家地，宫院共歡娱。〔白〕寡人自滅楚以後，禮葬項王，義感魯國，復以群臣之請，建國關中。所有宗廟社稷已令蕭何創造，氣象一新，神人共悦。昨日已尊我父太公爲太上皇帝，追封先媪爲昭靈夫人，晉封吕妃爲昭陽皇后，子盈爲皇太子。並遣人接取戚氏同到咸陽，共享富貴。明日吉期，將登大寶，封功受賀。正是：大統已教馬上得，元勳還欲殿前封。内侍，請皇后來見。〔内侍白〕領旨。〔作請科。扮八宫娥引吕后上。吕后唱〕

【雙調引·海棠嬌】今朝改玉步，欣看喜溢門閭。宫漏晝徐徐，輦路花深處。傳宣忽到庭除，俺則待急相趨。〔作見科。白〕臣妾見駕，願陛下萬歲。〔漢帝白〕御妻平身。内侍，看坐。〔内侍白〕領旨。〔漢帝、吕后各坐科。漢帝白〕孤與皇后忽離忽聚，同擔驚恐，今日又得完聚，豈非邀天之幸？〔唱〕

【雙調·四塊金】驚恐各擔，離合難辭苦。還喜這朝，宫院同歡聚。倩伊内政扶，同享泰交遇。大宇清除，愜吾心曲。〔白〕皇后，自今以後呵，〔唱合〕駕宫輿，只在這御溝前花明輦路。〔吕后白〕陛下

日事戰爭，勞心爲國，今日得成一統，妾身仰荷天庥，同此歡樂，實皆陛下洪福。〔唱〕

【又一體】險阻怎辭，還憶當時苦。歡樂得同，多感今番遇。還慚福不如，怕得恩難固。伏念微軀，怎承天顧？〔漢帝白〕皇后説那裏話來。孤與皇后同起微賤，今日富貴，怎忍相忘也？〔呂后白〕陛下。〔唱合〕縱憐奴，怕不似鳳凰般怎棲得梧桐高樹。〔扮内侍上。白〕功成迎妃子，宫裏受君恩。〔奏科。白〕奴婢迎得戚娘娘到來，特來請旨。〔呂后白〕那個什麽戚娘娘？〔漢帝白〕皇后有所不知，孤在滎陽脱難之時路遇戚莊，戚公待我十分美意，並令弱女前來陪侍孤家，感其恩德，只得俯准。今日接來，在此團聚。〔呂后白〕陛下患難之中，也虧有此閒情。也罷，快宣他進來。〔内侍白〕領旨。〔作宣科。扮四宫娥引戚氏上。戚氏唱〕

【雙調引・賀聖朝】魚軒已入名都，幾行宫樹蕭疏。一人有慶福無如，從今共歡娛。〔見漢帝作朝見科。白〕臣妾戚氏見駕，願陛下萬歲。〔漢帝白〕妃子平身。〔呂后作見背科。白〕你看此女，千嬌百媚，足稱絶代佳人。我見猶憐，自然無怪漢帝。〔漢帝白〕妃子，可過去拜見皇后。〔戚氏白〕領旨。〔作拜見科。白〕妾身拜見，願皇后千歲。〔呂后白〕内侍，看坐。〔内侍白〕領旨。〔戚氏作謝坐，坐科。漢帝白〕妃子一路勞頓。〔戚氏白〕得蒙陛下不棄，遠接入宫，賤妾豈敢辭風霜之苦？〔唱〕

【雙調・灞陵橋】遠沐帝恩殊，豈敢畏風霜，和那征途苦。則怕的野婦村姫，渾無些禮數。〔作向呂后科。白〕賤妾草野之軀，未諳禮儀，還求國母教訓。〔漢帝白〕皇后乃九御之長，須要教訓於他纔是。〔漢帝、戚氏同唱〕莫教禮儀疏，訓示休推故。嗏。〔合〕敢要你費躊躇。〔吕后白〕賢妃説那裏話。我想同事一人，只要共襄内事，使主上九御無缺，便是賢淑。賢妃何須過讓？〔唱〕

【又一體】過讓事何須，備位内宫中，有甚嚴繩矩？襄贊和伊，一同充九御。説甚柳和蒲，不諳天家度。嗏。〔合〕似您賢和淑，便是好規模。〔漢帝白〕今日得蒙天祐，使孤大業圖成，一家完聚，所有禮典自應覃敷。今封吕后爲昭陽正宫皇后，掌三十六宫、七十二院之印。〔吕后謝科。白〕萬歲。〔漢王白〕封戚氏爲東宫皇貴妃，協同皇后贊理内政。〔戚妃謝科。白〕萬歲。〔漢王白〕你二人今日以後同掌宫闈，以作孤家内助便了。〔唱〕

【雙調·柳梢青】今日册寶同頒，藉伊作内助。願從今鳳卜鸞和，鶯儔燕侣。同得個天長地久，萬載千秋得完聚。〔合〕還仗你内政勤勞，協贊同心，共承恩露。〔吕后、戚妃白〕妾等已蒙天眷，備位下陳，敢不協心以盡箕箒之職？〔同唱〕

【又一體】自幸同奉盤盂，椒宫親帝主。敢辭些箕箒微勞，不將君報取？只恐非宫花苑柳，慚愧東皇作意扶。〔合〕陛下思之，敢把俺劣貌庸姿，錯來培樹。〔漢帝白〕内侍，可在後宫擺設慶賀筵宴，孤與皇后、貴妃一同歡樂。〔内侍白〕領旨。〔漢帝作携吕后、戚氏手科。唱〕

【雙煞】今番慶幸應天許，早到了花叢深處。〔作對吕后科。唱〕國母規模果不虚，〔作對戚氏科。唱〕今日也免得一夜巫峰望眼枯。〔同下〕

第廿三齣　定鼎封功（庚青韻）

〔扮韓信上。唱〕

【中呂宮·尾犯序】宇宙已澄清，征戰功成，更没紛争。漢祚從今，萬載承平。同幸，看黼扆輝煌早設，齊瞻仰承天定鼎。〔合〕則待去金堦下，誠惶誠恐拜賀敢遲行。〔白〕俺韓信自九里山前十面埋伏，逼項王自刎烏江，爲漢王打定天下。如今漢王徙封俺爲楚王，令我歸國，既以千金酬報漂母，復封淮陰辱我惡少爲中尉，以是人心悦服，天下多俺度量。今聞漢王西都登極，受衆臣朝賀，因此馳驛前來。你看那廂，衆朝臣來也。〔扮蕭何、張良、陳平、侯公、陸賈、隨何、審食其、王陵、樊噲、曹參、周勃、周昌、盧綰、夏侯嬰、薛歐、陳沛、柴武、靳歙、灌嬰、吕馬通、孫安、婁煩、張耳、英布、彭越依次上。同唱〕

【又一體】功成，喜見泰堦平。共仰神京，拜舞明廷。想是天心，厭却刀兵。俄頃，改换了昇平氣象，普寰區春和晝永。〔合〕則見那祥雲裏，瑞烟縹緲新繞漢宫廷。〔分白〕下官蕭何是也。下官張良是也。下官陳平是也。下官侯公是也。下官陸賈是也。下官隨何是也。下官審食其是也。下官王陵是也。下官樊噲是也。下官曹參是也。下官周勃是也。下官周昌是也。下官盧綰是也。下官夏侯嬰是也。下官薛歐是也。下官陳沛是也。下官柴武是也。下官靳歙是也。下官灌嬰是也。下官吕馬通是也。下官孫安是也。下官婁煩是也。下官張耳是也。下官英布是也。下官彭越是也。〔作與韓信見科。白〕韓元帥請了。〔韓信白〕列位請了。〔同白〕今日主上登位受賀，須索在此伺候。

〔扮八内侍、八宫官引漢帝上。漢帝唱〕

【中吕宫·好事近】天地已清寧，錦樣江山歸並。丕基新立，金甌萬載完整。人從天與，治垂裳，還把憂勤省。〔合〕則見那一行行鵠立鵷班，敢待要一個個瞻天仰聖。〔轉場坐科，衆作朝賀科。白〕臣等朝賀，願吾皇萬歲萬萬歲。〔内侍白〕平身。〔衆白〕萬歲。〔漢帝白〕滅楚亡秦集大功，侍臣方得盡呼嵩。從今改却當時面，錦繡山河入掌中。寡人上承天意，下准群情，用駕六龍，以登九五。今日登極，受群臣朝賀。衆卿有何披宣，就此奏聞。〔蕭何衆白〕臣等呵，〔唱〕

【又一體】群情，共喜會清明。欣遇這握符承命，惟願取千秋萬歲，瓊樓玉闕祚永。更兼那河清海晏，大規模、運入中天炳。〔合〕願吾皇大宇逍遥，並殊方共享清平。〔漢帝白〕自寡人起兵豐沛，與項王七十餘戰，始有今日。雖曰天命，豈非衆卿保護之功哉？〔唱〕

【中吕宫·紅芍藥】思昔日，禍患頻生。强梁楚急切難争，也虧伊護從風雲盡歸命。〔衆白〕陛下天生異表，隆準龍顔，當日斬蛇起義，已爲必興之兆。况且入關約法，人樂其寬；霸上還軍，楚服其義。推而雲成五彩，井聚五星。困彭城而有風霧之異，脱滎陽而得紀信之臣。種種危難，皆承天佑。臣等不過追隨鞭鐙，何功之有？〔漢帝白〕衆卿説那裏話來。〔唱〕虧煞伊枕戈邊境，虧煞伊用奇兵。共把妙計行，今得個普天歡慶。〔合〕今日個共分茅棋布羅星，同裂土須非僥倖。〔白〕寡人今日即位，所有有功之臣，應加封典。今封蕭何爲酇侯，張良爲留侯，韓信爲楚王，英布爲九江王，彭越爲大梁王，張耳爲趙王，婁煩爲北貉王，樊噲爲舞陽侯，曹參爲平陽侯，盧綰爲長安侯，夏侯嬰爲昭平侯，王陵爲安國侯，周昌爲汾陰侯，周勃爲絳侯，靳歙爲建武侯，柴武爲棘蒲侯，灌嬰爲杜平侯，吕馬通爲中水侯，薛歐、陳沛爲關内侯，孫安爲殿前將軍，陳平爲户牖侯，審食其爲辟陽侯，侯公、陸賈、隨何爲上大夫。其餘有功之臣，按功加封。死節盡難諸臣，着查明厚加恩恤。其楚將項伯、季布、鍾離昧等，俟訪得之日，另行請旨。諸臣各宜謹遵，毋負寵命。〔衆作謝恩科。白〕萬歲。〔同唱〕

【又一體】承寵詔，心感難名。吾皇的願鑑微誠，有甚功勞在吾等？直恁叨錫圭榮幸，覩咸寧。願祝國祚興，萬千年太平長慶。〔漢帝白〕傳旨，速排太平筵宴。〔内侍應科。白〕領旨。〔衆作排宴科。同唱合〕好風光瑞氣盈庭，看此日美酒同傾。〔衆作謝恩入宴飲酒科。同唱〕

【南吕宫集曲·梁州新郎】【梁州序】（首至合）君臣同樂，明良胥慶，正值春和晝永。太平簫鼓，奏出那熙熙皡皡民情。方顯得奇功初建，大宇皆寧，朝野昇平景。傳空引滿也，向丹楹，永沐天恩將葵共傾。〔内侍作斟酒，衆飲科。同唱〕【賀新郎】（合至末）惟願取、運長盛，綿綿福壽和天並。清世界，逢明聖。〔漢帝白〕寡人與項氏同起義兵，彼强我弱，人所共知。到今日呵，〔唱〕

【又一體】雌雄全判，存亡天定，暴楚今成畫餅。這番回憶，教人莫解其情。〔白〕試將楚之所以亡，吾之所以興，列侯其各陳毋諱。〔唱〕願各明言毋諱，往事今朝，試論須伊等。諒不是談兵事後也，共攄誠，也見得成敗當年事怎生。〔內侍作斟酒，衆飲科。同唱〕惟願取、運長盛，綿綿福壽和天並。清世界，逢明聖。〔衆白〕陛下慢而侮人，項王仁而愛人。然所以一興一亡者，陛下攻城略地，凡所克獲，即以封人；項王妬賢嫉能，有功者害之。是以豪傑樂爲陛下用，而去項王惟恐不速也。〔同唱〕

【又一體】猜疑同懼，英豪心冷，共向褒中托命。因此上雲翻雨覆，到頭萬事無成。這的是强暴從來難恃，中路摧殘，一似那浮萍斷梗。猛然提起也，盡丹忱，還向推解深恩聖主傾。〔內侍作斟酒，衆飲科。同唱〕惟願取、運長盛，綿綿福壽和天並。清世界，逢明聖。〔漢帝白〕列侯但知其一，不知其二。念寡人呵，〔唱〕

【又一體】生慚涼德，上邀天幸，則爲賢豪共慶。怎到向玳筵綺席，把緣因不說分明。〔衆白〕臣等願聞聖諭。〔漢帝白〕卿等有所不知。夫運籌帷幄之中，决勝千里之外，吾不如子房。鎮撫國家，綏安百姓，繼餉餽不絕，吾不如蕭何。連百萬之衆，戰必勝，攻必克，吾不如韓信。此三人者，皆人傑也，吾能用之，此所以有天下也。項王有一范增，而不能用，此所以爲我擒耳。〔唱〕怎怪窮途惆悵，淚雨江風，雲把聲華冷。也則爲忌功心恁窄，放彭城，堪憐亞父遄征恨怎平。〔內侍作斟酒，衆飲科。同唱〕惟願取運長盛，綿綿福壽和天並。清世界，逢明聖。〔衆白〕誠如聖諭，伏念臣等愚昧，不能知此也。〔同

唱〕

【南呂宮・節節高】淵沖幸早傾，仰英明，栟幪天地教難省。賓筵映，御酒傾。齊歡幸，普天共仰皇家慶。〔合〕祥烟瑞靄繞堦盈，和風化日維新命。〔漢帝白〕内侍，再斟酒來，寡人與衆卿再歡飲一杯。〔内侍白〕領旨。〔斟酒科，衆飲科。同唱〕

【又一體】人欣奉聖明，寵和榮，春膏雨露承恩命。冰桃映，雪藕盈。仙殽勝，炰龍烹鳳開筵盛。〔合〕還有那箭原缺。

第廿四齣　一統萬年（蕭豪韻）

〔扮十二太古神將、八天官、八地官、八人官引天皇氏、地皇氏、人皇氏上。同唱〕

【仙呂入雙角・新水令】辨三才，看建古天遥，大寰區日開蒼寰。俺雖是茹毛風甚杳，端的是渾沌運方操。便是俺御世心勞，把功業隆人表。〔轉場陞高座，坐科。扮八宰臣、八諸侯引太昊伏羲氏、炎帝神農氏、軒轅黄帝、唐堯帝、虞舜帝、夏禹王、商湯王、周文王、武王上。同唱〕

【仙呂入雙角・步步嬌】手闢荒蕪徵謨誥，漸啓文明造，同將昊宇交。早則是龍馬精神，蘊着無窮妙。〔合〕有誰知興廢到千番，光風化日今方好。〔作參見科。白〕三皇在上，吾等參見。〔三皇白〕列位帝王少禮，請坐。〔五帝、三王陞二層高座坐科。衆宰臣、諸侯分侍科。三皇白〕子丑寅開天地人，〔五帝白〕製衣畫卦訓生民。〔三王白〕從吾改却家天下，〔同白〕萬載千秋屬聖神。〔分白〕吾乃天皇氏是也。吾乃地皇氏是也。吾乃人皇氏是也。吾乃太昊伏羲氏是也。吾乃炎帝神農氏是也。吾乃軒轅黄帝是也。吾乃唐堯帝是也。吾乃虞舜帝是也。吾乃夏禹王是也。吾乃商湯王是也。吾乃周文王是也。吾乃周武王是也。〔三皇白〕秦滅楚亡，漢成一統，至今數千載，神物盡歸。聖主，你看天下太平，人民熙

皞，開國以來，德懷絶域，威及遐方，迥非前代景象也。〔唱〕

【仙呂入雙角·雁兒落】則見那氣象恁光昌，更和那黎庶同熙皞。今日個唐虞德莫加，有誰能至治達荒要。〔五帝、三王白〕歷代相傳，明王英主間亦有之。若今日之聖聖相傳，從古未有。〔三皇白〕列位帝王有所不知。歷代人君，縱或大施威德，不過九州十二牧，皆在泰海以内，從未有德及遐荒、恩懷異域、幅員廣大如此日者，誠所謂自西自東，自南自北，無思不服，實乃亘古罕有、世代不如之德。列位帝王，但看四方外國前來朝貢便知。你看那廂，回夷來也。〔扮三十二各種回夷捧貢物上，繞場行科。同唱〕

【仙呂入雙角·沉醉東風】仰天邦威行邊徼，感懷來戴如穹昊。則俺這極西埵，古來梗道，偏今日共將誠效。〔作跪獻貢物叩拜科。同唱合〕羅揩拜禱，謹將這三多祝堯。無疆萬壽，長庇我異域臣僚。〔作納貢科，下。三皇白〕古稱西被流沙，已爲遐遠。此乃極西回國，從古未入中華，今皆列於版圖，兀的非萬古一時也。〔唱〕

【仙呂入雙角·得勝令】呀。則見他稽首陳瓜棗，則見他斂衽貢苞茅。則見他同上無疆頌，歡聲動上霄。堪褒，絶域敷文教。同瞧，普恩光直恁遥。〔扮三十二各種東夷捧貢物上，繞場行科。同唱〕

【仙呂入雙角·忒忒令】納方貢寧辭遠遥，感聖德梯山來到。屏藩帶礪君恩浩，齊輯瑞聖明朝。〔作跪獻貢物叩拜科。同唱合〕東海臣，謹獻誠，願吾皇壽同山岳。〔作納貢物科，下。三皇白〕古稱東漸於

海，未及海外。此乃海外極東之國，久服王化，歲歲入貢，奔走恐後，足見淪肌洽髓也。〔唱〕

【仙吕入雙角・沽美酒】則見他受深恩歲入朝，受深恩歲入朝。涉瀚海羽輪遥，洽髓淪肌仰德高。向楓宸望絳霄，貢瓊瑶齊拜倒。〔扮三十二各種苗蠻捧貢物上，繞場行科。同唱〕

【仙吕入雙角・好姐姐】共叨，皇恩似雨膏。敢兀自深居山島，衝寒破霧，傳譯過嶺表。〔作跪獻貢物叩拜科。同唱合〕陳懷抱，南琛大貝慚無好，方物區區獻大朝。〔作納貢科，下。三皇白〕此乃極南之苗蠻也。我看周、漢碑記，逞威記功，不過南至萬里。今日天威所及，開古未開之疆域，服古未服之苗蠻，極南之地悉入輿圖，好赫奕皇威也。〔唱〕

【仙吕入雙角・川撥棹】羨當今績倍超，啓從來未有郊。這的是功邁神堯，心格三苗。樂奏箾韶，德並雲霄。冕和旒萬國價金門奉詔，這皇威從來少。〔扮三十二各種蒙古捧貢物上，繞場行科。同唱〕

【仙吕入雙角・園林好】盡稱臣連裾入朝，有伊誰敢説這秋高馬驕，這貢物也無非寸衷聊表。〔作獻貢物叩拜科。同唱合〕齊獻向雙鳳闕九重霄，雙鳳闕九重霄。〔作納貢物科，下。三皇白〕自漢、唐以來，此夷每爲中國之害。今乃分衛王畿，共爲臣僕。真乃與天同大，與地同遠，亘古一人也。〔唱〕

【仙吕入雙角・太平令】早和那天長地老，更和那路遠年遥。繞金墀蠻夷舞蹈，列玄黄忠忱共表。俺呵，在這重霄，細瞧。論功勞，萬古爲高。呀，這風光看從前有誰共調？〔扮三十二壽氏上，繞場行科。同唱〕

【仙吕入雙角·川撥棹】耆頤到，非關是餐交梨食火棗。幸相逢壽宇逍遥，幸相逢壽宇逍遥，躋春臺明良運遭。〔一老民白〕我等以皇上躋民春臺，成兹壽世，添甲子於重週，沐深恩於再造，皆得享壽百有餘歲。我等小民尚然如此，想我皇上爲錫壽之主，自應同南極之長輝，如仙山之不夜。我等沐其深恩，不免叩拜一番，稍盡微衷。〔衆老民白〕説得有理。〔作同叩拜科。唱合〕學康衢祝帝堯，願長輝鶴算迢。〔作拜祝畢科，下。三皇白〕人生本有百二之數，只因後世人主未宣其秘，是以人莫能知。今被聖主闡發自然天數，下增民算，從此花甲長週，億萬斯年，長享太平矣。〔唱〕

【仙吕入雙角·梅花酒】同看清平壽域遥，喜常週花甲交。朝共野喜氣高，貴和賤均難老。似明月長皎皎，似春風時來天表，盡看着雍熙樂。〔天井下一統萬年切末科。五帝、三王衆同白〕天上忽現「一統萬年」四字，想爲三皇所祝，故而上帝降此祥瑞。〔唱〕

【仙吕入雙角·錦衣香】這敢是彩雲飛，祥烟裊。結成書，把昇平兆。是何異河洛圖書，旨同深妙。方知人願天從却，福民壽世，天心固牢。只見那氤氲四繞，向郊臺靉靆横飄。〔合〕這便是鳳舞麟遊世，九如天保。何須重覓，羲皇風杳。〔三皇白〕我想當今皇帝，爲生民未有之主，故得此從來未有之瑞。宜乎九有臣民，皆懷聖德；四極苗夷，同歸至化也。〔唱〕

【仙吕入雙角·收江南】呀，繞地繽紛瑞氣飄。這的是天地同春兆預標，生民長得沐恩褒。福海深壽山高，福海深壽山高，千年萬載將景運遭。〔三皇白〕上天既降一統萬年之瑞，我等上體天心，就

此回轉天庭去者。〔衆白〕領法旨。〔唱〕

【尾聲】則將這春臺瑞氣奏九霄，樂雍熙九垓一統邁唐堯，願長清萬年帝王樂簫韶。